ROBERT LUDLUM

Une invitation pour Matlock

ROMAN

TRADUIT DE L'AMÉRICAIN
PAR CLAIRE BEAUVILLARD

D1310262

LAFFONT

Titre original :

THE MATLOCK PAPER

© Robert Ludlum, 1973.
© Éditions Robert Laffont, S.A., Paris, 1987
pour la traduction française.

Pour Pat et Bill,
Comme le dit l'ancien proverbe
du Bagdhivi :
« Quand tu apercevras l'ombre
des géants, cherche un coin
d'ombre. »
Les « due Macellis » sont des
géants.

I

LORING sortit du ministère de la Justice par une porte de côté et chercha un taxi. Il était presque cinq heures et demie, ce vendredi de printemps, et la circulation dans les rues de Washington était complètement bloquée. Loring attendit au bord du trottoir et leva la main gauche en espérant que le ciel lui viendrait en aide. Il allait renoncer quand un taxi, qui avait pourtant déjà pris un passager à quelques mètres de là, s'arrêta devant lui.

– Vous allez vers l'est, monsieur? Mon client m'a dit que cela ne le dérangeait pas.

En pareille circonstance, Loring était toujours embarrassé. Inconsciemment il rentra son avant-bras dans sa manche afin de cacher sa main et la fine chaîne attachée à la poignée de la mallette.

– Non, merci. Je prends la direction du sud au prochain carrefour.

Il attendit que le taxi eût réintégré le flot ininterrompu des voitures avant de reprendre sa vaine attente.

Lorsqu'un cas de ce genre se présentait, son esprit était généralement en éveil, il savait se montrer à la hauteur. S'il avait été dans son état normal, il aurait scruté l'horizon à droite et à gauche, à l'affût des taxis déposant leurs clients, surveillant chaque coin de rue pour apercevoir un petit signal lumineux sur le toit d'un véhicule, indiquant que celui-ci venait de se libérer et qu'il serait à celui qui avait les jambes les plus rapides.

Ce jour-là, Ralph Loring n'avait aucune envie de courir. Il était obnubilé par une terrible réalité. Il venait d'assister à la condamnation à mort d'un homme. Un homme qu'il n'avait jamais rencontré, mais qu'il connaissait bien. Un homme de trente-trois ans qui habitait et travaillait dans une petite ville de Nouvelle-Angleterre, à cinq cents kilomètres de là, ignorait totalement l'existence de Loring, un homme qui de son côté, ne savait rien, et surtout pas que le ministère de la Justice s'intéressait à lui.

Loring ne parvenait pas à oublier la grande salle de conférences ni l'immense table rectangulaire où avaient pris place ceux qui avaient prononcé cette sentence.

Il avait vigoureusement protesté. C'était le moins qu'il pût faire pour cet inconnu, cet être qu'on allait manipuler avec précision de telle sorte qu'il se retrouverait dans une position intenable.

– Puis-je vous rappeler, monsieur Loring, lui avait dit un assistant du ministre de la Justice ancien rapporteur d'un tribunal de la Marine, qu'en toute situation de combat, on se doit d'assumer les risques élémentaires. On prévoit également un certain pourcentage de pertes.

– Les circonstances ne sont pas les mêmes. Cet homme n'est pas entraîné. Il ne saura ni qui est son ennemi ni où ce dernier se trouve. Comment le pourrait-il, du reste ? Nous-mêmes, nous ne le connaissons pas.

– C'est très bien ainsi.

Un autre assistant du ministre venait de prendre la parole. On l'avait recruté dans un quelconque cabinet de conseil juridique. Loring le soupçonnait fort d'adorer les comités en tous genres, étant incapable de prendre seul la moindre décision.

– Notre sujet est très adaptable. Regardez son profil psychologique : imparfait, mais adaptable à l'extrême. Voilà les conclusions exactes. Nous avons fait un choix logique.

– Imparfait, mais adaptable! Pour l'amour du Ciel, qu'est-ce que cela veut dire? Puis-je rappeler à cette commission que cela fait quinze ans que je travaille dans ce secteur. Les profils psychologiques ne sont que des lignes directrices, des jugements à l'emporte-pièce. Je n'enverrais pas plus un homme en mission d'infiltration sans le connaître à fond que je prendrais en charge les calculs de la NASA.

Le président de la commission, qui avait fait carrière dans la profession, avait répondu à Loring :

– Je comprends vos réserves. En temps normal, je serais d'accord avec vous, mais les circonstances présentes n'ont rien d'ordinaire. Nous disposons de trois semaines à peine. Le facteur temps nous contraint à négliger les précautions d'usage.

– C'est un risque que nous devons assumer, fit l'ancien rapporteur d'un ton pontifiant.

– Ce n'est pas vous qui l'assumerez, répliqua Loring.

– Voulez-vous être déchargé de cette affaire? lui proposa le président, avec une sincérité désarmante.

– Non, monsieur. Je le ferai. Avec réticence. Je tiens à ce que ce soit consigné dans le procès-verbal.

– Encore un mot avant que nous ne nous séparions. Le conseiller juridique se pencha vers la table. Et ceci vient d'en haut. Nous sommes tombés d'accord pour considérer que notre sujet est motivé. Ce point est clair, d'après le profil. Qu'il soit également clair que toute aide apportée à cette commission par ledit sujet le sera librement, volontairement. Nous sommes vulnérables. Nous ne pouvons pas, j'insiste, nous ne pouvons absolument pas être tenus pour responsables. Si cela est possible, nous aimerions que le procès-verbal souligne que c'est le sujet qui est venu à nous.

Ralph Loring s'était détourné, dégoûté.

La circulation était encore plus dense, à présent. Loring avait décidé de rentrer à pied jusqu'à son appartement quand une Volvo blanche s'arrêta devant lui.

– Montez! Vous avez l'air idiot avec votre main tendue.

– Oh, c'est vous! Merci beaucoup.

Loring ouvrit la porte et se glissa sur le siège à côté du conducteur, puis il posa sa mallette sur ses genoux. Il n'avait plus besoin de dissimuler la fine chaîne noire autour de son poignet. Cranston travaillait dans la même branche que lui, comme spécialiste des itinéraires transcontinentaux. C'était Cranston qui avait fait le travail sur lequel reposait la mission dont la responsabilité incombait désormais à Loring.

– La réunion a été longue. Etes-vous parvenus à quelque chose?

– Le feu vert.

– Il était temps.

– Deux assistants du ministre de la Justice et un message inquiet de la Maison Blanche y ont fortement contribué.

– Bon! La division géographique a reçu les derniers rapports de la Force de Méditerranée ce matin. Comme d'habitude, nous assistons à un complet bouleversement de nos sources d'information. Les secteurs d'Ankara et de Konya au nord, les projets de Sidi Barrani et de Rashid, et même les Algériens réduisent systématiquement leur production. Cela ne nous simplifiera pas la tâche.

– Mais qu'est-ce que vous voulez? Je croyais que votre objectif était de les mettre en pièces. Vous n'êtes jamais satisfait.

– Vous ne le seriez pas non plus. Nous pouvons exercer un contrôle sur des places que nous connaissons. Mais que diable savons-nous d'endroits comme... Porto Belocruz, Pilcomayo et une demi-douzaine de noms à coucher dehors au Paraguay, au Brésil et au Guyana? C'est une tout autre histoire, Ralph.

– Faites venir les spécialistes du SA. La CIA rampe à leur côté.

– Pas question. Nous n'avons pas la permission de demander de plans d'action.

– C'est stupide.

– C'est de l'espionnage. Nous restons propres. Nous nous en tenons strictement à Interpol-Hoyle. Pas de magouilles. Je pensais que vous le saviez.

– Tout à fait, répliqua Loring, quelque peu impatient. C'est quand même idiot.

– Vous vous occupez de la Nouvelle-Angleterre, Etats-Unis. Nous nous débrouillerons avec les pampas... ou le reste.

– La Nouvelle-Angleterre est un drôle de microcosme. C'est ce qui m'effraie. Que sont devenues toutes ces descriptions poétiques de clôtures rustiques, d'esprit yankee et de murs de brique couverts de lierre?

– Une nouvelle poésie. Il faudra vous y mettre.

– Votre compassion me touche. Merci.

– Vous me semblez découragé.

– Nous n'en avons pas le temps...

– Nous ne l'avons jamais.

Cranston engagea la petite voiture sur une voie plus rapide qui se boucha au coin de l'avenue du Nebraska et de la dix-huitième rue. En soupirant il se mit au point mort et haussa les épaules. Il regarda Loring qui contemplait le pare-brise, sans la moindre expression.

– Au moins vous avez le feu vert. C'est déjà quelque chose.

– Bien sûr. Avec quelqu'un qui ne convient pas.

– Oh... je vois. C'est lui ?

Cranston fit un signe de tête en direction de la mallette de Loring.

– C'est lui. Depuis le jour de sa naissance.

– Comment s'appelle-t-il ?

– Matlock. James B. Matlock II. B pour Barbour, très vieille famille, deux très vieilles familles. James Matlock, licence, maîtrise, doctorat. Une autorité dans le domaine des influences sociales et politiques sur la littérature élisabéthaine. Qu'en dites-vous ?

– Mon Dieu ! Ce sont ses références ? Où commencera-t-il à poser des questions ? Aux thés confraternels pour professeurs à la retraite ?

– Non. De ce côté-là, ça va. Il est assez jeune. Ces références font partie de ce que la Sécurité appelle un profil imparfait mais adaptable ! Vous ne trouvez pas que c'est une jolie définition ?

– Inspirant. Qu'est-ce que cela signifie ?

– C'est censé décrire un homme peu sympathique. Probablement à cause d'un mauvais dossier militaire ou d'un divorce. Je suis sûr qu'il s'agit de l'armée. Mais en dépit de cet insurmontable handicap, il plaît.

– Il me plaît déjà.

– Le problème, c'est qu'à moi aussi, il me plaît.

Les deux hommes se turent.

Il était clair que Cranston était depuis suffisamment longtemps dans le métier pour savoir quand un professionnel devait réfléchir seul. Arriver à

12

certaines conclusions – ou justifications – par lui-même. La plupart du temps, c'était simple.

Ralph Loring pensa à ce professeur dont la vie était racontée en détail dans sa mallette, détails sélectionnés à partir d'une banque de données. Il s'appelait James Barbour Matlock mais, derrière ce nom, l'homme refusait d'apparaître. Et ceci ennuyait Loring. L'existence de Matlock était faite de comportements illogiques, dérangeants et même violents.

C'était le fils de deux parents âgés, immensément riches, qui habitaient une jolie demeure à Scarsdale, dans l'Etat de New York. Son éducation avait été celle de la haute société de la côte Est : Andover et Amherst, lui permettant tout naturellement d'espérer exercer une profession en plein Manhattan, dans la banque, la bourse ou la publicité. Rien dans ses études antérieures, lycée ou faculté, n'indiquait la moindre déviation par rapport à ce schéma. Et son mariage avec une fille de Greenwich, d'un milieu social élevé, semblait au contraire le confirmer.

Et puis il se passa quelque chose dans la vie de James Barbour Matlock, et Loring aurait aimé comprendre. Il y eut d'abord le service militaire.

C'était au début des années soixante et, en acceptant que son temps sous les drapeaux fût prolongé de six mois, Matlock aurait très probablement pu s'asseoir confortablement derrière un bureau d'intendance, étant donné les relations de sa famille à Washington ou à New York. Au lieu de cela, son dossier ressemblait à celui d'un voyou : une longue suite d'infractions, de manquements à la discipline qui lui avaient garanti la moins enviable des affectations – le Viêt-nam et ses combats incessants et meurtriers. Quand il était dans le delta du Mékong, son comportement au feu lui avait valu de passer deux fois en cour martiale.

Il ne semblait pourtant pas qu'il y eût la moindre motivation idéologique derrière ses actes. Mauvaise adaptation apparemment, si ce n'était une totale inadaptation.

Son retour à la vie civile fut marqué par d'autres difficultés, avec ses parents, puis avec sa femme. De façon inexplicable James Barbour Matlock, dont les antécédents universitaires étaient honnêtes pour son milieu sans être époustouflants, déménagea dans un petit appartement sur les hauteurs de Morningside et s'inscrivit à l'université de Columbia.

Sa femme attendit trois mois et demi avant d'opter pour un divorce sans complications et sortir ainsi de l'existence de Matlock.

Les années qui suivirent ne donnaient que des informations très monotones. Matlock l'incorrigible était en passe de devenir Matlock l'érudit. Il travaillait du premier janvier au trente et un décembre, obtenant sa maîtrise au bout de quatorze mois, et son doctorat deux ans plus tard. Il se réconcilia alors avec ses parents. On lui confia un poste à la section de littérature anglaise de l'université de Carlyle, dans le Connecticut. Depuis lors, Matlock avait publié un certain nombre d'ouvrages et d'articles, et acquis une notoriété enviable dans la communauté universitaire. De toute évidence, il était très populaire, « adaptable à l'extrême » (stupide et maudite expression). Il était aisé sans être riche et ne manifestait plus aucun des signes de révolte qu'il avait montrés au cours des années soixante. Bien entendu, il avait peu de raisons d'être mécontent, pensa Loring. James Barbour Matlock II menait une petite vie très agréable. Il était pourvu de tout ce qu'il pouvait désirer, y compris une fille. Il avait une liaison discrète et sérieuse avec une étudiante diplômée du nom de Patricia Ballantyne. Ils ne vivaient pas ensemble, d'après les renseignements qu'on lui avait fournis, mais ils étaient amants. Il n'y avait, autant qu'on puisse l'affirmer, aucun mariage en perspective. La fille achevait un doctorat en archéologie et une douzaine de bourses diverses l'attendaient, qui l'enverraient vers des endroits lointains et des histoires originales. Patricia Ballantyne n'était pas faite pour le mariage. D'après les banques de données.

Et Matlock ? se demanda Ralph Loring. Que déduisait-il de ces faits ? Comment justifiait-il son choix ?

Ce n'était pas possible. Seul un professionnel confirmé pourrait rassembler les qualités requises par la situation actuelle. Les problèmes étaient beaucoup trop complexes, trop pleins de pièges pour un amateur.

Et, comble de l'ironie, si Matlock commettait des erreurs, tombait dans les pièges, peut-être parviendrait-il au but plus vite que n'importe quel professionnel ?

Mais il n'en reviendrait pas vivant.

– Pourquoi pensez-vous tous qu'il acceptera ?

Cranston se rapprochait de l'appartement de Loring. On avait piqué sa curiosité.

– Comment ? Excusez-moi, mais qu'avez-vous dit ?

– Pour quel motif le sujet accepterait-il ? Pourquoi serait-il d'accord ?

– A cause d'un cadet. De dix ans plus jeune, pour être précis. Les parents sont assez âgés. Très riches, très indifférents. Ce Matlock se considère comme responsable.

– De quoi ?

– Du frère. Il s'est tué, il y a trois ans, d'une overdose d'héroïne.

Dans la voiture qu'il avait louée, Ralph Loring longeait la rue large, bordée d'arbres, au-delà des vieilles et grandes maisons qui trônaient derrière leurs pelouses bien tondues. Certaines appartenaient à des associations d'étudiants, beaucoup moins toutefois que dix ans plus tôt. Le milieu fermé et mondain des années cinquante et du début des années soixante avait disparu. Quelques-unes de ces énormes demeures avaient été rebaptisées : *la Maison, le Verseau* (cela allait de soi), *les Afros, le Warwick, Lumumba Hall.*

L'université de Carlyle, Connecticut, était l'un de ces campus, de taille moyenne mais prestigieux, qui émaillaient le paysage de la Nouvelle-Angleterre.

Son administration, sous la conduite de son brillant président, le professeur Adrian Sealfont, restructurait la faculté, essayant de la moderniser, selon les critères de la seconde moitié du XXᵉ siècle. On n'avait évité ni les contestations diverses, ni la prolifération de barbes et d'études africaines, qui venaient faire contrepoids à la richesse tranquille, aux clubs BCBG et aux régates parrainées par les anciens élèves. Le hard-rock et les thés dansants cherchaient le moyen de coexister.

Loring se dit, en regardant le paisible campus dans la lumière du soleil printanier, qu'il paraissait inconcevable qu'une telle communauté rencontrât de véritables problèmes.

En tout cas, certainement pas celui qui l'avait amené jusque-là.

Et pourtant...

Carlyle était une bombe à retardement qui, le jour où elle exploserait, entraînerait un nombre considérable de victimes. Et l'explosion, Loring le savait, était inévitable. Ce qui se produirait avant était imprévisible. C'était à lui d'envisager les éventualités les plus susceptibles de se réaliser. La clé, c'était James Barbour Matlock, licence, maîtrise, doctorat.

Loring dépassa le beau bâtiment à deux étages de la faculté, qui comprenait quatre appartements avec quatre entrées séparées. C'était l'une des meilleures maisons universitaires, généralement occupée par des familles jeunes et brillantes avant que celles-ci ne disposent des revenus nécessaires pour acquérir leurs propres logements. Matlock habitait au premier étage, côté ouest.

Loring fit le tour du pâté de maisons, et se gara de l'autre côté de la rue, non loin de la porte de Matlock. Il ne pouvait pas rester là longtemps. Il se tourna et se retourna sur son siège, surveillant les voitures qui passaient et les piétons, satisfait de n'être pas lui-même observé. C'était capital. Le dimanche, d'après le dossier de renseignements concernant Matlock, le jeune professeur lisait les journaux jusqu'à midi, puis il se rendait au nord de Carlyle, où Patricia occupait l'un des appartements mis à la disposition des étudiants ayant terminé le troisième cycle. Il ne se déplaçait que si elle n'avait pas passé la nuit avec lui. Dans ce cas, ils allaient tous les deux déjeuner à la campagne avant de rentrer chez Matlock ou d'aller se promener vers le sud, à Hartford ou à New Haven. Bien entendu, le programme n'était pas toujours le même. Ballantyne et Matlock partaient souvent ensemble, se faisant passer pour mari et femme lorsqu'ils s'inscrivaient dans les hôtels. Pas ce week-end-là. La surveillance dont ils avaient été l'objet avait confirmé ce fait.

Loring regarda sa montre. Il était une heure moins vingt, et Matlock était encore chez lui. Il ne lui restait que peu de temps. Quelques minutes plus tard, Loring était attendu au 217 Crescent Street. C'était là qu'il rencontrerait le contact qui lui permettrait de changer une seconde fois de véhicule. Il savait qu'il ne lui était pas nécessaire de contrôler Matlock « de visu ». Après tout, il avait lu le dossier à fond, regardé des tonnes de photos et même eu une brève conversation avec le professeur Sealfont, le président de l'université de Carlyle. Néanmoins, chaque agent avait ses propres méthodes de travail, et Loring avait l'habitude de surveiller un sujet quelques heures avant d'entrer en relation avec lui. Plusieurs de ses collègues du ministère de la Justice étaient persuadés que cela lui donnait un sentiment de puissance. Loring estimait, quant à lui, que cela lui donnait surtout une certaine confiance.

La porte de Matlock s'ouvrit et un individu de grande taille sortit en plein soleil. Il portait un pantalon kaki, un pull à col roulé et des mocassins. Loring vit qu'il était plutôt beau, avec un visage un peu anguleux et de longs cheveux blonds. L'homme, après avoir fermé sa porte à clé, mis ses lunettes de soleil et s'être avancé sur le trottoir, se tourna vers ce que Loring supposa être un petit parking. Quelques minutes plus tard, James Matlock quittait l'allée dans une voiture de sport, une Triumph.

L'agent du gouvernement se dit que son sujet avait une vie bien agréable. Des revenus suffisants, aucune responsabilité, un travail qui lui plaisait et même une liaison avec une fille séduisante.

Il se demanda s'il en irait de même dans trois semaines. Car l'univers de Matlock allait plonger dans l'abîme.

II

Matlock appuya sur l'accélérateur de la Triumph, et l'automobile au châssis surbaissé se mit à vibrer quand l'indicateur de vitesse atteignit les cent kilomètres à l'heure. Il n'était pas vraiment pressé – Pat Ballantyne n'allait nulle part – mais il était en colère. Ce n'était pas le mot juste. Irrité serait plus exact. Il était toujours irrité après un coup de fil de ses parents. Le temps n'y faisait rien. Ni l'argent, si toutefois il gagnait un jour des sommes suffisantes pour que son père les juge respectables. Ce qui causait sa fureur, c'était la condescendance paternelle. Plus ses parents vieillissaient, plus leurs rapports s'envenimaient. Au lieu d'accepter la situation, ils s'appesantissaient sur leur désaccord. Ils insistaient pour qu'il passe les vacances de printemps à Scarsdale, afin d'accompagner quotidiennement son père à la ville. Voir les banques, les avocats. Se préparer à l'inévitable, quand il se produirait, s'il se produisait.

– Tu as beaucoup de choses à ingurgiter, mon fils, lui avait déclaré son père d'un ton sépulcral. Tu n'es pas tout à fait prêt, tu sais...

– Tu es tout ce qui nous reste, mon chéri, avait ajouté sa mère, visiblement peinée.

Matlock savait qu'ils aimaient évoquer leur départ de ce monde, se poser en martyrs. Ils avaient, son père du moins, pris des dispositions. Le côté comique de l'histoire, c'était qu'ils étaient solides comme des rocs, fringants comme des chevaux sauvages. Ils lui survivraient sans aucun doute quelques décennies.

En vérité, ils désiraient que Matlock reste auprès d'eux bien plus que celui-ci ne le souhaitait. Telle était la situation depuis trois ans, depuis la mort de David, au Cap Cod. Peut-être, pensait Matlock en se dirigeant vers l'appartement de Pat, les causes profondes de son irritation reposaient-elles sur son propre sentiment de culpabilité. Jamais il ne s'était vraiment remis de la mort de David. Jamais il ne s'en remettrait.

Il ne voulait pas passer ses vacances à Scarsdale. Il ne voulait pas de souvenirs. A présent, il avait quelqu'un qui l'aidait à oublier ces années terribles de mort et d'indécision, sans amour.

L'auberge s'appelait le Chat du Cheshire et, comme son nom l'indiquait, elle avait un aspect de pub anglais. La table était correcte, les boissons abondantes, ce qui en faisait un des endroits les plus courus des citadins du Connecticut en mal de campagne. Ils avaient terminé leur second Bloody Mary et commandé une grillade et du Yorkshire pudding. Il y avait à peu près une dizaine de couples et quelques familles dans la vaste salle de restaurant. Dans un coin, un homme seul était assis, qui lisait le *New York Times*, les pages pliées verticalement, à la manière des banlieusards dans les transports en commun.

– C'est probablement un père furibard qui attend son fils, qui est sur le point de faire une regrettable folie. Je connais ce genre d'individu. Ils prennent le train de Scarsdale tous les matins.

– Il est trop détendu.

– Ils ont appris à dissimuler leur tension. Il n'y a

que les pharmaciens qui soient au courant. Tout ce Tranxène...

– Il y a toujours des signes qui transparaissent, et il n'en présente aucun. Il a l'air extrêmement content de lui. Tu te trompes.

– Tu ne connais pas Scarsdale. Le contentement de soi y est une marque déposée. Cela suffit pour acheter une maison.

– A propos, que vas-tu faire? Je pense que nous devrions renoncer à St. Thomas.

– Moi pas. L'hiver a été dur. Nous méritons un peu de soleil. De toute façon, ils ne sont pas raisonnables. Je ne veux rien apprendre des manœuvres des Matlock. Je perds mon temps. Au cas improbable où ils nous quitteraient, d'autres prendraient la relève.

– Je croyais que c'était une excuse. Nous étions d'accord sur ce point. Ils veulent t'avoir auprès d'eux. C'est touchant qu'ils s'y prennent ainsi.

– Ce n'est pas touchant. De toute évidence, mon père essaie de me corrompre... Regarde. Notre banlieusard a renoncé.

L'homme au journal avait fini son verre, et il était en train d'expliquer au serveur qu'il ne déjeunerait pas.

– Je te parie, à dix contre un, qu'il a aperçu les cheveux et la veste de cuir de son fils – peut-être même ses pieds nus – et qu'il a paniqué.

– J'ai l'impression que tu souhaites qu'il en soit ainsi pour ce pauvre type.

– Pas du tout. Je compatis. Je ne supporte pas l'agacement qui va de pair avec la rébellion. Ça me donne mauvaise conscience.

– Tu es quelqu'un d'étrange, soldat Matlock, fit Pat, faisant allusion à la carrière militaire sans gloire de son ami. Quand nous aurons terminé, allons à Hardford. Il y a un bon film.

– Oh, je suis désolé! J'ai oublié de t'en parler.

C'est impossible aujourd'hui... Sealfont m'a appelé ce matin pour une conférence qui doit avoir lieu tôt dans la soirée. C'est important, paraît-il.

– Quel est le sujet ?

– Je n'en suis pas certain. Les études africaines posent quelques problèmes. Le Noir que j'ai recruté à Howard s'est révélé un drôle de zouave. Il ne se prend pas pour de la petite bière.

Elle sourit.

– Tu es vraiment terrible.

Matlock lui prit la main.

La demeure du professeur Adrian Sealfont était imposante comme il se devait : une grande bâtisse blanche, de style colonial, au large escalier de marbre qui menait à une double porte, épaisse et sculptée. La façade était ornée de colonnes ioniques sur toute sa longueur. Des projecteurs, disposés sur la pelouse, s'allumaient au coucher du soleil.

Matlock gravit les marches qui conduisaient à la porte d'entrée et appuya sur la sonnette. Trente secondes plus tard, il fut accueilli par un domestique qui lui fit suivre un corridor pour l'amener à l'autre bout de la maison, dans l'immense bibliothèque du professeur Sealfont.

Adrian Sealfont était au centre de la pièce, en compagnie de deux autres hommes. Comme toujours, Matlock fut frappé par l'aspect imposant de son hôte. Un peu plus d'un mètre quatre-vingts, mince, des traits aquilins. De son être se dégageait une chaleur qui ne pouvait laisser indifférents ceux qui se trouvaient en sa présence. Une sorte d'humilité véritable dissimulait son charisme à ceux qui ne le connaissaient pas. Matlock l'aimait énormément.

– Bonjour, James. Sealfont tendit la main à Matlock. Monsieur Loring, puis-je vous présenter le professeur Matlock?

– Comment allez-vous? Bonjour, Sam.

Matlock venait de s'adresser au troisième homme, Samuel Kressel, le doyen de l'université de Carlyle.

– Bonjour, Jim.

– Nous nous connaissons, je crois? demanda Matlock en regardant Loring. J'essaie de me souvenir.

– Si vous y parvenez, vous allez me mettre dans l'embarras.

– Je parie que oui! plaisanta Kressel avec son sens de l'humour sarcastique et quelque peu agressif.

Matlock aimait aussi Sam Kressel, plutôt parce qu'il connaissait les difficultés de sa tâche et les problèmes avec lesquels il était aux prises que pour l'homme lui-même.

– Que voulez-vous dire, Sam?

– Je vais vous répondre, l'interrompit Adrian Sealfont. M. Loring travaille dans l'administration centrale, au ministère de la Justice. J'ai accepté d'organiser une rencontre entre vous trois, mais non pour ce à quoi Sam et M. Loring ont fait allusion. Apparemment, M. Loring a trouvé bon de vous mettre – comment dire – sous surveillance. J'ai élevé de vives protestations.

Sealfont regarda Loring droit dans les yeux.

– Vous m'avez quoi? demanda tranquillement Matlock.

– Je vous présente toutes mes excuses, répondit Loring sur un ton de persuasion. C'est une manie chez moi. Cela n'a rien à voir avec notre affaire.

– Vous êtes le banlieusard du Chat du Cheshire?

– Le quoi? s'étonna Sam Kressel.

– L'homme au journal.

– C'est ça. Je savais que vous m'aviez remarqué tantôt. Je pensais que vous me reconnaîtriez à la minute où vous me reverriez. J'ignorais que j'avais l'air d'un banlieusard.

– A cause du journal. Nous vous avons même pris pour un père en colère.

– Cela m'arrive. Pas souvent, toutefois. Ma fille n'a que sept ans.

– Je vous suggère de commencer, dit Sealfont. A propos, James, je suis soulagé que vous vous montriez si compréhensif.

– Je suis surtout curieux. J'ai aussi une saine trouille. Pour être franc, je meurs de peur. Matlock sourit, hésitant. De quoi s'agit-il?

– Si nous prenions un verre en bavardant?

Adrian Sealfont lui rendit son sourire et se dirigea vers le bar en cuivre qui se trouvait dans un coin de la pièce.

– Vous êtes bourbon à l'eau, n'est-ce pas, James? Sam, un double whisky et des glaçons? Et vous, monsieur Loring?

– Un whisky sera parfait. Avec juste un peu d'eau.

– Venez me donner un coup de main, James.

Matlock s'avança vers Sealfont pour l'aider.

– Vous m'étonnerez toujours, Adrian, dit Kressel en s'asseyant dans un fauteuil de cuir. Comment vous souvenez-vous des goûts de vos collaborateurs?

Sealfont éclata de rire.

– C'est extrêmement logique. Et cela ne s'arrête pas à mes... collègues. J'ai récolté plus de fonds pour cette institution avec de l'alcool qu'avec des centaines de rapports préparés par les meilleurs esprits analytiques et spécialisés dans ce type de besogne.

Adrian Sealfont s'interrompit, eut un petit rire,

24

autant pour lui que pour les autres personnes présentes dans la pièce.

– Il m'est arrivé de faire un discours devant l'Organisation des présidents d'université. Parmi les questions qui suivirent mon exposé, on m'a demandé à quoi j'attribuais les succès financiers de Carlyle... J'ai malheureusement dû répondre : aux anciens, qui ont développé l'art de la fermentation du raisin... Mon ex-femme s'est beaucoup amusée, mais elle m'a dit plus tard que j'avais retardé le financement d'une dizaine d'années.

Les trois hommes rirent. Matlock distribua les verres.

– A votre santé, fit le président de Carlyle en levant simplement son verre. Le toast qu'il porta fut bref. Tout ceci est un peu étrange, James... Sam. Il y a quelques semaines, j'ai été contacté par le supérieur de M. Loring. Il m'a demandé de venir à Washington pour une affaire de la plus haute importance, concernant Carlyle. J'y suis allé. On m'a exposé la situation, et j'ai refusé. Certains renseignements dont M. Loring vous fera part paraissent indéniables. Mais ce ne sont qu'apparences, rumeurs, déclarations citées hors contexte, écrites ou verbales. Preuves fabriquées qui peuvent se révéler sans la moindre signification. D'autre part, il y a peut-être un élément de vérité. C'est à cause de cet élément que j'ai accepté cette rencontre... Je tiens à être clair. Je ne peux y prendre part. Carlyle non plus. Ce qui se passera dans cette pièce se fera avec mon approbation officieuse, mais pas avec ma bénédiction officielle. Vous agissez en tant qu'individus, non comme membres de la faculté ou du personnel de Carlyle. Si toutefois vous décidez de passer à l'action... Maintenant, James, si cela ne vous effraie pas, je ne sais pas ce qui vous effraiera.

Sealfont sourit à nouveau, mais son message était limpide.

– Cela me fait peur, fit Matlock laconiquement.

Kressel posa son verre et se pencha en avant.

– Devons-nous déduire de ce que vous venez de dire que vous n'approuvez pas la présence de Loring ? Ou ce qu'il est venu faire ?

– Cela reste dans le flou. Si ses accusations sont fondées, je ne peux m'en laver les mains. Aucun président d'université aujourd'hui ne collaborerait ouvertement avec une agence gouvernementale sur une simple hypothèse. Pardonnez-moi, monsieur Loring, mais trop de gens à Washington ont profité des facilités que leur accordaient les facultés. Je pense en particulier à celles du Michigan, de Columbia, de Berkeley... entre autres. Une simple affaire de police est une chose, l'infiltration... enfin, c'est une tout autre histoire.

– Infiltration ? C'est un grand mot ! dit Matlock.

– Peut-être trop grand. M. Loring en jugera.

Kressel reprit son verre.

– Puis-je vous demander pourquoi vous nous avez choisis, Matlock et moi ?

– De nouveau, je laisse le soin de répondre à M. Loring. Cependant, puisque je suis responsable de votre présence ici, Sam, je vous donnerai mes raisons. En tant que doyen, vous êtes le mieux placé pour connaître ce qui se passe sur le campus... Vous saurez vite si M. Loring et ses associés dépassent les bornes fixées... C'est tout ce que j'ai à dire. Je vais me rendre à une réunion. Le cinéaste Strauss y fait ce soir un exposé. Il faut que l'on m'y voie.

Sealfont retourna vers le bar et posa son verre sur un plateau. Les trois hommes se levèrent.

– Une dernière chose avant que vous partiez, fit

Sam Kressel en fronçant les sourcils. Supposez que l'un de nous deux refuse d'accepter le... la proposition de M. Loring?

– Eh bien, refusez! Adrian Sealfont traversa la pièce en direction de la porte de la bibliothèque. Rien ne vous y oblige. Je tiens à ce que ce soit parfaitement clair. M. Loring comprendra. Bonsoir, messieurs.

Sealfont referma la porte derrière lui.

III

Les trois hommes restèrent silencieux, debout, immobiles. Ils entendirent la porte d'entrée s'ouvrir et se refermer. Kressel se retourna et regarda Loring.

– J'ai l'impression qu'on vous a envoyé au charbon.

– Je suis souvent dans cette situation. Laissez-moi clarifier ma position. Ceci vous expliquera en partie le pourquoi de cette réunion. Tout d'abord, il faut que vous sachiez que je travaille pour le ministère de la Justice, Bureau des Narcotiques.

Kressel s'assit et but une gorgée de whisky.

– Vous n'êtes quand même pas venu jusqu'ici pour nous raconter que quarante pour cent des étudiants se droguent au hasch et autres poisons! Parce que si c'est le cas, nous sommes au courant.

– Non. Je suppose en effet que vous connaissez cela. Comme tout le monde. Je ne suis pas certain du pourcentage. Votre estimation est sans doute un peu basse.

Matlock termina son bourbon et décida de se resservir. Il parlait tout en se dirigeant vers le bar.

– Qu'elle soit haute ou basse, en comparaison d'autres campus, il n'y a pas de quoi paniquer.

– En effet. Pas à ce sujet, du moins.

– Y a-t-il autre chose?

– Oui.

Loring s'avança vers le bureau de Sealfont et se pencha pour ramasser sa mallette. De toute évidence, l'homme du gouvernement et le président de Carlyle avaient eu une conversation avant l'arrivée de Matlock et de Kressel. Loring posa la mallette sur la table et l'ouvrit. Matlock recula vers un fauteuil et s'assit.

– J'aimerais vous montrer quelque chose.

Loring fouilla dans sa serviette et en sortit une épaisse feuille de couleur argentée qui semblait avoir été coupée en diagonale avec des ciseaux à lames dentelées. Le bord argenté était crasseux, avec des traces de doigts, de graisse et de saleté. Il s'approcha du fauteuil de Matlock et lui tendit l'objet. Kressel se leva et vint les rejoindre.

– C'est une espèce de lettre. Ou un faire-part. Avec des numéros, dit Matlock. C'est en français, non en italien, je crois. Je n'arrive pas à comprendre.

– Très bien, professeur, fit Loring. Un peu des deux, sans que l'une ou l'autre langue prédomine. En fait c'est un dialecte corse que l'on a transcrit. Cela s'appelle le dialecte d'outre-monts, qui est utilisé dans l'intérieur du sud du pays. Comme l'étrusque, il n'est pas entièrement traduisible. Mais les codes utilisés sont simples au point de ne plus mériter le nom de codes. Je ne pense pas qu'ils aient été conçus pour cela. Il n'y en a pas trop. Ce message suffit à nous apprendre ce que nous voulions savoir.

– C'est-à-dire? demanda Kressel en prenant l'étrange papier des mains de Matlock.

– J'aimerais d'abord vous expliquer comment il est arrivé en notre possession. Sans cela, toute information n'aurait plus de sens.

– Allez-y.

Kressel tendit le papier argenté et sale à l'agent du gouvernement, qui revint vers le bureau et le rangea soigneusement dans sa mallette.

– Un courrier du Bureau des Narcotiques – c'est-à-dire un homme qu'on envoie vers une source particulière de renseignements pour y porter nos instructions, argent ou messages – a quitté le pays il y a six semaines. Il était assez puissant au sein de la hiérarchie de distribution. Disons qu'il prenait des vacances ressemblant fort à ses occupations professionnelles habituelles, mais au bord de la Méditerranée. Ou bien il contrôlait certains investissements... De toute façon, il a été assassiné par des gens de la montagne, dans les Toros Daglari. C'est en Turquie, un secteur en pleine expansion. Voilà l'histoire : il a annulé un certain nombre d'opérations là-bas, et la violence a éclaté. Il faut que nous admettions les faits : notre champ d'action en Méditerranée rétrécit et se déplace vers l'Amérique du Sud. On a trouvé le papier sur lui, dans une ceinture de cuir. Comme vous voyez, il a voyagé. Il a été racheté plusieurs fois d'Ankara à Marrakech. Un agent d'Interpol a fini par le récupérer, et il est parvenu jusqu'à nous.

– De Toros Dag... je ne sais quoi à Washington. Ce papier a fait un long voyage, déclara Matlock.

– Et coûteux, ajouta Loring. Seulement maintenant, il n'est plus à Washington. Il est ici. De Toros Daglari à Carlyle, Connecticut.

– Je suppose qu'il y a une raison pour cela.

Sam Kressel s'assit et regarda l'homme du Bureau des Narcotiques avec appréhension.

– Cela signifie que le renseignement donné par ce papier n'est pas sans rapport avec Carlyle.

Loring s'appuya contre le bureau et parla calmement, sans précipitation aucune. On aurait dit un instituteur expliquant à une classe un problème de mathématiques ennuyeux mais indispensable.

– Il y est écrit qu'une conférence aura lieu ici le 10 mai, c'est-à-dire dans trois semaines. Les chiffres sont, sur la carte, les coordonnées de la région de Carlyle, avec des précisions à la décimale près quant à la latitude et à la longitude, en unités de Greenwich. L'invitation elle-même permet d'identifier son détenteur comme étant l'un de ceux qui y sont conviés. A chaque papier correspond une autre moitié, ou bien il a été découpé pour pouvoir y être associé. Simple précaution supplémentaire. Ce qui nous manque, c'est le lieu précis.

– Attendez une minute! La voix de Kressel était contenue mais coupante. Il était inquiet. N'êtes-vous pas en train de mettre la charrue devant les bœufs, Loring? Vous nous donnez des renseignements de toute évidence confidentiels avant de nous informer de la nature de votre requête. L'administration de cette université n'a pas l'intention de devenir l'arme d'une enquête gouvernementale. Avant de développer l'affaire, vous feriez mieux de nous dire ce que vous voulez.

– Je suis désolé, monsieur Kressel. Vous avez dit qu'on m'avait envoyé au charbon, ce qui est exact. Mais apparemment, je m'y prends mal.

– On ne peut plus. Vous êtes vraiment un expert.

– Du calme, Sam. La main de Matlock quitta le bras du fauteuil. L'hostilité soudaine de Kressel lui semblait malvenue. Sealfont nous a indiqué que nous avions la possibilité de refuser. Si c'est le cas – ce que nous ferons probablement – j'aimerais être sûr que nous nous décidions après mûre réflexion, et non par une réaction *a priori*.

– Ne soyez pas naïf, Jim. Si l'on vous communique des renseignements confidentiels, vous êtes, de ce simple fait, impliqué. Vous ne pouvez nier en avoir eu connaissance. Vous ne pouvez plus affirmer que rien ne s'est produit.

Matlock leva les yeux vers Loring.

— Est-ce vrai?

— Jusqu'à un certain point, oui.

— Alors pourquoi vous écouterions-nous?

— Parce que l'université de Carlyle est intimement liée à tout cela. Depuis des années. Et que la situation est critique. Si critique que nous n'avons plus que trois semaines pour agir avec les données que nous possédons.

Kressel se leva de son fauteuil et respira profondément.

— Créer la crise, sans preuve, et forcer l'engagement. La crise disparaît, mais les dossiers montrent que l'Université est partie prenante, même discrètement, dans une enquête fédérale. C'est ce qui s'est passé à la faculté du Wisconsin. Kressel se tourna vers Matlock. Vous en souvenez-vous, Jim? Six jours d'émeute sur le campus. Un trimestre perdu en palabres.

— C'était pour le Pentagone, répliqua Matlock. Les circonstances étaient entièrement différentes.

— Vous croyez que c'est plus acceptable parce qu'il s'agit, cette fois, du ministère de la Justice? Lisez les journaux des campus.

— Pour l'amour du Ciel, Sam, laissez-le parler. Si vous ne voulez pas l'écouter, rentrez chez vous. Je désire savoir ce qu'il a à nous dire.

Kressel baissa les yeux vers Matlock.

— D'accord. Je crois comprendre. Allez-y, Loring. Mais souvenez-vous, aucune obligation. Nous ne sommes pas tenus à la discrétion.

— Je compte sur votre bon sens.

— C'est peut-être une erreur.

Kressel se dirigea vers le bar et remplit son verre.

Loring s'assit sur le bord du bureau.

32

– Je commencerai par vous demander à tous deux si vous avez déjà entendu parler de Nemrod?

– Nemrod, c'est un nom hébreu, répondit Matlock. Dans l'Ancien Testament. Un descendant de Noé, roi de Bibylone et de Ninive. Chasseur légendaire, ce qui fait oublier le plus important. C'est lui qui fonda ou construisit les grandes cités d'Assyrie et de Mésopotamie.

Loring sourit.

– Très bien, professeur. Un chasseur et un bâtisseur. Je parle en termes plus contemporains, cependant.

– Alors, non. Je n'en ai pas entendu parler. Et vous, Sam?

Kressel revint vers son fauteuil, son verre à la main.

– Je ne connaissais même pas ce dont vous avez parlé; je pensais qu'un nemrod était un insecte. Excellent appât pour la truite.

– Dans ce cas, je vais combler vos lacunes... Mon intention n'est pas de vous ennuyer avec les statistiques sur la drogue. Je suis certain qu'on vous les rabâche constamment.

– Constamment, répéta Kressel.

– Mais il existe des statistiques par région dont vous n'avez peut-être pas été informés. La concentration du trafic de stupéfiants en Nouvelle-Angleterre grandit à un rythme dépassant celui de tous les autres secteurs du pays. C'est ahurissant. Depuis 1968, on constate une érosion systématique des procédures légales... si l'on extrapole, géographiquement parlant. En Californie, dans l'Illinois et en Louisiane, le contrôle de la drogue s'est amélioré, au point d'en limiter les courbes de croissance. C'est vraiment ce que nous pouvons espérer de mieux tant que les accords internationaux le seront pas suivis d'effets. Mais pas en Nouvelle-

Angleterre. Dans cette zone, l'augmentation est délirante. Elle fait des dégâts dans les facultés.

– Comment le savez-vous ? demanda Matlock.

– Il existe des dizaines de façons de s'informer, et il est toujours trop tard pour empêcher l'écoulement de la marchandise. Informateurs, inventaires venant de sources méditerranéennes, asiatiques et latino-américaines, dépôts repérables en Suisse. Ce sont des données semi-confidentielles.

Loring regarda Kressel et sourit.

– Maintenant, je sais que vous êtes fou, fit Kressel d'un ton désagréable. Je pense que, si vous avez des preuves tangibles, vous devez les étaler publiquement, les proclamer haut et fort.

– Nous avons nos raisons.

– Confidentielles également, je présume, dit Kressel avec une moue de dégoût.

– Il y a un autre problème, poursuivit l'agent du gouvernement, sans tenir compte de sa remarque. Les prestigieux campus de l'est du pays, grands et petits, Princeton, Amherst, Harvard, Vassar, Williams, Carlyle... Un pourcentage important de leurs recrues se compose d'enfants de personnalités en vue. Les fils et les filles de gens haut placés, principalement dans l'administration et dans l'industrie. Cela implique des possibilités de chantage, et nous pensons que cela a été utilisé. Les personnes concernées sont extrêmement sensibles à ce type de scandale lié à la drogue.

Kressel l'interrompit.

– Si ce que vous nous dites est vrai, ce que je ne crois pas, nous avons moins de problèmes ici que dans les autres facultés du Nord-Est.

– Nous sommes au courant. Nous pensons même savoir pourquoi.

– Vous êtes sibyllin, monsieur Loring. Poursuivez donc vos révélations.

Matlock n'aimait pas ce genre de petit jeu.

34

– Tout réseau de distribution capable d'un approvisionnement régulier, de s'accroître et de contrôler un secteur entier du pays doit avoir une base opérationnelle. Un dépôt ou, pour ainsi dire, un poste de commandement. Croyez-moi quand je vous dis que cette base, ce poste de commandement du trafic de la drogue pour la Nouvelle-Angleterre, c'est l'université de Carlyle.

Samuel Kressel, doyen de la faculté, laissa tomber son verre sur le parquet du bureau d'Adrian Sealfont.

Ralph Loring poursuivit son incroyable histoire. Matlock et Kressel restèrent dans leurs fauteuils. Plusieurs fois au cours de son calme et méthodique exposé, Kressel tenta de l'interrompre pour protester, mais le récit de Loring était si convaincant qu'il dut se taire. Il n'y avait plus aucune discussion possible.

L'enquête, à Carlyle, avait commencé dix-huit mois plus tôt. C'était un livre de comptes découvert par les services français au cours d'un de leur fréquents contrôles dans le port de Marseille qui l'avait déclenchée. Une fois l'origine américaine du livre en question établie, celui-ci fut envoyé à Washington avec l'accord d'Interpol. Dans les différentes rubriques, on remarqua les références « C – 22° – 59° » suivies du nom Nemrod. Les repères numériques se trouvèrent correspondre aux coordonnées géographiques du nord du Connecticut. Mais ils n'étaient pas précis à la décimale près. Après avoir tracé des centaines d'itinéraires possibles, à partir des quais de débarquement au bord de l'Atlantique et des aéroports correspondant à un départ de Marseille, la région de Carlyle fut placée sous haute surveillance.

On mit sur écoute téléphonique ceux connus pour être impliqués dans l'écoulement de la drogue à partir des places telles que New York, Hartford, Boston et New Haven. Les conversations des personnalités du milieu furent enregistrées. Tous les appels concernant les stupéfiants partant ou arrivant à la zone de Carlyle venaient de cabines téléphoniques. Il était difficile de les intercepter, mais possible. Méthodes confidentielles, une fois de plus.

Tandis que les dossiers de renseignements épaississaient, un fait surprenant fut mis en lumière. Le groupe de Carlyle était indépendant. Il n'avait aucun lien avec le crime organisé. Il ne rendait de comptes à personne. Il utilisait des éléments criminels répertoriés, mais n'était pas utilisé par eux. C'était un réseau très resserré, concernant la majorité des universités de Nouvelle-Angleterre. Et apparemment, il ne se contentait pas de la drogue.

On avait des preuves de la pénétration de l'unité de Carlyle dans les milieux du jeu, de la prostitution et même du placement professionnel des étudiants qui sortaient des facultés en question. Il semblait y avoir un dessein, un objectif dépassant les gains inhérents à ces activités illégales. L'université de Carlyle aurait pu réaliser de bien plus gros bénéfices avec moins de complications, en travaillant directement avec des criminels et des fournisseurs connus dans toutes les régions. Au lieu de cela, elle dépensait son argent à construire sa propre organisation. Elle était son propre maître, contrôlait ses propres ressources, sa propre distribution. Mais ses objectifs finaux n'étaient pas clairs.

Elle était devenue si puissante qu'elle menaçait les patrons du crime organisé dans le Nord-Est. Pour cette raison, les personnalités du milieu exigèrent une conférence avec les responsables de l'opération de Carlyle. Ici, la clé était un groupe ou un

individu, identifié sous le nom de code de Nemrod.

Le but de cette réunion, autant qu'on ait pu le
déterminer, était de trouver un compromis entre
Némrod et les seigneurs du crime qui se sentaient
menacés par l'extraordinaire croissance du premier. Assisteraient à cette conférence des criminels, connus et inconnus, venus des quatre coins
de la Nouvelle-Angleterre.

– Monsieur Kressel. Loring se tourna vers le
doyen de Carlyle et sembla hésiter. Je suppose que
vous avez des listes – étudiants, corps enseignant,
personnel – de gens que vous connaissez ou que
vous avez des raisons de soupçonner de participer
au trafic de drogue. Je ne peux pas l'affirmer parce
que je n'en sais rien, mais la plupart des universités
doivent en établir.

– Je ne répondrai pas à cette question.

– Ce qui, bien entendu, me donne la réponse,
répliqua calmement Loring, compréhensif.

– Absolument pas! Vous autres, vous avez l'habitude de croire ce qui vous arrange.

– D'accord. Touché! Mais même si vous
m'aviez dit oui, je n'avais pas l'intention de vous
les demander. C'était simplement un moyen de
vous prévenir que nous possédions une telle liste.
Je tenais à ce que vous le sachiez.

Sam Kressel se rendit compte qu'il avait été
piégé. La franchise de Loring ne fit que l'exaspérer
un peu plus.

– J'en suis certain.

– Inutile de vous dire que nous ne voyons
aucune objection à vous en donner copie.

– Ce ne sera pas nécessaire.

– Vous êtes vraiment obstiné, Sam, fit Matlock.
Auriez-vous choisi la politique de l'autruche?

Avant que Kressel ait pu répondre, Loring intervint.

– Le doyen sait qu'il peut changer d'avis. Et, nous sommes d'accord sur ce point, il n'y a pas de crise ici. Vous seriez surpris de constater le nombre de gens qui attendent que le toit s'effondre avant de demander de l'aide ou de l'accepter.

– Mais la tendance de votre organisation à transformer les situations difficiles en désastres est beaucoup moins surprenante, n'est-ce pas? rétorqua Kressel d'un ton hostile.

– Nous avons commis des erreurs.

– Puisque vous avez des noms, enchaîna Sam, pourquoi ne poursuivez-vous pas les individus! Laissez-nous en dehors de cette affaire. Faites votre sale boulot. Arrêtez-les. Inculpez-les. N'essayer pas de nous faire monter au feu à votre place.

– Ce n'était pas notre intention… De plus, la majeure partie de nos témoignages sont irrecevables.

– Je m'en doutais, rétorqua Kressel.

– Alors qu'y gagnons-nous? qu'y gagnez-vous? Loring se pencha en avant et, à son tour, fixa Sam du regard. Nous choisissons deux ou trois centaines de drogués au hasch, quelques dizaines de fans de la coco, des clients et des revendeurs de petit calibre. Vous ne comprenez pas que ça ne résout rien?

– Ce qui nous amène à faire ce que vous désirez.

Matlock s'enfonça dans son fauteuil et observa cet agent si persuasif.

– Oui, répondit doucement Loring. Nous voulons Nemrod, connaître l'endroit précis où aura lieu la conférence du 10 mai. Elle peut se tenir n'importe où, dans un rayon de quatre-vingts à cent cinquante kilomètres. Nous souhaitons être prêts, casser les reins de Nemrod, pour des raisons qui dépassent largement l'université de Carlyle. Et le problème des stupéfiants.

— Comment? demanda James Matlock.

— Le professeur Sealfont vous l'a dit. L'infiltration... Professeur Matlock, vous avez la réputation, dans les cercles intellectuels, de vous adapter à merveille à l'intérieur de tout environnement. Vous êtes accepté par des factions multiples et ennemies, par le corps professoral et par les étudiants. Nous avons les noms, vous avez la mobilité. Loring saisit sa mallette et en sortit la feuille de papier argentée, sale et découpée. L'information que nous cherchons se trouve ici, quelque part. Quelque part, il y a quelqu'un qui possède un papier comme celui-ci, quelqu'un qui sait ce que nous devons apprendre.

James Barbour Matlock resta immobile dans son fauteuil, fixant l'homme du gouvernement. Ni Loring ni Kressel ne pouvaient savoir ce qu'il avait en tête, mais ils en avaient tous deux une petite idée. Si les pensées avaient été perceptibles, il y aurait eu une parfaite harmonie dans cette pièce, à ce moment précis. James Matlock était revenu trois, presque quatre ans en arrière. Il se rappelait un garçon blond de dix-neuf ans. Immature pour son âge, peut-être, mais bon, gentil. Un garçon à problèmes.

On l'avait trouvé comme des milliers d'autres dans des milliers de villes et de bourgades à travers le pays. Autres temps, autres Nemrods.

Le frère de James Matlock, David, avait introduit une aiguille dans son bras droit et y avait injecté trente milligrammes d'un liquide blanc. C'était dans un « cat-boat », dans les eaux calmes de l'anse du Cap Cod. Le petit voilier avait heurté les récifs, près du rivage. Quand on les découvrit, le frère de James Matlock était mort.

Matlock prit sa décision.

– Pouvez-vous me donner les noms ?

– Je les ai sur moi.

– Attendez ! Kressel se leva et, quand il parla, il ne parlait plus comme un homme en colère. Sa voix exprimait la peur. Vous rendez-vous compte de ce que vous êtes en train de demander ? Matlock n'a aucune expérience de ce genre de travail. Il n'est pas entraîné. Utilisez l'un de vos agents.

– Le moment est mal choisi... Pas pour l'un de nos hommes. Matlock sera protégé. Vous ne pouvez pas l'empêcher d'accepter.

– Si, je peux l'en empêcher.

– Non, Sam, déclara Matlock.

– Jim, pour l'amour du ciel, savez-vous où vous mettez les pieds ? S'il y a la moindre parcelle de vérité dans ce qu'il raconte, il vous place dans la plus abominable des situations. Mouchard.

– Vous n'êtes pas obligé de rester. Ma décision n'est pas nécessairement la vôtre. Pourquoi ne rentrez-vous pas chez vous ?

Matlock se leva et se dirigea vers le bar, son verre à la main.

– C'est impossible à présent, fit Kressel en se tournant vers l'agent du gouvernement. Et il le sait.

Loring fut envahi de tristesse. Ce Matlock était un homme bien. Il acceptait le marché qu'on lui proposait parce qu'il croyait avoir une dette. Et professionnellement, froidement, on pouvait prédire qu'en effectuant cette mission, James Matlock risquait sa peau. Le prix à payer était exorbitant. Mais le but en valait la peine. La conférence en valait la peine.

Nemrod en valait la peine.

Ce fut la conclusion de Loring.

Cela rendait cette mission supportable.

IV

Il était inconcevable de prendre des notes. Loring exposa à Matlock ce que l'on attendait de lui, lentement, en répétant constamment les mêmes détails. Mais Loring, en professionnel, savait qu'il fallait faire des pauses, relâcher la pression que subissaient ceux qui voulaient ingurgiter trop et trop vite. Pendant ce temps, il essaya de cerner Matlock, d'en apprendre plus sur cet homme qui faisait si peu de cas de sa propre vie. Il était presque minuit. Sam Kressel était parti avant huit heures. Il n'était ni nécessaire ni souhaitable que le doyen assistât à l'exposé complet. Il servirait de liaison sans agir. Kressel ne s'opposa pas à cette décision.

Ralph Loring découvrit rapidement que Matlock avait un caractère assez secret. Ses réponses aux questions apparemment anodines de son interlocuteur étaient brèves, indifférentes, avec un soupçon d'autodénigrement. Loring renonça à le sonder. Matlock était d'accord pour faire le boulot, non pour rendre publiques ses pensées ou sa motivation. Ce n'était pas indispensable. Loring comprenait ses motifs. C'était la seule chose qui comptait. Après tout, il valait mieux ne pas trop bien connaître l'homme.

Matlock, tout en faisant un effort pour retenir les

informations reçues, songeait lui aussi à sa propre vie, se demandant pourquoi on l'avait choisi.

Loring avait employé à son égard le terme de *mobile*. Cette définition l'intriguait. Quel mot horrible !

Il savait cependant qu'il correspondait à ce qualificatif. Oui, il était mobile. Les chercheurs professionnels, ou les psychologues, ne se trompaient pas. Mais il doutait qu'ils aient compris la raison de sa... mobilité.

Le monde universitaire avait été pour lui un refuge, un sanctuaire. Pas une ambition de longue date. Il avait fui pour gagner du temps, pour réorganiser une existence qui s'effritait, pour comprendre. Pour être bien dans sa tête, comme disaient aujourd'hui les jeunes.

Il avait essayé d'expliquer cela à sa femme, charmante, vive, brillante, et finalement si superficielle, sa femme qui était persuadée qu'il avait perdu l'entendement. Qu'y avait-il d'autre à désirer sinon un métier absolument formidable, une maison absolument superbe, un club terriblement agréable et la belle vie dans un milieu social et financier terriblement gratifiant ? Elle n'allait pas chercher plus loin. Il le comprit.

Mais pour lui, ce monde avait perdu sa signification. Il avait commencé à dériver à vingt et quelques années, pendant le temps qu'il avait passé à Amherst. Le fossé s'était définitivement creusé après son expérience de la vie militaire.

Son rejet n'avait pas été provoqué par un seul motif. De plus, ce n'était pas un acte violent, bien que la violence ait joué un rôle dans les premiers jours de trouble à Saigon. Tout avait débuté chez lui, au cours d'une série de désagréables confrontations avec son père. On acceptait ou on refusait le mode de vie de sa caste. Ce père, trop âgé, trop conformiste, croyait se justifier en exigeant de meilleurs résultats de son fils aîné. Une orientation, une résolution qui n'étaient pas évidentes. Le vieux Matlock appartenait à une autre époque, si ce n'était à un autre siècle, et pensait que ce décalage entre père et fils était quelque chose de souhaitable. Il était facile de rejeter son enfant tant que celui-ci n'aurait pas fait ses preuves en affaires. Facile à rejeter mais malléable. A sa manière, il ressemblait à un aimable souverain modéré, qui après des générations au pouvoir, répugnait à voir le trône abandonné par son héritier légitime. Il lui était inconcevable que son fils ne prît pas la direction des affaires familiales. Les affaires.

Mais pour le jeune Matlock, tout cela était trop cousu de fil blanc. Préférable. Il n'était pas seulement mal à l'aise quand il songeait à un avenir qui correspondait si bien à la vision paternelle, il avait peur. Il ne prenait aucun plaisir aux pressions quasi militaires du monde de la finance. Au lieu de cela, il éprouvait une certaine crainte de se sentir décalé, crainte amplifiée par l'écrasante compétence de son père. Plus son entrée dans cet univers approchait, plus sa frayeur devenait envahissante. Il lui sembla alors qu'aux délices d'une situation incroyablement protégée et d'un confort superflu devait s'ajouter une justification qui expliquerait que l'on fît ce que l'on attendait de vous afin de posséder l'une et l'autre. Or cette justification, il ne parvenait pas à la trouver. Mieux valait que l'abri fût moins sûr, le confort plus limité, plutôt que de continuer à avoir peur, à être mal à l'aise.

Il tenta d'expliquer sa position à son père. Sa femme lui dit qu'il avait perdu la tête, le vieux monsieur le traita de désaxé.

Ce qui n'était pas très éloigné du jugement que l'armée avait porté sur lui.

L'armée.

Un désastre. Aggravé par la conscience que

c'était lui qui l'avait provoqué. Il découvrit qu'il abhorrait sa discipline physique et aveugle, et cette autorité indiscutable. Il était assez grand, assez fort, il avait un vocabulaire suffisant pour formuler ses objections si caractéristiques de son immaturité, de son inadaptation, et le faire à son avantage.

Les manœuvres discrètes d'un oncle lui valurent d'être libéré avant d'avoir terminé son temps. De cela, il fut reconnaissant à sa famille et à l'influence qu'elle était à même d'exercer.

A ce moment crucial, James Barbour Matlock II avait gâché sa vie. Ayant quitté l'armée sans gloire, divorcé, dépossédé, symboliquement sinon concrètement par sa famille, il fut effrayé à l'idée de n'avoir pas un endroit où aller et d'errer sans but.

C'est pourquoi il se réfugia entre les murs rassurants d'une faculté, espérant y trouver une réponse. Et comme dans une histoire d'amour qui aurait commencé par une attirance sexuelle et qui se serait transformée en dépendance psychologique, il avait épousé la carrière d'enseignant. Il avait découvert ce qui lui avait été étranger pendant ces cinq années. C'était son premier véritable engagement.

Il était libre.

Libre de prendre du plaisir à relever ce défi qui représentait tant pour lui. Libre d'avoir confiance en lui, d'être certain de réussir. Il se plongea dans ce monde nouveau avec l'enthousiasme du néophyte, mais sans son aveuglement. Il choisit une période de l'histoire et de la littérature qui bouillonnait d'énergie, de conflits et de contradictions. Les années d'apprentissage passèrent très vite. Il fut complètement absorbé et agréablement surpris par ses propres talents. Quand il émergea sur la scène professionnelle il apporta un souffle d'air frais dans des archives poussiéreuses. Il réalisa d'étonnantes innovations dans des méthodes de recherche considérées comme intouchables depuis la nuit des temps. Sa thèse de doctorat sur les ingérences de la Cour dans la littérature anglaise de la Renaissance – et sa gestion de l'information – propulsa dans les poubelles de l'histoire plusieurs sacro-saintes théories sur une bienfaitrice de l'humanité nommée Elisabeth.

Il faisait partie d'une nouvelle race d'érudits, agité, sceptique, insatisfait, en perpétuelle recherche, tout en partageant le savoir qu'il avait reçu. Deux ans et demi après son doctorat, il fut promu professeur associé. C'était le plus jeune enseignant qui eût un tel contrat à Carlyle.

James Barbour Matlock II rattrapa les années perdues, les années terribles. Ce qui l'enchantait, c'était de pouvoir transmettre sa passion aux autres. Il était assez jeune pour aimer partager son enthousiasme, assez âgé pour diriger les entretiens.

Oui, il était mobile. Ô combien! Il était incapable de repousser quelqu'un, de lui fermer sa porte même s'il n'était pas d'accord, même s'il ne l'aimait pas. La profondeur de sa propre gratitude, de son soulagement était telle qu'inconsciemment il s'était juré de toujours tenir compte des problèmes des autres.

– Des surprises? Loring venait de terminer un chapitre du dossier concernant les achats de stupéfiants tels qu'ils avaient été tracés.

– Plutôt une clarification, répondit Matlock. Les bonnes vieilles associations d'étudiants et les clubs du même acabit – en forte majorité blanches et riches – se fournissent à Hartford. Les groupes noirs, comme Lumumba Hall, vont à New Haven. Différentes sources d'approvionnement.

– Exactement. C'est la filière estudiantine. Personne n'achète aux fournisseurs de Carlyle même. A Nemrod.

– Vous nous avez expliqué pourquoi. Les gens de Nemrod ne veulent pas de publicité.

– Mais ils sont là. Ils ont leur utilité.

– Pour qui?

– Le corps enseignant et le personnel de la faculté, répondit calmement Loring en parcourant des yeux la page qu'il tenait. Ceci va peut-être vous surprendre. Mr. et Mrs. Archer Beeson...

Matlock imagina aussitôt le professeur d'histoire. Il avait le conformisme de la Ligue des grandes écoles, sa fausse arrogance, sa préciosité esthétique. Archer Beeson était un jeune homme pressé de faire carrière, universitairement parlant. Sa femme, la parfaite ingénue de campus, insouciante et sexy, était perpétuellement ébahie.

– Ils carburent au LSD et aux amphétamines. L'acide et le speed.

– Mon Dieu! Ils trompent bien leur monde. Comment le savez-vous?

– C'est trop compliqué pour que nous rentrions dans les détails, trop confidentiel aussi. Pour simplifier à l'extrême, ils – lui surtout – avaient l'habitude de s'approvisionner chez un revendeur de Bridgeport. Le contact fut rompu, et il ne fit son apparition sur aucune autre liste. Pourtant il n'est pas hors circuit. Nous pensons qu'il a créé la filière de Carlyle. Pas de preuves, encore que... En voilà un autre.

C'était l'entraîneur de l'équipe universitaire de football, un Ecossais qui enseignait l'éducation physique. Lui, c'étaient la marie-jeanne et les amphétamines. Avant, il se rendait à Hartford. Il était considéré comme l'un des revendeurs du campus. Bien que la filière de Hartford ne fût pas utilisée, les divers comptes de cet individu qui servait de prête-nom avaient continué à grossir. Hypothèse : Nemrod.

Un autre encore. Cette fois, Matlock fut effrayé. L'assistant du doyen chargé des admissions. Un ancien élève de Carlyle qui était revenu vers l'université après une brève carrière dans le marketing. C'était un homme haut en couleur, le cœur sur la main, qui faisait du prosélytisme pour Carlyle. Un enthousiasme très populaire en ces temps de cynisme. Lui aussi était considéré comme ravitailleur, non comme utilisateur. Il était couvert par des revendeurs de seconde ou de troisième zone.

– Nous pensons que c'est l'organisation de Nemrod qui l'a fait revenir ici. Bon positionnement pour Nemrod.

– Ça fait froid dans le dos. Ce fils de pute passe auprès des parents pour un mélange d'astronaute et de chapelain.

– Bon positionnement, comme je disais. Vous vous rappelez. Je vous en ai parlé, à vous et à Kressel : les gens de Nemrod ne s'intéressent pas qu'à la drogue.

– Mais vous ne savez pas qui ils sont.

– Mieux vaut que nous le découvrions... sinon c'en est fini de nos gosses.

La liste des étudiants parut interminable à Matlock. Ils étaient cinq cent soixante-trois sur un effectif de mille deux cents ! L'homme du gouvernement reconnut que beaucoup avaient été inscrits en raison de leurs fréquentations sur le campus, sans que leur usage personnel fût confirmé. Les clubs et les associations étaient connus pour regrouper les fonds destinés à l'achat de stupéfiants.

– Nous n'avons pas le temps de vérifier chaque nom. Nous cherchons un réseau de relations. N'importe lesquelles, même éloignées. Nous devons ratisser tous azimuts. Nous ne pouvons pas restreindre les axes d'investigation... Et puis, cette liste a une autre particularité. Je ne sais pas si vous en êtes conscient.

– Certainement. Je le crois, du moins. Il y a vingt ou trente noms qui vont faire tressaillir en haut lieu. Des parents qui ont de l'influence. Industrie, finance, gouvernement. Ici, souligna Matlock. Le cabinet du Président, si je ne m'abuse.

– Vous voyez, sourit Loring.

– Est-ce l'une des causes de toute cette affaire ?

– Nous ne le savons pas. Possible, probable. Les tentacules de Nemrod s'étendent rapidement. C'est pourquoi nous tirons la sonnette d'alarme. Officieusement, il pourrait y avoir des répercussions inimaginables... Remaniements dans l'armée, accords syndicaux, limogeages. Vous avez raison. Cela pourrait avoir un rapport.

– Mon Dieu ! fit Matlock à voix basse.

– Exactement.

Les deux hommes entendirent la porte d'entrée de la demeure de Sealfont s'ouvrir et se refermer. Mû par une sorte de réflexe, Loring prit calmement les papiers des mains de Matlock et les rangea aussitôt dans sa mallette. Il referma cette dernière et fit quelque chose d'inattendu. En silence, avec discrétion il entrouvrit sa veste et glissa ses doigts sur la crosse d'un revolver qui se trouvait dans un petit étui à hauteur de sa poitrine. Matlock fut surpris. Il ne pouvait détacher les yeux de cette main cachée.

La porte de la bibliothèque s'ouvrit et Adrian Sealfont entra. Loring changea la position de sa main. Sealfont se mit à parler avec une certaine aménité.

– *J'essaie*. Honnêtement, je fais un effort. Je comprends les mots et les images. Je ne m'offusque nullement devant les cheveux tressés. Mais ce qui me trouble, c'est l'hostilité. Quiconque a plus de trente ans est l'ennemi naturel de ces gars-là.

– C'était Strauss, n'est-ce pas? demanda Matlock.

– Oui, quelqu'un s'est enquis de l'influence de la Nouvelle Vague. Il a déclaré que c'était de l'histoire ancienne. Il a même employé le mot préhistorique... Je ne voudrais pas vous interrompre, messieurs. J'aimerais cependant connaître le statut de Kressel, monsieur Loring. De toute évidence, James a accepté.

– Kressel aussi, monsieur. Il servira d'agent de liaison entre nous.

– Je vois. Sealfont regarda Matlock. On percevait un certain soulagement dans son regard. Je peux vous le dire, à présent. Je vous suis extrêmement reconnaissant de nous aider.

– Je ne pense pas qu'il y ait d'autre possibilité.

– Il n'y en a pas. Ce qui est effrayant, c'est qu'il faille s'engager à ce point. Monsieur Loring, je tiens à être tenu au courant dès que vous aurez quelque chose de concret. A ce moment-là, je ferai ce que vous désirerez, je suivrai vos instructions quelles qu'elles soient. Tout ce que je vous demande, c'est de m'apporter des preuves. Vous aurez alors ma collaboration totale, officielle.

– Je comprends, monsieur. Vous nous avez été d'une grande utilité. Plus que nous n'étions en droit d'espérer. Nous vous en sommes reconnaissants.

– Comme James l'a dit, on ne pouvait faire autrement, mais je dois vous imposer certaines limites. J'ai d'abord des obligations envers cette institution. Les campus semblent peut-être calmes aujourd'hui. Je pense que c'est une appréciation superficielle... Vous avez du pain sur la planche, et j'ai du travail à terminer. Bonsoir, monsieur Loring. James.

Matlock et l'agent gouvernemental hochèrent la tête tandis qu'Adrian Sealfont refermait la porte de la bibliothèque.

A une heure du matin, Matlock était incapable d'absorber davantage d'informations. Les principaux éléments – noms, sources, hypothèses –, il les avait retenus. Il ne les oublierait jamais. La vue de tout individu figurant sur la liste lui raviverait la mémoire. Il savait que Loring avait raison. C'était pourquoi ce dernier avait insisté pour qu'il lise les noms à haute voix, qu'il répète chacun d'eux plusieurs fois. Cela suffirait.

A présent, il avait besoin de dormir si, toutefois, il parvenait à trouver le sommeil. De laisser les choses se décanter. Le lendemain matin, il commencerait à prendre des décisions, déterminerait l'ordre des rencontres à organiser en prenant soin de choisir des gens qui ne se contacteraient pas mutuellement. Cela signifiait qu'il devrait bien connaître les rapports amicaux, qu'il s'agisse des professeurs ou des étudiants. C'étaient là des dizaines de fragments d'information isolés qui allaient au-delà des données fournies par Loring. Les dossiers de Kressel – ceux qu'il affirmait ne pas posséder – l'aideraient.

Quand il s'entretiendrait avec les sujets sélectionnés, il lui faudrait procéder avec prudence, hésiter, éluder, être à l'affût du moindre signe, du moindre regard ou de la moindre trahison.

Quelque part, avec quelqu'un, quelque chose se produirait.

– J'aimerais revenir sur un point, dit Loring. Le matériel de base.

– Nous en avons déjà vu pas mal. Je devrais peut-être digérer ce que j'ai appris.

– Ça ne prendra qu'une seconde. C'est important. L'agent fouilla dans sa mallette et en sortit le fameux petit papier découpé. Voilà, il est à vous !

– Merci pour ce je-ne-sais-quoi.

Matlock prit le papier argenté et contempla l'étrange message.

– Je vous ai dit que c'était du corse d'outre-monts et, à deux mots près, c'esc exact. En bas, sur une seule ligne, vous lirez la phrase : *Venerare Omerta*. Ce n'est pas du corse, c'est du sicilien. Une contraction sicilienne, pour être précis.

– Je l'ai déjà vue.

– J'en suis certain. Elle a été largement répandue dans les journaux, les films, les romans. Mais cela n'amoindrit pas son impact sur ceux qui sont concernés. C'est quelque chose de très réel.

– Qu'est-ce que cela signifie ?

– Traduction approximative : respectez la loi de l'Omerta. L'Omerta, c'est un serment d'allégeance et de silence. Trahir l'une ou l'autre, c'est s'exposer à la mort.

– La Mafia ?

– Elle est impliquée. On peut dire que c'est la règle du second participant. Souvenez-vous que le petit faire-part a été envoyé conjointement par deux factions qui essaient de trouver un compromis. L'Omerta vaut pour tout le monde. Les deux camps l'ont adoptée.

– Je ne l'oublierai pas, mais je ne vois pas ce que je suis censé faire de ce document.

– Sachez seulement ce qu'il signifie.

– D'accord.

– Dernière chose. Tout ce que nous avons vu ce soir a un rapport avec les stupéfiants. Mais si nos renseignements sont exacts, les gens de Nemrod s'intéressent à d'autres activités. Escroquerie, prostitution, jeu... peut-être, seulement peut-être, contrôle des municipalités, des représentants des Etats, même du gouvernement fédéral... L'expérience nous incline à penser que la drogue est leur activité la moins importante, le plus fort taux d'effondrement parmi tous leurs secteurs, et c'est pourquoi nous nous concentrons là-dessus. En d'autres termes, occupez-vous de la drogue, mais soyez conscients qu'il existe de multiples ramifications.

– Ce n'est pas un secret.

– Peut-être pas pour vous. Ça suffira pour ce soir.

– Ne devriez-vous pas me donner un numéro où vous joindre ?

– Négatif. Utilisez Kressel. Nous le contacterons plusieurs fois par jour. Quand on commence à poser des questions, on risque d'être surveillé au microscope. N'appelez pas Washington. Ne perdez surtout pas votre document corse. C'est notre principal indice. Trouvez-en d'autres...

– J'essaierai.

Matlock regarda Loring refermer sa mallette, entourer son poignet de la fine chaîne noire et verrouiller la serrure incorporée.

– Ça fait un peu film d'espionnage à gadgets, non ? fit Matlock en riant. Vous m'impressionnez.

– Ne le soyez pas. Ce genre de pratique a commencé avec les courriers diplomatiques qui emportaient leurs valises avec eux mais aujourd'hui, c'est une simple précaution contre le vol à la tire... Je vous jure, c'est ce qu'on pense de nous !

– Je n'en crois pas un mot. C'est une de ces valises qui envoient des écrans de fumée, transmettent des signaux radio ou déclenchent des bombes.

– Vous avez raison. Elle fait tout cela et plus encore. Il y a des compartiments secrets pour les sandwiches, le linge et Dieu sait quoi. Loring retira brusquement la mallette du bureau. Je pense que nous devrions sortir séparément. L'un devant, l'autre derrière. A dix minutes d'intervalle.

– Vous estimez que c'est nécessaire?

– Franchement, non, mais mes supérieurs l'exigent.

– D'accord. Je connais la maison. Je partirai dix minutes après vous, par la porte de la cuisine.

– Parfait. Loring tendit sa main droite tout en gardant la mallette en équilibre dans la gauche. Inutile de vous dire à quel point nous apprécions ce que vous faites.

– Je suppose que vous savez pourquoi j'ai accepté.

– Oui. Pour être franc, nous comptions là-dessus.

Loring sortit de la bibliothèque et Matlock attendit jusqu'à ce qu'il entende la porte s'ouvrir et se refermer. Il regarda sa montre. Il prendrait un verre avant de s'en aller.

A une heure vingt, Matlock était à quelques centaines de mètres de la maison. Il marchait lentement vers l'ouest, vers son appartement, se demandant s'il ne devrait pas faire le tour du campus. Cela l'aidait souvent à résoudre ses problèmes. Il savait que le sommeil viendrait ensuite. Il croisa quelques étudiants et plusieurs professeurs, échangea des propos de fin de week-end avec ceux qu'il connaissait. Il avait décidé de tourner vers le nord, de prendre High Street, s'éloignant du chemin direct, quand il entendit des pas derrière lui. D'abord des pas, puis un murmure.

– Matlock! Ne vous retournez pas. C'est Loring. Continuez à marcher et écoutez-moi.

– Que se passe-t-il?

– Quelqu'un sait que je suis ici. On a fouillé ma voiture...

– Mon Dieu! Comment vous en êtes-vous aperçu?

– Des fils, des points de repère que j'avais installés. Dans tout le véhicule. A l'avant, à l'arrière, dans le coffre. Un travail soigné, très professionnel.

– Vous en êtes sûr?

– Tellement sûr que je ne ferai pas démarrer le moteur!

– Oh!

Matlock faillit s'arrêter net.

– Avancez! Si quelqu'un nous surveillait, et vous pouvez être certain que c'est ce qui s'est produit, j'ai fait comme si j'avais perdu ma clé de contact. J'ai demandé à plusieurs personnes qui passaient par là où était la cabine téléphonique la plus proche, et j'ai attendu que vous soyez assez loin.

– Que voulez-vous que je fasse? Il y a une cabine au coin de la rue...

– Je sais. Je ne crois pas que vous deviez faire quoi que ce soit, et, pour notre salut à tous les deux, j'espère que je ne me trompe pas. Je vais vous bousculer en passant, assez brutalement. Perdez l'équilibre. Je hurlerai des excuses. Faites semblant d'avoir une entorse à la cheville, au poignet, où vous voudrez. Mais gagnez du temps! Ne me perdez pas de vue tant qu'une voiture ne sera pas venue me chercher. Je vous ferai un signe de tête. Compris? Je vais courir vers la cabine téléphonique.

– Et si vous êtes encore au téléphone quand j'y arriverai?

– Continuez à marcher sans me quitter des yeux. La voiture fait le tour du pâté de maisons.

– Pourquoi tant d'histoires?

– La mallette. Voilà pourquoi. Il n'y a qu'une chose que Nemrod, s'il s'agit de Nemrod, aimerait encore plus que cette valise. C'est le papier qui est

54

dans la poche de votre manteau. Alors faites attention !

Sans le prévenir, il dépassa Matlock en accélérant le pas, et le fit tomber sur la chaussée.

– Désolé, mon vieux ! Je suis terriblement pressé !

Sur le sol, Matlock leva les yeux en se disant qu'il n'avait aucune raison de faire semblant. La force de la poussée de Loring avait rendu vaine cette nécessité. Il jura et se releva maladroitement. Une fois debout, il s'avança en boitant vers la cabine téléphonique qui se trouvait à quelques centaines de mètres. Il perdit presque une minute pour allumer une cigarette. Loring était à l'intérieur de la cabine, à présent, penché vers l'appareil.

Matlock s'attendait à voir la voiture de Loring remonter la rue d'une seconde à l'autre.

Personne ne vint.

Ce fut soudain comme si les bruits nocturnes avaient cessé. Une bourrasque à travers les nouvelles pousses. Ou bien était-ce le craquement de la pierre sous ses pas, d'une petite brindille qui ne pouvait supporter la croissance des arbres ? Etait-ce encore l'imagination de Matlock ? Il n'était plus sûr de rien.

Il s'approcha de la cabine et se rappela les ordres de Loring. *Passez sans y prêter attention.* Loring était toujours courbé sur le téléphone, la mallette sur le sol, la chaîne visible. Mais Matlock n'entendit rien, ne constata aucun mouvement agitant la silhouette de l'homme. On ne percevait plus qu'un son : celui de la tonalité.

En dépit des instructions reçues, Matlock s'approcha et ouvrit la porte. Il n'y avait pas d'autre solution. L'agent du gouvernement n'avait même pas commencé à composer son numéro.

En une seconde, Matlock comprit pourquoi.

Loring était tombé contre le métal gris et luisant de l'appareil. Il était mort. Ses yeux était grands ouverts, le sang giclait de son front. Un petit trou rond, pas plus gros qu'un bouton de chemise, entouré de minuscules éclats de verre brisé, était la preuve indéniable de ce qui venait de se produire.

Matlock fixa celui qui l'avait mis au courant pendant des heures et quitté quelques minutes auparavant. Ce mort qui l'avait remercié, qui avait plaisanté avec lui, puis l'avait mis en garde. Il était pétrifié, ne sachant ce qu'il devait faire, ce qu'il pouvait faire.

Il rebroussa chemin en direction de la maison la plus proche. Son instinct lui dicta de s'éloigner sans courir. Quelqu'un était là, tout près, dans la rue. Armé.

Quand enfin il entendit une voix, il se rendit compte que c'était la sienne, sans très bien savoir quand il s'était mis à hurler. Les mots avaient jailli sans qu'il pût les contrôler.

– Au secours... Au secours! Il y a un homme là! On l'a descendu!

Matlock grimpa les marches quatre à quatre et frappa du poing sur la porte, de toutes ses forces. Des lumières s'allumèrent dans les habitations du voisinage. Matlock criait toujours.

– Pour l'amour du Ciel, appelez la police! On vient de tuer quelqu'un!

Brusquement, dans l'ombre de l'épais feuillage, au centre du pâté de maisons, Matlock entendit le ronflement d'un moteur, puis le crissement des pneus quand le véhicule apparut au milieu de la chaussée et passa en trombe. Il se précipita au bord du porche. La longue automobile noire émergea de l'obscurité et fonça vers l'angle de la rue. Matlock essaya de lire son numéro d'immatriculation et, constatant que c'était impossible, il descendit une marche pour identifier la marque de la voiture. Soudain il fut aveuglé. Le rayon d'une torche électrique transperça le faible éclairage de cette nuit printanière et se dirigea vers lui. Il leva les mains pour se protéger les yeux et entendit le même craquement étouffé, le même bruit d'air comprimé que quelques minutes auparavant.

Un fusil était braqué sur lui. Un fusil avec un silencieux. Quelqu'un avait tiré.

Il quitta le porche pour s'enfoncer dans les buissons. L'automobile noire s'éloigna.

V

Il attendit, seul. La pièce était petite, la vitre grillagée. Le poste de police de Carlyle était bourré d'officiers en uniforme et en civil appelés d'urgence. Personne ne comprenait la signification de ce meurtre; et personne n'écartait la possibilité que d'autres assassinats suivent celui-ci.

Alerte. Le syndrome était caractéristique. L'Amérique de ce milieu de siècle, pensa Matlock.

L'arme à feu.

Il avait eu la présence d'esprit d'appeler Sam Kressel, après avoir réussi à joindre la police. Kressel, sous le choc, lui avait dit qu'il se débrouillerait pour contacter qui de droit à Washington avant de se rendre au commissariat.

Tant qu'ils n'avaient pas d'ordre précis, ils décidèrent que Matlock se contenterait de déclarer qu'il avait découvert le corps et vu la voiture. Il était sorti pour une promenade dans la nuit, c'était tout.

Rien de plus.

On tapa à la machine sa déclaration. On lui posa toutes les questions de routine, l'heure, les motifs de sa présence dans les parages, la description du véhicule suspect, la direction qu'il avait prise, sa vitesse présumée. On enregistra ses réponses sans l'ombre d'un commentaire.

Matlock fut quelque peu gêné de répondre par la négative à une question particulière.

– Aviez-vous déjà rencontré la victime ?

– Non.

Cela lui fit mal. Loring méritait mieux que ce mensonge délibéré. Matlock se souvint que l'agent lui avait dit qu'il était le père d'une petite fille de sept ans. Une femme et un enfant. Un mari et un père avait été tué, et il ne pouvait pas révéler qu'il connaissait son nom.

Il ne comprenait pas pourquoi cela le mettait mal à l'aise, mais c'était ainsi. Peut-être, pensa-t-il, parce qu'il était conscient que c'était là le début d'une longue série de mensonges.

Il signa sa courte déposition. On allait le relâcher quand il entendit le téléphone sonner dans une pièce derrière le bureau. Non pas sur le bureau, derrière. Quelques secondes plus tard, un policier en uniforme apparut et appela son nom, comme pour vérifier qu'il n'avait pas quitté les lieux.

– Oui, monsieur ?

– Nous sommes obligés de vous demander d'attendre. Voulez-vous me suivre, s'il vous plaît.

Depuis presque une heure Matlock était dans cette petite pièce. Il était deux heures quarante-cinq du matin, sa réserve de cigarettes était épuisée. Ce n'était pourtant pas le moment d'en réclamer d'autres.

La porte s'ouvrit et un homme grand et mince, avec de grands yeux sérieux, entra. Il portait la mallette de Loring.

– Désolé, professeur Matlock. Je dois vous appeler « professeur », n'est-ce pas ?

– Monsieur me suffit amplement.

– Je vais vous dire qui je suis. Mon nom est

Greenberg, Jason Greenberg. FBI. Je devais vous confirmer votre mission… C'est un sacré avertissement, non?

– Un sacré avertissement! C'est tout ce que vous trouvez à dire?

L'agent regarda Matlock d'un air étrange.

– C'est tout ce que j'ai à dire, fit-il calmement. Si Ralph Loring avait pu appeler, c'est moi qu'il aurait contacté.

– Je suis désolé.

– Peu importe. Je ne suis pas dans le secret des dieux, c'est-à-dire que je ne sais pas grand-chose de la situation de Nemrod. J'aurai les renseignements avant l'aube. A propos, Kressel va arriver. Il sait que je suis là.

– Y a-t-il quoi que ce soit de changé? Cela paraît stupide, non? Un homme a été tué et je vous demande si cela change quelque chose. Je vous présente à nouveau mes excuses.

– Je vous en prie. Vous avez subi une terrible épreuve. C'est à vous de décider. Nous comprendrions que la mort de Ralph vous conduise à modifier votre attitude. Nous vous demanderions également de garder pour vous ce qui vous a été révélé.

– Vous me proposez de revenir sur ma décision?

– Bien sûr. Vous n'avez aucune obligation envers nous.

Matlock s'avança vers la petite fenêtre rectangulaire et grillagée. Le poste de police était au sud de Carlyle, à quelque huit cents mètres du campus, dans la partie industrialisée de la ville. Il y avait cependant des arbres le long des rues. Carlyle était une cité propre et nette. Les arbres près du commissariat étaient émondés et taillés.

Mais Carlyle était aussi autre chose.

– Laissez-moi vous poser une question, dit Matlock. Le fait que j'aie découvert le corps de Loring m'associe-t-il à lui? Je veux dire, suis-je considéré comme faisant partie de ses activités, quelles qu'elles soient?

– Nous ne le pensons pas. La façon dont vous vous êtes comporté tendrait à vous désengager.

– Que voulez-vous dire?

Matlock se retourna pour faire face à l'agent.

– Franchement, vous avez paniqué. Vous n'avez pas couru, vous ne vous êtes pas éloigné de la zone. Vous avez eu la trouille et vous vous êtes mis à hurler. Quelqu'un de programmé pour une mission ne devrait pas réagir ainsi.

– Je n'ai pas été programmé pour ça.

– Le résultat est le même. Quand vous avez trouvé le mort, vous avez perdu votre sang-froid. Même si ce Nemrod nous soupçonne d'être alertés...

– Soupçonne! l'interrompit Matlock. Ils l'ont tué!

– Quelqu'un l'a tué. Il est peu probable que cela vienne de Nemrod. D'autres factions peut-être. Aucune couverture n'est absolument infaillible, pas même celle de Loring. C'était pourtant celle qui se rapprochait le plus de la perfection.

– Je ne vous comprends pas.

Greenberg s'appuya contre le mur et croisa les bras. Ses grands yeux étaient toujours tristes et réfléchis.

– La couverture de Ralph sur le terrain était la meilleure du ministère de la Justice. Et depuis près de quinze ans! L'agent regarda le sol. Il avait une voix chaude, quelque peu amère. Le genre de couverture qui marche le mieux quand cela n'a plus aucune importance pour l'homme. Quand on l'utilise, tout le monde est interloqué. Et c'est une insulte à sa famille.

Greenberg leva les yeux et essaya de sourire, mais il en fut incapable.

– Je ne vous comprends toujours pas.

– Ce n'est pas nécessaire. En tout cas, vous avez fait un faux pas en pleine action, vous avez été pris de panique. Vous avez eu la trouille de votre vie. Vous pouvez reprendre votre liberté, monsieur Matlock... Alors?

Avant que Matlock eût pu répondre, la porte s'ouvrit et Sam Kressel entra, apparemment nerveux et apeuré.

– Mon Dieu! C'est épouvantable. Absolument épouvantable. Vous êtes Greenberg?

– Et vous êtes monsieur Kressel.

– Oui. Que va-t-il se passer? Kressel se tourna vers Matlock et poursuivit sans prendre le temps de souffler. Ça va, Jim?

– Oui.

– Bon. Greenberg, que faisons-nous? On m'a dit à Washington que vous nous informeriez.

– J'ai parlé à M. Matlock et...

– Ecoutez-moi, l'interrompit soudain Kressel. J'ai appelé Sealfont et nous sommes du même avis. Ce qui s'est produit est terrible, tragique. Nous présentons toutes nos condoléances à la famille, mais nous sommes impatients que le nom de Carlyle ne soit plus prononcé. Nous supposons que ceci éclaire la situation d'un nouveau jour et, par conséquent, nous insistons pour rester en dehors de tout cela. Je pense que c'est compréhensible.

Le visage de Greenberg trahit son antipathie.

– Vous entrez comme une trombe, vous m'interrogez sur ce qui va se passer et, avant de me laisser le temps de répondre, vous me présentez ce qui, selon vous, devrait être fait. A présent, que voulez-vous? J'appelle Washington pour leur annoncer votre opinion ou acceptez-vous de m'écouter? Cela m'est complètement égal.

– Vous n'avez aucune raison de vous montrer hostile. Nous n'avions rien demandé.

– Personne ne demande. Greenberg sourit. S'il vous plaît, laissez-moi terminer. J'ai proposé à M. Matlock de se retirer. Il ne m'a pas donné sa réponse. Je ne peux donc pas vous donner la mienne. Cependant, si ce que je pense est vrai, la couverture de Loring va servir immédiatement. De toute façon, elle sera utilisée mais, si le professeur marche avec nous, nous accélérerons un peu les choses.

– De quoi parlez-vous ?

Kressel regardait l'agent, incrédule.

– Depuis des années, Ralph était associé dans l'un des cabinets juridiques les plus malfamés de Washington. La liste de ses clients ressemblait fort à un index de la Mafia... Tôt dans la matinée a eu lieu le premier transfert de véhicule. Cela s'est passé dans la banlieue d'Hartford, à Elmwood. On a abandonné l'automobile de Loring avec les plaques du District de Columbia près de la maison d'un capo notoire. Une voiture de location l'attendait quelques rues plus loin. Il l'a utilisée pour se rendre à Carlyle et l'a garée devant le 217 Crescent Street, à quelques centaines de mètres de la demeure de Sealfont. Le 217 Crescent Street est la résidence du docteur Ralstan...

– Je le connais, l'interrompit Matlock. On m'a dit qu'il était...

– ... avorteur, termina Greenberg.

– Il n'a absolument aucun rapport avec cette université ! déclara Kressel avec insistance.

– Vous avez eu pire, rétorqua calmement Greenberg. Mais ce médecin est quand même un correspondant de la Mafia. De toute façon, Ralph a placé la voiture là, puis il est revenu en ville pour le second transfert. Je l'ai couvert. Cette mallette contient du matériel de première importance. Un camion de la Compagnie du Téléphone qui s'arrêtait irrégulièrement en divers endroits, y compris à l'auberge du Chat du Cheshire, l'a pris et l'a amené chez Sealfont. Personne ne pouvait savoir qu'il était là. S'ils l'avaient appris, ils l'auraient intercepté dehors. Ils surveillaient la voiture de Crescent Street.

– C'est ce qu'il m'a dit, fit Matlock.

– Il savait que c'était possible. La voie jusqu'à Crescent Street avait été intentionnellement laissée ouverte. Quand il s'en fut assuré, à sa grande satisfaction, il a agi avec rapidité. J'ignore ce qu'il a fait, mais il a dû utiliser n'importe quel badaud croisant son chemin jusqu'à ce qu'il vous repère.

– C'est exact.

– Il n'a pas été assez rapide.

– Qu'est-ce que cela a à voir avec nous ? Quel est le rapport ? Kressel criait presque.

– Si M. Matlock veut continuer, on dira publiquement que la mort de Loring est un règlement de comptes au sein du milieu. Un avocat qui avait mauvaise réputation, peut-être un commis voyageur. Des clients peu recommandables. Le capo et le médecin, on peut les sacrifier. L'écran de fumée est si épais que tout le monde s'y perdra. Même les tueurs. On a oublié Matlock. Ça marchera. Ça a déjà marché.

La faconde de Greenberg, son assurance, son calme et son professionnalisme semblèrent étonner Kressel.

– Vous êtes un beau parleur, n'est-ce pas ?

– Je suis très vif.

Matlock ne put réprimer un sourire. Greenberg lui plaisait. Même peut-être à cause des circonstances désagréables qui l'avaient amené à le rencontrer. L'agent avait la parole facile, l'esprit délié. En effet, il était vif.

– Et si Jim dit qu'il s'en lave les mains ?

Greenberg haussa les épaules.

– Je n'aime pas parler pour rien. Ecoutons-le d'abord.

Les deux hommes se tournèrent vers Matlock.

– Je crains de vous décevoir, Sam. Je continue.

– Vous n'êtes pas sérieux? Cet homme a été tué!

– Je sais. C'est moi qui ai découvert le corps.

Kressel posa la main sur le bras de Matlock. C'était un geste d'amitié.

– Je n'ai rien du berger hystérique surveillant son troupeau. Je suis inquiet. J'ai peur. Je suis en face d'un homme qui se fait manipuler et qui va se retrouver dans une situation qu'il n'est pas capable de maîtriser.

– C'est tout ce qu'il y a de subjectif, le coupa calmement Greenberg. Nous aussi, nous sommes inquiets. Si nous ne pensions pas qu'il était capable de faire face, nous ne l'aurions jamais contacté.

– Je pense que si, fit Kressel. Je ne crois pas un instant que ce genre de considération vous arrêterait. Vous avez utilisé le mot *sacrifier* avec trop de désinvolture, monsieur Greenberg.

– Je suis navré que vous le pensiez. Parce que ce n'est pas le cas. Nous ne... Je n'ai pas reçu de compte rendu détaillé, Kressel, mais n'êtes-vous pas censé jouer le rôle d'agent de liaison? Parce que, si c'est le cas, je vous suggère de vous retirer. Nous désignerons quelqu'un d'autre à ce poste.

– Ce qui vous laissera le champ libre! Ce qui vous permettra de mettre ce campus sens dessus dessous! Jamais de la vie!

– Nous travaillerons donc ensemble. Aussi déplaisant que cela puisse être pour nous deux... Vous êtes hostile. Après tout, ce n'est pas si mal. Je serai sans cesse sur mes gardes. Vous contestez un peu trop.

La déclaration de Greenberg étonna Matlock. C'était une chose que de s'opposer à un adversaire, c'en était une autre de proférer des accusations à peine masquées. Cette formulation lui parut injurieuse.

— Votre remarque exige une explication, déclara Kressel, rouge de colère.

Quand Greenberg répondit, sa voix était douce, raisonnable, contrastant avec les propos qu'il tenait.

— Remuez la poussière, monsieur. J'ai perdu un ami très cher, ce soir. Il y a vingt minutes, je l'ai annoncé à sa femme. Dans ces conditions, je n'ai aucune explication à vous donner. C'est là que mes employeurs et moi, nous nous séparons. Maintenant, fermez-la et je vous indiquerai les heures où vous pourrez me contacter et les numéros de téléphone à appeler en cas d'urgence. Si vous n'en voulez pas, fichez le camp d'ici !

Greenberg posa sa mallette sur une petite table et l'ouvrit. Sam Kressel, sidéré, s'avança sans broncher vers lui.

Matlock contempla le cuir usé de la valise qui, il y a quelques heures encore, était attachée au poignet d'un homme mort. Il savait que la pavane macabre avait commencé. Les premiers pas de danse avaient été plutôt tragiques.

Restaient des décisions à prendre, des gens à affronter.

VI

Sous la sonnette de la maison appartenant à l'université, on pouvait lire cet incroyable nom : Mr. et Mrs. Archer Beeson. Matlock n'avait pas eu grand mal à se faire inviter à dîner. Le professeur d'histoire avait été flatté par son projet de séminaire coordonnant leurs deux cours. Il aurait du reste suffi qu'un membre de la faculté lui demande comment sa femme se comportait au lit pour que Beeson se sente flatté et surpris à la fois. Et puisque Matlock était apparemment très viril, Archer Beeson pensa que prendre l'apéritif et dîner tandis que son épouse évoluerait en jupe courte l'aiderait à cimenter une amitié avec un professeur de littérature anglaise très estimé.

Matlock entendit une voix essoufflée crier depuis le palier du premier étage :

– Une seconde !

C'était la femme de Beeson. Elle avait un accent étranger, cultivé jusqu'à la caricature, celui des filles sortant des meilleures écoles. Matlock l'imagina courant à droite et à gauche, vérifiant les assiettes de hors-d'œuvre au fromage – des hors-d'œuvre très originaux, de véritables natures mortes – tandis que son mari mettait la dernière touche au rangement artistique de sa bibliothèque, en disposant quelques volumes rares, soigneusement et négligemment à la fois, de sorte que le visiteur ne puisse pas ne pas les remarquer.

Matlock se demanda si ces deux êtres ne cachaient pas aussi de petites tablettes d'acide lysergique ou des capsules de méthédrine.

La porte s'ouvrit et la femme de Beeson, vêtue de la minijupe attendue et d'un chemisier de soie transparent qui flottait autour d'une poitrine avantageuse, lui sourit ingénument.

– Salut! Je suis Ginny Beeson. Nous nous sommes vus à deux ou trois cocktails déments. Je suis contente que vous soyez venu. Archie est en train de terminer un papier. Montez avec moi. Elle précéda Matlock dans l'escalier, lui laissant à peine le temps de répondre. Cet escalier est épouvantable! C'est le prix à payer lorsque l'on part du bas de l'échelle.

– Je suis certain que cela ne durera pas, fit Matlock.

– C'est ce que dit toujours Archie. J'espère qu'il ne se trompe pas. Sinon j'aurai des jambes beaucoup trop musclées.

– Il ne se trompe certainement pas, déclara Matlock en contemplant les longues jambes lisses qu'il avait devant lui.

A l'intérieur de l'appartement des Beeson, les hors-d'œuvre au fromage étaient disposés sur une table basse d'une forme bizarre. Le livre à l'honneur attendu était une œuvre de Matlock en personne. *Les Interpolations dans Richard III.* Il était posé sur un guéridon, sous une lampe à franges.

Impossible de le rater.

Dès que Ginny eut refermé la porte, Archie émergea de ce que Matlock supposa être son bureau et pénétra dans la salle de séjour. Il n'était pas grand. Il tenait une pile de feuillets dans la main gauche. Il tendit la droite.

– Parfait! Je suis ravi que vous ayez pu venir,

mon vieux!... Asseyez-vous donc. Il est largement temps de boire! Je suis mort de soif!... Je viens de passer trois heures à lire cinq versions de la guerre de Trente Ans!

– Ce sont des choses qui arrivent. J'ai reçu hier une étude sur Volpone avec la plus étrange fin que j'aie jamais lue. J'ai découvert que le type ne l'avait même pas parcouru mais qu'il avait vu le film à Hartford.

– Avec une fin nouvelle?

– Complètement!

– Mon Dieu! C'est fantastique! intervint Ginny, sur un ton semi-hystérique. Que désirez-vous, Jim? Je peux vous appeler, Jim, n'est-ce pas, professeur?

– Du bourbon et une goutte d'eau. Vous pouvez m'appeler Jim, Ginny. Je n'ai jamais pu m'habituer à « professeur ». Mon père trouve que cela fait très prétentieux.

Matlock prit place dans un fauteuil confortable, couvert d'un châle indien à rayures.

– A propos, je m'attelle à ma thèse. Il me faudra encore deux étés d'un travail de titan pour terminer tout ça!

Beeson prit le seau à glace des mains de sa femme et se dirigea vers une longue table placée sous une fenêtre où étaient disposés verres et bouteilles, dans un désordre minutieusement conçu.

– Ça en vaut la peine, fit Ginny Beeson avec emphase. N'est-ce pas, Jim?

– Essentiel. Ce sera rentable.

– Il y a ça et l'édition.

Ginny Beeson saisit le plateau de fromage et de crackers pour l'apporter à Matlock.

– Voici un petit fromage irlandais très intéressant. Le croiriez-vous? ça s'appelle du « bobard ».

Je l'ai trouvé dans une boutique de New York, il y a deux semaines.

– Ça a l'air très bon. Je ne connaissais pas.

– Puisque nous parlons livres, je suis tombé sur vos *Interpolations*, l'autre jour. Absolument fasci-nant! Vraiment!

– Mon Dieu, je l'avais presque oublié. J'ai écrit ça il y a quatre ans.

– Ça devrait être un texte inscrit au programme! C'est ce qu'Archie dit, n'est-ce pas, Archie?

– Tout à fait! Voilà votre poison, mon cher, fit Beeson en tendant son verre à Matlock. Avez-vous un agent littéraire, Jim? Ce n'est pas que je sois curieux. Je n'écrirai rien avant des années.

– Ce n'est pas vrai, et tu le sais très bien, déclara Ginny avec une moue.

– Oui, j'en ai un. Irving Block, à Boston. Si vous avez écrit quelque chose, je peux le lui montrer.

– Oh non! Je ne voudrais pas... Ce serait affreusement présomptueux de ma part...

Beeson recula vers le divan avec un air de fausse humilité, son verre à la main. Il s'assit à côté de sa femme et, involontairement, pensa Matlock, ils échangèrent des regards satisfaits.

– Allons, Archie. Vous êtes très brillant. Vous vous êtes imposé sur ce campus. Pourquoi croyez-vous que je vous ai demandé de faire ce séminaire? Vous me rendriez ce service. Je pourrais faire venir Block pour vous lancer. Donnant, donnant, vous savez.

L'expression peinte sur le visage de Beeson était celle de la gratitude. Matlock se sentit embarrassé en le regardant jusqu'à ce qu'il aperçoive autre chose dans les yeux de Beeson. Il ne parvenait pas à définir ce que c'était. Un léger désarroi, une trace de panique.

L'allure d'un homme dont le corps et l'esprit connaissaient la drogue.

– C'est très gentil de votre part, Jim. Je suis réellement touché.

L'apéritif, les zakouskis et le dîner passèrent. Par moments, Matlock eut l'impression d'être le spectateur d'un vieux film dont il était pourtant l'un des protagonistes. Peut-être à bord d'un yacht ou dans un appartement new-yorkais, élégant et désordonné, où ils porteraient tous trois des vêtements conventionnels et de bonne coupe. Il se demanda pourquoi il avait imaginé une telle scène. Il le comprit tout à coup. Les Beeson avaient un côté « années trente », comme dans la série télévisée qu'il avait vue la veille. Ils avaient quelque chose d'anachronique, un petit air de ce temps-là, maniérés, sans paraître trop affectés. Il ne savait pas exactement. Ils n'étaient pas réellement artificiels, mais il y avait une certaine fausseté dans l'emphase de leur conversation, dans les expressions qu'ils employaient. Ils étaient pourtant de purs représentants de la génération actuelle.

Acide lysergique et méthédrine.

Cerveaux embrumés par l'acide. Avaleurs de pilules.

Les Beeson s'efforçaient de donner d'eux-mêmes l'image de gens appartenant à une époque révolue et insouciante. Peut-être parce qu'ils refusaient leur temps et les conditions de vie qui étaient les leurs.

Archie et sa femme avaient quelque chose d'effrayant.

À onze heures, après avoir ingurgité une honnête quantité de vin qui accompagnait « l'original-sauté-de-veau-confectionné-à-partir-d'une-recette-trouvée-dans-un-ancien-livre-de-cuisine-indienne », ils s'installèrent au salon. On n'entendit plus parler du séminaire. Matlock savait que son heure était venue. Instant terrible, étrange. Il n'était plus très sûr de lui. Le mieux était encore de suivre ses instincts de néophyte.

— Ecoutez, vous deux... J'espère que ce ne sera pas un trop grand choc pour vous, mais ça fait longtemps que je n'ai pas fumé un joint.

Il sortit un étui à cigarettes très plat de sa poche et l'ouvrit. Il se sentait stupide, maladroit, peu à l'aise. Mais il était conscient qu'il ne devait pas le laisser paraître.

— Avant que vous ne me jugiez, il faut que je vous dise que je ne suis pas d'accord avec les lois interdisant le hasch et que je ne l'ai jamais été.

Matlock choisit une cigarette parmi la douzaine qui se trouvait dans l'étui et posa celui-ci, ouvert, sur la table. Etait-ce ce qu'il fallait faire ? Il n'en était pas certain. Archie et sa femme se regardèrent.

En allumant son briquet, Matlock surveilla leurs réactions. Elles étaient prudentes mais positives. C'était peut-être l'alcool. Ginny avait un sourire hésitant comme si elle était soulagée de trouver un ami. Son mari ne semblait pas réagir aussi bien.

— Allez-y, mon vieux, fit le jeune professeur non sans une certaine condescendance. Nous ne sommes pas appointés par le ministère de la Justice.

— Pas vraiment ! intervint sa femme avec un petit rire.

— Ces lois sont archaïques, poursuivit Matlock, en inhalant la fumée. A tout point de vue. Ce qui compte, c'est la maîtrise de soi et un sens complet de la discrétion. Refuser l'expérience, voilà le vrai crime. Dénier à tout individu intelligent le droit de se réaliser, c'est... merde, c'est répressif !

— Bon. Je crois que le mot clé, c'est « intelligent », Jim. L'usage sans discrimination par des êtres inintelligents conduit au chaos.

— Socratiquement parlant, vous n'avez qu'à moitié raison. Le second élément, c'est la maîtrise. Un contrôle réel du « fer » et du « bronze » libère enfin l'or. C'est ce que dit *La République*. Si l'on empêchait en permanence les êtres intellectuellement supérieurs de penser, de faire des expériences parce que le cheminement de leurs idées dépasserait de loin la compréhension de leurs concitoyens, il n'y aurait jamais de chefs-d'œuvre artistiques, techniques ou politiques. Nous en serions encore au Moyen Age.

Matlock tira une bouffée et ferma les yeux. Avait-il été trop affirmatif? Etait-il allé trop fort? Passait-il pour un faux prosélyte? Il attendit. Son attente ne s'éternisa pas. Archie parla calmement, mais néanmoins avec insistance.

– On fait des progrès tous les jours, mon vieux. Croyez-moi. C'est la vérité.

Matlock, soulagé, entrouvrit les paupières et regarda Beeson à travers la fumée de sa cigarette. Il le fixa sans ciller, avant de se tourner vers la femme de Beeson. Il ne prononça que quelques mots.

– Vous êtes des enfants.

– C'est une hypothèse toute relative, étant donné les circonstances, répondit Archie Beeson toujours à voix basse, mais en détachant chaque syllabe.

– Et ce ne sont que des paroles.

– Oh, ce n'est pas si sûr que ça!

Ginny Beeson avait assez bu pour abandonner toute réserve. Son mari lui saisit le bras. C'était un avertissement. Il prit de nouveau la parole sans regarder Matlock, les yeux dans le vide.

– Je ne suis pas certain que nous soyons sur la même longueur d'onde.

– Non, probablement pas. Ça ne fait rien... Je termine ça et je m'en vais. Je vous contacterai pour le séminaire.

Matlock s'arrangea pour que son allusion à leur

future collaboration parût désinvolte, presque désintéressée.

Archie Beeson, trop désireux d'accélérer sa carrière universitaire, ne put supporter ce détachement.

– Puis-je en prendre un?

– Si c'est votre premier, d'accord... N'essayez pas de m'impressionner. Ça n'a pas d'importance.

– Mon premier?... Quoi?

Beeson quitta le divan et s'avança vers la table où se trouvait l'étui à cigarettes. Il le saisit et le porta à ses narines.

– C'est correct comme herbe. Je pourrais ajouter, tout juste correct. Je vais en essayer un... pour commencer.

– Pour commencer?

– Vous avez l'air tout à fait sincère mais, pardonnez-moi, vous êtes un peu loin du compte.

– Comment cela?

– Quant à notre situation.

Beeson sortit deux cigarettes et les alluma à la manière d'un vieux routier. Il inhala profondément, hocha la tête et haussa les épaules en signe d'approbation muette, puis il en tendit une à sa femme.

– Disons que nous appellerons ça un hors-d'œuvre. Un amuse-gueule.

Beeson se dirigea vers son bureau. Il en revint avec une boîte chinoise en laque, puis montra à Matlock une minuscule tirette qui, lorsqu'on la poussait, faisait remonter une fine plaquette de bois au fond du coffret, découvrant un double fond. Au-dessous se trouvaient environ deux douzaines de tablettes blanches enveloppées de plastique transparent.

– Voilà le plat principal... si vous vous sentez d'attaque.

Matlock se félicita du travail intensif qu'il avait accompli chez lui au cours des dernières quarante-huit heures, et qui lui avait appris pas mal de choses. Il sourit, mais parla d'une voix ferme.

– Pour que j'accepte les « trips » à l'acide, deux conditions doivent être réunies : il faut soit que cela se passe chez moi avec de très bons et très vieux amis, soit avec les mêmes amis requérant les mêmes qualités, et chez eux. Je ne vous connais pas assez bien, Archie. C'est une question de discrétion... Je ne suis pas contre un petit voyage. Seulement voilà, je ne m'y suis pas préparé.

– N'en dites pas plus. Je pourrais aussi...

Beeson remit la boîte chinoise dans son bureau, revint avec une blague à tabac en cuir comme en utilisent les fumeurs de pipe et s'approcha du fauteuil de Matlock. Ginny Beeson ouvrit de grands yeux. Elle détacha un bouton de son chemisier déjà à moitié entrebâillé et étendit les jambes.

– Le Dunhill est le meilleur.

Beeson souleva le couvercle et donna l'objet à Matlock pour qu'il puisse le regarder. De nouveau, il aperçut le plastique transparent autour des tablettes. Celles-ci étaient d'un rouge vif, et un peu plus grandes que celles du coffret précédent. Il y avait cinquante ou soixante doses de Séconal.

Ginny bondit de son fauteuil et se mit à glapir.

– J'adore ! Du super-rose !

– Ça vaut tous les cognacs, ajouta Matlock.

– Nous allons nous payer un bon voyage, mon vieux. Pas trop quand même. Cinq au plus. C'est la règle de la maison pour les nouveaux amis.

James Matlock passa les deux heures qui suivirent dans le brouillard, un brouillard pas tout à fait aussi épais que celui dans lequel nageaient les Beeson. Le professeur et sa femme atteignirent le septième ciel avec les cinq tablettes, tout comme Matlock l'aurait fait s'il n'avait réussi à cacher les trois dernières dans sa poche, tout en faisant semblant de les avaler. Une fois le premier palier atteint, il ne fut pas difficile à Matlock d'imiter ses compagnons et de convaincre Beeson de prendre une autre dose.

– Où est passée votre sacro-sainte réserve, professeur ? ricana Beeson, assis sur le sol devant le divan, caressant de temps à autre une des jambes de sa femme.

– Nous sommes meilleurs amis que je ne le pensais.

– Ce n'est que le début d'une belle, très belle amitié.

La jeune femme s'allongea sur le canapé et pouffa. Elle se tordit et posa sa main droite sur la tête de son mari, rabattant ses cheveux en avant.

Beeson se mit à rire et se leva. La maîtrise de soi dont il avait fait preuve un peu plus tôt s'était quelque peu évanouie.

– Ça va être magique.

Quand Beeson pénétra dans son bureau, Matlock observa sa femme. Son comportement n'avait rien d'ambigu. Elle regarda Matlock, ouvrit lentement la bouche et passa sensuellement la langue sur ses lèvres. L'un des effets secondaires du Séconal était en train d'apparaître. Tout comme la véritable personnalité de Virginia Beeson.

On décida que la seconde dose serait de trois cachets, et Matlock n'eut plus aucun mal à faire semblant de jouer le jeu. Beeson alluma sa chaîne stéréo et mit un enregistrement des *Carmina Burana*. Un quart d'heure plus tard, Ginny Beeson était sur les genoux de Matlock et se frottait contre son sexe. Son mari était allongé devant les baffles qui se trouvaient de chaque côté de la platine. Matlock parla, simulant une profonde expiration, assez fort pour que sa voix couvrît la musique.

– Ce sont les meilleurs que je connaisse, Archie... Quelle est votre source?

– Probablement la même que vous, mon vieux! Beeson se retourna et observa Matlock et sa femme. Oh! Je ne comprends pas ce que vous voulez dire. Ni si c'est l'effet de la magie ou celle de la fille sur vos genoux. Regardez-la, professeur. C'est une sacrée friponne.

– Je ne plaisante pas. Vos tablettes sont de meilleure qualité que les miennes, et mon hasch ne valait pas tripette. Où les trouvez-vous? Soyez sympa.

– Vous êtes drôle, vous. Vous me demandez ça. Est-ce que je vous demande quoi que ce soit? Non... Ce n'est pas poli... Amusez-vous avec Ginny. Laissez-moi écouter.

Beeson roula de nouveau, la face contre le sol.

La fille sur les genoux de Matlock mit les bras autour de son cou et plaqua ses seins contre la poitrine de Matlock. Elle commença à lui embrasser les oreilles. Matlock se demanda ce qui se produirait s'il la prenait dans ses bras et s'il la portait dans la chambre. Il se le demandait mais ne tenait pas à le savoir. Pas encore. Ralph Loring n'avait pas été tué pour lui permettre à lui, Matlock, d'élargir le champ de sa vie sexuelle.

– Laissez-moi essayer l'un de vos joints. Que je voie quels sont vos goûts. Vous n'êtes peut-être qu'un farceur, Archie.

Beeson se redressa soudain et fixa Matlock. Ce n'était pas sa femme qui l'inquiétait. Quelque chose dans la voix de Matlock avait soulevé en lui un doute instinctif. Etaient-ce les mots? Ou bien était-ce le caractère un peu trop banal du discours du professeur de littérature? Il pensait à tout cela en observant Beeson à son tour, par-dessus l'épaule de sa femme. Archie Beeson se méfiait, et Matlock ne savait pas très bien pourquoi. Beeson parla avec hésitation.

– Certainement, mon vieux... Ginny, n'ennuie pas Jim.

Il se leva.

– Sensass... Du super-rose.

– J'en ai plusieurs dans la cuisine... Je ne sais pas très bien où, mais je vais chercher. Ginny, je t'ai dit de ne pas agacer Jim... Sois gentille avec lui.

Beeson ne quittait pas Matlock des yeux, les prunelles agrandies par le Séconal, les lèvres entrouvertes, les muscles du visage totalement relâchés. Il recula en direction de la porte de la cuisine qui n'était pas fermée. Une fois à l'intérieur, il fit une chose étrange. Etrange aux yeux de James Matlock.

Il poussa lentement le battant et le maintint dans cette position.

Matlock fit descendre rapidement la fille droguée qui s'allongea tranquillement sur le sol. Avec un sourire angélique, elle tendit les bras vers lui. Il lui rendit son sourire et passa au-dessus d'elle.

– Je reviens dans une seconde, murmura-t-il. J'ai quelque chose à demander à Archie.

La fille roula sur le ventre tandis que Matlock s'avançait avec précaution vers la porte de la cuisine. Il ébouriffa ses cheveux et, volontairement, en silence, tituba, s'accrocha à la table de la salle à manger en se rapprochant de l'entrée. Si Beeson sortait brusquement, il voulait avoir l'air égaré d'un drogué. La musique était encore plus forte, mais Matlock entendit la voix d'Archie, qui parlait nerveusement au téléphone, dans la cuisine.

Il s'appuya contre le mur le plus proche et essaya d'analyser les différentes phases qui avaient conduit Archer Beeson à la panique, au point qu'il avait jugé nécessaire de contacter quelqu'un.

Pourquoi? De quoi s'agissait-il?

Etait-il flagrant que ce n'était qu'un rôle de composition pour lui? Avait-il loupé son premier rendez-vous?

Si c'était le cas, le moins qu'il pût faire, c'était de découvrir qui se trouvait à l'autre bout de la ligne, vers qui Beeson, dans son anxiété, s'était tourné.

Une chose lui parut claire. Qui que ce fût, c'était quelqu'un de plus important que Beeson. Lorsqu'il panique, un homme – même un toxicomane – ne contacte pas quelqu'un qui lui est inférieur dans sa propre hiérarchie.

Après tout, cette soirée n'avait peut-être pas été un échec, ou bien cet échec était-il – inversement – une nécessité. Dans son désespoir, Beeson pouvait laisser échapper un renseignement qu'il n'aurait jamais révélé s'il avait été plus maître de lui. Il n'était pas inconcevable non plus de l'obtenir du professeur, par la force effrayé et drogué comme l'était celui-ci. Ce n'était pas, cependant, la méthode idéale. S'il échouait encore, il aurait terminé sa mission avant même de l'avoir commencée. La mise au courant méticuleuse de Loring n'aurait servi à rien. Les bourdes d'un amateur auraient fait de sa mort une farce macabre, et rendu inutile cette terrible couverture, si pénible pour sa famille, si inhumaine aussi.

Il n'y avait rien d'autre à faire, pensa Matlock, que de tenter le coup. Essayer de découvrir qui Beeson avait averti et revenir à un moment de la soirée où Beeson ne se méfierait pas. Pour une raison saugrenue, il imagina la mallette de Loring et la fine chaîne noire qui pendait de la poignée. Pour une raison plus saugrenue encore, cela lui redonna confiance. Un peu, du moins.

Il prit une pose le plus proche possible de l'effondrement, puis il approcha la tête de l'embrasure de la porte et, lentement, centimètre par centimètre, la poussa vers l'intérieur. Il s'attendait à croiser le regard étonné de Beeson. Mais le professeur lui tournait le dos. Il était penché comme un petit garçon essayant de contrôler sa vessie, le téléphone coincé entre son menton et son cou maigre, la tête penchée sur le côté. De toute évidence, Beeson pensait que les crescendo saccadés des *Carmina Burana* couvraient sa voix et la rendaient indistincte. Mais le Séconal lui jouait des tours. L'oreille de Beeson et son discours n'étaient plus synchronisés. Ses paroles n'étaient pas seulement claires. Elles étaient d'autant plus compréhensibles qu'il espaçait chaque mot et le répétait.

– ... Vous ne me comprenez pas. Je veux que vous me compreniez. Je vous en supplie. Il n'arrête pas de poser des questions. Il n'était pas au parfum. Pas au parfum ! Je vous jure que c'est un coup monté. Contactez Herron. Dites à Herron de s'occuper de lui, pour l'amour du Ciel. Chargez-vous de lui, s'il vous plaît. Je pourrais tout perdre !... Non, non, je vous l'assure. Je vois bien ce qui se passe, mon vieux ! Quand cette salope devient lascive, j'ai des problèmes, je veux dire, il y a les apparences, mon vieux... Appelez Lucas... Pour l'amour de Dieu, contactez-le ! J'ai des ennuis et je ne peux...

Matlock laissa la porte se refermer lentement. Il avait reçu un tel choc qu'il était incapable de réfléchir, d'avoir le moindre sentiment. Il s'aperçut que sa main était toujours sur la poignée de la porte de la cuisine. Pourtant il ne la sentait plus contre ses doigts. Ce qu'il venait d'entendre n'était pas moins horrible que le spectacle du corps sans vie de Ralph Loring dans la cabine téléphonique.

Herron. Lucas Herron !

Un homme légendaire de soixante-dix ans. Un savant tranquille révéré autant pour sa perspicacité quant à la nature humaine que pour son brio. Un homme adoré, honoré. Il devait y avoir une erreur, une explication.

Il n'avait pas le temps de réfléchir à l'inexplicable.

Archie Beeson était persuadé qu'il était infiltré. A présent, quelqu'un d'autre connaissait son opinion. Il ne pouvait pas se permettre une chose pareille. Il fallait cogiter, se forcer à réagir.

Il eut une soudaine illumination. Beeson lui-même lui avait indiqué ce qu'il devait faire.

Aucun informateur – aucun non-toxicomane – n'aurait tenté cela.

Matlock regarda la fille dont le visage était tourné vers le sol de la salle de séjour. Il fit rapidement le tour de la table et courut vers elle, en détachant la boucle de sa ceinture. En deux ou trois mouvements, il retira son pantalon et la retourna sur le dos. Il s'allongea à côté d'elle et défit les deux derniers boutons de son corsage, tira sur son soutien-gorge jusqu'à ce que l'agrafe cède. Elle gémit, gloussa et, quand il toucha ses seins, elle gémit à nouveau et posa sa jambe sur la hanche de Matlock.

– Du super-rose...

Elle respirait fort tout en avançant son bassin entre les cuisses de Matlock. Les yeux mi-clos, les mains en avant, elle lui caressa les jambes de ses doigts agiles.

Matlock ne quittait pas des yeux la porte de la cuisine, en priant le Ciel qu'elle s'ouvre.

Enfin sa prière fut exaucée. Il ferma les paupières.

Archie Beeson se tenait dans le coin salle à manger, et regardait sa femme et son hôte. Matlock, en entendant le bruit des pas de Beeson, renversa la tête en arrière et feignit à la fois la terreur et la confusion. Il se releva et retomba aussitôt. Il saisit son pantalon et le mit devant son caleçon, se releva plus vacillant encore que la première fois, avant de s'écrouler sur le divan.

– Oh, mon Dieu! Mon Dieu, Archie! Mon jeune ami! Je ne pensais pas être à ce point dans les vaps!... Je plane, Archie. Qu'est-ce que je fais? Je suis complètement parti, mon vieux, je suis désolé. Vraiment désolé.

Beeson s'approcha du canapé. Sa femme à moitié nue était à ses pieds. Il était impossible, en le regardant, de deviner ses pensées. Ni le degré de sa colère.

Etait-ce de la colère?

Sa réaction apparente fut totalement inattendue : il se mit à rire. D'abord doucement, puis de plus en plus fort, jusqu'à l'hystérie.

– Oh, mon vieux, je vous l'avais bien dit que c'était une friponne!... Ne vous inquiétez pas. Pas de ragots. Pas de viol ni de vieux libidineux dans cette faculté. Mais nous aurons notre séminaire. Et quel séminaire! Vous leur direz que vous m'avez choisi! N'est-ce pas? Oh, oui! C'est ce que vous allez leur dire, n'est-ce pas?

Matlock regarda le toxicomane droit dans les yeux.

– Bien sûr, bien sûr, Archie. Comme vous voudrez.

– Et comment, mon vieux! Et ne vous excusez pas. Les excuses ne sont pas de mise. C'est moi qui vous présente les miennes!

Archie Beeson s'effondra en riant. Il tendit le bras et prit le sein gauche de sa femme dans sa main. Elle gémit et gloussa, d'un rire fou et incontrôlé.

Matlock sut qu'il avait gagné.

VII

Il était épuisé à la fois par l'heure tardive et par les tensions de la nuit qu'il venait de passer. Il était trois heures dix et les chœurs des *Carmina Burana* retentissaient encore dans ses oreilles. L'image de la jeune femme aux seins nus et de son mari secoué d'un rire de chacal, tous deux se tordant sur le sol, mêla de répulsion le goût écœurant qu'il avait dans la bouche.

Mais ce qui l'ennuyait le plus, c'était que le nom de Lucas Herron ait été prononcé dans le contexte d'une telle soirée.

C'était inconcevable.

Lucas Herron. Le « grand et vieil oiseau », comme on le surnommait. Il avait toujours fait partie du paysage du campus de Carlyle, même si c'était un peu contre son gré. Ce président du département des langues romanes était la personnification même de l'érudit tranquille, empreint d'une profonde et constante compassion. Il y avait une lueur dans ses yeux, une sorte d'étonnement venant se mêler à de la tolérance.

L'associer, même de loin, au monde des stupéfiants semblait relever de la plus pure absurdité. Qu'un toxicomane hystérique – car Archer Beeson était fondamentalement drogué, psychologiquement, sinon chimiquement – fît appel à lui, comme si Lucas détenait un pouvoir quelconque en pareille circonstance, était au-delà de toute compréhension rationnelle.

Il fallait certainement rechercher l'explication dans l'immense capacité à partager les problèmes des autres qui caractérisait Lucas Herron. Il était l'ami de tous, le refuge pour ceux qui avaient des ennuis, même graves. Sous son air placide, rassis, pondéré, Herron était un homme fort, un chef. Vingt-cinq ans auparavant, il avait passé des mois dans l'enfer des îles Salomon comme officier d'infanterie. Voilà bien des années, Lucas Herron avait été un véritable héros en une période terrible, durant la sauvage guerre du Pacifique. A présent qu'il avait dépassé les soixante-dix ans, Herron était une institution.

Matlock tourna au coin de la rue et aperçut son appartement au centre du pâté de maisons. Le campus était sombre. A part les réverbères, la seule lumière qu'il repéra venait de chez lui. Avait-il oublié d'éteindre une lampe ? Il ne s'en souvenait plus.

Il remonta l'allée qui menait à la porte et introduisit la clé dans la serrure. Au même instant, il entendit le clic de cette dernière et un grand fracas à l'intérieur du bâtiment. Il sursauta, mais sa première réaction fut l'amusement. Son chat à poils longs, si maladroit, avait dû renverser un verre qui traînait ou l'une de ces œuvres d'art que Patricia Ballantyne lui avait infligées. Puis il se rendit compte que cette pensée ridicule était le pur produit d'un cerveau épuisé. L'effet sonore avait été trop puissant pour avoir été provoqué par la chute d'une poterie, le bruit du bris de verre était trop violent.

Il se précipita à l'intérieur. Le spectacle qui l'attendait chassa toute fatigue de son esprit. Il resta immobile, incrédule.

La pièce était sens dessus dessous, les tables renversées, les livres n'étaient plus en place sur leurs étagères. Les pages déchirées étaient éparpillées sur le sol. Sa chaîne stéréo et ses baffles étaient en morceaux, les coussins du canapé et des fauteuils lacérés, le rembourrage et le caoutchouc mousse répandus un peu partout, les tapis retournés et ramassés en vrac, les rideaux arrachés de leurs tringles et jetés sur les meubles en une vaste pagaille.

Il comprit alors l'origine du vacarme. La croisée de la fenêtre sur le mur de droite, qui donnait sur la rue, n'était plus qu'une masse de métal tordu et de verre brisé. Il se souvenait parfaitement avoir ouvert les deux battants avant de partir chez les Beeson. Il aimait sentir les brises printanières, et il était trop tôt dans la saison pour qu'il y eût du feuillage. Il n'y avait donc aucune raison pour que la fenêtre ait été fracassée. Le sol était à environ un mètre cinquante sous la croisée. C'était une hauteur suffisante pour dissuader un intrus, mais pas assez importante pour qu'un cambrioleur paniqué puisse prendre la poudre d'escampette par là.

Cependant, la quasi-explosion de la fenêtre n'avait pas permis à quiconque de s'enfuir. C'était voulu.

On l'avait surveillé, le signal en avait été donné.

C'était un avertissement.

Matlock savait qu'il ne pouvait pas en tenir compte. S'il le faisait, c'était admettre qu'il y avait là plus qu'un simple vol. Il n'y était pas préparé.

Il traversa rapidement la pièce en direction de sa chambre, et regarda à l'intérieur. Le désordre qui y régnait était encore plus grand. On avait balancé contre le mur le matelas, éventré et en lambeaux. Tous les tiroirs de son bureau avaient été jetés à terre et leur contenu éparpillé tout autour de la pièce. Son placard était comme le reste – costumes et vestes arrachés à la penderie, chaussures sorties de leur recoin.

Même avant d'y pénétrer, il était certain que sa cuisine ne serait pas en meilleur état. Les diverses boîtes n'avaient pas été vidées de leur contenu, simplement déplacées, mais tous les objets avaient été mis en pièces. A nouveau, Matlock comprit. Les quelques bruits qui étaient venus du pillage de la salle de séjour et de la chambre ne dépassaient pas le seuil du tolérable. Mais si le ramdam s'était poursuivi dans la cuisine, cela aurait pu réveiller l'une des familles habitant dans l'immeuble. Il entendit des pas au-dessus de lui. Un dernier bris de verre avait tiré quelqu'un du lit.

L'avertissement était on ne peut plus clair. En fait, on avait fouillé son appartement.

Il croyait connaître l'objet de cette fouille. Une fois de plus, il se rendit compte qu'il ne pouvait pas en parler. Il en tira les mêmes conclusions que chez les Beeson. Il devrait inventer des explications convaincantes qui lui permettraient de déguiser la réalité. Cela, il le savait d'instinct.

Mais avant de commencer à feindre, il lui fallait découvrir si ses visiteurs étaient repartis brebouilles ou non.

Matlock chassa toute trace de léthargie de son corps et de son esprit. Il jeta un second coup d'œil dans le salon, regarda avec un peu plus d'attention. Toutes les fenêtres étaient ouvertes, et il y avait assez de lumière pour qu'un individu muni d'une paire de jumelles puissantes, installé dans un immeuble voisin ou debout sur la pelouse en pente du campus de l'autre côté de la rue, puisse observer chacun de ses mouvements. S'il éteignait les lampes, un geste aussi peu naturel n'accréditerait-il pas les conclusions qu'il devait rejeter pour son salut ?

Sans l'ombre d'un doute. Quand on entre dans une maison ravagée, on ne commence pas par éteindre la lumière.

Il fallait pourtant qu'il se rende dans la salle de bains. C'était pour le moment la pièce la plus importante de l'appartement. Il n'aurait pas besoin de plus de trente secondes, une fois à l'intérieur, pour déterminer le succès ou l'échec du saccage et le faire de façon que sa conduite paraisse exempte de toute préoccupation extraordinaire. Si on le surveillait.

Tout était une question d'allure, de geste, pensa-t-il. Il vit que la platine de sa chaîne stéréo était l'objet le plus proche de la porte de la salle de bains, à moins de deux mètres. Il s'avança, se pencha, ramassa plusieurs morceaux, y compris le bras en métal. Il l'examina, le laissa soudain tomber, puis porta son doigt à sa bouche, comme s'il s'était piqué. Il pénétra dans la salle de bains.

Il ouvrit l'armoire à pharmacie et saisit une boîte de pansements qui se trouvait sur une étagère en verre. Puis il se pencha brusquement sur la gauche du lavabo où il avait placé la caisse en plastique jaune du chat, et souleva un coin du journal sous les granulés de la litière. Sous la feuille imprimée, il sentit la rude trame des deux morceaux de toile qu'il avait introduits et en tira le bord.

L'invitation découpée était intacte. Ils n'avaient pas trouvé le papier argenté ni le message qui se terminait par l'avertissement mortel : *Venerare Omerta.*

Il replaça le journal, étala la litière et se redressa. Il s'aperçut que la vitre opaque de la petite fenêtre au-dessus des toilettes était entrouverte. Il jura.

Ce n'était pas le moment de penser à ça.

Il retourna dans la salle de séjour et ôta le carré de plastique qui recouvrait le sparadrap.

La fouille avait été un échec. Il n'aurait plus qu'à

ignorer l'avertissement, qu'à nier les conclusions qui auraient pu en être tirées. Il traversa la pièce pour atteindre le téléphone et appela la police.

– Pouvez-vous me donner la liste de ce qui vous manque?

Un policier en civil se tenait au milieu des débris. Un second membre de la patrouille faisait le tour de l'appartement en prenant des notes.

– Je ne suis sûr de rien. Je n'ai pas encore vraiment vérifié.

– C'est tout à fait compréhensible. Quelle pagaïe! Vous devriez chercher quand même. Plus vite nous aurons cette liste, mieux ce sera.

– J'ai l'impression que rien ne manque. Je veux dire que je n'ai rien de particulièrement précieux pour tout autre que moi. A l'exception peut-être de la chaîne stéréo... et elle est en pièces. Il y a un poste de télévision dans la chambre. J'ai quelques livres qui ont une certaine valeur, mais les voici.

– Pas d'argent, de bijoux, de montre?

– Mon argent est à la banque, le liquide dans mon portefeuille, ma montre à mon poignet et je n'ai pas de bijoux.

– Et les copies d'examen? Nous avons souvent des effractions de ce genre.

– Dans mon bureau. Au département d'anglais.

L'agent de police écrivit quelques mots dans un petit carnet noir, puis il appela son collègue qui était resté dans la chambre.

– Hé, Lou, le commissariat a-t-il appelé le type des empreintes?

– Ils le réveillent. Il sera là dans quelques minutes.

– Avez-vous touché quoi que ce soit, monsieur Matlock?

– Je ne sais pas. C'est possible. J'ai reçu un tel choc.

– En particulier les objets cassés, le tourne-disques par exemple? Ce serait bien si nous pouvions relever les empreintes sur des choses que vous n'avez pas touchées.

– J'ai ramassé le bras, pas le coffret.

– Bon. Nous pourrons commencer par là.

La police demeura une heure et demie sur place. Le spécialiste des empreintes arriva, fit son travail et repartit. Matlock pensa téléphoner à Sam Kressel, mais il se dit que celui-ci ne pourrait rien faire à une heure pareille. Et si quelqu'un surveillait l'immeuble, il ne fallait pas qu'il aperçoive Kressel. Des gens habitant dans d'autres appartements avaient été réveillés et étaient descendus lui proposer soutien moral, aide et café.

Quand les policiers furent sur le point de s'en aller, un agent apparut sur le seuil de la porte.

– Désolé d'avoir été si long, monsieur Matlock. En général, nous ne relevons pas les empreintes en cas d'effraction à moins qu'il n'y ait blessure ou vol, mais il y en a eu pas mal récemment. Personnellement, je pense que ce sont ces hurluberlus avec leurs cheveux longs et leurs colliers. Ou les nègres. Nous n'avions jamais eu d'ennuis de ce genre avant l'arrivée des zozos et des nègres.

Matlock regarda le policier en civil qui semblait convaincu de la justesse de son analyse. Il aurait été inutile de le contredire. Et Matlock était trop fatigué.

– Merci de m'avoir aidé à remettre de l'ordre.

– Ça, c'est sûr! L'agent de police s'avança dans l'allée cimentée, puis il se retourna. Oh, monsieur Matlock!

– Oui?

Matlock tira de nouveau la porte.

– Une chose nous a frappés. Peut-être quelqu'un cherchait-il quelque chose. A cause du lacérage des fauteuils, de l'état des livres, etc... Vous me comprenez?

– Oui.

– Vous nous le diriez si c'était le cas, n'est-ce pas?

– Bien entendu.

– Oui. Ce serait stupide de dissimuler un renseignement comme celui-ci.

– Je ne suis pas stupide.

– Sans rancune. Mais parfois on se met martel en tête et on oublie des trucs.

– Je ne suis pas distrait. Très peu d'entre nous le sont.

– Oui. L'agent de police se mit à rire d'un air ironique. Je voulais juste vous en parler. Nous ne pouvons pas faire notre boulot sans avoir tous les éléments en main, vous en êtes bien conscient?

– Je comprends.

– Bon.

– Bonne nuit.

– Bonne nuit, professeur.

Matlock ferma la porte et se dirigea vers la salle de séjour. Il se demanda si son assurance rembourserait la valeur discutable de ses livres et de ses éditions les plus rares. Il s'assit sur le sofa défoncé et contempla la pièce. Il y régnait encore un capharnaüm impressionnant. Un ravage minutieux. Il ne suffirait pas de ramasser les débris et de réparer les meubles. L'avertissement était clair, brutal.

Le plus étonnant, c'était l'existence même de cet avertissement.

Pourquoi? Qui?

L'appel hystérique d'Archie Beeson? C'était possible, à la limite préférable. Cela pourrait signifier que cette destruction n'avait pas de rapport avec Nemrod. Le cercle des toxicomanes et des ravitailleurs autour de Beeson voulait lui faire assez peur pour qu'il laisse Archie tranquille. Qu'il les laisse tous en paix. Loring avait bien spécifié qu'il n'avait aucune preuve que les Beeson appartenaient au réseau Nemrod.

Il n'existait pas non plus de preuve du contraire.

Néanmoins, si c'était Beeson, l'alarme serait donnée dès le lendemain matin. Il n'avait plus le moindre doute quant à la conclusion de cette soirée. Le « quasi-viol » par un « vieux » dégueulasse et drogué. C'était le tremplin de la carrière universitaire de Beeson.

Sinon, et c'était beaucoup moins agréable, il fallait chercher l'origine de la menace et de la fouille dans le message corse. Que lui avait murmuré Loring sur le trottoir ?

– ... Il n'y a qu'une chose qu'ils désirent plus que cette mallette, c'est le papier qui est dans votre poche.

Il était donc raisonnable de supposer qu'il avait un lien avec Ralph Loring.

Washington, en estimant que sa panique devant le corps de Loring l'avait dissocié de l'agent fédéral, avait commis une erreur. C'était le fruit de l'assurance absolue et en la matière erronée de Jason Greenberg.

Ou alors, comme Greenberg l'avait suggéré, on le testait. On lui faisait subir une épreuve avant de le déclarer bon pour le service.

Possible, probable, ou bien...

Des conjectures.

Il fallait garder la tête froide. Il ne pouvait pas se permettre d'en faire trop, s'il voulait être de quelque utilité, il devait jouer les innocents.

Possible, probable, vraisemblable.

Son corps lui faisait mal. Il avait les yeux gonflés et, dans la bouche, l'arrière-goût amer de comprimés de Séconal, de vin et de marie-jeanne. Il était épuisé, tendu, à force de chercher des conclusions impossibles à atteindre. Il se souvint de ses premiers jours au Viêt-nam et du meilleur conseil qu'il ait reçu pendant ces semaines de combats imprévisibles. Se reposer dès qu'il en aurait l'occasion. C'était un sergent d'infanterie qui, à ce qu'on disait, avait survécu à plus d'attaques que quiconque dans le delta du Mékong. Toujours d'après la rumeur publique, ce dernier avait dormi pendant une embuscade qui avait coûté la vie à la majeure partie de sa compagnie.

Matlock s'étira sur le canapé désormais méconnaissable. Il était inutile d'aller dans la chambre puisque son matelas était éventré. Il défit sa ceinture et ôta ses chaussures. Il avait quelques heures de sommeil devant lui. Ensuite il contacterait Kressel. Demanderait à Kressel et à Greenberg de forger une histoire pour expliquer l'invasion de son appartement. Une histoire qui serait approuvée par Washington et, qui sait ? par la police de Carlyle.

La police.

Il se redressa soudain. Cela ne l'avait pas frappé sur le moment, mais à présent cela lui revenait à l'esprit. Cet agent, à la fois grossier et exagérément poli, que ses premières investigations avaient conduit à accuser « les hurluberlus et les nègres » s'était adressé à lui en l'appelant « monsieur » pendant les deux heures qu'avait duré son enquête. Pourtant, en partant, quand il avait évoqué l'éventualité que Matlock dissimule un renseignement, il avait utilisé le mot « professeur ». Le « monsieur » était normal. Le « professeur » tout à fait étrange. Personne en dehors du campus – et même rarement sur celui-ci – ne l'appelait « professeur », n'appelait jamais aucun agrégé « professeur ». Ceux qui possédaient ce genre de diplômes trouvaient cela prétentieux, et seuls les prétentieux l'exigeaient.

Pourquoi le policier avait-il choisi ce terme ? Il ne le connaissait pas, il ne l'avait jamais vu. Comment cet homme savait-il qu'il avait ce titre ?

Tout en restant assis, Matlock se demanda s'il était en train de payer les efforts et les tensions des dernières heures. Cherchait-il une signification déraisonnable là où il n'y en avait pas ? N'était-il pas plausible que la police de Carlyle ait une liste des membres de la faculté et qu'un sergent au commissariat ou quiconque prenant les appels d'urgence ait vérifié que son nom appartenait bien à la liste en question et lui ait ainsi donné son titre ? N'était-il pas, peut-être, en train de taxer ce policier d'ignorance parce que celui-ci ne lui plaisait pas.

Tout était envisageable.

Et dérangeant.

Matlock se laissa retomber sur le canapé et ferma les yeux.

Le bruit ressembla d'abord à un faible écho lui parvenant du bout d'un long tunnel étroit. Puis il devint identifiable : des coups rapides et répétés. Des coups qui ne s'arrêtaient pas, des coups de plus en plus forts.

Matlock souleva ses paupières et aperçut la lumière tamisée des deux lampes qui se trouvaient en face du divan. Il avait les pieds repliés. Son cou transpirait contre la surface rêche du velours côtelé qui recouvrait le sofa. Et pourtant une brise fraîche venait de la fenêtre, au cadre métallique, fracassée.

Les coups ne cessèrent pas, un bruit de poings contre le bois. Dans le vestibule, devant sa porte d'entrée. Il fit décrire un cercle à ses jambes avant de les poser sur le sol. Elles étaient ankylosées. Il lutta pour tenir debout.

On tapait des pieds, des poings, encore plus fort. Puis il y eut une voix.

– Jamie! Jamie!

Il s'avança maladroitement vers l'entrée.

– J'arrive!

Quand il se retrouva devant la porte, il l'ouvrit aussitôt. Patricia Ballantyne, vêtue d'un imperméable qu'elle avait visiblement enfilé sur son pyjama de soie, se précipita à l'intérieur.

– Jamie, pour l'amour du Ciel, que se passe-t-il? J'ai essayé de t'appeler?

– J'étais ici. Le téléphone n'a pas sonné.

– Je le sais. J'ai fini par obtenir l'opératrice qui m'a dit qu'il était en panne. J'ai emprunté une voiture et je suis venue aussi vite que j'ai pu...

– Il n'est pas en panne, Pat. La police – la police était là et, si tu jettes un coup d'œil, tu comprendras pourquoi – l'a utilisé une bonne dizaine de fois.

– Oh, mon Dieu!

La jeune femme passa devant lui et pénétra dans le salon toujours sens dessus dessous. Matlock se dirigea vers le téléphone et décrocha. Il l'éloigna rapidement de son oreille. La tonalité perçante d'un appareil en dérangement sortait du récepteur.

– La chambre, dit-il en reposant le téléphone et en se ruant vers la porte.

Sur le lit, parmi les lambeaux du matelas, se trouvait un second poste, sur la table de chevet. Le récepteur était décroché, et l'oreiller étouffait le bruit du signal occupé. Quelqu'un avait décidé que le téléphone ne devait pas sonner.

Matlock essaya de se remémorer qui avait pénétré dans cette pièce. En tout, plus de douze personnes. Cinq ou six policiers – en civil ou en uniforme – les maris et les femmes des appartements voisins, quelques badauds couche-tard qui, ayant aperçu la voiture de police, étaient montés jusqu'à sa porte. Ils étaient trop nombreux pour que son souvenir ne fût pas flou. Il ne se rappelait pas tous leurs visages.

Matlock regarda le téléphone sur la table de nuit et aperçut Pat dans l'embrasure de la porte. Il était persuadé qu'elle ne l'avait pas vu déplacer l'oreiller.

– Quelqu'un a dû le renverser en remettant un peu d'ordre, dit-il, feignant une certaine irritation. C'est bête, je veux dire, que tu aies dû emprunter une voiture... Pourquoi as-tu fait ça? Que se passait-il?

Elle ne répondit pas. Elle se retourna et contempla la salle de séjour.

– Qu'est-il arrivé?

Matlock se souvint de l'expression de l'officier de garde.

– Ils appellent ça une « entrée par effraction », une formule policière pour désigner les tornades humaines, d'après ce que j'ai compris... Vol. C'est la première fois de ma vie que je me fais cambrioler. Tu parles d'une expérience. Je suppose que ces petits salauds étaient furieux de ne rien trouver qui ait de la valeur. C'est pour ça qu'ils ont tout esquinté... Pourquoi es-tu venue?

Elle parla lentement, mais l'intensité de sa voix fit prendre conscience à Matlock qu'elle était au bord de la panique. Comme d'habitude, elle cachait son émotion derrière une rigoureuse maîtrise d'elle-même. C'était l'une des caractéristiques essentielles de la personnalité de la jeune femme.

– Il y a deux ou trois heures environ – à quatre heures moins le quart pour être précise – mon téléphone a sonné. L'homme – c'était un homme – t'a demandé. Je dormais et je suppose que je n'ai pas dû répondre très clairement. J'ai réagi comme si j'étais offusquée à l'idée que l'on pouvait penser que tu étais là... Je ne savais que faire. Mes idées étaient très embrouillées...

– Bon. Je comprends. Alors?

– Il m'a dit qu'il ne me croyait pas. Que j'étais une menteuse. J'étais tellement surprise qu'on me téléphone à une heure pareille pour me traiter de menteuse... Tout était confus...

– Qu'est-ce que tu as dit?

– L'important n'est pas ce que j'ai dit, mais ce qu'il a dit. Il m'a chargée de te conseiller de ne pas rester « derrière le globe » ni d' « éclairer le monde d'en bas ». Il m'a répété ceci deux fois. Il a ajouté que c'était une plaisanterie, mais que tu comprendrais. C'était effrayant... Tu...? Tu comprends?

Matlock passa devant elle et pénétra dans le salon. Il cherchait ses cigarettes et essayait de rester calme. Elle le suivit.

– Qu'est-ce que cela signifie?

– Je n'en suis pas certain.

– Est-ce que ça a quelque chose à voir avec... ceci?

Elle pointa le doigt sur le désordre de l'appartement.

– Je ne pense pas.

Il alluma sa cigarette et se demanda ce qu'il allait lui raconter. Les gens de Nemrod n'avaient pas perdu de temps à trouver le lien. S'il s'agissait de Nemrod.

– Qu'a-t-il voulu dire par « se tenir derrière le globe »? Ça ressemble à une énigme.

– C'est une citation, je crois.

Matlock ne le croyait pas. Il le savait. Il se rappelait avec précision les vers de Shakespeare : *Ne sais-tu pas que lorsque l'œil scrutateur du ciel*

*est caché derrière le globe et qu'il éclaire le monde
d'en bas... alors les brigands et les voleurs sortent
invisibles... semer le meurtre et répandre le
sang.*

— Qu'est-ce que cela signifie?

— Je n'en sais rien! Je ne me souviens pas... Il a
dû me confondre avec quelqu'un d'autre. C'est la
seule chose que je puisse envisager... Quel était le
son de sa voix?

— Normal. Il était en colère, mais il ne criait
pas.

— Tu n'as reconnu personne? Pas précisément,
mais avais-tu déjà entendu cette voix?

— Je n'en suis pas certaine. Je ne crois pas.
Personne que je puisse situer, mais...

— Mais quoi?

— Eh bien, c'était une voix travaillée. Un peu
comme celle d'un acteur, j'imagine.

— Un homme habitué à faire des conférences.

Matlock affirmait, il ne s'interrogeait pas. Sa
cigarette avait un goût amer. Il l'écrasa.

— Oui, je suppose qu'on pourrait la décrire
ainsi.

— Et probablement pas dans un labo de sciences... ce qui réduit notre échantillon de coupables
éventuels à près de quatre-vingts personnes sur le
campus.

— Tu émets des hypothèses que je ne comprends
pas! Ce coup de fil avait certainement un rapport
avec ce qui s'est passé ici!

Il savait qu'il parlait trop. Il ne voulait pas
impliquer Pat dans cette affaire. Il n'en avait pas le
droit. Pourtant quelqu'un d'autre l'avait fait, ce
qui compliquait singulièrement la situation.

— C'est possible. D'après une source bien informée – je me réfère naturellement aux détectives de
la télévision – les voleurs s'assurent que les gens ne

sont pas chez eux avant de piller leur domicile. Ils vérifiaient probablement que j'étais ailleurs.

La jeune femme lui lança un regard hésitant.

— Tu n'étais pas à la maison? À quatre heures moins le quart?... Ce n'est pas un interrogatoire, mon chéri, je m'informe, c'est tout.

En silence, il pesta contre lui-même. C'étaient l'épuisement, l'épisode chez les Beeson, le choc devant le saccage de son appartement. Bien sûr, la question de Pat n'avait rien d'inquisitorial. Il était libre. Bien sûr, il était chez lui à quatre heures moins le quart.

— Je n'en suis pas certain. Je ne me suis pas vraiment préoccupé de l'heure. J'ai passé une soirée terriblement longue. Il rit doucement. J'étais chez Archie Beeson. Quand on propose la création d'un séminaire à un jeune professeur, cela déclenche une grande consommation d'alcool.

Elle sourit.

— Je n'ai pas l'impression que tu me comprennes. Je me fiche de savoir ce que Papa Ours était en train de faire... En fait, non, je ne m'en fiche pas, mais pour l'instant, je ne vois pas pourquoi tu me mens... Tu étais ici il y a deux heures, et ce coup de téléphone, ce n'était nullement un cambrioleur vérifiant que tu étais sorti. Tu le sais très bien.

— Maman Ourse approche. Elle sort des limites de son territoire.

Matlock devenait grossier. Cela sonnait faux, tout comme son mensonge. Quelles qu'aient pu être ses précédentes rébellions ou sa rudesse, il était gentil et elle le savait.

— D'accord. Je te présente mes excuses. Je te pose encore une question, et je m'en irai. Que veut dire *Omerta*?

Matlock fut glacé sur place.

— Qu'est-ce que tu as dit?

– L'homme au téléphone. Il a employé le mot
« Omerta ».

– Comment ?

– Très natuellement. Juste pour que tu t'en
souviennes, a-t-il dit.

VIII

L'AGENT fédéral en mission Jason Greenberg franchit le seuil du court de squash.

– Apparemment on transpire pas mal ici, professeur Matlock.

Matlock répliqua :

– Ça me déplairait souverainement de faire le point dans ces conditions... De toute façon, c'était une idée à vous. J'aurais été tout aussi heureux dans le bureau de Kressel ou même quelque part en ville.

– C'est mieux ainsi... Il faut que nous soyons tranquilles pour parler. Je me suis inscrit sur le registre de la salle de gym comme expert en assurances. Je vérifie les extincteurs dans les couloirs.

– Ils en ont probablement besoin. Matlock s'avança vers le coin où se trouvait son sweatshirt gris enroulé avec une serviette. Il l'enfila. Qu'avez-vous découvert ? Hier soir, j'ai eu quelques sueurs froides.

– Dans ce chaos, nous n'avons rien trouvé du tout. Du moins rien de spécifique. Quelques théories, c'est tout... Nous pensons que vous vous êtes très bien débrouillé.

– Merci. Je n'avais pas les idées claires. Quelles

sont vos hypothèses? Vous ne semblez pas très concret et je n'aime pas ça.

Greenberg pencha brusquement la tête. On entendait des bruits sourds et réguliers contre le mur de droite.

– Y a-t-il un autre court?

– Oui. Il y en a six de ce côté. Ce sont des courts d'entraînement. Il n'y a pas de balcon. Mais vous le savez.

Greenberg ramassa la balle et la lança fort contre le mur qui se trouvait devant lui. Matlock comprit et la rattrapa quand elle rebondit. Il la renvoya. Greenberg la relança. Ils maintinrent un rythme lent, aucun des deux ne se déplaçant de plus de cinquante centimètres, chacun lançant à son tour. Greenberg parlait doucement, d'un ton monocorde.

– Vous pensez qu'on vous a testé. C'est l'explication la plus logique. Vous avez découvert Ralph. Vous avez déclaré que vous aviez vu la voiture. Vos arguments pour justifier votre présence sur les lieux n'étaient pas très convaincants. Si peu même que nous les avons trouvés plausibles. Ils veulent s'en assurer. C'est pour cela qu'ils ont contacté la fille. Ils font leur travail à fond.

– OK. Théorie numéro un. Quelle est la numéro deux?

– J'ai dit que c'était la plus logique... C'est la seule vraiment.

– Et Beeson?

– Comment Beeson? Vous étiez là-bas.

Matlock garda quelques secondes la balle de squash dans la main avant de la relancer contre le mur latéral. Le mur le plus éloigné du regard de Greenberg.

– Beeson serait-il plus malin que je ne le pensais. Aurait-il donné l'alerte?

– C'est possible. Nous pensons qu'il y a peu de

101

chances... Etant donné la description que vous nous avez faite de cette soirée.

Mais Matlock n'avait pas décrit la soirée tout entière. Il n'avait parlé ni à Greenberg ni à quiconque du coup de téléphone de Beeson. Son comportement n'était pas rationnel mais sentimental. Lucas Herron était un homme âgé, un homme bon. Sa compassion pour les étudiants à problèmes était légendaire. Son souci des nouveaux maîtres-assistants, jeunes, inexpérimentés, souvent arrogants, parvenait à prévenir les crises au sein de la faculté. Matlock s'était lui-même convaincu que « le grand et vieil oiseau » était devenu l'ami d'un type désespéré, et l'aidait à sortir d'une situation non moins désespérée. Il n'avait pas le droit de révéler le nom d'Herron sur la foi d'un simple coup de fil donné par un toxicomane paniqué. Il y avait trop d'explications possibles. Il s'arrangerait pour avoir une conversation avec Herron, autour d'un café dans la salle des professeurs ou dans les vestiaires lors d'un match de base-ball – Herron adorait le base-ball, il lui dirait de laisser tomber Archie Beeson.

– ... au sujet de Beeson ?

– Pardon ?

Matlock n'avait pas entendu Greenberg.

– Je vous ai demandé si vous aviez reconsidéré le cas de Beeson.

– Non, non. Il n'est pas important. En fait, il renoncera probablement à l'herbe et aux tablettes – à l'exception de celles qui me seraient réservées – s'il pensait pouvoir m'utiliser.

– Je ne vous suis pas sur ce terrain.

– Bon. J'avais juste quelques doutes momentanés... Je ne parviens pas à croire que vous n'ayez qu'une seule théorie. Allons. Qu'y a-t-il d'autre ?

– D'accord. Deux autres et elles sont à peine plausibles. Toutes les deux du même tabac. La première, c'est qu'il pourrait y avoir une fuite à Washington. La seconde, une fuite à Carlyle.

– Pourquoi ne serait-ce pas plausible?

– D'abord Washington. Il y a au moins douze personnes qui sont au courant de cette opération, entre la Justice, les Finances et la Maison Blanche. Ce sont des hommes qui sont en charge des messages secrets avec le Kremlin. Impossible.

– Et Carlyle?

– Vous, Adrian Sealfont et l'odieux Sam Kressel. Je serais ravi de montrer Kressel du doigt – c'est un emmerdeur – mais, une fois de plus, ce n'est pas pensable. Je prendrais également un certain plaisir à faire tomber de son piédestal quelqu'un d'aussi vénéré, d'aussi bon chic, bon genre que Sealfont, mais ça n'aurait pas de sens. Il ne reste que vous. Alors?

– Votre logique m'époustoufle!

Matlock dut courir pour attraper la balle que Greenberg avait lancée dans un coin. Il la garda dans la main et regarda l'agent.

– Ne vous méprenez pas – j'aime bien Sam, du moins je le crois – mais pourquoi est-il impensable que ce soit lui?

– Comme Sealfont... Dans une opération comme celle-ci, nous commençons par le commencement. Le véritable commencement. Nous nous moquons des situations, du statut social ou de la réputation, bonne ou mauvaise, des gens. Nous utilisons tout ce qui nous tombe sous la main pour prouver la culpabilité et non l'innocence de quelqu'un. Nous sommes à la recherche de la plus infime raison de ne pas le disculper. Kressel est aussi pur que saint Jean-Baptiste. Un emmerdeur, mais blanc comme neige. Il est tout ce qu'il dit. Un petit saint de l'Eglise d'Angleterre, bien sûr. De nouveau, vous voyez, il ne reste que vous.

Matlock relança la balle d'un revers fulgurant

vers l'arrière gauche du plafond. Greenberg recula et cogna pour la renvoyer vers le mur droit. La balle revint à la vitesse d'une balle de revolver entre les jambes de Matlock.

– J'imagine que vous avez déjà pratiqué ce sport ? fit Matlock avec un sourire embarrassé.

– On me surnommait le crack de Brandéis. Et la fille ? Où est-elle ?

– Dans mon appartement. Je lui ai fait promettre de ne pas partir tant que je ne serais pas revenu. En plus de la sécurité, c'est un excellent moyen de tout retrouver rangé et nettoyé.

– Je vais désigner un homme pour la protéger. Je ne pense pas que ce soit nécessaire, mais vous serez plus tranquille.

Greenberg regarda sa montre.

– Tout à fait. Merci.

– Nous ferions mieux de nous dépêcher... Maintenant, écoutez. Nous allons laisser les choses suivre leur cours normal. La police, les journaux, *et caetera*. Pas de couverture, pas d'histoire pour démentir, rien qui puisse faire obstruction à une curiosité naturelle ni à vos réactions non moins naturelles. C'est tout ce que vous savez... et il y a autre chose. Cela ne vous plaîra peut-être pas, mais nous pensons que c'est mieux et plus sûr.

– Quoi ?

– Nous sommes d'avis que miss Ballantyne parle à la police du coup de fil qu'elle a reçu.

– Oh ! la ! la ! Son interlocuteur s'attendait à me trouver chez elle à quatre heures du matin. Ce n'est pas le genre de bruit que l'on répand. Pas lorsque l'on appartient à une association estudiantine et que l'on est censé travailler pour les diverses fondations du musée. Ils sont aussi puritains que sous Mac-Kinley.

– Les yeux de l'amour, professeur Matlock... Elle vient de recevoir un appel. Un homme vous a

104

demandé, a cité Shakespeare et fait une allusion incompréhensible à un mot ou à une ville étrangère. Elle était folle d'inquiétude. Ça ne fera pas plus de cinq lignes dans le journal, mais puisqu'on a pénétré dans votre appartement, il est logique qu'elle signale l'incident.

Matlock resta silencieux. Il se dirigea vers l'angle du court de squash où la balle avait atterri et la ramassa.

– Nous sommes deux idiots qu'on a manipulés. Nous ne savons pas ce qui s'est passé. Mais ça ne nous plaît pas.

– Excellente idée! Rien n'est plus convaincant que quelqu'un qui joue les victimes étonnées et qui le fait savoir à qui veut bien l'entendre. Faites une réclamation à votre assurance pour vos livres anciens... Il faut que je m'en aille. Il n'y a pas beaucoup d'extincteurs dans l'immeuble. Autre chose? Qu'allez-vous faire maintenant?

Matlock fit rebondir la balle sur le sol.

– Une invitation imprévue. Que j'ai reçue par hasard après avoir bu quelques bières dans la communauté afro. Je suis convié à une représentation théâtrale des rites de passage dans les tribus Mau Mau. Ce soir, à dix heures, dans les caves du Lumumba Hall... C'était autrefois la maison de l'association Alpha Delt. Je peux vous dire qu'il y a pas mal d'épiscopaliens blancs qui tournaient autour de celle-là.

– Je ne vous suis toujours pas, professeur.

– Vous ne faites pas non plus votre travail... Votre liste comprend un certain nombre de gens qui habitent Lumumba Hall.

– Désolé. Vous me téléphonez demain matin?

– Dans la matinée, oui.

– Je vous appellerai Jim si vous m'appelez Jason.

– Je ne vous embrasse pas, mais d'accord.

– OK. Entraînez-vous encore un peu. Nous ferons une partie quand toute cette affaire sera terminée.

– Chiche !

Greenberg s'éclipsa. Il jeta un coup d'œil à droite et à gauche dans l'étroit couloir, satisfait de le trouver désert. Personne ne l'avait vu entrer ni quitter le court. On entendait sans arrêt des coups sourds contre les murs. Tous les courts étaient occupés. En tournant en direction du hall principal, Greenberg se demanda pourquoi le gymnase de Carlyle était bondé à ce point à onze heures du matin. Ce n'était pas le cas à Brandéis. Du moins il y a quinze ans. A onze heures du matin, on était en classe.

Il perçut un bruit étrange qui n'était pas celui de la balle contre le bois épais. Il se retourna vivement.

Personne.

Il pénétra dans le grand hall et se retourna une dernière fois. Toujours personne. Il s'éloigna à pas rapides.

Le son qui avait retenu son attention était celui d'un loquet récalcitrant. Il provenait de la porte voisine du court de Matlock. Un homme en sortit. Tout comme Greenberg une minute plus tôt, il regarda à droite et à gauche dans l'étroit couloir. Mais au lieu d'être content de n'y trouver personne, il eut l'air ennuyé. La résistance de ce loquet l'avait empêché de voir l'homme qui avait rencontré James Matlock.

La porte du court numéro quatre s'ouvrit et Matlock apparut à son tour. Celui qui se trouvait à trois mètres de lui sursauta, se couvrit la face avec sa serviette et s'éloigna en toussant.

Mais il ne fut pas assez prompt. Matlock connaissait ce visage.

C'était le policier qui était venu dans son appartement à quatre heures du matin.

Celui qui l'avait appelé « professeur ». L'homme en uniforme qui était tellement certain que les troubles survenus sur le campus étaient le fait d'« hurluberlus et de nègres ».

Matlock suivit des yeux la silhouette qui s'effaçait.

IX

Sur les grandes portes gothiques, on pouvait voir, si le soleil venait éclairer un angle précis, – l'empreinte de lettres grecques : Alpha, Delta, Phi. Elles étaient là, en bas-relief, depuis des décennies, et ni la violence des bourrasques qui projetaient du sable ni les dommages causés par les étudiants n'avaient réussi à les effacer complètement. Le pavillon Alpha Delta Phi avait connu le même sort que les autres bâtiments de Carlyle. Le sacré collège de ses directeurs avait dû se résoudre à accepter l'inévitable. L'immeuble avait été vendu – meubles, serrures, toit fuyant et emprunt désavantageux y compris – à des Noirs.

Ces derniers avaient su tirer un bon parti, un excellent parti même, de leur achat. Le vieil immeuble décrépi avait été entièrement restauré, à l'intérieur comme à l'extérieur. On avait supprimé toute trace des précédentes associations et de leurs propriétaires, partout où cela était possible. Les collections de photos jaunies d'anciens élèves avaient été remplacées par les portraits, ô combien magnifiés, des nouveaux révolutionnaires, Africains, Latino-Américains, Panthères Noires. Sur les murs des vieux couloirs, on pouvait lire les inévitables mots d'ordre sur de grands posters, illustrés en style psychédélique : *Mort aux vaches! Sale*

Blanc, t'es foutu! Malcolm est en vie! Lumumba, le Christ noir!

Entre ces cris de guerre se trouvaient les répliques d'objets africains primitifs, masques de fertilité, peaux de bêtes plongées dans de la peinture rouge, têtes réduites suspendues par les cheveux ayant appartenu à des Blancs sans la moindre confusion possible.

Lumumba Hall ne cherchait à tromper personne. C'était le reflet de la colère. Le reflet de la fureur.

Matlock n'eut pas besoin d'utiliser le heurtoir de cuivre placé à côté du masque de fer qui se trouvait au bord de l'encadrement de la porte. Celle-ci s'ouvrit quand il s'approcha, et un étudiant le salua avec un grand sourire.

– J'espérais que vous viendriez! Ça va être super!

– Merci, Johnny. Je n'aurais pas voulu rater ça.

Matlock entra, frappé par la prolifération de bougies allumées dans le couloir et les pièces adjacentes.

– On dirait une veillée funèbre. Où est le cercueil?

– Plus tard. Attendez et vous verrez.

Un Noir que Matlock reconnut comme l'un des extrémistes du campus s'avança vers eux. Adam Williams avait les cheveux longs à la mode africaine et attachés au-dessus de la tête en un demi-cercle parfait. Il avait les traits durs. Matlock eut le sentiment que, s'ils s'étaient rencontrés en pleine brousse, dans le veldt, Williams aurait été un chef tribal.

– Bonsoir, fit Williams avec un sourire communicatif. Bienvenue au siège de la Révolution.

– Merci beaucoup. Ils se serrèrent la main. Vous avez l'air plus funèbres que révolutionnaires.

J'étais en train de demander à Johnny où se trouvait le cercueil.

Williams rit. Il avait des yeux intelligents, un sourire franc, sans fourberie ni arrogance. Dans l'intimité, l'extrémiste noir n'avait plus la flamme qui l'animait sur le podium, en face des sympathisants hurlant leur approbation. Matlock ne fut pas surpris. Les membres de la faculté qui avaient Williams à leurs cours lui avaient souvent parlé de son caractère facile et respectueux. Si différent de l'image qu'il se donnait lorsqu'il faisait de la politique sur le campus, et bientôt sur le plan national.

– Oh, mon Dieu! Nous avons raté le décor! Nous voulions que ce soit la fête. Un peu impressionnante, je suppose, mais joyeuse aussi.

– Je ne suis pas certain de comprendre, dit Matlock en souriant.

– Un adolescent de la tribu atteint l'âge adulte, il est à la lisière de la vie active, responsable. Une espèce de Bar Mitzvah de la jungle. C'est un moment de réjouissance. Ni cercueils ni linceuls.

– C'est bien. C'est bien, Adam! déclara le nommé Johnny avec enthousiasme.

– Pourquoi ne vas-tu pas chercher un verre pour M. Matlock, mon frère. Puis il se tourna vers Matlock. Il n'y a qu'une boisson jusqu'à la fin de la cérémonie. C'est du punch swahili. Ça vous va?

– Bien entendu.

– Parfait!

Johnny disparut dans la foule et se dirigea vers la salle à manger et la jatte de punch. Adam souriait en parlant.

– C'est un rhum léger avec de la limonade et du jus d'airelles. Pas mauvais, vraiment... Merci de tout cœur d'être venu.

– J'ai été surpris d'être invité. Je pensais que

c'était très fermé. Réservé à la tribu... que ça ne sortait pas du cercle des habitués. Vraiment.

Williams éclata de rire.

– Sans rancune. J'ai utilisé le mot. C'est bon de penser en termes de tribu. Bon pour les frères.

– Oui. J'imagine que c'est...

– Le groupe social protecteur, collectif. Qui possède sa propre identité.

– Si c'est là votre dessein, un dessein constructif, j'approuve.

– Oui. Les tribus de la savane ne passent pas leur temps à se faire la guerre, vous savez. Il existe autre chose que le vol, le pillage et l'enlèvement des femmes. C'est le complexe de Robert Ruark. Ils font du commerce, chassent et cultivent leurs terres ensemble, coexistent probablement mieux que la plupart des nations et même des formations politiques.

Matlock rit à son tour.

– D'accord, professeur. Je prendrai des notes après le cours.

– Désolé. Les hasards de mes passe-temps.

– Passe-temps ou activités professionnelles?

– L'avenir le dira, n'est-ce pas?... Cependant, je tiens à ce qu'une chose soit claire. Nous n'avons pas besoin de votre approbation.

Johnny revint avec une tasse de punch swahili pour Matlock.

– Hé, vous savez quoi? Frère Davis – c'est Bill Davis – il prétend que vous lui aviez dit que vous alliez le coller, et qu'au milieu de l'année, vous l'avez fait passer haut la main.

– Frère Davis a fini par se remuer les fesses et il s'est mis au boulot. Matlock regarda Adam Williams. Vous n'avez rien à objecter à ce genre d'approbation, n'est-ce pas?

Williams arbora un large sourire, et posa sa main sur le bras de Matlock.

– Non, monsieur, bwana… Dans ce domaine, c'est vous qui dirigez les mines du roi Salomon. Frère Davis est là pour travailler autant qu'il le peut et aller aussi loin que son potentiel le lui permettra. Pas de discussion. Allez-y carrément avec notre frère.

– Vous êtes absolument terrifiant.

Matlock parlait avec une légèreté qu'il était loin de ressentir.

– Pas du tout. Juste pragmatique… J'ai quelques préparatifs de dernière minute à surveiller. A tout à l'heure.

Williams fit signe à un étudiant qui passait et traversa la foule en direction de la cage d'escalier.

– Venez, monsieur Matlock. Je vais vous montrer les changements les plus récents.

Johnny conduisit Matlock dans ce qui était le foyer d'Alpha Delt.

Dans l'océan de visages noirs, Matlock rencontra peu de regards hostiles ou circonspects. Leur accueil était peut-être moins chaleureux que dehors, sur le campus, mais dans l'ensemble, sa présence était acceptée. Il songea, un court instant, que si les frères avaient su la véritable raison de sa visite, Lumumba Hall se serait violemment retourné contre lui. Il était le seul Blanc.

On avait opéré des changements radicaux dans le foyer. Disparus les grandes moulures de bois sombre, les banquettes en chêne massif sous les immenses fenêtres cathédrales, les meubles lourds, solides, recouverts de cuir rouge foncé. La pièce était métamorphosée. Il n'y avait plus d'ouvertures en arc. Elles étaient carrées, bordées de chevilles noires comme du jais d'environ cinq centimètres de diamètre, qui ressemblaient à de longues fentes rectangulaires. Sur les murs, de chaque côté, s'étendait un motif, composé de minuscules bandes de bambou laquées. On retrouvait le même revêtement au plafond, des milliers de roseaux vernis convergeant vers le centre. Au milieu se trouvait un immense cercle, d'à peu près un mètre de large, dans lequel était enchâssé un épais panneau de verre strié. Au-delà du verre brillait une lumière blanc jaunâtre, qui se diffusait en rayons dans toute la pièce. Le peu de meubles qu'il put apercevoir à travers la cohue ne ressemblaient pas à des meubles. Il y avait diverses planches d'un bois épais, de formes différentes, posées sur des pieds courts. Matlock se dit qu'il devait s'agir de tables. A la place des chaises, des dizaines de coussins aux couleurs vives étaient éparpillés le long des murs.

Il ne fallut pas longtemps à Matlock pour comprendre quelle était la référence de ce décor.

Le foyer d'Alpha Delta Phi avait été transformé en réplique d'une grande hutte africaine à toit de chaume. A une exception près, le brûlant soleil équatorial ne filtrait pas à travers les fentes ouvertes sur le ciel.

– C'est superbe! Absolument superbe! Cela a dû prendre des mois.

– Presque un an et demi, répondit Johnny. C'est très confortable, très apaisant. Saviez-vous que beaucoup de grands architectes d'intérieur raffolent de tout cela aujourd'hui? Le genre retour à la nature. C'est fonctionnel et facile à entretenir.

– Ça ressemble dangereusement à une excuse. Vous n'avez nullement besoin de chercher des justifications. C'est sensationnel.

– Oh! Je ne m'excuse pas. Johnny revint sur ses explications. Adam dit qu'il y a une certaine majesté dans le primitif. Un bel héritage.

– Adam a raison. Mais il n'est pas le premier à faire cette remarque.

– S'il vous plaît, ne nous rabaissez pas, monsieur Matlock...

Matlock regarda Johnny par-dessus sa tasse de punch. Mon Dieu, pensa-t-il, plus les choses changent, plus elles restent semblables.

La salle de conférences d'Alpha Delta Phi, haute de plafond, avait été taillée dans les caves, à l'extrémité du bâtiment. Elle avait été construite peu après le tournant du siècle quand d'anciens élèves, ayant réussi leur ascension sociale, avaient déversé d'impressionnantes sommes d'argent dans des passe-temps tels que les sociétés secrètes ou les quadrilles de débutantes. De telles activités étaient conçues pour perpétrer un mode de vie et le diffuser bien qu'il restât l'apanage d'une élite. Des milliers de jeunes gens à col amidonné avaient été initiés dans cette enceinte en forme de chapelle, avaient murmuré des serments secrets, échangé des poignées de main étranges qui leur avaient été expliquées par des anciens au visage sévère, faisant vœu de garder la foi en leur message jusqu'à la mort. Après quoi, on se soûlait et on vomissait dans les coins.

Voilà ce que pensait Matlock en assistant au rituel Mau Mau qui se déroulait devant lui. Ce n'était ni moins puéril, ni moins absurde que les scènes qui l'avaient précédé dans cette salle. Peut-être que l'aspect physique des choses – aspect physique simulé – était plus brutal dans son message, car la cérémonie ne se déroulait plus sur les pas délicats d'une danse européenne mais sur des suppliques rudes, presque animales adressées aux dieux primitifs. Prières pour obtenir la force de survivre. Et non pour que se perpétue un certain élitisme.

Le rite tribal lui-même se composait d'une suite d'invocations incompréhensibles dont l'intensité allait croissant autour du corps d'un étudiant noir – de toute évidence le plus jeune des frères de Lumumba Hall – étendu sur le sol en béton, nu, à l'exception d'un pagne rouge qui lui ceignait la taille et les jambes et dissimulait ses parties génitales. A la fin de chaque morceau, lorsque l'on marquait la fin d'un chant et le début d'un autre, le corps du garçon était soulevé au-dessus de l'assistance par quatre étudiants très grands, également nus jusqu'à la taille, portant des ceintures de danse noires comme du jais, les jambes entourées de spirales de lacets en cuir brut. La pièce était éclairée par des dizaines de grosses chandelles installées sur des pieds, qui faisaient vaciller les ombres sur le haut des murs et sur le plafond. En plus de cet effet dramatique, les cinq participants actifs au rituel avaient la peau huilée et les visages peints de motifs magiques. Tandis que les chants devenaient de plus en plus sauvages, le corps rigide du jeune étudiant montait de plus en plus haut, quittant les mains de ceux qui le portaient pour retomber, un quart de seconde plus tard, dans leurs bras tendus. Chaque fois que le corps noir au pagne rouge était projeté en l'air, l'assistance répondait en augmentant le volume de ses cris gutturaux.

Matlock, qui avait contemplé cela avec un certain détachement, prit brusquement peur. Peur pour l'adolescent dont le corps raide et huilé était lancé avec autant de désinvolture. Car deux autres Noirs avaient rejoint les quatre précédents au centre. Au lieu de les aider à retourner la silhouette ascendante, ils s'accroupirent au milieu du rectangle formé par les porteurs, sous le corps, et sortirent des couteaux à longues lames, un dans chaque main. Une fois en position, ils tendirent les bras pour que les lames montent verticalement aussi rigides, aussi droites que l'adolescent l'était horizontalement au-dessus d'elles. Chaque fois que le jeune Noir redescendait, les quatre couteaux se rapprochaient de sa chair. Il aurait suffi que quelqu'un glisse, que l'un d'entre eux soit trop huilé, et le rituel se serait terminé par la mort de l'étudiant. Par un sacrifice humain.

Matlock, sentant que le rituel était allé aussi loin qu'il pouvait le permettre, chercha Adam Williams dans la foule. Il l'aperçut devant, au bord du cercle, et se mit à jouer des coudes pour le rejoindre. Les Noirs autour de lui l'arrêtèrent, avec calme mais fermeté. Il lança un regard furieux à celui qui le retenait par le bras. Ce dernier n'en tint aucun compte, hypnotisé par ce qui se passait au centre de la pièce.

Matlock vit aussitôt pourquoi. On retournait à présent le corps du jeune garçon, en changeant de face à chaque élévation. Le risque d'erreur était dix fois plus élevé. Matlock saisit la main qui était toujours sur son bras, la tordit vers l'intérieur et l'éloigna. Il jeta un second coup d'œil en direction d'Adam Williams.

Il n'était plus là. Il n'était plus en vue. Matlock garda la tête froide, même s'il ne savait que faire. S'il élevait la voix, accompagnant le crescendo rugissant de l'assistance, il risquait de briser la concentration de ceux qui tenaient le corps. Il n'avait pas le droit de prendre ce risque ni de laisser se poursuivre cette cérémonie dangereuse et absurde.

Soudain Matlock sentit une autre main, sur son épaule cette fois. Il se retourna et aperçut le visage d'Adam Williams derrière lui. Il sursauta. Avait-on transmis un quelconque signal tribal à Williams ? L'extrémiste noir fit signe à Matlock de le suivre à travers la cohue hurlante jusqu'à la périphérie du cercle. Williams lui parla au milieu des grondements sourds.

– Vous semblez inquiet. Il n'y a pas de quoi.

– Ecoutez, cette connerie est allée assez loin comme ça! Vous pourriez tuer ce gosse!

– Aucun risque. Les frères répètent depuis des mois... C'est réellement le plus simpliste des rites Mau Mau. Le symbolisme est fondamental... vous voyez? Les yeux de l'enfant restent ouverts. Ils regardent d'abord le ciel, puis les lames. Il est toujours conscient – à chaque seconde – que sa vie est entre les mains de ses frères guerriers. Il ne peut pas, il ne doit pas montrer sa peur. Ce serait trahir ses pairs. Trahir la confiance par laquelle il s'en remet à eux, comme un jour ils s'en remettront à lui.

– C'est puéril, stupide et dangereux, vous le savez parfaitement! l'interrompit Matlock. Maintenant, je vous préviens, Williams, ou vous y mettez fin ou je le ferai moi-même.

– Bien sûr, poursuivit l'extrémiste noir comme si Matlock n'avait rien dit, les anthropologues insistent sur le fait que cette cérémonie est principalement un rite de fertilité. Les couteaux dégainés représentent les érections, les quatre protecteurs gardent l'enfant pendant ses années de formation. Franchement je trouve qu'on ne peut pas rester indifférent. Je suis également frappé par les contradictions inhérentes, même pour un esprit primitif...

– Allez vous faire foutre!

Matlock attrapa Williams par le col. Les autres Noirs l'entourèrent aussitôt.

Il y eut un silence total dans l'étrangeté de la lumière. Il ne dura qu'un instant. Il fut suivi par une série de cris à crever les tympans, poussés par les quatre individus au centre de l'assistance, qui tenaient dans leurs mains la vie du jeune étudiant. Matlock pivota sur lui-même et vit le corps noir luisant qui plongeait d'une hauteur incroyable vers les mains tendues.

Ce n'était pas possible! C'était un cauchemar! Et pourtant!

Les quatre Noirs, à l'unisson, s'accroupirent en s'écartant du point central. L'étudiant vint s'écraser, la face contre les lames. Deux hurlements suivirent. En une fraction de seconde, ceux qui portaient les immenses couteaux les retournèrent et, avec une surprenante force du poignet, rattrapèrent le corps sur le plat de leurs lames.

La foule se déchaîna.

La cérémonie était terminée.

– Vous me croyez, à présent? demanda Williams qui bavardait avec Matlock dans un coin.

– Que je vous croie ou non ne change rien au problème. Vous n'avez pas le droit de faire ce genre de choses. C'est trop dangereux!

– Vous exagérez... Laissez-moi vous présenter un autre invité.

Williams leva la main et un Noir grand et mince, avec des cheveux ras et des lunettes, vêtu d'un costume beige très bien coupé, les rejoignit.

– Voici Julian Dunois, monsieur Matlock. Frère Julian est notre expert. Notre chorégraphe, si vous préférez.

– Enchanté.

Dunois tendit la main. Il parlait avec un léger accent.

– Frère Julian vient de Haïti... De Haïti à la Fac de droit de Harvard. C'est un parcours très inattendu, je pense que vous en conviendrez.

– C'est certainement...

– Beaucoup de Haïtiens, même les tontons macoutes, sont malades quand ils entendent son nom.

– Vous exagérez, Adam, fit Julian Dunois avec un sourire.

– C'est exactement ce que je disais à M. Matlock. Il exagère. Quant au caractère dangereux de la cérémonie.

– Oh, il y a un danger, tout comme lorsque l'on traverse le foyer de Boston avec un bandeau sur les yeux. La marge de sécurité, monsieur Matlock, c'est que les porteurs de couteaux font extrêmement attention. A l'entraînement, on insiste pour qu'ils soient capables aussi bien de lâcher leurs lames instantanément que de les maintenir en l'air.

– C'est possible, reconnut Matlock. Mais la marge d'erreur me terrifie.

– Elle n'est pas aussi étroite que vous le pensez. Le rythme de la voix du Haïtien était aussi séduisant que rassurant. A ce propos, je suis un de vos fans. Vos œuvres sur la période élisabéthaine m'ont énormément plu. Puis-je ajouter que je ne m'attendais pas à ce que quelqu'un comme vous en soit l'auteur. Je veux dire que vous êtes beaucoup, beaucoup plus jeune que je ne croyais.

– Vous me flattez. Je ne pensais pas être connu dans les facultés de droit.

– Ma seconde matière était la littérature anglaise.

Adam l'interrompit poliment.

– Amusez-vous bien tous les deux. Il y aura à boire au premier étage dans quelques minutes. Suivez la foule. J'ai deux ou trois choses à régler... Je suis content de vous avoir rencontrés. Vous êtes tous les deux des étrangers d'une certaine manière. Les étrangers devraient toujours faire connaissance dans des endroits inhabituels. C'est réconfortant.

Il lança à Dunois un regard énigmatique et se fraya un chemin à travers la cohue.

– Pourquoi Adam s'obstine-t-il à parler en ce

qu'il considère certainement comme de profondes énigmes ? demanda Matlock.

– Il est très jeune. Il s'efforce constamment d'être emphatique. Très intelligent, mais très jeune.

– Pardonnez-moi, mais vous n'êtes pas un vieillard. Je doute que vous ayez plus d'un an ou deux de plus qu'Adam.

Le Noir au costume beige si bien coupé regarda Matlock droit dans les yeux et se mit à rire.

– C'est vous qui me flattez cette fois, dit-il. Si l'on connaissait la vérité – et pourquoi pas ? – et si ma couleur des tropiques ne dissimulait pas si bien les années vous sauriez que j'ai exactement quatre mois et seize jours de plus que vous.

Matlock le fixa, muet d'étonnement. Il lui fallut une longue minute pour assimiler les propos de l'avocat et leur signification. Le regard de l'homme ne vacilla pas. Il avait la même intensité que celui de Matlock. Enfin Matlock retrouva la parole.

– Je ne suis pas certain d'apprécier ce petit jeu.

– Allons ! Nous sommes tous deux ici pour la même raison, n'est-ce pas ? Vous par privilège, moi à ma place... Montons et prenons un verre... Un bourbon-soda, n'est-ce pas ? Brassage amer, s'il y en a, d'après ce que j'ai compris.

Dunois précéda Matlock et s'avança à travers la foule. Matlock n'eut plus qu'à le suivre.

Dunois s'appuya contre le mur de brique.

– D'accord, dit Matlock. Les civilités sont terminées. Tout le monde a adoré votre spectacle en bas et il n'y a plus personne que je puisse impressionner avec ma peau blanche. Il est temps que vous vous expliquiez.

Ils étaient seuls à présent, dehors, sous le porche. Tous deux avaient un verre à la main.

120

– Eh bien, ne sommes-nous pas des professionnels ? Désirez-vous un cigare ? Je peux vous assurer que c'est un havane.

– Pas de cigare. Je veux juste vous parler. Je suis venu ici ce soir, parce que ce sont mes amis. J'ai considéré que c'était un privilège d'avoir été invité... Voilà ! Vous y voyez autre chose et ça ne me plaît pas.

– Bravo ! Bravo ! s'écria Dunois en levant son verre... Ne vous inquiétez pas, ils n'en savent rien. Peut-être soupçonnent-ils quelque chose mais, croyez-moi, d'une manière extrêmement vague.

– De quoi parlez-vous ?

– Terminez votre bourbon et allons faire un tour sur la pelouse.

Dunois ingurgita son rhum, comme par réflexe. Matlock but le reste de son bourbon. Les deux hommes descendirent l'escalier de Lumumba Hall. Matlock suivit le Noir jusqu'au pied d'un grand orme. Dunois se retourna brusquement et saisit Matlock aux épaules.

– Otez vos sales pattes !

– Ecoutez-moi ! Je veux ce papier ! Il faut que je l'aie ! Et vous devez me dire où il se trouve.

Matlock essaya, des mains, de se dégager de l'étreinte de Dunois, mais ses bras ne répondirent pas. Ils lui parurent soudain lourds, terriblement lourds. Puis il entendit un sifflement. Un sifflement qui allait s'amplifiant, perçant à lui faire éclater la tête.

– Quoi ? Quoi ?... Quel papier ? Je n'ai aucun papier...

– Ne faites pas de difficultés ! Nous l'obtiendrons, vous savez ! Maintenant, dites-moi où il est.

Matlock se rendit compte qu'on le jetait à terre. L'ombre de l'immense arbre se mit à tournoyer au-dessus de lui, et le sifflement lui sembla de plus en plus fort. C'était insupportable. Il lutta pour retrouver ses esprits.

– Que faites-vous? Qu'êtes-vous en train de me faire?

– Le papier, Matlock! Où est l'invitation corse?

– Lâchez-moi!

Matlock essaya de hurler mais rien ne sortit de ses lèvres.

– Le papier argenté, bon Dieu!

– Pas de papier, non... Je n'ai pas de papier! Non!

– Ecoutez-moi! Vous venez de prendre un verre, vous vous en souvenez? Vous l'avez terminé. Vous vous rappelez? Vous ne pourrez plus être seul maintenant. Je vous l'interdis!

– Quoi?... Quoi? Lâchez-moi! Vous m'écrasez!

– Je ne vous touche même pas. C'est le breuvage que vous avez absorbé. Vous avez avalé trois tablettes d'acide lysergique! Vous êtes en mauvaise posture, professeur! A présent, dites-moi où est ce papier!

Au fond de Matlock, il y eut un instant de lucidité. Au-delà de la spirale tournoyante de couleurs qui lui vrillait le crâne, il aperçut la silhouette de l'homme au-dessus de lui, et il lui envoya un violent coup de pied. Il s'agrippa à la chemise blanche entre les deux bords sombres de la veste, et l'attira de toutes ses forces vers le sol. Il leva le poing et frappa le visage qui descendait vers lui aussi fort qu'il le put. Quand il l'eut cogné, il se mit à lui marteler la gorge, sans merci. Il sentit l'éclatement des lunettes et il comprit que son poing avait trouvé les yeux et qu'il avait blessé le Noir à la tête.

Tout fut terminé en un temps qu'il était incapable de déterminer. Le corps de Dunois gisait à ses côtés, inconscient.

Il savait qu'il fallait courir. S'enfuir à toutes jambes. Qu'avait dit Dunois?... N'essayez pas de rester seul. Je vous l'interdis. Il devait trouver Pat. Elle saurait ce qu'il fallait faire. Il devait la rejoindre. La drogue allait bientôt produire son plein effet, et il en était conscient. Courir, pour l'amour du Ciel!

Mais où? Dans quelle direction? La rue était là. Il se mit à galoper comme un fou, mais était-ce dans la bonne direction? Etait-ce la bonne rue?

Puis il entendit le ronflement d'un moteur. Le véhicule se rapprochait du trottoir et le conducteur le regardait. Il le fixait, alors il décida d'accélérer, trébucha, tomba sur la chaussée et se releva. Courir, à tout prix, courir jusqu'à ce qu'il ait vidé ses poumons de la moindre parcelle de souffle, jusqu'à ce qu'il soit incapable de contrôler les mouvements de ses pieds.

On le bouscula. Il ne pouvait plus s'arrêter dans le grand golfe de la rue, qui s'était soudain transformé en fleuve, un fleuve noir et putride dans lequel il se noierait.

Il perçut vaguement un crissement de freins. Des phares l'aveuglèrent et la silhouette d'un homme se pencha vers lui, qui lui donna un coup de poing dans les yeux. Cela n'avait plus d'importance. Il se mit à rire. A rire à travers le sang qui coulait de sa bouche et sur son visage.

Il fut pris d'un rire fou, hystérique, tandis que Jason Greenberg l'emportait avec lui dans la voiture.

Alors la terre, l'univers, la planète, tout le système solaire et sa galaxie tourbillonnèrent...

X

La nuit fut un cauchemar.

Avec le matin réapparut un certain degré de lucidité, moins pour Matlock que pour les personnes assises à côté de lui, à droite et à gauche du lit. Jason Greenberg avec ses yeux tombants, grands, tristes, les mains calmement croisées sur ses genoux, était penché en avant. Patricia Ballantyne, le bras tendu, épongeait le front de Matlock avec un gant de toilette humide et frais.

– Ces sagouins vous ont fait passer une drôle de soirée, cher ami.

– Chut! murmura la jeune femme. Laissez-le tranquille.

Le regard de Matlock fit, tant bien que mal, le tour de la pièce. Il était dans l'appartement de Pat, dans sa chambre, dans son lit.

– Ils m'ont fait absorber de l'acide.

– Sans blague... Nous avons un médecin, un vrai médecin que nous avons fait venir de Litchfield. C'est le pauvre type à qui vous avez essayé d'arracher les yeux... Ne vous inquiétez pas, c'est un fédéral. Votre nom ne sera pas prononcé.

– Pat? Comment se fait-il...?

– Tu es charmant comme toxico, Jamie. Tu n'as pas arrêté de hurler mon nom.

– C'est aussi la solution la plus raisonnable,

l'interrompit Greenberg. Pas d'hôpital. Pas de dossier de sortie. Ça reste dans l'intimité. Excellente idée. Vous êtes également très persuasif quand vous vous montrez violent. Vous êtes beaucoup plus fort que je ne pensais. Surtout pour un joueur de squash aussi exécrable!

– Vous n'auriez pas dû m'amener ici, bon Dieu, Greenberg! Vous n'auriez pas dû!

– Vous oubliez que c'était votre idée...

– J'étais drogué!

– C'était une bonne idée. Qu'auriez-vous préféré? Le service des urgences d'un hôpital? Qui était sur le brancard, professeur? Celui qui criait... Oh! Ce n'était que le professeur associé Matlock, mademoiselle l'infirmière. Il est en plein trip à l'acide.

– Vous savez ce que je veux dire! Vous auriez pu m'emmener chez moi. M'attacher avec une sangle.

– Je suis soulagé de voir que vous ne connaissez pas grand-chose du LSD, dit Greenberg.

– Ce qui signifie, Jamie – Pat lui prit la main... – si ça va mal, il faut que tu sois avec quelqu'un que tu connais très bien. Il est indispensable que tu te sentes rassuré.

Matlock regarda la jeune femme, puis Greenberg.

– Que lui avez-vous dit?

– Que vous vous êtes porté volontaire pour nous aider, que nous vous en sommes reconnaissants. Grâce à votre concours, nous pourrions empêcher une situation déjà grave d'empirer.

Greenberg parlait d'un ton monocorde. De toute évidence, il ne tenait pas à développer ce sujet.

– Ce fut une explication plutôt énigmatique, fit Pat. Il ne me l'aurait pas donnée si je ne l'avais pas menacé.

– Elle était sur le point d'appeler la police.

Greenberg soupira, ses yeux se firent encore plus tristes. Elle allait me faire boucler pour vous avoir drogué. Je n'avais pas le choix.

Matlock sourit.

– Pourquoi souris-tu, Jamie ?

Pat ne trouvait là rien d'amusant.

– Il l'a dit : la situation est grave.

– Mais pourquoi toi ?

– Parce que je le peux.

– Quoi ? Dénoncer les gosses ?

– Je vous ai dit, déclara Jason, que les étudiants ne nous intéressaient pas.

– Et qu'y a-t-il donc à Lumumba Hall ? Une filiale de la General Motors ?

– C'est un lieu de rendez-vous. Il y en a d'autres. Franchement, nous aurions préféré ne rien avoir à faire avec ces gens-là. C'est un terrain glissant. Malheureusement, nous ne pouvons pas choisir.

– C'est injurieux.

– Je ne pense pas que je puisse dire grand-chose qui ne vous paraisse pas injurieux, miss Ballantyne.

– Probablement pas. Parce que je crois que le FBI a des tâches plus importantes à accomplir que de harceler les jeunes Noirs. Apparemment, vous pas.

– Allons !

Matlock serra la main de la jeune femme. Elle la lui retira.

– Non, je suis sincère, Jamie ! Je ne joue pas. Ce n'est pas du chic gauchiste. Il y a de la drogue partout ici. Il y a parfois des choses graves, mais la plupart du temps, c'est assez banal. Nous le savons tous les deux. Pourquoi, tout à coup, montres-tu du doigt les gosses de Lumumba Hall ?

– Nous n'y toucherons pas. Sauf pour les aider.

Greenberg était épuisé par la longue nuit passée au chevet de Matlock. Son irritation était évidente.

– Je n'aime pas la façon dont vous aidez les gens, et ce qui est arrivé à Jamie ne me plaît pas! Pourquoi l'avez-vous envoyé là-bas?

Matlock l'interrompit :

– Il ne m'y a pas envoyé. C'est moi qui me suis débrouillé pour y aller.

– Pourquoi?

– C'est trop compliqué et je suis trop crevé pour te l'expliquer.

– Oh! M. Greenberg l'a fait. Il m'a raconté tout ça fort bien. Ils t'ont donné un insigne, non? Ils ne peuvent pas le faire eux-mêmes, alors ils choisissent un type sympathique, facile à vivre, pour le faire à leur place. Tu prends tous les risques. Et quand ce sera fini, on ne te fera plus jamais confiance sur ce campus. Jamie, pour l'amour du Ciel, c'est ici que sont ton foyer, ton travail.

Matlock soutint le regard de la jeune femme, faisant de son mieux pour la calmer.

– Je sais cela mieux que toi. Mais il faut que je vienne au secours de ce que j'aime. Et ce n'est pas de la blague, Pat. Je pense que ça vaut le coup de prendre des risques.

– Je ne ferai pas semblant de comprendre.

– Tu ne peux pas le comprendre, Pat, parce que nous n'avons pas la possibilité de t'en révéler assez pour que cela ait un sens pour toi. Il faut que tu acceptes ça.

– Vraiment?

– Je te le demande, insista Matlock. Il m'a sauvé la vie.

– Je n'irais pas jusque-là, professeur.

Greenberg haussa les épaules.

Pat se leva.

– Je crois plutôt qu'il t'a balancé par-dessus

127

bord et qu'il t'a lancé une corde ensuite, parce qu'il s'est ravisé... Ça va bien ?

– Oui, répondit Matlock.

– Il faut que je m'en aille. Je ne le ferai pas si vous ne le désirez pas, lança-t-elle à Greenberg.

– Non, allez-y. Je vous appellerai plus tard. Merci pour vos soins.

La jeune femme jeta un rapide coup d'œil à Greenberg – ce n'était pas un regard de sympathie – et traversa la pièce en direction de la commode. Elle prit une brosse et se coiffa, replaçant son bandeau orange. Elle observa Greenberg dans le miroir. Il soutint son regard.

– L'homme qui m'a suivie, monsieur Greenberg, est-ce l'un de vos agents ?

– Oui.

– Je n'aime pas ça.

– Je suis désolé.

Pat se retourna.

– Pourriez-vous avoir l'amabilité de l'affecter ailleurs ?

– C'est impossible. Je lui dirai d'être plus discret.

– Je vois.

Elle prit son sac à main sur la commode et se pencha pour ramasser sa mallette sur le sol. Elle ne prononça plus un mot et sortit de la chambre. Quelques secondes plus tard, les deux hommes entendirent la porte de l'appartement s'ouvrir et se refermer avec vigueur.

– C'est une fille très obstinée, fit Jason.

– Il y a une bonne raison pour cela.

– Que voulez-vous dire ?

– Je pensais que vous connaissiez bien les gens à qui vous aviez affaire...

– Je suis encore en cours de formation. N'oubliez pas que je ne suis que votre appui logistique.

128

– Alors je ne vous ferai pas perdre votre temps. A la fin des années cinquante, le père de Pat a été chassé du Département d'Etat par les amis de McCarthy. Bien entendu, il était extrêmement dangereux. C'était un expert en langues! Il a été disculpé et on lui a fait traduire les journaux.

– Merde!

– Comme vous dites, mon vieux. Il ne s'en est jamais remis. Elle a eu des bourses toute sa vie. Son armoire est vide. C'est pourquoi elle est quelque peu sensible aux gens de votre espèce.

Matlock ouvrit la porte de son appartement et s'avança dans le vestibule. Pat avait remis de l'ordre, comme il s'y attendait. Même les rideaux étaient de nouveau en place. Il était un peu plus de trois heures. Il avait perdu la majeure partie de la journée. Greenberg avait insisté pour l'accompagner à Litchfield afin de subir un nouvel examen médical. Secoué, mais bon pour le service. Tel fut le verdict.

Ils s'arrêtèrent pour déjeuner au Chat du Cheshire. Pendant le repas, Matlock ne quitta pas des yeux la petite table où, quatre jours plus tôt, Ralph Loring était assis avec son journal plié. Ce fut un déjeuner calme. Pas de tension. Les deux hommes se sentaient bien ensemble. Silencieux comme s'il y avait trop de choses qui leur occupaient l'esprit.

Sur le chemin du retour vers Carlyle, Greenberg conseilla à Matlock de rester chez lui jusqu'à ce qu'il le contacte. Il n'y aurait aucune nouvelle instruction en provenance de Washington. « Ils » réfléchissaient sur les derniers renseignements et tant qu'« ils » n'auraient pas pris de décision, Matlock devait rester « HS », une dénomination que le professeur eut du mal à accepter de la part d'adultes : hors stratégie.

Ce n'était pas si mal, pensa-t-il. Il devait songer à sa propre stratégie, Lucas Herron. Le « grand et vieil oiseau », la plus âgée des sommités du campus. Il était temps de prendre contact avec lui, de le prévenir car celui-ci n'était pas dans son élément et plus vite il retirerait ses billes, mieux ce serait pour tout le monde, y compris pour Carlyle. Il ne voulait pourtant pas lui téléphoner, ni profiter d'une rencontre officielle. Il lui faudrait être plus subtil. Il ne tenait pas à alarmer Lucas, ni à ce qu'il en parle.

Matlock se rendit compte qu'il jouait presque un rôle de protecteur vis-à-vis d'Herron. Ce qui présumait que Lucas était innocent de toute faute grave.

Il se demanda s'il avait le droit de faire cette supposition. D'un autre côté, s'il voulait se conduire de façon civilisée, il n'avait pas la possibilité d'en faire une autre.

Le téléphone sonna. Ce ne pouvait pas être Greenberg, se dit-il. Il venait de le quitter, sur le trottoir. Il espérait que ce n'était pas Pat. Il n'était pas encore prêt à lui parler. À contrecœur, il décrocha l'appareil.

— Bonjour !

— Jim ! Où étiez-vous passé ? Je vous appelle depuis huit heures du matin. J'étais tellement inquiet que je suis allé deux fois chez vous. J'ai pris votre clé chez le gardien.

C'était Sam Kressel. On avait l'impression, à l'entendre, que la réputation de Carlyle était perdue.

— C'est trop compliqué pour que je vous l'explique, Sam. Voyons-nous un peu plus tard. Je me rendrai chez vous après le dîner.

— Je ne sais pas si je pourrai attendre jusque-là. Mon Dieu ! Qu'est-ce qui vous a pris ?

— Je ne comprends pas.

– A Lumumba, hier soir.

– De quoi parlez-vous? Que vous a-t-on raconté?

– Ce salaud de Noir, Adam Williams, a apporté un rapport à mon bureau, vous accusant à peu près de tout, sauf de défendre l'esclavage. Il affirme que la seule raison pour laquelle il ne porte pas plainte auprès de la police est que vous étiez ivre mort! Bien sûr, l'alcool a dévoilé votre vraie nature, et clairement démontré que vous étiez raciste!

– Quoi?

– Vous avez cassé les meubles, battu des jeunes, brisé des vitres...

– Vous savez très bien que ce sont des conneries!

– Je l'imagine. Kressel baissa le ton, plus calme. Mais ça ne sert à rien que je le sache, vous comprenez? C'est le genre de choses qu'il nous faut éviter à tout prix. La polarisation! L'Etat pénètre sur le campus, la polarisation suit.

– Ecoutez-moi. La déclaration de Williams sert de leurre, si l'on peut employer un pareil terme. C'est du camouflage. Ils m'ont drogué hier soir. Si Greenberg ne s'était pas trouvé là, je ne sais pas où j'en serais à présent.

– Oh, mon Dieu! Lumumba fait partie de votre liste, n'est-ce pas? Nous n'avions besoin que de cela. Les Noirs vont crier à la persécution. Dieu seul sait ce qui se produira alors.

Matlock fit un effort pour répondre calmement.

– Je passerai vers sept heures. Ne faites rien, ne dites rien. Il faut que je raccroche. Greenberg doit m'appeler.

– Attendez une minute, Jim! Encore une chose. Ce Greenberg... Je n'ai pas confiance en lui. Souvenez-vous. Vous devez rester loyal envers Carlyle...

Kressel s'interrompit, mais il n'avait pas terminé. Matlock se rendit compte qu'il ne parvenait pas à trouver les mots justes.

– C'est étrange que vous me disiez cela.

– Je pense que vous me comprenez.

– Je n'en suis pas certain. Je croyais que nous devions travailler ensemble...

– Pas au risque de détruire cette université!

Le doyen des collèges était au bord de l'hystérie.

– Ne vous inquiétez pas, fit Matlock. Elle ne se désagrégera pas. A tout à l'heure.

Matlock raccrocha le téléphone avant que Kressel ait pu lui répondre. Son esprit avait besoin de repos, et Kressel était incapable de laisser quiconque en paix dès que l'on touchait à son domaine. Sam Kressel, à sa manière, était aussi militant que n'importe quel extrémiste, et peut-être hurlait-il plus vite à la trahison.

Ces pensées conduisirent Matlock non pas à une conclusion mais à deux. Quatre jours plus tôt, il avait dit à Pat qu'il ne voulait pas renoncer à leur projet de St. Thomas. Les vacances de Pâques à Carlyle, une dizaine de trop courtes journées à la fin du mois d'avril, commenceraient après les cours du samedi suivant, dans trois jours. Etant donné les circonstances, il était hors de question qu'ils se rendent à St. Thomas, à moins que Washington ne décide de le mettre sur la touche, ce dont il doutait. Ses parents lui serviraient de prétexte. Pat comprendrait, compatirait même. Il pensait aussi à ses propres cours. Il avait pris du retard. Les copies s'entassaient sur son bureau. Il avait également manqué les deux premiers cours de la journée. Ce n'étaient pas tant ses élèves qui l'inquiétaient – il avait pour méthode d'accélérer en automne et en hiver pour décompresser au printemps – mais il ne voulait pas mettre de l'huile sur un feu qui avait pris la forme d'une fausse accusation, celle de Williams. Un professeur-associé qui s'absentait devenait la cible des commérages. Les cours à venir ne devaient pas être trop nombreux, trois, deux et deux. Il organiserait son travail plus tard. Cependant, d'ici à sept heures, il lui faudrait trouver Lucas Herron. Si Greenberg appelait en vain en son absence, il lui raconterait par la suite qu'il avait oublié une conférence de fin d'études.

Il décida de prendre une douche, de se raser et de changer de vêtements. Une fois dans la salle de bains, il vérifia la litière du chat. Le papier était toujours là. Comme il s'y attendait.

Quand il fut lavé et rasé, Matlock retourna dans sa chambre, choisit une tenue et décida d'une ligne de conduite. Il ne connaissait pas l'emploi du temps d'Herron au jour le jour, encore qu'il eût été facile de savoir si ce dernier donnait des cours ou présidait des séminaires tard dans l'après-midi. Si ce n'était pas le cas, Matlock connaissait l'emplacement de sa maison. Il lui faudrait un quart d'heure pour s'y rendre en voiture. Herron habitait à une quinzaine de kilomètres du campus, sur une petite route peu fréquentée, dans un endroit qui faisait autrefois partie de la propriété d'une vieille famille de Carlyle. Sa demeure était un ancien relais de poste. C'était isolé, mais comme Lucas se plaisait à le dire : « Une fois qu'on y est, ça vaut le coup. »

Quelques rapides coups de heurtoir contre sa porte vinrent troubler sa concentration. Il eut peur, sentit sa respiration se bloquer. C'était très ennuyeux.

– J'arrive! hurla-t-il en passant une chemise sport blanche.

Il s'avança pieds nus vers l'entrée et ouvrit. Il lui fut impossible de dissimuler sa surprise. Sur le seuil se tenait Adam Williams, seul.

– Bonjour.

– Mon Dieu! Je ne sais pas si je dois vous envoyer immédiatement mon poing dans la figure ou d'abord appeler la police! Que diable voulez-vous? Kressel vient de me prévenir, si c'est ce que vous désirez savoir.

– Je vous en prie, laissez-moi parler. Ce ne sera pas long.

Le Noir se faisait pressant et essayait, pensa Matlock, de cacher sa propre frayeur.

– Entrez, allez-y. Et vite!

Matlock claqua la porte tandis que Williams se dirigeait vers le salon. Il se retourna et ébaucha un sourire, mais il n'y avait aucune gaieté dans ses yeux.

– Je suis désolé pour ce rapport. Réellement désolé. C'était une nécessité très désagréable.

– Vous ne me ferez pas gober ça! Que vouliez-vous obtenir de Kressel? Qu'il me traduise devant le conseil d'administration et qu'il me flanque dehors? Pensiez-vous que je resterais sans réaction, que je me laisserais piétiner? Vous êtes fou!

– Nous étions persuadés qu'il ne se produirait absolument rien. C'est précisément pour cela que nous l'avons fait...Nous n'étions pas certains de l'endroit où vous étiez allé. Vous avez disparu, vous savez. On peut plutôt dire que nous avons dû prendre l'offensive, et puis reconnaître plus tard qu'il ne s'agissait que d'un déplorable malentendu... Ce n'est pas une tactique nouvelle. J'enverrai un second rapport à Kressel, en revenant en partie sur ce que j'ai déclaré. Dans une ou deux semaines, tout cela sera oublié.

Matlock était furieux, tant à cause de l'attitude

de Williams que de son pragmatisme immoral. Il s'exprima toutefois sans élever la voix.

– Sortez. Vous me dégoûtez.

– Ça va comme ça! Nous ne vous avons pas toujours dégoûté.

Matlock avait touché le point sensible et Williams réagissait épidermiquement. Soudain il se maîtrisa.

– Ne nous lançons pas dans ces discussions théoriques. Venons-en au fait. Ensuite, je partirai.

– Exactement.

– D'accord. Ecoutez-moi. Quoi que Dunois vous ait demandé, donnez-le-lui!... C'est-à-dire, donnez-le-moi et je le lui ferai parvenir. N'essayez pas de m'embobiner. Je vous préviens, nous sommes à la dernière extrémité.

– Un peu trop catégorique pour moi. Pas question. Pourquoi détiendrais-je quoi que ce soit que frère Julian désirerait? L'a-t-il dit? Pourquoi ne vient-il pas lui-même?

– Frère Julian ne reste jamais longtemps au même endroit. Ses talents sont très recherchés.

– Metteur en scène des rites de passage Mau Mau!

– Il le fait réellement, vous savez. C'est son violon d'Ingres.

– Envoyez-le-moi.

Matlock passa devant Williams et se dirigea vers la table basse. Il se pencha et ramassa un paquet de cigarettes à moitié vide.

– Nous comparerons nos appréciations sur les mouvements divers du corps social. J'ai une sacrée collection de danses folkloriques du XVIe siècle.

Matlock alluma une cigarette.

– J'ai tout mon temps. Je veux simplement revoir frère Julian. J'aimerais assez l'envoyer en tôle.

– Aucune chance! Aucune chance. Je suis là pour vous aider. Si je pars sans l'avoir, je ne pourrai pas le contrôler.

– Les deux pronoms représentent-ils la même chose ou deux objets différents?

– Oh! vous exagérez! Vraiment, vous charriez! Savez-vous qui est Julian Dunois?

– Un membre de la famille Borgia? La branche éthiopienne?

– Arrêtez, Matlock! Faites ce qu'il a dit! Sinon des gens pourraient en souffrir. Personne ne le désire.

– Je ne sais pas qui est Dunois, et je m'en fiche. Tout ce que je sais, c'est qu'il m'a drogué, attaqué et qu'il exerce une influence dangereuse sur un groupe de jeunes. A part cela, je le soupçonne d'être entré par effraction dans mon appartement et d'avoir mis en pièces une grande partie de mes affaires personnelles. Je veux qu'il s'éloigne. De vous et de moi.

– Soyez raisonnable, je vous en prie!

Matlock s'avança d'un pas rapide vers les rideaux tirés devant la croisée et, d'un grand geste du bras, les arracha, découvrant les débris de verre et de métal tordu.

– Est-ce une carte de visite de frère Julian?

Adam Williams écarquilla les yeux, visiblement choqué par l'ampleur des dégâts.

– Non. Absolument pas. Ce n'est pas le style de Julian... Ce n'est pas non plus mon style. C'est quelqu'un d'autre.

XI

La route qui menait à la maison de Lucas Herron était parsemée de nids de poule creusés par le gel. Matlock doutait que la commune de Carlyle les comblerait. Il y avait trop de rues plus fréquentées qui portaient encore les marques des gelées de la Nouvelle-Angleterre. En approchant du vieux relais de poste, il fit ralentir sa Triumph jusqu'à vingt kilomètres à l'heure. Le passage de chaque bosse engendrait un son plus ou moins discordant, et il voulait parvenir à la demeure de Herron en faisant le moins de bruit possible.

Songeant que Jason Greenberg avait pu le suivre, Matlock prit le chemin des écoliers pour se rendre chez Herron, il fit un crochet de six kilomètres au nord en prenant une route parallèle avant de se retrouver dans la rue où habitait le professeur. Il n'y avait personne derrière lui. Les maisons les plus proches étaient à quelques centaines de mètres de là, de chaque côté. Il n'y en avait aucune devant. On avait parlé de transformer le coin en zone urbaine et d'agrandir l'université de Carlyle, mais aucun des deux projets n'avait abouti. En fait, le premier dépendait du second et les anciens élèves étaient fortement opposés à toute modification du paysage. Ces anciens élèves constituaient la croix que devait personnellement porter Adrian Sealfont.

Matlock fut frappé de la sérénité qui caractérisait la demeure de Lucas Herron. Il ne l'avait jamais vraiment regardée auparavant. Certes il avait raccompagné Lucas une dizaine de fois chez lui, après les réunions pédagogiques, mais il était toujours pressé. Jamais il n'avait accepté de descendre et de venir prendre un verre, comme le lui avait proposé Lucas et, par conséquent, il n'était pas entré dans la maison.

Il sortit de la voiture et s'approcha du vieux bâtiment de brique. Il était haut et étroit. La façade couverte d'un lierre abondant accentuait l'impression d'isolement qui s'en dégageait. Devant, sur une grande pelouse, se trouvaient deux cerisiers du Japon en pleine floraison. Leurs fleurs rose et pourpre tombaient en cascade vers le sol. L'herbe était fauchée, les buissons taillés et les graviers blancs des allées semblaient étinceler. C'était une maison et un jardin aimés, bien entretenus et pourtant l'on avait le sentiment que ces trésors n'étaient pas partagés. C'était le travail d'un homme seul, pour lui seul, et non pour un couple ou une famille. Matlock se souvint alors que Lucas Herron ne s'était jamais marié. L'inévitable histoire d'un amour perdu, d'une mort tragique et même d'une fiancée enfuie, avait couru, mais, quand Lucas Herron entendait ce conte romancé et puéril, il le contredisait d'un petit rire, tout en déclarant qu'il était « beaucoup trop égoïste ».

Matlock monta les quelques marches qui menaient à la porte et appuya sur la sonnette. Il essaya de sourire, mais ne réussit qu'à esquisser une grimace un peu fausse. Il ne serait pas capable de continuer. Il avait peur.

La porte s'ouvrit et Lucas Herron, grand, les cheveux blancs, vêtu d'un pantalon fripé et d'une chemise à demi déboutonnée, bleu foncé, le dévisagea.

Une seconde passa avant que Herron ne prononce une parole mais, en ce bref instant, Matlock se rendit compte qu'il s'était trompé. Lucas Herron savait pourquoi il était venu.

– Eh bien, Jim! Entrez, entrez, mon garçon. Quelle bonne surprise!

– Merci, Lucas. J'espère que je ne vous dérange pas.

– Pas du tout. Vous arrivez juste à temps, en fait. Je suis en pleine alchimie. Du gin-fizz avec du citron pressé frais. Je ne serai plus seul pour le boire.

– Voilà une perspective qui ne me semble pas désagréable.

L'intérieur de la maison de Herron était exactement comme Matlock l'avait imaginé – comme serait le sien dans quelque trente ans, s'il était encore célibataire et en vie. C'était un curieux mélange, l'accumulation d'un demi-siècle d'objets sans rapport les uns avec les autres, venant d'une centaine d'origines différentes. Leur seul point commun venait d'un sentiment de confort. Herron ne s'était soucié ni du style, ni de l'époque, ni d'harmonie. Sur certains murs étaient alignées des rangées de livres et sur les autres se trouvaient des agrandissements des sites visités à l'étranger, probablement pendant les années sabbatiques. Les fauteuils étaient profonds et moelleux, les tables à portée de la main, signe d'une longue pratique de célibataire, pensa Matlock.

– Je ne crois pas que vous soyez déjà venu ici, à l'intérieur, je veux dire.

– Non. C'est charmant, très confortable.

– Oui, tout à fait. C'est confortable. Asseyez-vous. Je mets la dernière touche à ma formule et je vous apporte à boire.

Herron traversa la salle de séjour, se dirigea vers ce que Matlock supposa être la porte de la cuisine, puis il s'arrêta et se retourna.

– Je sais parfaitement que vous n'avez pas fait tout ce chemin pour égayer l'apéritif d'un vieil homme. Toutefois, j'ai une règle dans cette maison : au moins un verre – si la religion ou les principes le permettent – avant toute discussion sérieuse.

Il sourit et des myriades de petites rides autour de ses yeux et sur ses tempes se creusèrent. C'était un homme âgé, très âgé.

– A propos, vous me paraissez terriblement sérieux. Le gin vous décontractera, je vous le promets.

Avant que Matlock ait pu répondre, Herron se retrouva de l'autre côté de la porte. Au lieu de s'asseoir, Matlock s'avança vers le mur le plus proche, contre lequel était appuyé un petit secrétaire. Au-dessus étaient accrochées, pêle-mêle, une demi-douzaine de photographies. Plusieurs d'entre elles représentaient Stonehenge pris sous des angles différents, au coucher du soleil. Il y avait aussi une côte rocheuse, avec des montagnes à l'horizon et des bateaux de pêche mouillés au large. Cela ressemblait à la Méditerranée, peut-être la Grèce ou les îles de la mer Egée. Puis il eut une surprise. A droite, juste au-dessus du bureau, il aperçut une petite photo, un officier grand et mince, adossé au tronc d'un arbre. Derrière lui, le feuillage était touffu, comme dans une jungle. Sur les côtés apparaissaient les ombres d'autres personnages. L'officier ne portait pas de casque, sa chemise semblait trempée de sueur, sa grande main droite était posée sur la crosse d'une mitraillette. Dans la gauche, il tenait un morceau de papier plié qui devait être une carte et, de toute évidence, il venait de prendre une décision. Il levait les yeux comme s'il contemplait quelque colline. Sa physionomie reflétait une certaine tension, sans excitation. C'était un visage bon, un visage fort. C'était Lucas Herron, les cheveux bruns, la quarantaine.

– Je garde cette vieille photo pour me rappeler que cette époque n'était pas toujours si horrible.

Matlock sursauta, étonné. Lucas était revenu, et il avait trompé sa vigilance.

– C'est un bon cliché. Maintenant, je sais qui a vraiment gagné cette guerre.

– Aucun doute. Malheureusement, je n'ai jamais entendu parler de cette île-là. Ni avant ni après. Quelqu'un m'a dit que c'était une des îles Salomon. Je crois qu'ils l'ont fait sauter dans les années cinquante. Ce n'était pas difficile. Il suffisait de quelques allumettes. Voilà.

Herron s'avança vers Matlock et lui tendit son verre.

– Merci. Vous êtes trop modeste. On m'a raconté des choses.

– Moi aussi. Ça m'a beaucoup impressionné. Plus je vieillis, plus elles me paraissent belles... Et si nous allions dans le jardin derrière la maison ? Il fait trop beau pour rester enfermés.

Sans attendre de réponse, Herron sortit. Matlock le suivit.

Comme la façade, l'arrière du relais de poste était soigneusement entretenu. Dans un patio au sol couvert de dalles de pierre se trouvaient des fauteuils de jardin apparemment confortables, chacun disposant d'une petite table. Une grande table en fer forgé et un parasol étaient installés au milieu du dallage. Au-delà le gazon était tondu et épais. Çà et là, des cornouillers, la terre bêchée autour du pied, et deux rangées de fleurs, surtout des roses, s'étendaient jusqu'au bout de la pelouse, à quelques mètres de là. A la limite de l'herbe, l'impression générale bucolique cessait brusquement : des arbres immenses, des buissons touffus émanait un air sauvage. A droite et à gauche, le paysage était semblable. Autour du gazon civilisé, on apercevait une forêt luxuriante et indisciplinée.

Lucas Herron était entouré de ce mur vert qui interdisait l'entrée de sa résidence.

– C'est un délicieux cocktail, reconnaissez-le.

Les deux hommes étaient assis.

– Tout à fait. Vous allez me convertir au gin.

– Seulement au printemps et en été. Le gin ne convient pas au reste de l'année... Bon, jeune homme, la règle de maison a été observée. Qu'est-ce qui vous amène dans mon repaire ?

– Je pense que vous en avez une idée.

– Ah oui ?

– Archie Beeson.

Matlock le regarda, mais Herron avait le nez baissé sur son ventre. Il ne laissa rien paraître.

– Le jeune prof d'histoire ?

– Oui.

– Un jour, ce sera un bon professeur. Il a une jolie petite pouliche de femme.

– Jolie... et pas farouche, je trouve.

– Les apparences, Jim. Herron se mit à rire. Je n'imaginais pas que vous étiez puritain... On devient infiniment plus tolérant pour les appétits des autres en vieillissant. Et pour leur innocence. Vous voyez.

– Est-ce la raison de tout cela ? La tolérance à l'égard des appétits d'autrui ?

– La raison de quoi ? Allons. Il voulait vous parler l'autre soir.

– Oui. Et vous étiez là... D'après ce que j'ai compris, votre comportement laissait à désirer.

– Mon comportement était calculé pour laisser cette impression.

Pour la première fois, Herron manifesta quelque inquiétude. Ce ne fut qu'une infime réaction, deux

142

ou trois battements de paupières un peu plus rapides.

– C'était répréhensible.

Herron dit cela doucement, puis il leva les yeux vers son imposant mur de verdure. Le soleil descendait derrière la ligne formée par la cime des grands arbres projetant leurs longues ombres sur la pelouse et sur le patio.

– C'était nécessaire.

Matlock vit le visage ridé se crisper de douleur. Il se rappela alors sa propre réaction quand Adam Williams lui avait parlé de la « désagréable nécessité » d'envoyer à Sam Kressel un faux rapport sur ses faits et gestes à Lumumba Hall. Le parallèle lui fit mal.

– Ce type est dans une mauvaise passe. Il est malade. C'est véritablement une maladie et il essaie de se soigner. Il faut du courage... Ce n'est pas le moment d'adopter une tactique nazie sur le campus.

Herron but une gorgée tandis que de l'autre main il serrait le bras de son fauteuil.

– Comment l'avez-vous su?

– Ce pourrait être un renseignement privilégié. Disons que j'ai entendu l'un de nos collègues de la section médicale décrire en détail les symptômes, et que je m'en suis inquiété. Quelle différence cela fait-il pour vous? J'ai essayé d'aider ce garçon et je le referai.

– J'aimerais vous croire. C'est d'ailleurs ce que je voulais croire.

– Pourquoi cela vous semble-t-il si difficile?

– Je ne sais pas... Un sentiment devant votre porte, il y a quelques minutes. Peut-être cette maison. Je n'arrive pas à définir précisément ce que je ressens... Je suis parfaitement honnête avec vous.

143

Herron éclata de rire en évitant le regard de Matlock.

– Vous êtes trop influencé par les élisabéthains. Les complots et les intrigues de *La Tragédie espagnole*... Jeune croisé de notre université, vous devriez cesser de jouer les Sherlock Holmes amateurs. Il n'y a pas si longtemps, il était à la mode de se farcir quelques chiens de communistes au petit déjeuner. Vous exagérez considérablement la gravité de la situation.

– Ce n'est pas vrai. Je ne pars pas en croisade pour défendre la faculté. Ce n'est pas mon genre, et je crois que vous le savez.

– Alors pourquoi? Intérêt personnel? Pour ce garçon? Ou bien pour sa femme?... Je suis navré, je n'aurais pas dû dire ça.

– Je suis content que vous l'ayez fait. Je ne m'intéresse pas à Virginia Beeson ni sexuellement ni autrement. Bien que j'aie du mal à imaginer quel autre intérêt elle pourrait avoir.

– Alors vous avez joué la comédie.

– Tout à fait. J'ai pris toutes les mesures possibles pour empêcher Beeson de connaître le but réel de ma visite. C'était assez important pour que j'agisse ainsi.

– Pour qui?

Herron posa lentement son verre de la main droite. Sa main gauche agrippait toujours le bras du fauteuil.

– Pour des gens qui ne font pas partie du campus. Des gens de Washington. Les autorités fédérales...

Lucas Herron inspira soudain, profondément. Sous les yeux de Matlock, son visage s'empourpra. Quand il parla, ce fut à peine plus qu'un murmure.

– Que dites-vous?

– Que j'ai été contacté par un agent du ministère de la Justice. Les renseignements dont il m'a fait part m'ont effrayé. Rien n'était inventé ni dramatisé. Ce n'étaient que des données dans toute leur sécheresse. On m'a laissé le choix de coopérer ou de tout oublier.

– Et vous avez accepté ?

– Je n'ai pas pensé qu'il y eût d'autre solution. Mon jeune frère...

– Vous n'avez pas pensé qu'il y eût d'autre solution ? Herron se leva, ses mains se mirent à trembler, sa voix devint plus forte. Vous n'avez pas pensé qu'il y eût d'autre solution ? répéta-t-il.

– Non. Matlock ne se départit pas de son calme. C'est pourquoi je suis venu ici. Pour vous avertir, mon vieil ami. C'est beaucoup plus profond, beaucoup plus dangereux...

– Vous êtes venu ici pour m'avertir, moi ? Qu'avez-vous fait ? Au nom de ce que vous avez de plus sacré, qu'avez-vous fait ? A présent, écoutez-moi ! Ecoutez bien ce que je vais vous dire.

Herron recula, heurta une petite table. D'un geste brutal du bras gauche, il l'envoya sur les dalles.

– Vous allez lâcher ça, vous m'entendez ! Vous allez retourner les voir et vous ne leur direz rien ! Il n'existe rien ! C'est... le fruit de leur imagination ! N'y touchez pas ! Renoncez-y !

– C'est impossible, fit doucement Matlock, qui eut brusquement peur pour le vieil homme. Même Sealfont devra être d'accord. Il ne peut plus s'y opposer. C'est ainsi, Lucas...

– Adrian ! On en a parlé à Adrian... ? Oh, mon Dieu, êtes-vous conscient de ce que vous êtes en train de faire ? Vous allez tout détruire. Tant, tant de... Sortez d'ici ! Dehors ! Je ne vous connais plus ! Oh, mon Dieu !

– Lucas, qu'y a-t-il ?

Matlock se leva, fit quelques pas en direction du

professeur. Herron reculait toujours, vieillard paniqué.

– Ne m'approchez pas! Ne me touchez pas!

Herron se retourna et se mit à courir sur la pelouse aussi vite que ses jambes le lui permettaient. Il trébucha, s'effondra sur le sol et se redressa. Il ne regarda pas derrière lui. Il courait avec toute son énergie vers le fond du jardin, vers les bois touffus. Puis il disparut dans son grand mur de verdure.

– Lucas! Pour l'amour du Ciel!

Matlock le poursuivit, atteignit l'orée de la forêt quelques secondes après lui. Pourtant il n'y avait plus personne en vue. Matlock se dégagea des ronces qui lui barraient le passage et s'avança à travers la masse emmêlée des taillis. Les branches lui fouettaient le visage et les mailles des herbes géantes entravaient ses pieds tandis qu'il s'enfonçait dans la densité de la végétation.

Herron avait disparu.

– Lucas! Où êtes-vous?

Il n'obtint pas de réponse. Il n'entendit que le bruissement de la nature dérangée après son passage. Matlock s'engagea plus avant dans la forêt, se protégeant, s'accroupissant, contournant les barrières de verdure qui se dressaient devant lui. Il n'y avait pas la moindre trace de Herron, pas le moindre son.

– Lucas! Pour l'amour du Ciel, Lucas, répondez-moi!

Toujours pas de réponse, pas de trace de sa présence.

Matlock essaya d'observer la nature autour de lui, de repérer une ouverture dans l'entrelacs des branchages, un sentier à suivre. Il n'en vit aucun. C'était comme si Lucas, dématérialisé, s'était évaporé.

Ce fut alors qu'il entendit quelque chose. Indistinct, venant de toutes parts, résonnant de quelque endroit inconnu. C'était un gémissement guttural, ou plutôt une lamentation. Proche, et pourtant lointaine dans cet environnement trop dense. Puis elle s'atténua pour devenir sanglot plaintif. Un seul sanglot, ponctué par un seul mot, clair et prononcé avec haine.

Ce mot était : Nemrod...

XII

– MERDE, Matlock! Je vous avais demandé de vous tenir à carreau jusqu'à ce que je vous contacte!

– Merde, Greenberg! Comment êtes-vous entré dans mon appartement?

– Vous n'avez pas fait réparer votre fenêtre.

– Vous ne m'avez pas proposé de me la payer.

– Nous sommes quittes. Où étiez-vous passé?

Matlock jeta ses clefs de voiture sur la table basse et contempla sa chaîne stéréo cassée, abandonnée dans un coin.

– C'est une histoire compliquée... et apparemment assez triste. Je vous raconterai tout quand j'aurai pris un verre. Lorsque je buvais le précédent, j'ai été interrompu.

– Donnez-m'en un aussi. J'ai également une histoire à vous raconter, et la mienne est extrêmement triste.

– Que désirez-vous?

– Pas grand-chose. Ce que vous prendrez me conviendra tout à fait.

Matlock regarda par la fenêtre. Les rideaux gisaient sur le sol depuis qu'il les avait déchirés devant Adam Williams. Le soleil était presque couché. Cette journée printanière touchait à sa fin.

– Je vais presser quelques citrons et me préparer un gin-fizz.

– Votre dossier indique que vous buvez du bourbon. Mélange amer.

Matlock fixa l'agent fédéral.

– Ah bon?

Greenberg suivit Matlock dans la cuisine et l'observa en silence tandis qu'il préparait leurs cocktails. Matlock tendit son verre à Greenberg.

– C'est le grand luxe!

– Pas du tout... Par quelle histoire triste commençons-nous?

– J'aimerais entendre la vôtre, bien sûr, mais étant donné les circonstances, la mienne a la priorité.

– Vous jouez les oiseaux de mauvais augure.

– Non. C'est lamentable, c'est tout... Je commencerai par vous demander si cela vous intéresse de savoir où je suis allé après vous avoir déposé.

Greenberg se pencha sur le bar.

– Pas particulièrement, mais dites-le moi quand même.

– Oui. Ça fait partie du pathos. Je me suis rendu à votre aéroport local, Bradley Field, pour attendre un jet parti quelques heures plus tôt de Dulles, sur ordre du ministère. Il y avait dans cet avion un homme qui m'a apporté deux enveloppes cachetées qu'il fallait que je signe. Les voilà.

Greenberg plongea la main dans la poche de sa veste et sortit deux longues enveloppes, format italien.

Il en posa une sur le comptoir et ouvrit la seconde.

– Ça a l'air très officiel, fit Matlock en se haussant pour s'asseoir à côté de l'évier, les jambes pendant contre les portes des placards.

– Ça peut difficilement l'être plus... Cette enveloppe contient le résumé des conclusions fondées sur les renseignements que vous nous avez donnés, que vous m'avez donnés. Il se termine par une recommandation précise. J'ai la permission de vous la transmettre comme je l'entends tant que je n'omets aucun fait.

– Jason Greenberg marque deux points.

– Cependant, poursuivit l'agent fédéral sans tenir compte de l'interruption de Matlock, le contenu de la seconde enveloppe doit vous être donné mot pour mot. Vous le lirez soigneusement – si c'est nécessaire – et s'il vous semble acceptable, vous devrez le confirmer par votre signature.

– De mieux en mieux. Je pose ma candidature au poste de sénateur?

– Non, vous vous présenterez simplement... Je commence comme j'en ai reçu l'instruction. Greenberg jeta un coup d'œil à la feuille de papier dépliée, puis il regarda Matlock. L'homme de Lumumba Hall appelé Julian Dunois – alias Jacques Devereaux, Jésus Dambert et probablement quelques autres noms d'emprunt que nous ne connaissons pas – est le stratège juridique des militants de la Gauche Noire. Le terme de stratège juridique englobe tout, des manipulations de tribunaux à l'envoi d'agents provocateurs. Quand il s'occupe des premières, il utilise le nom de Dunois, pour la seconde tâche, n'importe quel faux nom. Il opère à partir d'endroits géographiques originaux. Alger, Marseille, les Caraïbes, y compris Cuba, et – nous le soupçonnons – Hanoï et probablement Moscou. Peut-être même Pékin. Aux Etats-Unis, il a un cabinet juridique sérieux et tout ce qu'il y a de régulier dans le haut de Harlem et une succursale sur la Côte Ouest, à San Francisco... Il reste en général à l'arrière-plan et, quand il se montre, ce n'est pas bon signe. Inutile de vous dire qu'il est sur la liste des indésirables dressée par le ministère de la Justice et que, de nos jours, celle-ci est longue.

– Aujourd'hui, l'interrompit Matlock, elle comprend tous ceux qui se situent à la gauche d'IBM.

– Sans commentaire. Continuons. L'apparition de Dunois dans cette opération y ajoute une dimension que nous n'avions pas prévue, un aspect nouveau que nous n'avions pas envisagé. Cela dépasse les infractions aux lois nationales et nous pénétrons dans le domaine du crime international ou de la subversion. Sans doute un mélange des deux. Comme on a utilisé la drogue pour vous neutraliser, mis votre appartement à sac, et indirectement menacé votre amie, Miss Ballantyne, ne vous faites aucune illusion, c'est ce qui s'est produit, à la lumière de tout ceci donc, voici la recommandation que l'on vous fait. Votre engagement dépasse le cadre du risque raisonnable.

Greenberg laissa tomber le papier sur le comptoir et but deux ou trois gorgées. Matlock balança ses jambes d'avant en arrière devant les placards qui se trouvaient au-dessous de lui.

– Que dites-vous de cette fiche? demanda Greenberg.

– Je n'en sais rien. J'ai l'impression que vous n'avez pas terminé.

– J'aimerais avoir fini. Là. Le résumé est précis et je pense que vous devriez être d'accord avec la recommandation qui suit. Retirez-vous, Jim.

– Je veux d'abord avoir tous les événements en main. Qu'y a-t-il dans l'autre lettre? Celle que je suis censé lire *in extenso*.

– Elle ne sera utile que si vous rejetez la recommandation. Ne le faites pas. Je n'ai pas reçu d'instruction pour prendre ce parti. Ma position est tout ce qu'il y a d'officieuse.

– Vous savez très bien que je vais là rejeter, alors pourquoi perdre du temps?

– Je n'en sais rien du tout. Je ne veux pas le croire.

– Il n'y a pas d'issue.

– Je peux déclencher une campagne de désinformation en moins d'une heure. Retirez vos billes, quittez la scène.

– Plus maintenant.

– Quoi? Pourquoi?

– Ça, c'est mon histoire pitoyable à moi. Vous feriez mieux de continuer.

Greenberg chercha une explication dans les yeux de Matlock, n'en trouva aucune, prit donc la seconde enveloppe et l'ouvrit.

– Dans l'hypothèse improbable et peu judicieuse où vous ne vous plieriez pas à notre recommandation, de cesser toute activité et de vous désister, vous devez comprendre que vous le faites contre le vœu exprimé du ministère de la Justice. Bien que nous vous procurions le maximum de protection possible – comme pour n'importe quel citoyen –, vous agissez sous votre responsabilité propre. Nous ne pouvons pas être tenus pour responsables des blessures ou des désagréments qui s'ensuivront, quelle que soit leur nature.

– Est-ce ce qui est écrit?

– Non, ce n'est pas ce qui est écrit, mais c'est ce que ça signifie, fit Greenberg en dépliant la feuille de papier. C'est beaucoup plus simple, et même plus restreint. Voilà!

L'agent fédéral tendit la lettre à Matlock.

Il s'agissait d'un document signé par un ministre délégué, avec un espace blanc sur la gauche pour que Matlock puisse signer.

Un bureau d'enquête du ministère de la Justice a accepté la proposition de James B. Matlock de

152

procéder à des investigations de caractère mineur, en rapport avec certaines irrégularités s'étant produites dans la région de l'université de Carlyle. Cependant, le ministère de la Justice considère à présent la situation comme relevant d'un professionnel, et toute participation ultérieure du professeur Matlock est sans garantie et contraire à la politique du ministère. Donc, le ministère de la Justice informe par la présente James B. Matlock qu'il apprécie sa précédente collaboration, mais qu'il lui demande de renoncer à tout engagement dans l'intérêt de la sécurité et de la progression de l'enquête. L'avis du ministère est que le professeur Matlock pourrait avoir tendance à se mettre en travers des objectifs de l'enquête dans la zone de Carlyle. Mr. Matlock a reçu l'original de cette lettre, et la confirmera en apposant sa signature ci-dessous.

– De quoi diable parlez-vous ? Ceci stipule que je suis d'accord pour me retirer ?

– Vous feriez un piètre avocat. Vous êtes d'une naïveté incroyable.

– Quoi ?

– Nulle part ! Nulle part il n'est écrit sur ce torchon que vous acceptez de vous retirer de l'affaire. Il indique simplement que la Justice vous demande de le faire.

– Alors pourquoi devrais-je le signer ?

– Excellente question. Vous faites des progrès... Vous le signez si, comme vous dites, vous rejetez la recommandation vous conseillant de renoncer.

– Oh ! Pour l'amour du Ciel... !

Matlock se laissa glisser du rebord de l'évier et lança le papier à Greenberg à l'autre bout du comptoir.

– Je ne connais peut-être pas le droit, mais je

connais ma langue maternelle. « Tout ceci est contradictoire. »

– Seulement en apparence... Laissez-moi vous poser une question. Admettons que vous continuiez à jouer les agents secrets. Est-il convenable que vous demandiez de l'aide, un jour ou l'autre? En cas d'urgence, par exemple?

– Bien sûr. Inévitable.

– Vous n'aurez aucune aide d'aucune sorte si cette lettre ne revient pas signée... Ne me regardez pas comme ça! Je serai remplacé dans quelques jours. Cela fait déjà trop longtemps que je circule dans la région.

– C'est un peu hypocrite, non? Le seul moyen de pouvoir compter sur une éventuelle assistance, quelle qu'elle soit, c'est de signer un document qui affirme que je n'en ai plus besoin.

– C'est suffisant pour m'envoyer dans le privé... Il existe aujourd'hui un nouveau terme pour ce genre de choses. Cela s'appelle la « progression sans risque ». On utilise ce qu'on veut, qui on veut. Mais on ne porte pas le chapeau si le plan foire. On n'est pas responsable.

– Et je saute sans parachute si je ne signe pas.

– Je vous l'ai dit. Profitez de mes conseils gratuits. Je suis un bon avocat. Renoncez. Oubliez tout ça! Mais oubliez-le vraiment.

– Je vous l'ai dit, je ne peux pas.

Greenberg prit son verre et poursuivit son raisonnement d'une voix douce.

– Peu importe ce que vous déciderez, ça ne fera pas sortir votre frère de sa tombe.

– Je le sais.

Matlock était atteint, mais sa réponse était ferme.

– Vous pourriez empêcher d'autres jeunes frères de suivre ce chemin, mais vous ne le feriez probablement pas. En tout cas, nous avons la possibilité de recruter quelqu'un d'autre, un professionnel. Je regrette de devoir l'admettre, mais Kressel avait raison. Si nous ne parvenons pas à assister à cette conférence – cette assemblée de camelots dans quelques semaines – il y en aura d'autres.

– J'approuve tout ce que vous venez de dire.

– Alors pourquoi hésiter? Retirez-vous.

– Pourquoi...? Je ne vous ai pas raconté ma lamentable petite histoire. Vous aviez la priorité, mais maintenant, c'est à mon tour.

– Allez-y!

Et Matlock lui raconta. Tout ce qu'il savait de Lucas Herron, la légende, le géant, le « grand et vieil oiseau » de Carlyle. Ce squelette soudain terrorisé qui s'était enfui dans sa forêt privée. Le gémissement répétitif : « Nemrod ». Greenberg écouta et, plus le récit de Matlock avançait, plus ses yeux devenaient tristes. Quand Matlock eut terminé, l'agent fédéral but ce qui restait dans son verre et hocha lentement la tête d'un air morose.

– Vous lui avez tout révélé, n'est-ce pas? Vous ne pouviez pas venir me voir! Il fallait que vous alliez chez lui : votre saint de campus a un tonneau de sang sur les mains... Loring avait raison. Nous n'aurions pas dû contacter un amateur culpabilisé... Des amateurs devant nous et des amateurs derrière nous. Laissez-moi au moins vous dire ceci. Vous avez une conscience. Je ne pourrais pas en dire autant de l'arrière-banc.

– Que faire?

– Signez ce torchon. Greenberg saisit la lettre du ministère de la Justice sur le comptoir et la tendit à Matlock. Vous allez avoir besoin d'aide.

Patricia Ballantyne, précédant Matlock, se dirigea vers une petite table à l'extrémité de la salle du Chat du Cheshire. L'entrevue avait été tendue, l'atmosphère lourde pendant le trajet. La jeune femme n'avait cessé de critiquer tranquillement, avec acidité, la coopération que Matlock apportait à l'Etat, et en particulier au FBI. Elle lui affirma que sa réaction n'avait rien de naturel ni de généreux. La preuve était trop flagrante que de telles organisations avaient fait reculer la démocratie, la transformant en Etat policier. Elle était bien placée pour le savoir. Elle avait été le témoin des suites angoissantes d'un de ces exercices du FBI, et elle était certaine qu'il ne s'agissait pas d'un cas isolé.

Matlock tira une chaise à lui pour lui permettre de s'asseoir et lui effleura les épaules. Caressant une blessure imaginaire, comme pour l'effacer. La table n'était pas grande, proche d'une fenêtre, à quelques dizaines de centimètres d'une terrasse où bientôt, à la fin mai, l'on pourrait dîner. Il s'installa en face d'elle et lui prit les mains.

– Je n'ai pas l'intention de te présenter des excuses pour ce que j'ai fait. Je pense que c'était nécessaire. Je ne suis ni un saint ni un salaud. On ne me demande pas d'être héroïque, et les renseignements qui sont leur unique objectif permettront d'aider beaucoup de gens. Des gens qui ont besoin de secours... désespérément.

– Aidera-t-on vraiment ces gens-là? Ou se contentera-t-on de les poursuivre en justice? Se retrouveront-ils en prison... et non dans un hôpital ou une clinique?

– Les gosses malades ne les intéressent pas. Ils veulent ceux qui les ont rendus ainsi. Moi aussi.

– Mais au cours de l'opération, il y aura des dégâts.

C'était une affirmation.

– Peut-être quelques-uns. Le moins possible.

– C'est méprisable. Pat retira sa main de celle de Matlock. Et tellement condescendant. Qui décide? Toi?

156

– Tu commences à ressembler à un disque rayé.

– J'ai connu ça. Ce n'est pas agréable.

– C'est complètement différent. Je n'ai rencontré que deux hommes. Il en reste… un. C'est Greenberg. Il n'a rien de commun avec le cauchemar que tu as vécu dans les années cinquante. Crois-moi.

– J'aimerais bien…

Le patron du Chat du Cheshire s'approcha de leur table.

– On vous appelle au téléphone, monsieur Matlock.

Matlock sentit son estomac se nouer de peur. Ses nerfs craquaient. Il n'y avait qu'une personne qui sût qu'il se trouvait là, Jason Greenberg.

– Merci, Harry.

– Vous pouvez prendre l'appel à la réception. Le téléphone est décroché.

Matlock quitta son fauteuil et jeta un bref coup d'œil à Pat. Depuis des mois et des mois qu'ils sortaient ensemble, jamais on ne l'avait dérangé ainsi. Il lut dans ses yeux que ses pensées allaient dans la même direction. Il s'éloigna rapidement et s'avança vers la réception.

– Allô.

– Jim ?

C'était Jason Greenberg.

– Désolé de vous déranger. Je ne l'aurais pas fait si ce n'était pas indispensable.

– Pour l'amour du Ciel, que se passe-t-il ?

– Lucas Herron est mort. Il s'est suicidé il y a à peu près une heure.

La crampe à l'estomac réapparut. Cette fois-ci, il ne le sentit pas se tordre. C'était plutôt comme s'il avait reçu un coup de poing qui lui aurait coupé le souffle. Il avait devant les yeux l'image du vieil homme paniqué et trébuchant qui traversait sa pelouse en courant avant de disparaître dans les profondeurs du bois entourant sa propriété. Il entendit le son d'un sanglot, puis le nom de Nemrod dans un murmure haineux.

– Ça va?

– Oui. Oui. Ça va.

Pour une raison qu'il ignorait, la mémoire de Matlock s'attarda sur la petite photo dans un cadre noir. C'était ce cliché agrandi représentant un officier d'infanterie d'âge moyen, les cheveux bruns, une arme à la main, une carte dans l'autre, le visage tendu et puissant, les yeux levés vers un monticule. Un quart de siècle plus tôt.

– Vous feriez mieux de retourner à votre appartement...

Greenberg lui donnait un ordre, mais il eut l'intelligence de le faire avec délicatesse.

– Qui l'a trouvé?

– Mon agent. Personne ne le sait encore.

– Votre agent?

– Après notre conversation, j'ai placé Herron sous surveillance. Il faut bien repérer les signes d'action éventuelle. Il est entré par effraction et l'a découvert comme ça.

– Comment?

– Il s'est taillé les veines sous la douche.

– Mon Dieu! Qu'ai-je fait?

– Taisez-vous! Retournez là-bas. Il faut que nous joignions des gens... Allons, Jim!

– Que vais-je dire à Pat?

Matlock fit une tentative pour retrouver ses esprits, mais il ne put chasser de sa mémoire l'homme affolé, sans défense.

– Le moins possible. Mais dépêchez-vous.

Matlock raccrocha l'appareil et respira profondément à plusieurs reprises. Il chercha ses cigarettes dans sa poche et se souvint qu'il les avait laissées sur la table.

La table. Pat. Il devait retourner vers cette table et trouver une explication à lui donner.

La vérité. Bon Dieu, la vérité.

Il se fraya un chemin, contournant deux piliers, vers l'extrémité de la salle, vers la petite table près de la fenêtre. Malgré sa panique, il se sentit quelque peu soulagé, et il savait que c'était parce qu'il avait décidé d'être honnête avec Pat. Il avait réellement besoin d'un autre interlocuteur que Greenberg ou Kressel.

Kressel! Il était censé se rendre chez Kressel à sept heures. Il l'avait complètement oublié.

Tout à coup, Sam Kressel sortit de ses pensées : il n'y avait personne à la petite table près de la fenêtre.

Pat était partie.

XIII

– Personne ne l'a vue partir?

Greenberg suivit un Matlock rongeant son frein du salon à la salle de séjour. On entendait la voix de Sam Kressel dans la chambre, qui hurlait au téléphone. Matlock le remarqua. Son attention était trop divisée.

– C'est Sam Kressel, n'est-ce pas? demanda-t-il. Est-il au courant pour Herron?

– Oui. Je l'ai appelé après vous avoir prévenu... Et les serveuses? Leur avez-vous posé la question?

– Bien sûr. Aucune n'était certaine de quoi que ce soit. Il y avait beaucoup de monde. L'une m'a dit qu'elle était peut-être allée aux toilettes. Une autre pensait – vous imaginez – pensait que c'était peut-être elle qui était partie avec un couple d'une autre table.

– Ne seraient-ils pas passés devant vous en sortant? Ne l'auriez-vous pas vue?

– Pas nécessairement. Nous étions au fond. Il y a deux ou trois portes qui donnent sur la terrasse. En été, surtout quand il y a foule, on y dispose des tables.

– Vous êtes parti dans votre voiture?

– Naturellement.

– Et vous ne l'avez pas aperçue dehors, marchant sur la route, sur le bas-côté?

– Non.

– Avez-vous reconnu d'autres gens?

– Je n'ai pas vraiment regardé. J'étais préoccupé.

Matlock alluma une cigarette. L'allumette trembla dans sa main.

– Si vous voulez mon avis, elle a dû repérer quelqu'un qu'elle connaissait et lui a demandé de la ramener chez elle. On n'entraîne pas de force une fille comme elle sans qu'elle se débatte.

– Je sais. Cela m'est déjà arrivé.

– Qu'elle se débatte?

– Ça allait mieux, mais ce n'était pas terminé. Le coup de téléphone a tout déclenché à nouveau. Les professeurs d'anglais sont rarement dérangés au restaurant.

– Je suis désolé.

– Ce n'est pas votre faute. Je vous l'ai dit, elle est hostile. Elle pense toujours à son père. J'essaierai de la joindre à son appartement quand Sam lâchera l'appareil.

– C'est un homme curieux. Quand je lui ai raconté la mort de Herron, il est monté sur ses grands chevaux. Il a dit qu'il lui fallait parler en privé à Sealfont, et il hurlait tellement qu'on pourrait l'entendre à cent lieues de là.

Matlock pensa de nouveau à Herron.

– Sa mort – son suicide – va causer un gros choc, comme ce campus n'en a pas connu depuis vingt ans. Les hommes comme Lucas ne meurent pas. Et certainement pas de cette façon... Sam sait que je l'ai vu?

– Oui. Je n'ai pas pu le lui cacher. Je lui ai dit à peu près ce que vous m'avez raconté, la version la plus courte, cela va de soi. Il refuse de le croire. Enfin ce que cela implique, je veux dire.

– Je ne l'en blâme pas. Ce n'est pas facile à accepter. A présent, qu'allons-nous faire ?

– Nous attendons. J'ai rédigé un rapport. Deux experts du laboratoire de Hartford sont là-bas. On a appelé la police locale.

En entendant parler de police, Matlock se rappela soudain l'agent en civil dans le couloir du court du squash, qui s'était éloigné à grands pas au moment où il l'avait reconnu. Il en avait parlé à Greenberg et ce dernier ne lui avait jamais fourni d'explication satisfaisante, si toutefois il y en avait une. Il lui reposa la question.

– Et le flic de la salle de gym ?

– Rien d'anormal. Du moins, jusqu'à présent. La police de Carlyle a le droit d'utiliser les installations trois matinées par semaine. Relations municipales. Coïncidence.

– Vous vous arrêtez là ?

– J'ai dit « jusqu'à présent ». Nous avons vérifié son dossier. Il est excellent. Rien de suspect.

– C'est un sectaire, un salaud.

– Cela vous surprendra peut-être, mais cela n'est pas un crime. C'est même inscrit dans la Déclaration des droits de l'homme.

Sam Kressel s'avança à grands pas vers la porte de la chambre, solennel. Matlock se rendit compte qu'il était aussi terrorisé qu'on pouvait l'être. Il y avait une similitude gênante entre le visage de Sam et le teint blafard de Lucas Herron avant que le vieil homme ne coure vers la forêt.

– Je vous ai entendu rentrer, dit Kressel. Qu'allez-vous faire ? Pourquoi diable êtes-vous allé là-bas... ? Adrian ne croit pas plus à cette histoire absurde que moi ! Lucas Herron ! C'est fou !

– Peut-être. Mais c'est vrai.

– Parce que vous le dites ? Comment en êtes-vous sûr ? Vous n'êtes pas un professionnel dans ce domaine. D'après ce que j'ai compris, Lucas a reconnu qu'il avait aidé un étudiant qui se droguait.

– Hé! Ce ne sont pas des étudiants!

– Je vois.

Kressel s'interrompit un instant et regarda tour à tour Matlock et Greenberg.

– Etant donné les circonstances, j'exige de connaître les faits.

– Vous les aurez, fit calmement Greenberg. Continuez. Je veux savoir pourquoi Matlock se trompe, pourquoi cette histoire est tellement absurde.

– Parce que Lucas Herron n'est pas... n'était pas le seul membre du corps enseignant confronté à ces problèmes. Nous sommes des dizaines à apporter notre aide, à faire tout ce qui est en notre pouvoir.

– Je ne vous suis pas. Greenberg fixa Kressel des yeux, étonné. Alors vous les aidez. Vous n'allez tout de même pas vous suicider parce qu'un de vos collègues de faculté à découvert ça.

Sam Kressel ôta ses lunettes et parut pensif un instant.

– Il y a quelque chose qu'aucun de vous deux ne sait. Je m'en suis rendu compte il y a quelque temps, mais pas aussi précisément que Sealfont... Lucas Herron était très malade. On lui a retiré un rein cancéreux l'été dernier. L'autre l'était aussi et il le savait. La douleur devait être insupportable pour lui. Il n'en avait plus pour longtemps.

Greenberg observa soigneusement Kressel qui replaçait ses lunettes sur son nez. Matlock se pencha pour écraser sa cigarette dans le cendrier sur la table basse. Enfin Greenberg parla.

– Voudriez-vous suggérer qu'il n'y a aucun rapport entre le suicide de Herron et la visite de Matlock cet après-midi-là.

– Je ne suggère rien de tel. Je suis certain qu'il y

163

à un lien... mais vous ne connaissiez pas Lucas. Toute sa vie, depuis près d'un demi-siècle, à l'exception des années de guerre, c'était l'université de Carlyle. Il aimait cet endroit plus qu'un homme ne pourra jamais aimer une femme, plus qu'aucun père, aucune mère n'aimera jamais son enfant. Je suis certain que Jim vous l'a dit. S'il a pensé un seul instant que son univers allait sombrer, sa peine a été plus terrible que la torture physique qu'il endurait. Quel moment idéal pour se supprimer !

— Bon Dieu ! rugit Matlock. Vous êtes en train d'insinuer que je l'ai tué.

— Peut-être bien, répondit calmement Kressel. Je n'y avais pas pensé en ces termes. Adrian non plus, j'en suis sûr.

— Mais c'est ce que vous dites ! Que j'ai bâclé ce boulot et que je l'ai tué comme si je lui avais moi-même tailladé les poignets... Bon, vous n'étiez pas là. Moi si !

Kressel ne perdit pas patience.

— Je n'ai pas dit que vous aviez bâclé votre travail, mais que vous étiez un amateur. Un amateur plein de bonnes intentions. Je suppose que Greenberg voit ce que j'entends par là.

Jason Greenberg regarda Matlock.

— Il y a un vieux proverbe slovaque qui dit : Quand les vieux sages se suicident, meurent les cités.

La sonnerie du téléphone retentit, stridente. Elle fit sursauter les trois hommes. Matlock décrocha l'appareil, puis se tourna vers Greenberg.

— C'est pour vous.

— Merci. L'agent fédéral prit le récepteur des mains de Matlock. Greenberg... OK, je comprends. Quand le saurez-vous ? Je serai probablement alors sur la route. Je vous rappellerai plus tard.

Il reposa le téléphone et resta près du bureau,

tournant le dos à Kressel et à Matlock. Le doyen des collèges ne résista pas longtemps à l'envie d'en savoir plus long.

– Qu'y a-t-il ? Que s'est-il passé ?

Greenberg fit volte-face. Matlock constata que ses yeux paraissaient encore plus tristes que d'habitude, ce qui, Matlock l'avait appris, était signe d'ennuis.

– Nous répondons à une requête de la police, des tribunaux. Nous faisons faire une autopsie.

– Pourquoi ? vociféra Kressel en s'approchant de l'agent. Pour l'amour du Ciel, pour quelle raison ? Il s'est suicidé. Il souffrait ! Mon Dieu ! Vous n'avez pas le droit ! Si la nouvelle transpirait...

– Nous la garderons pour nous.

– Ce n'est pas possible, et vous le savez ! Il y aura des fuites et tout le monde sera au courant ici ! Je ne le permettrai pas.

– Vous ne pouvez plus arrêter les choses. Même moi, je ne le pourrais plus. Des preuves suffisantes indiquent que Herron ne s'est pas suicidé. Qu'il a été assassiné. Greenberg sourit amèrement en se tournant vers Matlock. Et pas par des mots.

Kressel discuta, menaça, rappela Sealfont, puis il se rendit enfin compte de l'inutilité de son agitation. Furieux, il quitta l'appartement de Matlock.

A peine Kressel eut-il claqué la porte que le téléphone sonna une seconde fois. Greenberg vit que le bruit perturbait Matlock, cela ne le gênait pas vraiment mais le rendait nerveux, l'effrayait sans doute aussi.

– Je suis désolé... Je crains bien que cet endroit ne devienne quelque temps une base pour la police. Pas longtemps... C'est peut-être la fille.

Matlock lui prit l'appareil, écouta sans rien dire. Il se tourna vers Greenberg. Il ne prononça qu'un seul mot.

– Vous.

Greenberg reprit le récepteur, donna doucement son nom, puis regarda droit devant lui pendant une longue minute. Matlock l'observa un instant avant de pénétrer dans la cuisine. Il ne voulait pas rester près de l'agent fédéral, l'air gauche, tandis que celui-ci recevait les instructions de ses supérieurs.

La voix au bout du fil avait elle-même décliné son identité :

– Washington à l'appareil.

Sur le comptoir du bar se trouvait l'enveloppe vide qui avait contenu le message brutal et hypocrite du ministère de la Justice. C'était un signe de plus que ses pires phantasmes étaient en train de se réaliser. Cette part infinitésimale du cerveau qui régissait l'impensable commençait à lui faire percevoir que le pays dans lequel il avait grandi était en train de se métamorphoser en quelque chose de laid et de destructeur. C'était bien plus qu'une manifestation politique. C'était une lente, mais générale dégradation de la moralité par la stratégie. Une corruption des intentions. Les sentiments forts étaient remplacés par une colère superficielle, des condamnations et un compromis. La terre devenait autre chose que sa promesse, son engagement. Le Graal n'était plus que des vaisseaux pleins de vin insipide, impressionnants uniquement parce qu'ils appartenaient à quelqu'un.

– Ma conversation téléphonique est terminée. Voulez-vous essayer de joindre miss Ballantyne ?

Matlock leva les yeux vers Greenberg qui se tenait dans l'embrasure de la porte de la cuisine. Greenberg, contradiction ambulante, Greenberg qui citait des proverbes, qui se méfiait au plus haut point du système pour lequel il travaillait.

– Oui. Oui. J'aimerais bien. Il revint vers la salle de séjour tandis que Greenberg s'effaçait pour le laisser passer. C'était une curieuse remarque.

Qu'est-ce que c'était déjà? « Quand les vieux sages se suicident, meurent les cités. » Il se retourna pour regarder l'agent fédéral. C'est le proverbe le plus triste que j'aie jamais entendu.

– Vous n'êtes pas hassidique. Moi non plus, bien sûr, mais les Hassidim ne le trouveraient pas triste... Si l'on y songe, aucun véritable philosophe non plus.

– Pourquoi? Il est, objectivement, triste.

– C'est la vérité. La vérité n'est ni joyeuse, ni triste, ni bonne, ni mauvaise. Elle est la vérité, c'est tout.

– Nous en discuterons un jour, Jason.

Matlock décrocha le téléphone, composa le numéro de Pat et laissa sonner plus de dix fois. Il n'y eut pas de réponse. Matlock se rappela les noms de plusieurs amis de Pat, et se demanda s'il devait ou non tenter de les joindre. Quand elle était en colère ou qu'elle avait du chagrin, Pat avait deux habitudes : soit elle se promenait seule une heure ou deux, soit, à l'inverse, elle cherchait de la compagnie pour aller au cinéma, à Hartford, ou dans un bar animé. Cela faisait un peu plus d'une heure qu'elle avait disparu. Il lui accorderait encore un quart d'heure avant de faire la tournée de ses connaissances. Il avait naturellement songé qu'elle avait pu être enlevée contre son gré. Cela avait même été sa première réaction. Mais ce n'était pas logique. Le Chat du Cheshire était bourré à craquer, les tables serrées les unes contre les autres. Greenberg avait raison. Où qu'elle soit, elle y était allée parce qu'elle le voulait bien.

Greenberg se tenait près de la porte de la cuisine. Il n'avait pas bougé. Il observait Matlock.

– J'essaierai dans un quart d'heure. S'il n'y a toujours pas de réponse, j'appellerai quelques-uns de ses amis. Comme vous l'avez dit, c'est une jeune femme très volontaire.

– J'espère que vous n'êtes pas du même bois?

– Qu'est-ce que cela signifie?

Greenberg fit quelques pas. Il regarda Matlock droit dans les yeux.

– C'est terminé, fini. Oubliez la lettre, oubliez Loring, oubliez-moi. C'est ainsi que cela doit être. D'après ce que j'ai compris, vous aviez des billets pour St. Thomas, sur la Pan Am, pour samedi. Profitez-en. C'est là que vous irez. C'est beaucoup mieux comme ça.

Matlock, à son tour, dévisagea l'homme qui lui faisait face.

– C'est moi qui prends ce genre de décisions. J'ai la mort d'un homme bon et doux sur la conscience. Et vous avez ce papier de merde dans la poche. Je l'ai signé, vous vous en souvenez?

– Ce papier ne compte plus. Washington exige que vous vous retiriez. Allez-y.

– Pourquoi?

– A cause de cet homme si bon. S'il a été tué, vous pourriez bien l'être aussi. Si cela se produisait, certains dossiers risqueraient de revenir devant les tribunaux, et des gens, qui étaient très réservés quant à votre recrutement, pourraient faire part de leur réticence à la presse. Vous avez été manipulé. Je n'ai pas besoin de vous le dire.

– Et alors?

– Les directeurs de la Justice ne souhaitent pas être considérés comme des exécuteurs.

– Je vois. Le regard de Matlock passa de Greenberg à la table basse. Et si je refuse?

– C'est moi qui vous ferai quitter la scène.

– Comment?

– Je vous ferai arrêter pour meurtre.

– Quoi?

– Vous êtes la dernière personne qui ait vu Lucas Herron vivant. De votre propre aveu, vous êtes allé chez lui pour le menacer.

– Pour le prévenir.

– C'est sujet à interprétation, n'est-ce pas?

Quand le craquement de tonnerre se produisit, il fut si assourdissant que les deux hommes se jetèrent à terre. C'était comme si une moitié de l'immeuble s'était effondrée, se transformant en gravats. Il y avait de la poussière partout, les meubles étaient renversés, les verres brisés, des éclats de bois et de la poussière de plâtre tourbillonnaient dans l'air, et une odeur nauséabonde de soufre en feu envahit la pièce. Matlock connaissait l'odeur de ce genre de bombe, et il avait acquis les réflexes indispensables en pareille circonstance. Il resta au pied du divan, attendant une seconde explosion – une déflagration à retardement qui tuerait tous ceux qui se relèveraient sous l'effet de la panique. A travers le brouillard, il aperçut Greenberg qui se redressait, bondit en avant, attrapant l'agent fédéral au niveau du genou.

– Baissez-vous! Restez...

La seconde bombe explosa. Le plafond noircit par endroits. Matlock savait qu'il ne s'agissait pas d'un explosif de tueur. C'était autre chose et, pour l'instant, il ne parvenait pas à le définir. C'était un trompe-l'œil, un camouflage, qui n'entendait pas tuer mais détourner l'attention. Un immense pétard.

Puis on entendit des hurlements de terreur venant des quatre coins de l'immeuble. Des bruits de pas de course sur le plancher de l'appartement du dessus.

Enfin un unique cri d'horreur, derrière la porte d'entrée de Matlock. Un cri d'épouvante tel que Matlock et Greenberg se précipitèrent vers le vestibule. Matlock ouvrit la porte et baissa les yeux vers un spectacle qu'aucun être humain ne peut voir plus d'une fois dans sa vie, s'il parvient toutefois à survivre.

Sur le seuil gisait Patricia Ballantyne, enveloppée dans une chemise trempée de sang. On avait troué le tissu à hauteur de ses seins nus et ensanglantés. On lui avait rasé le dessus de la tête et le sang coulait des traces de lacération là où, quelques heures plus tôt, il y avait encore une chevelure douce et brune. Le sang sortait aussi de sa bouche entrouverte, de ses lèvres blessées. Ses paupières n'étaient plus que de la chair meurtrie, mais ses yeux bougeaient. Ses yeux bougeaient !

De la salive apparut au coin de ses lèvres. Le corps à moitié mort essayait de parler.

– Jamie...

Ce fut le seul mot qu'elle parvint à prononcer avant que sa tête ne retombe sur le côté.

Greenberg poussa Matlock de tout son poids, le projetant dans la foule qui commençait à se former. Il hurla des ordres « Police ! » et « Ambulance ! » jusqu'à ce qu'il y ait assez de gens pour les exécuter. Il colla sa bouche à celle de la fille, pour faire entrer de force de l'air dans ses poumons, mais il comprit vite que ce n'était pas vraiment nécessaire : Patricia Ballantyne n'était pas morte. Elle avait été torturée par des experts, des experts qui connaissaient bien leur affaire. Chaque coup, chaque lacération, chaque blessure était synonyme de la plus affreuse douleur, mais pas de mort.

Il commença à la relever, mais Matlock l'arrêta. Les yeux du professeur d'anglais étaient gonflés de larmes de haine. Il écarta doucement les mains de Greenberg et porta Pat dans ses bras. Il la transporta à l'intérieur et l'étendit sur le sofa démantibulé. Greenberg entra dans la chambre et revint avec une couverture. Puis il apporta un bol d'eau chaude et plusieurs serviettes. Il souleva la couverture et posa une serviette sur les seins sanglants de la jeune femme. Matlock, horrifié devant ce visage sauvagement battu, prit le bord d'une autre serviette et se mit à ôter le sang de la tête rasée et de la bouche.

– Elle se remettra, Jim. J'ai déjà vu ça. Elle se remettra.

Mais quand Greenberg entendit les sirènes approcher, il se demanda si cette fille s'en tirerait vraiment.

Matlock, désarmé, continuait d'éponger le visage, des larmes coulant le long de ses joues, les yeux grands ouverts. Il parlait à travers ses sanglots.

– Vous savez ce que cela veut dire, n'est-ce pas ? Personne ne pourra m'obliger à renoncer, à présent. S'ils essaient, je les tuerai.

– Je les en empêcherai, fit simplement Greenberg.

On entendit un crissement de freins et on aperçut les gyrophares éblouissants des voitures de police. Les ambulances tournaient en rond de l'autre côté de la rue.

Matlock s'écroula, la face contre un coussin, près de la jeune femme inconsciente, et pleura.

XIV

MATLOCK s'éveilla dans la blancheur aseptisée d'une chambre d'hôpital. Le store était relevé et le soleil éclairait brutalement les trois murs qu'il apercevait. A ses pieds, une infirmière écrivait avec efficacité et solennité sur la pancarte attachée au barreau du lit par une chaînette. Il tendit les bras, puis ramena le gauche en arrière, sous l'effet d'une violente douleur dans l'avant-bras.

— On a toujours ces sensations le lendemain matin, monsieur Matlock, fit l'infirmière avec un accent traînant, sans relever les yeux. Les fortes doses de calmants en injections intraveineuses sont terribles. Je peux vous le dire. Non que j'en aie déjà eu, mais Dieu sait que j'en ai vu.

— Est-ce que Pat... miss Ballantyne est ici?

— Eh bien, pas dans la même chambre! Vous alors, les universitaires!

— Elle est ici?

— Bien sûr. Dans la chambre voisine. Que j'ai l'intention de maintenir fermée à double tour! Vous alors, les gens de là-haut...! Voilà! Tout est vérifié. L'infirmière laissa retomber la pancarte qui vibra en se balançant. Maintenant, vous bénéficiez de certains privilèges. Vous allez avoir droit à un petit déjeuner, bien que l'heure en soit dépassée, largement dépassée! C'est probablement parce

172

qu'ils veulent que vous payiez votre note... Après midi, vous n'êtes pas tenu de payer.

– Quelle heure est-il ? On m'a pris ma montre.

– Il est neuf heures moins huit, dit l'infirmière en regardant son poignet. Et personne n'a pris votre montre. Elle est avec les autres objets de valeur que vous aviez quand vous êtes arrivé.

– Comment va miss Ballantyne ?

– Nous ne parlons pas de nos autres patients, monsieur Matlock.

– Où est son médecin ?

– C'est le même que le vôtre, d'après ce que j'ai compris. Pas l'un des nôtres. Elle fit en sorte que sa remarque parût désapprobatrice. D'après votre feuille, il passera à neuf heures et demie, à moins que nous l'appelions d'urgence.

– Appelez-le. Je veux le voir dès que possible.

– Vraiment, il n'y a aucune urgence...

– Bon Dieu, faites-le venir !

Tandis que Matlock élevait la voix, la porte de sa chambre s'ouvrit. Jason Greenberg entra aussitôt.

– Je vous entendais du couloir. C'est bon signe.

– Comment va Pat ?

– Une minute, monsieur. Nous avons un règlement.

Greenberg sortit sa carte officielle et la présenta à l'infirmière.

– Cet homme est sous ma protection, mademoiselle. Vérifiez à la réception si ça vous fait plaisir, mais laissez-nous tranquilles.

L'infirmière, plus professionnelle que jamais, examina minutieusement la carte avant de se retirer.

– Comment va Pat ?

– Dans un état épouvantable, mais toujours là. Elle a passé une sale nuit. Et si elle demande un miroir, ça ne va pas s'arranger ce matin.

– Foutez-moi la paix avec ça! Est-elle hors de danger?

– Vingt-sept points de suture, le corps, la tête, la bouche et, pour varier les plaisirs, un sur le pied gauche. Cela dit, elle se remettra. La radio n'a révélé que des contusions. Pas de fracture, ni de rupture de vaisseaux, ni d'hémorragie interne. Les salauds ont fait leur boulot en professionnels, comme d'habitude.

– A-t-elle été capable de parler?

– Pas vraiment. Et le médecin n'y tient pas. Elle a surtout besoin de dormir... Vous avez également besoin d'un peu de repos. C'est pourquoi nous vous avons laissé ici hier soir.

– Y a-t-il eu quelqu'un de blessé dans la maison?

– Personne. Une explosion complètement dingue. Ceux qui l'ont organisée n'avaient pas l'intention de tuer. La première bombe se composait d'un petit bâton d'explosif de cinq centimètres placé sous la fenêtre, à l'extérieur. La seconde, activée par la première, n'était pas plus puissante qu'une fusée de Quatorze Juillet. Vous vous attendiez à la seconde explosion, n'est-ce pas?

– Oui. Je crois... tactique d'intimidation, non?

– C'est ce que nous imaginons.

– Puis-je voir Pat?

– Il vaut mieux que vous attendiez. Les médecins pensent qu'elle dormira toute la matinée. Il y a une infirmière auprès d'elle avec de la glace, au cas où une douleur locale la réveillerait. Laissez-la récupérer.

Matlock s'assit précautionneusement au bord du lit. Il plia les jambes, les bras, le cou et les mains, constata qu'il n'était pas dans son état normal.

– J'ai l'impression d'avoir la gueule de bois, mais sans mal de tête.

– On vous a administré une forte dose de sédatif. Vous étiez... ce qui est compréhensible... dans un état de choc.

– Je m'en souviens parfaitement. Je suis plus calme, mais je ne retire pas un mot de ce que j'ai dit... J'ai deux cours aujourd'hui. Un à dix heures et le second à deux heures. Je voudrais les donner.

– Vous n'êtes pas obligé. Sealfont veut vous voir.

– Je lui parlerai après mon dernier cours... Puis je rendrai visite à Pat.

Matlock se leva et marcha lentement jusqu'à la grande fenêtre de sa chambre d'hôpital. C'était une belle matinée, ensoleillée. Le Connecticut traversait une période de temps agréable. En regardant dehors, Matlock se souvint qu'il avait regardé par une autre fenêtre, cinq jours plus tôt, la première fois qu'il avait rencontré Jason Greenberg; il avait pris alors une décision tout comme il était en train d'en prendre une.

– Hier soir, vous avez dit que vous ne les laisseriez pas me tenir en dehors de tout ça. J'espère que vous n'avez pas changé d'avis. Je n'attraperai pas le vol de la Pan Am demain.

– On ne vous arrêtera pas. Je vous le promets.

– Pouvez-vous l'empêcher ? Vous m'avez également annoncé que vous alliez être remplacé.

– Je n'y peux rien... J'ai la possibilité de m'y opposer moralement, phrase énigmatique qui signifie plus simplement que je peux mettre certaines personnes dans l'embarras. Mais je ne veux pas vous induire en erreur. Si vous créez des problèmes, on vous placera sous bonne garde.

– S'ils parviennent à me trouver.

– Voilà une condition qui ne me plaît pas.

– Oubliez-la. Où sont mes vêtements ?

Matlock s'avança vers l'unique porte de placard et l'ouvrit. Son pantalon, sa veste et sa chemise étaient sur des porte-manteaux. Ses mocassins se trouvaient sur le sol, ses chaussettes soigneusement pliées à l'intérieur. Sur l'unique commode, il y avait son caleçon et la brosse à dents fournie par l'hôpital.

– Voulez-vous descendre pour informer qui de droit que je vais sortir d'ici ? J'aurai aussi besoin de mon portefeuille, de l'argent liquide et de ma montre. Pouvez-vous faire cela pour moi ?

– Que voulez-vous dire... S'ils parviennent à me trouver ? Quels sont vos projets ?

Greenberg ne manifestait nulle intention de quitter les lieux.

– Rien de bien extraordinaire. Je continuerai tout bonnement ces enquêtes... de caractère mineur. C'est bien l'expression employée par vos patrons, n'est-ce pas ? Loring l'a dit. Quelque part se cache l'autre moitié de ce papier. Je la dénicherai.

– Ecoutez-moi d'abord ! Je ne vous dénie pas le droit...

– Vous ne me déniez pas...! Matlock se tourna vers l'agent fédéral. Sa voix reflétait son sang-froid, mais également une certaine méchanceté. Ça ne suffit pas. C'est une approbation négative ! J'ai tous les droits ! Y compris un frère cadet dans un voilier, un salaud de Noir appelé Dunois ou je ne sais quoi, un homme du nom de Lucas Herron et la fille d'à côté ! Je vous soupçonne, vous et le médecin, de savoir ce qui lui est arrivé hier soir, et je le devine ! Alors ne me parlez pas de droit !

– En principe, nous sommes d'accord. Ce que je ne veux pas, c'est que vos « droits » vous amènent à rejoindre votre frère. C'est un travail de professionnel, pas d'amateur ! Si vous continuez, j'exige que vous le fassiez avec mon remplaçant, quel qu'il soit. C'est important. J'exige votre parole.

Matlock ôta le haut de son pyjama et sourit à Greenberg, un petit sourire embarrassé.

– Vous l'avez. Je me vois mal en commando solitaire. Connaissez-vous celui qui prendra votre place ?

– Pas encore. Probablement quelqu'un de Washington. Ils ne prendront pas le risque d'utiliser un homme de Hartford ou de New Haven... La vérité, c'est que... Ils ne savent pas qui a été acheté. On le contactera. Il faudra que je le mette au courant moi-même. Personne d'autre ne le pourra. Je lui donnerai des instructions pour qu'il se fasse reconnaître... Quel message aimeriez-vous lui transmettre ?

– Dites-lui d'utiliser le proverbe : Quand les vieux sages se suicident, meurent les cités.

– Ça vous plaît, n'est-ce pas ?

– Je n'aime ni ne déteste. Ce n'est que la vérité. N'est-ce pas ce que ça devrait être ?

– Et tout à fait réalisable. Je vois ce que vous entendez par là.

– Parfait.

– Jim, avant de partir cet après-midi, je vais vous donner un numéro de téléphone. C'est dans le Bronx, chez mes parents. Ils ne sauront pas où je suis, mais je les contacterai tous les jours. Utilisez-le si c'est nécessaire.

– Merci, je le ferai.

– Je veux que vous me le promettiez.

– Promis.

Matlock se mit à rire, un petit rire reconnaissant. Greenberg ajouta :

– Bien sûr, étant donné les circonstances, il se peut parfaitement que je me trouve à l'autre bout de la ligne quand vous appellerez.

– Retour au privé ?

– Cette éventualité est moins impensable que vous ne l'imaginez.

XV

Entre ses deux cours, Matlock prit sa voiture, se rendit chez l'agent de change de la ville de Carlyle et en ressortit avec un chèque de sept mille trois cent douze dollars. Cela représentait le fruit de ses placements en bourse principalement issus de ses droits d'auteur. L'agent de change avait essayé de le dissuader. Ce n'était pas le moment de vendre, surtout au comptant. Mais Matlock avait pris sa décision. Le caissier lui avait remis le chèque non sans réticence.

De là, Matlock se dirigea vers sa banque où il transféra la totalité de ses économies sur son compte courant. Les sept mille trois cent douze dollars ainsi ajoutés au solde, il regarda la somme de ses avoirs immédiatement disponibles.

Ces derniers se montaient à 11 501,72 dollars.

Matlock contempla ce chiffre quelques minutes, ce qui lui inspira des sentiments contradictoires. Cela prouvait d'une part sa solvabilité. D'autre part il lui sembla quand même effrayant de pouvoir, à trente-trois ans, faire un inventaire aussi précis de sa situation financière. Il n'avait ni maison, ni terres, ni investissements cachés. Rien qu'une automobile, quelques objets de peu de valeur et les droits d'auteur de quelques publications si spécialisées que leur intérêt commercial était quasi nul.

A bien des égards, cela faisait beaucoup d'argent.

Mais pas assez et de loin. Il en était conscient. Voilà pourquoi Scarsdale, New York, était au programme de la journée.

Le rendez-vous chez Sealfont avait été exaspérant, et Matlock ne savait plus très bien ce que ses nerfs à vif seraient encore à même de supporter. La colère froide du président de Carlyle n'avait d'égale que l'ampleur de son anxiété.

L'étonnant royaume d'ombre de la violence et de la corruption était un monde qu'il ne parviendrait jamais à appréhender parce que cela dépassait son entendement. Matlock avait été sidéré d'entendre Sealfont déclarer, en s'asseyant dans son fauteuil et en regardant par la fenêtre la plus belle pelouse du campus de Carlyle, qu'il pourrait bien donner sa démission.

– Si cette histoire sordide, incroyable, est vraie – et qui peut en douter – je n'ai pas le droit de m'asseoir dans ce fauteuil.

– Absolument pas, lui avait répliqué Matlock. Si c'est vrai, vous y serez encore plus utile qu'auparavant.

– Un aveugle? Personne n'a besoin d'un aveugle. Pas dans cette fonction.

– Pas aveugle. Non contaminé.

Sealfont avait fait pivoter son fauteuil et tapait du poing sur son bureau avec une force indescriptible.

– Pourquoi ici? Pourquoi ici?

En face de Sealfont, Matlock contemplait le visage anxieux du président de Carlyle. Il crut même que celui-ci allait pleurer.

Le retour par la rocade de Merritt se fit à grande vitesse. Il fallait se dépêcher. C'était indispensable. Cela l'aidait à chasser de son esprit l'image de Pat Ballantyne telle qu'il l'avait vue quelques minutes avant de partir. Il s'était rendu à l'hôpital en quittant Sealfont. Il n'avait pas encore pu lui parler. Personne n'y était parvenu.

Elle s'était réveillée à midi, lui avait-on dit. Elle avait fait plusieurs crises de nerfs. Le médecin de Litchfield lui avait administré un cocktail de calmants. Il était inquiet et Matlock savait que c'était la santé mentale de Pat qui était en cause. Le cauchemar que l'on avait infligé à son corps avait atteint son cerveau.

Chez ses parents, dans l'immense maison de Scarsdale, il y eut un premier moment de gêne. Son père, Jonathan Munro Matlock, avait passé des décennies dans les hautes sphères de la finance, et reconnaissait d'instinct tout homme qui venait à lui en position de faiblesse.

En position de faiblesse, mais par nécessité.

Matlock annonça à son père, aussi simplement et impassiblement que possible, qu'il était venu lui emprunter une somme d'argent. Il ne pouvait pas lui en garantir le remboursement. Elle serait utilisée pour aider, en ultime secours, des jeunes gens comme son frère défunt.

Le fils mort.

— Comment? demanda calmement Jonathan Matlock.

— Je ne peux pas te le dire.

Il regarda son père droit dans les yeux, et celui-ci fut convaincu de la véracité des propos de son fils.

— Très bien. As-tu les qualifications requises pour cette entreprise?

— Oui.

— Y a-t-il d'autres personnes que toi engagées dans cette affaire?

— Par nécessité, oui.

— As-tu confiance en eux?

— Oui.

180

– T'ont-ils demandé cet argent?

– Non. Ils ne sont même pas au courant.

– Sera-t-il mis à leur disposition?

– Non. Pas que je sache... J'irai même plus loin. Il ne faudrait pas qu'ils l'apprennent.

– Je ne te mets pas de bâtons dans les roues, je m'informe.

– Voilà ma réponse.

– Et tu crois que ce que tu vas faire sera d'une utilité quelconque pour des garçons comme David? Une aide pratique, non théorique, pas d'utopie ni de charité.

– Oui. Il le faut.

– Combien désires-tu?

Matlock respira profondément, en silence.

– Quinze mille dollars.

– Attends ici.

Quelques minutes plus tard, Jonathan Matlock sortit de son bureau et remit une enveloppe à son fils.

Celui-ci se garda bien de l'ouvrir.

Dix minutes après cet échange – et Matlock était conscient qu'il s'agissait d'un échange – il partit sous le regard de ses parents qui, à l'abri du gigantesque porche, attendaient qu'il passe le portail.

Matlock pénétra dans l'allée de sa résidence, coupa les phares et le moteur, et sortit avec prudence. En approchant de la vieille bâtisse de style Tudor, il s'aperçut que toutes les lumières de son appartement étaient allumées. Jason Greenberg ne prenait pas de risques, et Matlock présuma qu'un membre de l'armée silencieuse et invisible de Greenberg surveillait sa demeure à distance, sans s'en éloigner.

Il tourna la clé dans la serrure et poussa la porte.

Il n'y avait personne. Du moins, personne en vue. Pas même son chat.

– Bonjour. Jason? Il y a quelqu'un ici…? C'est Matlock.

Il n'y eut aucune réponse, et Matlock fut soulagé. Il n'avait plus qu'une envie, se mettre au lit et dormir. Il était passé à l'hôpital pour voir Pat, mais on le lui avait interdit. Du moins avait-il appris qu'« elle se reposait et que son état était jugé satisfaisant ». C'était un point positif. Elle faisait encore partie des cas critiques dans l'après-midi. Matlock la verrait à neuf heures, le lendemain matin.

A présent il était temps de dormir, en paix si possible. Il aurait fort à faire dans la matinée suivante.

Il pénétra dans sa chambre en passant devant les pans de murs et la fenêtre qui portaient encore les traces de la dernière explosion. Des outils de charpentier et de maçon étaient soigneusement rangés dans un coin. Il retira sa veste et sa chemise, puis il pensa, non sans ironie à son propre égard, qu'il était en train de devenir trop confiant. Il sortit rapidement de la pièce et entra dans la salle de bains. Une fois que la porte fut fermée, il s'approcha de la litière et souleva le journal pour découvrir la couche de toile. L'invitation corse était là, l'argent terni reflétant la lumière.

De retour dans la chambre, Matlock prit son portefeuille, de l'argent liquide et les clés de sa voiture, et les posa sur sa commode. Il se souvint alors de l'enveloppe.

On ne s'était pas moqué de lui. Il connaissait son père, peut-être mieux que ce dernier ne l'imaginait. Il supposa qu'un petit mot accompagnerait le chèque, qui lui indiquerait clairement que cet argent était un cadeau, non un prêt, et qu'on n'attendait aucun remboursement.

Il y avait effectivement une note, pliée à l'[in]térieur de l'enveloppe, mais les mots qu'elle co[nte]nait n'étaient pas ceux que Matlock attendait :

Je crois en toi. J'ai toujours cru en toi.
Avec toute mon affection,
Papa.

En haut de ces lignes, agrafé à l'envers de la feuille, se trouvait le chèque. Matlock le détacha et en lut le montant.

Cinquante mille dollars.

XVI

Les boursouflures, autour des yeux, avaient considérablement diminué. Il prit la main de Pat et la serra, en approchant une fois de plus son visage du sien.

– Tu vas te remettre.

Tels furent les mots inoffensifs qu'il prononça. Il s'était convaincu qu'il fallait cesser de crier sa culpabilité. Pourtant jamais il ne pourrait admettre qu'un être humain puisse faire subir cela à un autre être humain. Et en l'occurrence il en était responsable.

Quand elle parla, sa voix était à peine audible, comme celle d'un petit enfant. Les mots qui filtraient des lèvres immobiles n'étaient que partiellement formés.

– Jamie... Jamie?

– Chut! Ne parle pas si ça te fait mal.

– Pourquoi?

– Je ne sais pas. Mais nous le découvrirons.

– Non! Non...! Ils sont... Ils sont...

Rien ne vint plus. Cela lui était impossible. Elle désigna un verre d'eau sur la table de chevet. Matlock s'en saisit aussitôt, l'approcha de ses lèvres et la soutint par les épaules.

– Comment est-ce arrivé? Peux-tu me le dire?

– Dis... à Greenberg... Un homme et une

femme... sont venus vers la table. Ont dit que tu...
attendais dehors...

– Ne t'inquiète pas, je demanderai à Jason.

– Je... me sens mieux. J'ai mal mais... ça va
mieux... vraiment... Est-ce que je vais guérir?

– Bien sûr. J'ai parlé au médecin. Tu as des
contusions, mais rien de cassé, rien de grave. Il dit
que tu seras sur pied dans quelques jours, c'est
tout.

Les yeux de Patricia Ballantyne s'illuminèrent, et
Matlock vit qu'elle déployait des efforts considéra-
bles pour sourire avec ses lèvres suturées.

– Je me suis battue... battue et battue... jusqu'à
ce que je... ne puisse plus me souvenir.

Il fallut beaucoup de force à Matlock pour ne
pas fondre en larmes.

– Je sais. Maintenant, tais-toi. Repose-toi. Ne
t'en fais pas. Je resterai assis ici et nous parlerons
avec les yeux. Tu te rappelles? Tu disais que tu
pouvais toujours communiquer avec tes yeux... Je
vais te raconter une histoire cochonne.

Quand elle sourit, ce fut avec les yeux.

Il resta auprès d'elle jusqu'à ce qu'une infirmière
vienne lui demander de sortir. Il l'embrassa doucement et quitta la pièce. Il était soulagé. C'était
aussi un homme en colère.

– Monsieur Matlock?

Un jeune médecin au visage d'interne fraîche-
ment débarqué s'approcha de lui, devant l'ascenseur.

– Oui?

– On vous demande au téléphone. Vous pouvez
le prendre à la réception du second étage. Si vous
voulez bien me suivre.

Il ne connaissait pas la voix au bout du fil.

– Monsieur Matlock, je m'appelle Houston. Je
suis un ami de Jason Greenberg. Je voudrais vous
rencontrer.

– Oh? Comment va Jason?

– Bien. J'aimerais que nous nous voyions dès que possible.

Matlock allait lui donner rendez-vous quelque part, n'importe où, après son premier cours. Il s'arrêta soudain.

– Jason n'a laissé aucun message... où il se trouve ou autre chose?

– Non, monsieur. Je désire simplement entrer en contact avec vous très rapidement.

– Je vois.

Pourquoi cet homme ne disait-il rien? Pourquoi Houston ne se faisait-il pas reconnaître?

– Greenberg m'a affirmé qu'il me laisserait un mot... un message... où il se trouvait. Je suis certain qu'il a dit ça.

– Contraire au règlement du ministère, monsieur Matlock. Il n'en avait pas la possibilité.

– Ah? Alors il ne vous a transmis aucun message?

La voix à l'autre bout de la ligne hésita quelque peu, perceptiblement.

– Il a peut-être oublié... En fait, je ne lui ai pas parlé moi-même. Je reçois directement mes ordres de Washington. Où nous retrouvons-nous?

Matlock distingua une certaine anxiété chez son interlocuteur. Quand il avait évoqué Washington, il avait haussé le ton, avec une énergie nerveuse.

– Je vous rappellerai. Quel est votre numéro?

– Ecoutez, Matlock. Je suis dans une cabine téléphonique, et il faut que nous nous voyions. J'ai des ordres!

– Oui. J'imagine...

– Quoi?

– Peu importe. Etes-vous en ville? A Carlyle?

L'homme hésita de nouveau.

– Je suis dans la région.

– Dites-moi, monsieur Houston... La cité est-elle en train de mourir?

– Quoi? De quoi parlez-vous?

– Je vais être en retard pour mon cours. Rappelez-moi. Je suis certain que vous parviendrez à me rejoindre.

Matlock raccrocha le récepteur. Sa main gauche tremblait et quelques gouttes de sueur perlaient à hauteur de ses sourcils.

M. Houston était l'ennemi.

L'ennemi se rapprochait.

Le premier cours du samedi était à onze heures, ce qui lui laissait une heure pour prendre les mesures qui lui semblaient les plus logiques, quant à l'argent dont il disposait. Il lui déplaisait de penser qu'il devrait être physiquement présent dans la ville de Carlyle, le lundi matin.

En apparence, Carlyle était une petite cité universitaire typique de la Nouvelle-Angleterre. Elle correspondait au mode de vie habituel à ce genre d'endroit. Chacun connaissait par leurs prénoms tous ceux qui rendaient l'existence quotidienne aussi tranquille qu'elle l'était en général. Le mécanicien du garage s'appelait Joe ou Mac, le directeur du magasin de prêt-à-porter de l'homme élégant Al, le dentiste John ou Warren, la fille de la blanchisserie Edith. Dans le cas de Matlock, le banquier se prénommait Alex. Alex Anderson, ancien élève de Carlyle, quarante ans, un enfant du cru qui avait gravi les échelons de la carrière universitaire puis sociale.

Matlock l'appela chez lui et lui expliqua son problème. Son père lui avait donné un gros chèque. Il devait procéder à quelques placements familiaux en son nom propre, ceux-ci devant rester confidentiels. Depuis le cambriolage de son appartement, il se méfiait. Il désirait se débarrasser immédiatement de ce chèque. Alex avait-il quelque chose à lui proposer? Devait-il l'envoyer par la poste? Quel était le meilleur moyen de l'encaisser dans la mesure où il n'était pas certain d'être à Carlyle, le lundi? Or il était nécessaire que cet argent fût déposé, disponible. Alex Anderson lui suggéra la plus évidente des solutions. Matlock endosserait le chèque, le placerait dans une enveloppe à l'intention d'Anderson et la glisserait dans la boîte de la banque. Alex s'occuperait du reste dès le lundi matin.

Puis Alex en demanda le montant, et Matlock le lui fit connaître.

Une fois le problème résolu, Matlock réfléchit à ce qui serait son point de départ. Il ne trouvait pas d'autre terme, et il avait besoin d'un terme, de la discipline d'une définition. Il fallait commencer avec méthode en sachant que ce qui suivrait risquait de se révéler totalement imprévu, sans ligne directrice ni orthodoxie. Car il s'était décidé.

Il allait pénétrer dans le monde de Nemrod. Le bâtisseur de Babylone et de Ninive, le chasseur de bêtes fauves, le tueur d'enfants et de vieillards, le bourreau de femmes.

Il allait trouver Nemrod.

Là comme ailleurs, les adultes étaient, en règle générale, loin de penser que ce qui était désirable était souvent immoral. Matlock était conscient que l'Etat du Connecticut, comme ses Etats frères du nord, au sud et à l'ouest, était quadrillé par un réseau d'hommes empressés à fournir des « divertissements » prohibés par l'Eglise et les tribunaux. Quel agent d'assurances d'Hartford, quel cadre supérieur n'avaient pas entendu parler de cet ensemble de « boutiques d'antiquités » de New Britain Avenue où l'on pouvait se procurer le corps souple d'une jeune fille pour une coquette somme d'argent payable en liquide? Quel banlieusard d'Old Greenwich ne connaissait pas les grandes propriétés du nord de Green Farms où les enjeux rivalisaient souvent avec ceux de Las Vegas? Combien d'épouses d'hommes d'affaires fatigués, de New Haven ou de Westport ignoraient réellement les services de « chevaliers servants » d'Hamden ou de Fairfield? Et dans le pays profond, dans les Norfolks? Où les demeures n'étaient plus que des splendeurs décrépites, face aux véritables fortunes, et d'où les premières familles avaient émigré vers l'ouest pour éviter les nouveaux riches.

Le « pays profond » avait les plus étranges distractions, d'après ce qu'on racontait. Des maisons plongées dans l'obscurité, éclairées à la bougie, où l'on pouvait chasser ses envies en observant. Voyeurs des scènes les plus malsaines. Femme, homme, animal, tous les genres, toutes les combinaisons.

Matlock savait qu'il trouverait Nemrod dans ce milieu. C'était probable. Car bien que les stupéfiants ne représentent qu'un aspect des services rendus par ce réseau, on pouvait s'en procurer comme n'importe quel produit.

Et parmi tous ces plaisirs, aucun n'avait la fièvre glacée, le magnétisme du jeu. Pour les milliers de gens qui n'avaient pas le temps de faire la bombe à San Juan, à Londres ou à l'île Paradis, il existait des moments d'évasion où l'on oubliait la morosité quotidienne, à deux pas de chez soi. Les réputations se faisaient vite au bord des tapis verts, avec le roulement des dés ou le maniement des cartes. C'était là que se situerait le point de départ de Matlock. C'était dans ces lieux qu'un homme de trente-trois ans s'apprêtait à perdre des milliers de dollars... jusqu'à ce qu'on lui demande qui il est.

A midi et demi, Matlock traversa la cour carrée en direction de son appartement. Le moment était venu de faire le premier pas. Les lignes vagues d'un plan commençaient à se dessiner.

Il aurait dû entendre marcher derrière lui, mais il n'entendit pas. Il ne perçut que la toux, une toux de fumeur, la toux d'un homme qui avait couru.

– Monsieur Matlock.

Matlock se retourna et vit un homme d'à peu près trente-cinq ans, comme lui, peut-être un peu plus vieux, et réellement à bout de souffle.

– Oui?

– Désolé. Quelle série de rendez-vous manqués! Je suis arrivé à l'hôpital quand vous veniez de le quitter, puis je me suis trompé de bâtiment pour vous attendre à la sortie de votre cours. Je suis tombé sur un professeur de biologie ébahi dont le nom était assez proche du vôtre. Il vous ressemblait même un peu. Même taille, même constitution, mêmes cheveux...

– C'est Murdoch. Elliot Murdoch. Qu'y a-t-il?

– Il ne comprenait pas pourquoi je lui répétais que « quand les vieux sages se suicident, meurent les cités! »

– Vous venez de la part de Greenberg.

– C'est ça. Mot de passe morbide. J'espère que ça ne vous ennuie pas que je vous donne mon opinion. Avancez. Nous nous séparerons au bout de l'allée. Retrouvez-moi dans vingt minutes au Bill's Bar, dans la cour des livraisons. C'est la sixième rue au sud de la gare ferroviaire. D'accord?

– Je n'en ai jamais entendu parler.

– J'allais vous suggérer d'ôter votre cravate. Je porterai une veste de cuir.

– Vous choisissez les endroits chics.

– Une vieille habitude. Je triche sur mes notes de frais.

– Greenberg m'a dit que j'allais travailler avec vous.

– Et comment ! Il se fait un mouron de tous les diables à votre sujet. Je crois qu'ils vont l'expédier en mission au Caire... C'est un sacré bonhomme ! Nous avons besoin de types comme lui sur le terrain. Ne le bousillez pas.

– La seule chose que je vous demande, c'est votre nom. Je ne m'attendais pas à un sermon.

– Houston. Fred Houston. On se retrouve dans vingt minutes. Et ôtez-moi cette cravate !

XVII

Le Bill's Bar se trouvait dans un quartier de Carlyle que Matlock n'avait encore jamais visité. Sa clientèle se composait surtout de cheminots et de dockers. Il jeta un coup d'œil circulaire dans la salle crasseuse. Houston était assis sur une banquette, tout au fond.

– C'est l'heure de l'apéritif, Matlock. Un peu tôt pour les gens du campus, mais les effets n'en sont pas différents. Les vêtements non plus de nos jours.

– C'est un drôle d'endroit.

– Il est tout à fait adapté à nos activités. Allez au bar et commandez quelque chose. Les hôtesses ne se pointent pas avant le coucher du soleil.

Matlock suivit les instructions de Houston et rapporta le meilleur bourbon qu'il pût trouver. C'était une marque qu'il avait abandonnée dès qu'il avait reçu un salaire à peu près honnête.

– Je crois qu'il faut que je vous en parle tout de suite. Quelqu'un qui utilise votre nom m'a téléphoné à l'hôpital.

Houston réagit comme s'il venait de recevoir un coup de poing dans l'estomac.

– Mon Dieu! dit-il le plus calmement possible. Que vous a-t-il dit? Comment vous êtes-vous débrouillé?

– J'ai attendu qu'il me donne le mot de passe... le proverbe de Greenberg. Je lui ai tendu deux fois la perche, mais il ne l'a pas saisie... Alors je lui ai demandé de me rappeler plus tard, et j'ai raccroché.

– Il a utilisé mon nom ? Houston. Vous en êtes sûr ?

– Absolument.

– C'est insensé. Impossible !

– Croyez-moi. Il l'a pourtant fait.

– Personne ne savait que c'était moi qui remplacerait Greenberg... Je ne l'ai moi-même appris qu'à trois heures ce matin.

– Quelqu'un l'a découvert.

Houston avala deux ou trois gorgées de bière.

– Si ce que vous dites est vrai, je m'en irai d'ici dans quelques heures. A propos, vous avez eu du nez... Laissez-moi quand même vous donner un autre conseil. N'acceptez jamais d'être contacté par téléphone.

– Pourquoi ?

– Si c'était moi qui avais appelé, comment aurais-je su que c'était bien vous au bout du fil ?

– Je comprends ce que vous voulez dire...

– Simple bon sens. La majeure partie de ce que nous faisons n'est qu'une affaire de bon sens... Nous garderons le même code. Les « vieux sages » et les « cités ». Vous aurez votre prochain contact dès ce soir.

– Vous êtes certain que vous partez ?

– J'ai été repéré. Je ne vais pas rester dans le coin. Vous avez sans doute oublié Ralph Loring... Nous l'avons payé cher au bureau.

– D'accord. Avez-vous parlé à Jason ? Vous a-t-il mis au courant ?

– Pendant deux heures. De quatre à six heures du matin. Ma femme m'a dit qu'il avait bu treize tasses de café.

– Que pouvez-vous me dire de Pat? Patricia Ballantyne. Que s'est-il passé?

– Vous connaissez l'aspect médical...

– Pas entièrement.

– Je ne sais pas tout non plus.

– Vous mentez.

Houston regarda Matlock. Il n'avait pas l'air offensé. Quand il répondit, il le fit avec compassion.

– C'est bon. Il y a des traces probantes de viol. C'était ça que vous vouliez savoir, n'est-ce pas?

Matlock serra les doigts autour de son verre.

– Oui, répondit-il calmement.

– Cependant il faut aussi que vous sachiez une chose. La fille ne s'en souvient pas. Pas au stade de récupération qu'elle a atteint. D'après ce que j'ai compris, le mental vous joue des tours. Il rejette certains faits, jusqu'à ce qu'il estime ou que quelque chose lui indique qu'ils sont devenus supportables.

– Merci pour la leçon de psychologie... Les brutes. Les sales bêtes...

Matlock repoussa son verre. L'alcool lui sembla tout à coup intolérable. L'idée même de diminuer un tant soit peu l'acuité de ses sens lui faisait horreur.

– Je suis censé improviser avec vous, alors si je ne vous comprends pas, tout ce que je pourrai faire sera de vous présenter des excuses... Soyez là quand le puzzle commencera à se reconstituer dans son esprit. Elle aura besoin de vous.

Matlock leva les yeux pour ne plus voir ses mains crispées.

– Ça été si terrible que ça?

– Les analyses préliminaires – ongles, cheveux, *et cætera* – montrent qu'elle a été agressée par plus d'une personne.

Matlock ne trouva plus qu'un moyen d'exprimer

sa haine. Il donna un coup violent dans son verre, l'envoyant sur le sol. Il alla s'écraser contre le bar. Puis il s'arrêta. Houston tendit vite sa note en faisant signe au serveur de ne pas s'approcher.

– Gardez votre sang-froid, dit Houston. Un tel comportement n'apportera rien à quiconque. Vous ne faites qu'attirer l'attention sur nous. Maintenant, écoutez-moi. Vous avez le feu vert pour poursuivre vos investigations, mais à deux conditions. La première, c'est d'en parler à notre agent – ce devait être moi – avant d'approcher quelqu'un. La seconde, c'est de vous en tenir aux étudiants, uniquement aux étudiants. Faites un rapport tous les soirs entre dix et onze heures. Votre correspondant vous contactera pour vous dire où. Vous avez pigé ?

Matlock regarda l'agent fédéral, incrédule. Il comprit ce que l'homme disait, pourquoi il le disait, mais il ne pouvait pas imaginer que quelqu'un, mis au courant de la situation par Jason Greenberg, oserait lui donner de pareilles instructions.

– Etes-vous sérieux ?

– Les ordres sont formels. Pas d'entorse. C'est une règle sacro-sainte.

Matlock devait de nouveau affronter cela. Un autre signe, un autre compromis. Encore un ordre venant de dirigeants désincarnés et invisibles.

– Je suis là sans y être, c'est ça ? On restreint mon rayon d'action au maximum et l'affaire est dans le sac.

Matlock leva les yeux au ciel, essayant de retrouver quelques secondes de douceur.

– Vous n'avez qu'à gober ça !

– Gober est un royaume haoussa au sud de l'Aïr. N'insultez pas cette terre dont vous ignorez jusqu'à l'existence, Houston.

– Vous êtes cinglé ! rétorqua l'agent fédéral. Je

ne regrette pas de me tirer... Ecoutez, c'est pour que tout se passe au mieux, croyez-moi. Une dernière chose. Je dois reprendre le papier que Loring vous a donné. C'est également indispensable.

– Vraiment? Matlock se laissa glisser le long de la banquette en skaï et se leva. Je ne vois pas les choses ainsi. Retournez à Washington et dites-leur que c'est hors de question. Prenez soin de vous et de votre sacro-saint règlement.

– Vous risquez l'internement préventif.

– Nous verrons qui risque quoi, fit Matlock, puis il s'éloigna de la table en fermant l'angle pour empêcher l'agent de sortir, et se dirigea vers la porte.

Il entendit le crissement des pieds de la table quand ce dernier l'écarta pour dégager la voie.

Houston l'appela de son nom doucement, puis plus fort, comme s'il ne savait plus où il en était, comme s'il voulait faire revenir Matlock tout en craignant de le faire repérer. Matlock atteignit la porte, tourna à droite sur le trottoir, et se mit à courir le plus vite possible. Il se retrouva dans une ruelle étroite qui, du moins, le menait dans la bonne direction. Il s'y précipita puis fit une halte, se plaquant contre une porte cochère. A l'entrée de la ruelle, dans le passage des livraisons, il aperçut Houston qui avançait d'un pas pressé devant les ouvriers flegmatiques, en pleine pause du déjeuner. Houston avait l'air paniqué. Matlock sut qu'il ne pouvait pas regagner son appartement.

En se rasseyant sur la banquette du Bill's Bar, il se dit que son comportement avait quelque chose d'étrange. Revenir à l'endroit qu'il avait quitté avec tant de hâte quelque vingt minutes plus tôt! Cela ne lui sembla toutefois pas complètement insensé, dans la mesure où tant de choses l'étaient à l'instant présent. Il fallait qu'il soit seul pour réfléchir. Il ne pouvait pas prendre le risque d'errer dans les rues, là où n'importe quel membre de l'armée invisible de Greenberg-Houston serait à même de le repérer. Ironie du sort, le bar lui parut plus sûr.

Il avait présenté ses excuses à un barman méfiant, lui proposant de lui rembourser le verre brisé. Il laissa entendre que l'homme avec lequel il avait eu des mots était un parasite qui essayait de vivre à ses crochets sans être fichu de payer le moindre sou. Cette explication, fournie par un client à présent décontracté, fut non seulement acceptée par le barman, mais fit bénéficier Matlock d'un statut rarement atteint au Bill's Bar.

Il lui fallait mettre de l'ordre dans ses idées, passer en revue un certain nombre de points clés avant d'entreprendre son voyage au bout de Nemrod. Un nouveau problème était apparu. Houston en était à l'origine bien qu'il n'en fût pas conscient. Pat devait être mise en sécurité. Son sort ne pouvait plus peser sur son esprit. Toutes les questions de sa liste autres que celle-ci étaient d'une importance secondaire. Les vêtements, l'argent disponible, la voiture, tout cela attendrait. Il n'était pas inenvisageable de modifier sa stratégie. Ce fut du moins ce que pensa Matlock. Les associés de Nemrod seraient sous surveillance, son appartement, les noms et les lieux figurant sur la liste du ministère de la Justice aussi.

D'abord Pat. Il la ferait garder nuit et jour, chaque minute, chaque seconde. Surveillée ostensiblement, sans la moindre velléité de discrétion. Surveillée de telle sorte que ce soit une mise en garde adressée aux deux armées invisibles, un avertissement qu'elle était en dehors de l'arène. L'argent ne constituait plus un handicap à présent, en aucune manière. Et il existait des hommes à

Hartford dont la profession correspondait à ces exigences. Il le savait. Les grandes compagnies d'assurances les utilisaient constamment. Il se souvint d'un ex-professeur de mathématiques, qui avait quitté Carlyle pour une activité plus lucrative, un poste d'actuaire d'assurances. Il travaillait chez Aetna. Il chercha un téléphone à l'intérieur du bouge.

Onze minutes plus tard, Matlock reprit place sur sa banquette. Il avait conclu un marché avec Blackstone Security Inc., Bond Street, Hartford. Trois hommes se relaieraient, par rondes de huit heures, pour trois cents dollars par personne et par période de vingt-quatre heures, le tout couvert par Blackstone Inc. Il y aurait naturellement des frais supplémentaires pour toute dépense non prévue, et un forfait pour l'utilisation d'un « Tel-électronic », si cela se révélait nécessaire. Le Tel-électronic était un petit appareil qui, par une série de bips sonores, signalait à celui qui le portait qu'on l'appelait à un numéro de téléphone prévu à cet effet. Blackstone, bien entendu, lui suggéra de choisir un numéro différent de celui de sa résidence, qui serait disponible dans les douze heures qui suivraient et pour lequel était exigé un supplément.

Matlock accepta tout avec gratitude et promit de se rendre à Hartford signer les papiers un peu plus tard dans l'après-midi. Il voulait ¨rencontrer Mr. Blackstone pour une autre raison. Ce dernier lui répondit cependant que, puisque le chef du service des prévisions financières d'Aetna l'avait personnellement contacté à son sujet, les formalités pouvaient attendre. Il enverrait son équipe à l'hôpital de Carlyle dans moins d'une heure. Par hasard, monsieur Matlock serait-il un parent de Mr. Jonathan Munro Matlock... ? Le chef du service des prévisions financières d'Aetna avait mentionné que...

Matlock fut soulagé. Blackstone pourrait lui être utile. L'ex-professeur reconverti chez Aetna lui avait assuré qu'il n'y avait pas mieux que Blackstone. Cher, mais irremplaçable. Le gros de son personnel se composait d'anciens officiers des Forces spéciales et des équipes de renseignements des Marines. C'était plus qu'un argument commercial. Ces hommes étaient intelligents, débrouillards et durs. Ils possédaient également un permis, ce qui les faisait respecter de la police locale et fédérale.

Sujet de préoccupation suivant : les vêtements. Il avait prévu de regagner son appartement et de mettre dans une valise un costume, plusieurs pantalons, une ou deux vestes. C'était exclu. Du moins pour le moment. Il achèterait ce dont il aurait besoin au fur et à mesure. L'argent dont il disposait réglerait plus d'un problème, étant donné son montant. On était samedi. Il n'allait pas gâcher sa soirée. Les banques étaient fermées, ce qui lui interdisait de toucher d'importantes sommes d'argent.

Alex Anderson résoudrait cette question. Matlock lui mentirait, lui dirait que Jonathan Munro Matlock verrait d'un bon œil, financièrement parlant, qu'Anderson lui remette du liquide, ce samedi après-midi. La chose serait naturellement confidentielle entre les deux parties. Une simple compensation pour un service rendu durant les heures de fermeture. Rien qui puisse être considéré de près ou de loin comme une indélicatesse. Et une fois de plus, tout à fait confidentiel.

Matlock se leva du siège de skaï déchiré, taché, sale, et retourna vers le téléphone.

Anderson avait de vagues doutes quant à la manière de satisfaire le fils de Jonathan Munro Matlock, non en raison de l'acte lui-même, mais plutôt de son caractère secret. Une fois ce souci écarté, il lui apparut clairement qu'il ne faisait que rendre un service, dans la plus pure tradition bancaire. Il était capital qu'une banque puisse accéder aux demandes d'un excellent client. Si celui-ci désirait lui prouver sa reconnaissance... c'était à lui d'en décider.

Alex Anderson fournirait donc cinq mille dollars en billets de banque à James Matlock un samedi après-midi. Il les lui remettrait à trois heures devant le cinéma Le Plaza, qui projetait *Un couteau dans l'eau* en version originale.

Le choix d'une voiture serait le moindre de ses soucis. Il existait deux entreprises de location en ville, Budget-National et Luxor-Elite. La première pour les étudiants, la seconde pour les gens aisés. Il louerait une Cadillac ou une Lincoln chez Luxor, avant de se rendre à Hartford chez un autre concessionnaire et changer de véhicule. De Hartford il irait dans une filiale de New Haven et ferait de même. Avec de l'argent, il ne risquait pas de questions indiscrètes. Avec des pourboires honnêtes, il obtiendrait même sans doute une certaine coopération.

Il se rendit à la case départ.

– Hé, monsieur, votre nom, c'est Matlock?

Le barman échevelé se pencha vers la table, un torchon sale dans la main droite.

– Oui, répondit Matlock en sursautant, le souffle court.

– Un type est venu me trouver. Il fallait que je vous dise que vous aviez oublié quelque chose dehors. Sur le trottoir. Vous devriez vous dépêcher, a-t-il ajouté.

Matlock fixa l'homme. La douleur qu'il ressentit au niveau de l'estomac lui signala le retour de la peur, de sa panique. Il sortit plusieurs billets de sa poche, en prit un de cinq dollars et le tendit au barman.

– Venez avec moi jusqu'à la porte. Dites-moi s'il est dehors.

– Bien sûr... suivez-moi à la fenêtre.

L'homme aux cheveux ébouriffés changea son torchon de main et empocha le billet. Matlock quitta la banquette, s'avança vers la vitre crasseuse à demi cachée par un rideau court et regarda dans la rue.

– Non, il n'est pas là. Il n'y a personne... Juste un... mort...

– Je vois, fit Matlock en lui coupant la parole.

Il n'était plus nécessaire de sortir.

Au bord du trottoir, le corps jeté dans le caniveau, se trouvait le chat de Matlock.

Sa tête était sectionnée, n'étant plus rattachée au reste du corps que par un petit morceau de chair. Le sang coulait à flots, souillant le bitume.

XVIII

En approchant de la sortie ouest de Hartford, Matlock ne cessait de penser à la mort de l'animal. S'agissait-il d'un avertissement supplémentaire ou avaient-ils trouvé le papier ? Si c'était le cas, cela n'infirmait pas l'hypothèse de la menace mais ne faisait que la renforcer. Il se demanda s'il devait faire vérifier son appartement par un employé de l'entreprise Blackstone, son appartement et la litière. Il ne savait pas très bien pourquoi il hésitait. Pourquoi ne pas en charger un type de Blackstone ? Pour trois cents dollars par jour, plus les frais divers, ce n'était pas trop exiger. Il allait demander beaucoup plus à la maison Blackstone Incorporated, et celle-ci ne s'y attendait pas. Si l'invitation était en lieu sûr, il risquait de signaler son emplacement en envoyant quelqu'un s'assurer de sa présence.

Il était presque décidé quand il remarqua une berline beige dans le rétroviseur. Elle apparaissait et disparaissait par intermittence depuis qu'il avait pris la route 72 une demi-heure plus tôt. Tandis que les autres véhicules tournaient, le doublaient ou restaient derrière lui, la berline beige ne s'éloignait jamais. Passant de droite à gauche dans le flot de la circulation, elle s'arrangeait toujours pour se trouver à trois ou quatre voitures de celle de

Matlock. Il y avait un moyen de vérifier qu'il ne s'agissait pas d'une coïncidence. A la sortie suivante, celle de Hartford-ouest, se trouvait une voie étroite qui n'était qu'une ruelle pavée servant surtout aux livraisons. Un après-midi où les embouteillages étaient particulièrement terribles, Pat et lui l'avaient prise pour un raccourci, et ils y étaient restés bloqués cinq minutes.

Il s'engagea dans l'embranchement et descendit la rue principale en direction de la ruelle. Il tourna brusquement à gauche et se retrouva dans l'étroite rue pavée. Le samedi après-midi, il n'y avait pas de camions de livraison, et la voie était dégagée. Il appuya sur le champignon et arriva sur un parking bondé, qui débouchait sur une grande artère parallèle. Matlock se dirigea vers un emplacement libre, coupa le moteur, et se baissa sur le siège. Il orienta son rétroviseur latéral pour surveiller l'entrée de la ruelle. Trente secondes plus tard, la berline beige apparut.

Le conducteur avait l'air troublé. Il ralentit, observa des dizaines de véhicules. Soudain, derrière la berline, une autre voiture se mit à klaxonner. Un chauffeur s'impatientait, la berline beige lui barrait le passage. A contrecœur, l'homme au volant redémarra. Mais avant il tourna la tête, tendant le cou au-dessus de son épaule droite, de sorte que Matlock qui observait l'automobile le reconnut.

C'était le policier. L'agent de police qui était venu dans les débris de son appartement après l'épisode chez les Beeson, l'homme qui s'était caché le visage dans une serviette et qui avait filé dans le couloir du court de squash, deux jours auparavant.

La « coïncidence » dont avait parlé Greenberg.

Matlock était perplexe. Il avait peur.

Le policier en civil poursuivit son chemin au

ralenti vers la sortie du parking, regardant de droite et de gauche. Matlock vit sa voiture s'enfoncer dans le flot des autres véhicules et disparaître.

Les bureaux de Blackstone Security Incorporated, Bond Street, Hartford, ressemblaient plus à ceux d'une compagnie d'assurances prospère et paisible qu'à ceux d'une agence de détectives. Il y avait un lourd mobilier colonial, un papier peint à rayures. Des gravures de chasse anciennes au-dessus des lampes de cuivre. Cela donnait aussitôt une impression de force, de virilité et de solidité financière. Pourquoi pas? pensa Matlock en s'asseyant dans le canapé deux places de style américain qui se trouvait dans le vestibule. A trois cents dollars par jour, Blackstone Security rivalisait probablement avec la Providence quant au ratio investissements/bénéfices.

Quand on introduisit Matlock enfin dans le bureau de Michael Blackstone, ce dernier se leva de son fauteuil et fit le tour de sa table de merisier pour le saluer. C'était un homme de petite taille, râblé, bien habillé. Il avait la cinquantaine. C'était visiblement quelqu'un de sportif, très actif, dur à cuire.

– Bonjour, dit-il. J'espère que vous n'êtes pas venu jusqu'ici uniquement pour les papiers. Ils auraient pu attendre. Ce n'est pas parce que nous travaillons sept jours sur sept que nous nous attendons à ce que le reste de l'humanité fasse de même.

– De toute façon, je devais me rendre à Hartford. Ça ne m'a posé aucun problème.

– Asseyez-vous, je vous en prie. Puis-je vous offrir quelque chose? Un verre? Du café?

– Non, merci.

Matlock prit place dans un confortable fauteuil

de cuir, de ceux que l'on trouve en général dans les vieux clubs composés de gens respectables. Blackstone retourna derrière son bureau.

– En réalité, je suis assez pressé. J'aimerais signer le contrat, vous payer et m'en aller.

– Certainement. Le dossier est là. Blackstone prit un classeur sur la table et sourit. Comme je vous en ai parlé au téléphone, il y a certaines questions auxquelles nous aimerions que vous répondiez. En plus des instructions que vous nous avez données. Cela nous aiderait à les respecter. Ça ne prendra que quelques minutes.

Matlock attendait cette requête. Cela faisait partie de son plan. C'était aussi pour cela qu'il voulait voir Blackstone. Il avait le pressentiment – depuis que ce dernier était entré en scène – qu'il pourrait lui faciliter la tâche. Peut-être en se faisant tirer l'oreille. Mais si ce n'était qu'une question de supplément, s'il parvenait à acheter Blackstone, il gagnerait beaucoup de temps.

– Je vous répondrai quand cela me sera possible. Comme vous l'avez très certainement vérifié, cette fille a été sérieusement maltraitée.

– Nous le savons. Ce qui nous rend perplexes, c'est la réticence de tous ceux que nous avons interrogés à nous dire pourquoi. Personne ne nous a parlé d'une agression gratuite. Oh, c'est possible, mais ce genre d'affaires est en principe rondement mené par la police. De toute évidence, vous détenez des renseignements que celle-ci n'a pas.

– C'est vrai.

– Puis-je vous demander pourquoi vous ne les leur avez pas communiqués? Pourquoi nous avez-vous engagés? La police locale l'aurait volontiers protégée si vous aviez des motifs valables, et pour beaucoup moins cher.

– Vous avez l'air de refuser l'affaire.

– Cela nous arrive souvent. Blackstone sourit. Jamais de bon cœur, je vous l'avoue.

– Alors pourquoi...?

– Vous nous avez été chaudement recommandé, l'interrompit Blackstone. Fils d'un homme très en vue. Nous voulons connaître vos possibilités. Tel est notre raisonnement. Et vous?

– Vous êtes direct. J'apprécie cela. Je suppose que vous essayez de me faire comprendre que vous ne souhaitez pas que votre réputation soit ternie.

– C'est à peu près ça.

– Parfait. C'est également ainsi que j'envisage les choses. Seulement, ce n'est pas de ma réputation qu'il s'agit, mais de celle de cette jeune femme. Miss Ballantyne... Disons qu'elle a fait preuve de peu de discernement dans le choix de ses amis. C'est une fille brillante, de grand avenir, mais malheureusement cette intelligence ne s'applique pas à tous les domaines.

A dessein, Matlock fit une pause et sortit un paquet de cigarettes. Sans se presser, il en prit une et l'alluma. L'interruption produisit l'effet désiré. Blackstone prit la parole.

– A-t-elle tiré financièrement profit de ces relations?

– Pas du tout. A mon avis, on l'a utilisée. Mais je comprends pourquoi vous me demandez ça. On peut gagner des fortunes sur les campus de nos jours, n'est-ce pas?

– Je n'en sais rien. Les campus ne relèvent pas de ma compétence.

Blackstone sourit de nouveau, et Matlock sut qu'il mentait. Par discrétion professionnelle, bien entendu.

– Je l'imagine.

– D'accord, monsieur Matlock. Pourquoi l'a-t-on molestée? Et que comptez-vous faire?

– D'après moi, on l'a battue pour lui faire peur et l'empêcher de révéler ce qu'en fait elle ignore. J'ai l'intention de trouver les responsables et de les en informer. De leur dire de la laisser tranquille.

– Et si vous prévenez la police, ses relations, ses anciennes relations, je suppose, seront fichées et risqueront de mettre en danger sa carrière future.

– Exactement.

– C'est une affaire difficile... Qui est impliqué ?

– Je ne connais pas leurs noms... Toutefois je suis au courant de leurs activités. Ils semblent principalement s'occuper de jeux d'argent. Je pensais que vous pourriez peut-être m'aider. Naturellement, je suis disposé à payer un supplément pour ce service.

– Je vois.

Blackstone se leva et fit le tour de son fauteuil. Sans raison particulière, il appuya sur le bouton du système d'air conditionné qui ne marchait pas.

– Je crois que vous attendez trop de moi.

– Je n'attends pas de noms. J'aimerais les avoir, bien sûr, et je serais prêt à payer cher... Mais je cherche des lieux où les rencontrer. Je les trouverai moi-même et vous le savez. Vous me feriez simplement gagner du temps.

– Je suis certain que vous vous intéressez aux... clubs privés. Des organisations dont les membres se réunissent pour se livrer à des activités de leur choix.

– Loin de toute surveillance légale. Où les citoyens peuvent satisfaire leur inclination naturelle à jouer de l'argent. C'est par là que j'aimerais commencer.

– Pourrais-je vous en dissuader ? Serait-il possible de vous convaincre d'aller trouver la police ?

– Non.

Blackstone s'avança vers le secrétaire adossé au mur de gauche, sortit une clé et l'ouvrit.

— Comme je vous l'ai dit, c'est une affaire délicate. Très plausible. Mais je n'en crois pas un mot... Néanmoins, vous me semblez déterminé. Et cela m'inquiète.

Il prit une boîte de métal fin et la posa sur son bureau. Après avoir choisi une seconde clé sur sa chaîne, il en ouvrit la serrure et retira une feuille de papier.

— Il y a une photocopieuse là-bas, dit-il en désignant une grosse machine grise dans un coin. Pour l'utiliser, il faut placer le texte contre la plaque métallique et appuyer sur les touches correspondant aux opérations que vous désirez effectuer. Les numéros sont enregistrés automatiquement. On a rarement besoin de plus d'un... Si vous voulez bien m'excuser pendant deux minutes à peine, monsieur Matlock, il faut que je donne un coup de fil dans un autre bureau.

Blackstone lui tendit la feuille de papier, et la posa en la retournant au-dessus de son dossier. Il se redressa, droit comme un i et, des deux mains, tira sur le bas de sa veste, d'un geste décidé comme en ont ceux qui ont l'habitude de porter des costumes du bon faiseur.

Il sourit, contourna sa table de travail pour accéder à la porte. Il l'ouvrit et fit volte-face.

— Peut-être est-ce ce que vous cherchez, peut-être pas. Je n'en sais rien. J'ai laissé un mémoire confidentiel sur ma table. Le prix vous sera facturé en tant que... surveillance supplémentaire.

Il sortit et referma la porte derrière lui. Matlock quitta son fauteuil en cuir noir et s'avança vers le bureau. Il retourna le papier et lut le titre tapé à la machine :

POUR SURVEILLANCE : CLUBS PRIVÉS
DE L'AXE HARTFORD–NEW HAVEN : LIEUX ET CONTACTS (DIREC-
TEURS)
A PARTIR DE 3-15. NE DOIT PAS QUITTER LE BUREAU.

Sous le court paragraphe en lettres capitales, se trouvait une liste d'une vingtaine de noms et d'adresses.

Nemrod se rapprochait.

XIX

L'AGENCE de location de Luxor-Elite, située dans Asylum Street, à Hartford, s'était montrée coopérative. Matlock était à présent au volant d'une Cadillac décapotable. Le directeur avait accepté son explication. La Lincoln, avait-il déclaré, avait un air trop funèbre et, puisque tous les papiers étaient en ordre, l'échange était parfaitement possible.

Le pourboire de vingt dollars également.

Matlock avait analysé la liste de Blackstone avec le plus grand soin. Il décida de s'occuper des clubs installés au nord-ouest de la ville, pour la simple raison qu'ils étaient plus près de la région de Carlyle. Ce n'étaient toutefois pas les plus proches. Il y en avait deux respectivement à huit et dix kilomètres de la ville, dans des directions opposées, mais Matlock préférait les laisser de côté un jour ou deux. Quand il y parviendrait – s'il y parvenait – il tenait à ce que leur direction sache qu'il était un gros poisson. Pas une célébrité, mais un gros joueur. Le téléphone arabe se chargerait de répandre la nouvelle s'il s'en servait intelligemment.

Il s'apprêta à faire sa première vérification. C'était un club privé de natation à l'ouest d'Avon. Le contact était un homme du nom de Jacopo Bartolozzi.

210

A neuf heures et demie, Matlock remonta le chemin tortueux qui menait au dais placé devant l'entrée du club de natation d'Avon. Un portier en uniforme lui désigna le préposé au parking qui apparut comme par magie et se glissa sur le siège du conducteur, dès l'instant où Matlock posa le pied sur le macadam. De toute évidence, on ne lui donnerait pas de ticket de stationnement.

En avançant vers la porte, il jeta un coup d'œil à l'extérieur du club. Le bâtiment principal était une maison de brique de plain-pied, assez vaste, avec une haute clôture qui partait de chaque extrémité et disparaissait dans l'ombre. A droite, assez loin derrière la palissade, on distinguait la lueur irisée d'une lumière bleu-vert, et un bruit d'eau. A gauche se trouvait un immense toit de toile sous lequel on apercevait la lumière vacillante de dizaines de torches. Il y avait donc une gigantesque piscine et une sorte d'espace tenait lieu de restaurant. On y entendait de la musique douce.

Le Club de natation d'Avon était un complexe extrêmement luxueux.

A l'intérieur, rien ne venait contredire cette première observation. Le hall était tapissé d'une épaisse moquette et les divers fauteuils et tables disposés contre les murs damassés semblaient être des meubles d'époque. A gauche on apercevait un vestiaire et, un peu plus bas, un comptoir en marbre blanc ressemblant à la réception d'un hôtel. Au bout d'un couloir étroit se trouvait le seul élément incongru. C'était un portail de fer forgé, ouvragé, noir, clos et, de toute évidence, verrouillé. Au-delà de la grille, on apercevait un corridor extérieur, subtilement éclairé, dont le toit était soutenu par un ensemble de minces colonnes ioniques. Un homme corpulent, en smoking, se tenait au garde à vous derrière la porte de fer.

Matlock s'approcha de lui.

– Votre carte de membre, monsieur.

– Je crains bien de ne pas en avoir.

– Désolé, monsieur. Vous êtes dans un club de natation privé. Réservé aux membres.

– On m'a dit de demander Mr. Bartolozzi.

L'homme derrière la grille fixa Matlock du regard, un regard on ne peut plus soupçonneux.

– Vous devriez aller voir à la réception, monsieur. C'est là-bas.

Matlock retourna vers le comptoir où il fut accueilli par un réceptionniste d'âge moyen, légèrement bedonnant, qui n'était pas là quand il était entré.

– Puis-je vous aider ?

– Oui. Je suis nouveau dans la région. J'aimerais devenir membre.

– Nous sommes désolés. Nous sommes complets. Si toutefois vous voulez bien remplir une fiche, nous serons ravis de vous appeler quand une occasion se présentera... Désirez-vous une inscription familiale ou individuelle, monsieur ?

L'employé, très professionnellement, se pencha pour prendre deux fiches d'adhérent.

– Individuelle, je ne suis pas marié... On m'a dit de demander Mr. Bartolozzi.

Le réceptionniste ne manifesta rien de particulier en entendant ce nom.

– Ici, remplissez votre demande et je la porterai sur le bureau de Mr. Bartolozzi. Il la verra demain matin. Peut-être vous fera-t-il signe, mais je ne vois pas ce qu'il pourrait faire. Nous sommes complets, et il y a déjà une liste d'attente.

– Il n'est pas là en ce moment ? Un soir où il y a tant de monde ? demanda Matlock, l'air incrédule.

– J'en doute, monsieur.

– Pourquoi n'allez-vous pas vérifier ? Dites-lui que nous avons des amis communs à San Juan.

Matlock sortit un billet de cinquante dollars. Il le posa sous le nez du réceptionniste qui lui lança un regard sombre, avant de ramasser lentement l'argent.

– San Juan?

– San Juan.

Matlock s'appuya contre le comptoir de marbre et remarqua que l'homme derrière la porte de fer forgé l'observait. Si l'histoire de San Juan marchait et qu'il franchissait ce portail, il se rendit compte qu'il devrait se délester d'un autre gros billet. L'histoire de San Juan devait marcher, pensa Matlock. C'était logique, presque criant de vérité. Il avait passé des vacances de Noël à Porto Rico, deux ans auparavant, et, bien qu'il ne fût pas joueur, il avait fait le voyage avec un groupe de gens et une fille qui faisaient tous les soirs la tournée des casinos. Il en avait rencontré qui venaient de Hartford et des environs, bien qu'il ne puisse plus, hélas! se rappeler un seul nom.

Un groupe de quatre personnes franchit la porte de la grille d'entrée. Les filles gloussaient tandis que les hommes souriaient d'un air résigné. Les femmes avaient probablement gagné vingt ou trente dollars, les hommes en avaient perdu plusieurs centaines. Echange raisonnable pour la soirée. Le portail se referma derrière eux. Matlock entendit le déclic électrique du loquet. Il était particulièrement bien verrouillé.

– Excusez-moi, monsieur?

C'était le réceptionniste bedonnant. Matlock se retourna.

– Oui?

– Si vous voulez bien vous donner la peine d'entrer. Mr. Bartolozzi va vous recevoir.

– Où? Comment?

Il n'y avait pas d'autre porte que la grille de fer

forgé et le réceptionniste avait désigné de la main gauche la direction opposée.

– Par là, monsieur.

Soudain un panneau sans poignée, sans encadrement, à la droite du comptoir, s'ouvrit. On en distinguait à peine les contours quand il était dans l'alignement du mur damassé. Matlock le franchit, et l'employé le conduisit jusqu'au bureau de Jacopo Bartolozzi.

– Nous avons des amis communs?

L'Italien obèse parlait d'une voix rauque tout en s'appuyant contre le dossier de son fauteuil. Il ne fit pas le moindre effort pour se lever, pas le moindre geste d'accueil. Jacopo Bartolozzi était sa propre caricature trapue, courtaude. Matlock n'en était pas certain, mais il avait l'impression que les pieds de Bartolozzi ne touchaient pas le sol, sous son siège.

– Ça revient au même, monsieur Bartolozzi.

– Qu'est-ce qui revient au même? Qui connaissez-vous à San Juan?

– Plusieurs personnes. Un dentiste de Hartford-ouest. Un expert-comptable de la Constitution Plaza.

– Oui... Oui?

Bartolozzi essayait d'associer les gens, leurs professions et les lieux décrits par Matlock.

– Comment s'appellent-ils? Sont-ils membres du club?

– Je suppose. Ils m'ont donné votre nom.

– Ici, c'est un club de natation. Clientèle privée... Qui sont-ils?

– Ecoutez, monsieur Bartolozzi, c'était pendant une folle nuit au casino Condado. Nous avions beaucoup bu et...

– On ne boit pas dans les casinos de Porto Rico. C'est la loi!

L'Italien durcit le ton, fier de son savoir et du

mordant que celui-ci lui conférait. Il pointa un doigt adipeux sur Matlock.

– Pas vraiment respectée, croyez-moi.

– Quoi?

– Nous avons bu. Je peux vous l'assurer. Simplement je ne me rappelle pas leurs noms... Ecoutez, je peux y descendre lundi et passer la journée sur la Plaza pour trouver l'expert-comptable. Je peux aussi me rendre à Hartford-ouest et tirer tous les cordons de sonnette des dentistes. Quelle différence cela ferait-il? J'aime jouer et j'ai de l'argent.

Bartolozzi sourit.

– Vous êtes dans un club de natation. Je ne sais pas de quoi vous parlez.

– D'accord, répondit Matlock d'un ton mécontent. Il se trouve que cet endroit est pratique pour moi, mais si on a envie de flamber il y en a d'autres. Mes amis de San Juan m'ont aussi parlé de Jimmy Locata à Middletown et de Sammy Sharpe à Windsor Shoals... Gardez vos jetons, espèce de minus!

Il fit deux pas en direction de la porte.

– Hé! Attendez une seconde!

Matlock regarda le gros Italien sortir de son fauteuil et se lever. Il ne s'était pas trompé. Les pieds de Bartolozzi ne touchaient certainement pas le sol.

– Pourquoi? Vous êtes sans doute trop limité ici!

– Vous connaissez Locata? Sharpe?

– Entendu parler d'eux, je vous l'ai dit... Ecoutez, n'en parlons plus. Il faut que vous soyez prudent. Je retrouverai mon expert-comptable lundi, et nous reviendrons tous les deux une autre fois... J'avais juste envie de jouer ce soir.

– C'est bon. C'est bon. Comme vous l'avez dit, nous devons faire attention. Bartolozzi ouvrit le tiroir du haut de son secrétaire et en sortit des papiers. Venez! Signez ça. Puisque ça vous démange. Si je ne vous prends pas votre argent, vous me prendrez le mien.

Matlock s'approcha du bureau.

– Qu'est-ce que je signe?

– Sur le premier document, vous déclarez que vous avez compris que c'est une association à but non lucratif, et que tout jeu de hasard a des fins charitables... De quoi vous moquez-vous? J'ai fait bâtir l'église de la Sainte Vierge à Hamden.

– Et l'autre? Il est plus long.

– C'est pour nos archives. Un certificat de participation. Pour cinq cents dollars, vous avez un titre très dans le vent. Vous êtes associé. Tout le monde est associé... au cas où...

– Au cas où?

– Au cas où un bonheur nous arrive, nous vous en faisons profiter. Dans les journaux, en particulier.

Le Club de natation d'Avon était certainement un endroit où l'on pouvait nager. Aucun doute possible. L'immense piscine se terminait en un arrondi de près de trente mètres et de petits bungalows, nombreux et élégants, en bordaient la partie la plus éloignée. Des fauteuils de plage et des tables étaient disséminés sur les pelouses au-delà du bord dallé, et des projecteurs subaquatiques donnaient envie de plonger. Tout cela se trouvait à droite d'un couloir à claire-voie. Sur la gauche, Matlock aperçut mieux ce que l'extérieur laissait deviner. Une immense tente à rayures blanches et vertes s'élevait au-dessus d'une douzaine de tables. Au centre de chacune d'entre elles était posée une lanterne éclairée d'une bougie, des torches étaient disposées tout autour. A une extrémité il y avait un buffet couvert de plats de viandes froides, de salades et de tout ce qui compose habituellement ce genre de repas. Un bar lui était adjacent. Des couples s'affairaient devant ces deux pôles d'attraction.

Le Club de natation d'Avon était un endroit charmant pour y amener sa famille.

Le couloir menait au fond du complexe, là où se dressait une autre construction de brique claire, tout en longueur, semblable au bâtiment principal. Au-dessus des grandes portes on pouvait lire sur une enseigne de bois, en caractères gothiques :

LES THERMES D'AVON

Cette partie du club n'était plus, en revanche, un endroit familial.

Matlock se crut de nouveau dans le casino de San Juan, son unique expérience des salles de jeu. La moquette était assez épaisse pour étouffer tout bruit ou presque. On n'entendait que le claquement des jetons et les annonces, marmonnées, mais avec intensité, des joueurs et des croupiers. Les tables de dés étaient alignées le long des murs, celles de blackjack au centre. Entre les deux, en position instable pour que l'on puisse circuler, se tenaient les roulettes. Au milieu de la grande salle, sur une estrade, on apercevait la cage du caissier. Tous les employés des thermes d'Avon étaient en smoking, très soignés, obséquieux.

Le gardien du portail, enchanté du billet froissé que lui avait glissé Matlock, le conduisait à la table en demi-cercle devant l'estrade du caissier. Il dit deux mots à un type qui comptait des fiches cartonnées.

– Voici monsieur Matlock. Traitez-le bien, c'est un ami personnel.

– Pas moyen de faire autrement, répondit l'homme en souriant.

– Je suis désolé, monsieur Matlock, murmura le cerbère de la grille. Pas de marqueurs la première fois.

– Naturellement... Ecoutez, je vais faire un tour.

– Bien sûr. Allez voir l'ambiance... Je vous préviens, ce n'est pas Las Vegas. Entre nous, la plupart du temps, c'est plutôt Disneyland. Je veux dire pour un type comme vous, vous me comprenez?

Matlock comprit exactement ce qu'il entendait par ces mots. Un billet de cinquante dollars n'était pas un pourboire ordinaire à Avon, Connecticut.

Il lui fallut trois heures et douze minutes pour perdre quatre mille cent soixante-quinze dollars. La seule fois où il faillit paniquer, ce fut quand il fit une série prodigieuse aux dés et reconstitua une réserve de presque cinq mille dollars. Il avait bien commencé la soirée, étant donné son objectif. Il allait voir le caissier assez souvent pour se rendre compte que la clientèle prenait, en général, deux cents ou trois cents dollars de jetons. Ce n'était pas tout à fait ainsi qu'il imaginait « Disneyland ». Il en demanda d'abord mille cinq cents, puis mille, enfin une troisième fois, pour deux mille dollars.

A une heure du matin, il riait avec Jacopo Bartolozzi au bar qui se trouvait sous la tente à rayures vertes et blanches.

– Vous êtes un sacré joueur. Il y a pas mal de minus dont les cheveux se dresseraient sur la tête s'ils misaient des paquets comme les vôtres. En ce moment, je serais en train de leur présenter deux ou trois papiers dans mon bureau.

– Ne vous inquiétez pas. Je me referai... Je me refais toujours... Vous l'avez dit d'ailleurs. Ça me démangeait un peu trop. Je reviendrai peut-être demain.

– Lundi plutôt. Demain, il n'y a que les nageurs.

– Comme cela se fait-il?

– Dimanche. Jour du Seigneur.

– Merde! J'ai un ami qui arrive de Londres. Il ne sera pas là lundi. C'est un gros joueur.

– Je vais vous dire. Je vais appeler Sharpe à Windsor Shoals. Il est juif. Alors les fêtes catholiques, il s'en tamponne le coquillard.

– Je vous en serai reconnaissant.

– J'y ferai peut-être un saut moi-même. De toute façon, ma femme a une réunion de dames patronnesses.

Matlock regarda sa montre. Cette soirée, son point de départ, s'était bien déroulée. Il se demanda s'il devait forcer le destin.

– Le seul problème réel quand on arrive dans une région, c'est le temps qu'il faut pour trouver les bons fournisseurs.

– Quel est votre problème?

– J'ai une fille au motel. Elle dort. Nous avons voyagé presque toute la journée. Elle n'a plus d'herbe. Pas de truc dur. Juste de l'herbe. Je lui ai promis de lui en rapporter.

– Je ne peux pas vous aider, Matlock. Je n'en ai pas ici à cause des gosses qui viennent dans la journée. Ce n'est pas bon pour notre image de marque, n'est-ce pas? J'ai des comprimés. Pas de saleté injectable quand même. Vous en voulez?

– Non, du hasch. C'est tout ce que je lui permets.

– Très intelligent de votre part... Où allez-vous?

– Je rentre à Hartford.

Bartolozzi claqua dans ses doigt. Un imposant barman apparut aussitôt. Matlock se dit qu'il y avait quelque chose de grotesque dans l'autoritarisme de ce nabot d'Italien. Bartolozzi demanda du papier et un crayon.

– Voilà une adresse. Je passerai un coup de fil. C'est un endroit ouvert tard, tout près de la rue principale. Prenez la rue après le G. Fox, le grand magasin de vêtements. Second étage. Demandez Rocco. Tout ce qui est interdit, il l'a.

– Vous êtes quelqu'un de précieux.

En prenant le papier, Matlock le pensait vraiment.

– Trois briques le premier soir, vous avez droit à quelques égards... Hé, vous savez quoi? Vous n'avez jamais rempli de fiche! C'est marrant, non?

– Vous n'avez pas besoin de références financières. Je joue avec des espèces.

– Où diable les mettez-vous?

– Dans trente-sept banques situées sur une ligne entre ici et Los Angeles.

Matlock reposa son verre et tendit la main à Bartolozzi.

– Je me suis bien diverti. A demain?

– Certainement. Je vous raccompagne. Alors n'oubliez pas. Ne donnez pas tout à Sammy. Revenez ici.

– Je vous le promets.

Les deux hommes reprirent le couloir extérieur, le petit Italien plaquant sa main grasse sur le dos de Matlock, geste scellant une amitié nouvelle. Ce dont aucun des deux ne fut conscient, sur cet étroit chemin, c'était qu'à une table toute proche, un homme bien habillé appuyait sans cesse sur un briquet vide. Il les observait. Quand ils passèrent devant lui, il remit l'objet dans sa poche tandis que la femme, assise en face de lui, allumait sa cigarette avec une allumette. Cette dernière lui demanda en souriant, d'une voix douce :

– Tu les a eus?

Son compagnon rit.

– Karsh n'aurait pas fait mieux. J'ai même des gros plans.

XX

Sᵢ le Club de natation d'Avon s'était révélé un
excellent point de départ, le Club de chasse de
Hartford, sous la direction attentive de Rocco
Aïello, fut un premier tour de piste assez remarquable. Matlock envisageait à présent son voyage
chez Nemrod comme une course qui devrait nécessairement se terminer dans deux semaines et un
jour. Elle prendrait fin avec la convocation des
forces de Nemrod et de la Mafia, dans les environs
de Carlyle. Il en aurait fini lorsque quelqu'un,
quelque part, produirait un autre papier argenté
d'origine corse.

Le coup de téléphone de Bartolozzi avait été très
efficace. Matlock pénétra dans l'immeuble de brique rouge. Il pensa d'abord qu'il s'était trompé
d'adresse, car on n'apercevait aucune lumière aux
fenêtres. Il n'y avait pas le moindre signe d'activité
à l'intérieur. Il dénicha un ascenseur de livraison
au fond du hall et un Noir, tout seul, assis sur une
chaise devant la porte. A peine était-il entré que ce
dernier se leva et indiqua l'ascenseur à Matlock.

Au premier étage, dans le vestibule, un homme
vint le saluer.

– Ravi de faire votre connaissance. Mon nom est
Rocco. Rocco Aïello.

222

L'homme lui tendit la main, et Matlock la serra.

– Merci... J'étais un peu perplexe. Je n'entendais pas un bruit. J'ai pensé que je m'étais trompé.

– Si vous m'aviez entendu, les types de la construction m'auraient coincé. Les murs ont quarante centimètres d'épaisseur, insonorisés de chaque côté. Les ouvertures sont aveugles. Sécurité totale.

– C'est fantastique.

Rocco plongea la main dans sa poche et en sortit un petit étui à cigarettes en bois.

– J'ai une boîte de joints pour vous. Gratuit. J'aurais aimé vous faire faire un petit tour, mais Jock-O m'a dit que vous seriez sans doute pressé.

– Jock-O a tort. J'accepterai volontiers un verre.

– Parfait! Entrez... Une seule chose, monsieur Matlock. J'ai une clientèle très bien, vous voyez ce que je veux dire. Très riche, huppée. Certains connaissent les activités de Jock-O. La plupart d'entre eux ne sont pas au courant. Vous comprenez?

– Je comprends. De toute façon, je n'ai jamais tellement aimé la natation.

– Bon, bon. Soyez le bienvenu au sein de la bonne société de Hartford. Il poussa l'épaisse porte d'acier. J'ai entendu dire que vous aviez perdu un paquet ce soir.

Matlock rit en avançant dans le labyrinthe de salles faiblement éclairées et bourrées de tables et de clients.

– C'est comme ça que l'on dit?

– Dans le Connecticut, oui... Vous voyez? Je possède deux étages, un genre de duplex. A chaque étage, il y a cinq grandes salles, un bar dans chacune. Très bien fréquenté, aucun comportement de mauvais aloi. Un endroit agréable pour amener sa femme, ou quelqu'un d'autre, vous voyez ce que je veux dire?

– Je crois que oui. C'est vraiment étonnant.

– Les serveurs sont, pour la plupart, de jeunes étudiants. J'aime les aider à gagner quelques dollars pour leurs études. J'ai des nègres, des ritals, des youpins. Pas de discrimination. Il n'y a que les cheveux, je n'apprécie pas les cheveux longs, vous voyez ce que je veux dire?

– Des étudiants? N'est-ce pas dangereux? Les jeunes, ça parle!

– Hé, qu'est-ce que vous croyez? A l'origine, cet endroit a été ouvert par une fac privée. C'était comme une association estudiantine. Il n'y a que des gens bien, des membres d'une organisation privée qui paient leurs cotisations. Il n'y a rien à raconter.

– Je vois. Et l'autre partie?

– Quelle autre partie?

– Celle pour laquelle je suis venu.

– Quoi? Pour un peu d'herbe? On en trouve même au kiosque à journaux du coin!

Matlock éclata de rire. Il ne voulait pas en faire trop.

– Deux choses, Rocco... Si je vous connaissais mieux, j'aurais peut-être d'autres achats à vous faire. Bartolozzi m'a dit que vous aviez tout ce qui est prohibé... Peu importe. Je suis claqué. Je prends un verre et je me tire. La fille va se demander où je suis.

– Bartolozzi parle trop.

– Je crois que vous avez raison. A propos, il me rejoindra demain soir chez Sharpe à Windsor Shoals. J'ai un ami qui arrive de Londres. Voulez-vous vous joindre à nous?

De toute évidence, Aïello était impressionné. Les joueurs de Londres commençaient à prendre le pas sur ceux de Las Vegas ou des Caraïbes. Et Sammy Sharpe n'était pas non plus tellement connu.

– Peut-être... Ecoutez, si vous avez besoin de quoi que ce soit, ne vous gênez pas pour me le demander.

– Je le ferai. Seulement, je vous avoue que la présence de ces gosses me rend nerveux.

Aïello prit le coude de Matlock dans sa main gauche et le conduisit jusqu'au bar.

– Vous n'avez pas pigé. Ceux-là, ce ne sont pas des gosses, vous voyez ce que je veux dire?

– Non. Des gosses sont des gosses. J'aime un peu plus de discrétion. Ne vous en faites pas. Je ne suis pas curieux.

Matlock regarda le barman, et sortit ce qui lui restait de liquide. Il prit un billet de vingt dollars.

– Un old-fitz à l'eau, s'il vous plaît.

– Reprenez votre argent, dit Rocco.

– Monsieur Aïello?

Un jeune homme en veste de serveur s'avança vers eux. Il avait vingt-deux ou vingt-trois ans, pensa Matlock.

– Oui?

– Si vous voulez bien signer cette note. Table onze. Ce sont les Johnson. De Canton. Ils ne posent pas de problème.

Aïello prit le bloc et y écrivit ses initiales en pattes de mouche. Le jeune homme retourna vers les tables.

– Vous voyez celui-là? Voilà ce que je voulais dire. C'est un type de Yale. Il est rentré du Viêt-nam il y a six mois.

– Et alors?

– Il était lieutenant. Officier. A présent, il fait des études de gestion... Il vient ici deux fois par semaine. Surtout pour voir des gens. Quand il sortira, il se sera constitué un carnet d'adresses épatant. Il montera sa propre affaire.

– Quoi?

– Il est revendeur... Ces gosses, c'est ça que je voulais dire. Vous devriez entendre leurs histoires. Saïgon, Da Nang. Et même Hong-Kong. Un vrai boulot de colporteur. Ils sont super, aujourd'hui. Ils savent de quoi il retourne. Intelligents aussi. Pas d'ennuis, croyez-moi.

– Je vous crois.

Matlock prit son verre et l'avala rapidement. Il n'avait pas vraiment soif, mais il essayait de dissimuler le choc que lui avait causé la révélation d'Aïello. Les diplômés d'Indochine n'avaient rien de commun avec les jeunes anciens combattants, sérieux, sains, d'Armentières, d'Anzio ou même de Panmunjom. Ils étaient différents, un peu plus rapides, plus tristes, moins naïfs. En Indochine, le héros, c'était le soldat qui avait des relations dans les docks ou dans les dépôts. Celui-là était un géant parmi ses pairs. Et ces jeunes vieillards étaient presque tous noirs.

Matlock but le reste de son bourbon et suivit Rocco dans les autres salles du troisième étage. Il fit preuve de l'admiration modérée qu'Aïello attendait, et lui promit de revenir. Il ne reparla pas de Sammy Sharpe ni de Windsor Shoals. Il savait que ce n'était pas nécessaire. Il avait mis l'eau à la bouche de son hôte.

Dans la voiture qui le ramenait, de nouvelles préoccupations l'assaillirent. Il lui fallait remplir deux objectifs avant la fin de l'après-midi du dimanche. Premièrement, il devait trouver un Anglais. En second lieu, être de nouveau prêt à mettre une grosse somme d'argent sur le tapis. Il était impératif de réunir ces conditions. Il serait chez Sharpe à Windsor Shoals le lendemain soir.

L'Anglais auquel il pensait habitait Webster, professeur associé de mathématiques dans une petite faculté locale, l'université Madison. Il n'était là que depuis deux ans. Matlock l'avait rencontré, tout à fait en dehors de leurs activités pédagogiques, lors d'un salon nautique, à Saybrook. Le Britannique avait passé sur la côte de Cornouailles la majeure partie de son existence, et c'était un fou de voile. Matlock et Pat l'avaient immédiatement trouvé sympathique. A présent, Matlock priait le Ciel que John Holden connaisse un peu le jeu.

L'argent constituait un problème plus sérieux. Il faudrait de nouveau faire appel à Alex Anderson, et ce dernier pourrait bien avancer d'excellentes raisons de lui refuser ce service. Anderson était un homme prudent, qu'un rien effrayait. Mais il savait aussi flairer les récompenses. Matlock jouerait donc de cet argument.

Holden avait été très surpris, mais pas du tout ennuyé par le coup de téléphone de Matlock. Outre son extrême gentillesse, une de ses caractéristiques principales était certainement la curiosité. Il lui répéta les indications nécessaires pour rejoindre son appartement, et Matlock le remercia, lui assurant qu'il se rappelait le chemin.

— Je serai franc, Jim, dit Holden en faisant pénétrer Matlock dans son trois-pièces. Je suis sur des charbons ardents. Y a-t-il quelque chose de grave ? Patricia va-t-elle bien.

— Oui et non. Je vais t'en dire le maximum, c'est-à-dire fort peu de chose... J'ai un service à te demander. En fait, deux services. Le premier, puis-je passer la nuit chez toi ?

— Bien sûr. Cela va de soi. Tu as l'air épuisé. Viens, assieds-toi. Désires-tu quelque chose à boire ?

— Non, non, merci.

Matlock prit place sur le canapé d'Holden. Il se

souvint que c'était un canapé-lit et qu'il était confortable. Pat et lui y avaient dormi, il y avait quelques mois de cela, une nuit pleine de bonheur et d'alcool. Des siècles s'étaient écoulés depuis.

– Quel est le second service ? Le premier me fait plaisir. S'il s'agit d'argent, j'ai à peu près mille dollars. Ils sont à toi.

– Non, pas d'argent. Merci quand même... J'aimerais que tu tiennes le rôle d'un Anglais à mes côtés.

– Ça ne devrait pas être trop difficile, n'est-ce pas ? Je suppose que j'ai encore quelques traces d'accent de Cornouailles. A peine perceptibles, bien entendu.

– A peine. Avec un peu d'exercice, tu pourrais même perdre la prononciation nasale des Américains... Il y a autre chose, et ce ne sera peut-être pas aussi aisé... As-tu déjà joué ?

– Joué ? Que veux-tu dire ? Aux courses, aux pronostics des matches de football ?

– Aux dés, aux cartes, à la roulette.

– Pas réellement, non. Bien sûr, comme tous les mathématiciens un tant soit peu imaginatifs, j'ai traversé une phase où je pensais qu'en appliquant certains principes mathématiques, logarithmes, moyennes, on pouvait gagner.

– Ça marchait ?

– J'ai dit que j'avais traversé une phase. J'en suis sorti. S'il existe un système mathématique, je ne l'ai pas découvert. Toujours pas d'ailleurs.

– Mais tu as joué ? Tu connais les différentes tables ?

– Plutôt bien. On pouvait considérer cela comme de la recherche en laboratoire. Pourquoi ?

Matlock lui raconta la même histoire qu'à Blackstone. Il minimisa toutefois les blessures de Pat et les motifs de ses agresseurs. Quand il eut terminé, l'Anglais qui avait allumé sa pipe fit tomber les cendres dans un grand cendrier de verre.

– C'est en sortant du cinéma, n'est-ce pas... ? Tu dis que Patricia n'est pas gravement atteinte. Elle a eu peur, mais c'est tout ?

– Exact. Si j'allais trouver la police, on ne lui accorderait vraisemblablement pas sa bourse.

– Je vois... Enfin, pas vraiment, mais tant pis. Et tu préfères que je perde demain soir ?

– Ça n'a pas d'importance. Il faut que tu joues gros.

– Mais tu es prêt à perdre beaucoup.

– Oui.

Holden se leva.

– J'incarnerai volontiers ton personnage. Ce sera même plutôt amusant. Mais il y a beaucoup de choses que tu me caches, et j'aimerais que tu m'expliques. Je n'insisterai pas. Je t'assure que ton histoire ne tient pas debout, mathématiquement parlant.

– Comment cela ?

– D'après ce que j'ai compris, l'argent que tu t'apprêtes à perdre demain soir dépasse largement la bourse que Patricia serait susceptible de toucher, quel qu'en soit le montant. Il est par conséquent logique d'en déduire que ce que tu ne veux pas, c'est aller trouver la police. Ou que peut-être tu ne le peux pas.

Matlock leva les yeux vers son interlocuteur, et se rendit compte de sa propre stupidité. Il se sentit confus, déphasé.

– Je suis désolé... Je ne t'ai pas menti consciemment. Tu n'es pas obligé de le faire. Je n'aurais sans doute pas dû te le demander.

– Je n'ai jamais dit que tu mentais, bien que ça n'ait pas d'importance. Mais que tu avais omis pas mal de détails. Bien sûr que je vais le faire. Je tiens simplement à ce que tu saches que je suis prêt à entendre tout ce qui s'est passé si tu le désires, et quand tu le désireras... A présent, il est tard, et tu es fatigué. Pourquoi ne prends-tu pas ma chambre ?

– Non, merci. Je vais me pieuter ici. J'y ai de bons souvenirs. Tout ce dont j'ai besoin, c'est d'une couverture. Il faut aussi que je passe un coup de fil.

– Tout ce que tu voudras. Je t'apporte une couverture, et tu sais où se trouve le téléphone.

Quand Holden quitta la pièce, Matlock se dirigea vers l'appareil. Le Tel-électonic qu'il avait commandé ne serait pas opérationnel avant le lundi matin.

– Blackstone.

– Ici, James Matlock. On m'a dit d'appeler ce numéro au cas où il y aurait un message pour moi.

– Oui, monsieur Matlock. Il y en a un. Si vous voulez bien rester en ligne pendant que je vais chercher la fiche... Voilà. Ça vient de l'équipe de Carlyle. Tout se passe au mieux. Le sujet réagit bien au traitement médical. Le sujet a reçu trois visites. Un M. Samuel Kressel, M. Adrian Sealfont et miss Lois Meyers. Le sujet a reçu deux coups de téléphone, auxquels le médecin ne lui a pas permis de répondre. Ils venaient tous du même individu, M. Jason Greenberg. Il appelait de Wheeling, en Virginie. A aucun moment, le sujet n'a été séparé de l'équipe de Carlyle... Vous pouvez dormir sur vos deux oreilles.

– Merci. Vous êtes très complet. Bonne nuit.

Matlock poussa un profond soupir de soulagement et d'épuisement à la fois. Lois Meyers était une voisine de Pat, dans la maison universitaire. Il lui sembla réconfortant que Greenberg ait appelé. Greenberg lui manquait.

Il leva la main et éteignit la lampe qui se trouvait à côté du sofa. La lune d'avril brillait par la fenêtre. L'employé de Blackstone avait raison. Il pouvait dormir tranquille.

Mais il ne pouvait s'empêcher de penser au lendemain, et au surlendemain. Les événements allaient s'enchaîner avec rapidité. Toute journée bien remplie lui permettrait d'attaquer la suivante. Il n'aurait aucun répit, aucune satisfaction même momentanée qui risquerait de ralentir sa fulgurante progression.

Et après demain. Après Sammy Sharpe et Windsor Shoals. Si tout se passait selon ses calculs, il serait temps de s'occuper des environs de Carlyle. Matlock ferma les yeux et revit la page imprimée que lui avait remise Blackstone.

COUNTRY CLUB DE CARMOUNT – CONTACT :
HOWARD STOCKTON
CLUB SKI ET VOILE CARLYLE-OUEST – CONTACT :
ALAN CANTOR.

Carmount était situé à l'est de Carlyle, au pied du Mont Holly. Le Club ski et voile était à l'ouest, sur le lac Derron, dans une région où les stations étaient ouvertes été comme hiver.

Il trouverait un moyen de se faire introduire par Bartolozzi, Aïello ou même Sammy Sharpe. Et une fois qu'il serait dans la zone de Carlyle, il commencerait à faire des allusions. Plus que des allusions, peut-être. Y aurait-il des ordres, des exigences, des obligations ? Il agirait avec hardiesse, à la manière de Nemrod.

Les yeux clos, les muscles relâchés, il se laissa envahir par l'obscurité totale d'un sommeil las. Mais avant de s'endormir, il se souvint du papier.

Le papier corse. Il fallait qu'il le récupère. Il aurait besoin de ce carton argenté. Il aurait besoin de l'invitation de Nemrod.

Son invitation. Son papier.

Une invitation pour Matlock.

XXI

Si les plus anciens fidèles de l'Eglise congrégationnelle de Windsor Shoals s'étaient doutés que
Samuel Sharpe, avocat, et même très brillant avocat juif qui s'occupait de leurs finances, était
surnommé « Sammy le coureur » par la grande
majorité des habitants de Hartford-nord et de
Spingfield-sud, dans le Massachusetts, on aurait
supprimé les vêpres au moins un mois durant.
Heureusement on ne le leur avait jamais révélé, et
Sammy était dans les bonnes grâces de l'Eglise
congrégationnelle. Il avait merveilleusement géré
son portefeuille et s'était lui-même beaucoup
dépensé lors des appels de fonds. L'Eglise congrégationnelle de Windsor Shoals et la ville dans son
ensemble étaient extrêmement bien disposées à
son égard.

Matlock apprit tout cela dans le bureau de
Sharpe, dans une auberge de la vallée de Windsor.
Les diplômes encadrés et accrochés au mur lui
racontèrent la moitié d'une histoire que Bartolozzi
s'empressa de compléter. Jacopo veillait à ce que
Matlock et son ami anglais fussent bien conscients
que les activités de Sharpe et Sharpe lui-même
étaient loin des belles traditions du Club de natation d'Avon.

Holden fit plus que répondre aux espérances de

Matlock. Il faillit plusieurs fois éclater de rire en le regardant prendre des billets de cent dollars – que lui avait remis en hâte un Alex Anderson nerveux, harcelé – et les donner avec nonchalance au croupier, sans même compter les jetons reçus en échange tout en laissant deviner à ceux qu'il côtoyait qu'il savait, au dollar près, le montant qui lui avait été versé. Holden jouait intelligemment, prudemment et, à un moment, il dépassa la banque de neuf mille dollars. A la fin de la soirée, il avait réduit ses gains à quelques centaines de dollars, et les opérateurs de la vallée de Windsor poussèrent un soupir de soulagement.

James Matlock maudit sa seconde nuit de malchance et songea que la perte de douze mille dollars ne représentait vraiment pas grand-chose pour lui.

A quatre heures du matin, Matlock et Holden, flanqués d'Aïello, de Bartolozzi, de Sharpe et de deux compères, prirent place autour d'une grande table de chêne, dans une salle à manger de style colonial. Ils étaient seuls. Un garçon et deux grooms débarrassaient. Les salles de jeu du troisième étage de l'auberge étaient closes.

Aïello, le costaud, et Bartolozzi, le courtaud, faisaient d'abondants commentaires sur leurs clientèles respectives, chacun essayant de surpasser l'autre par le niveau social de ses habitués, chacun disant à l'autre qu'il serait bien pour lui de faire la connaissance de Mr. et Mrs. Johnson de Canton ou d'un certain docteur Wadsworth. Sharpe, quant à lui, semblait s'intéresser davantage à Holden et à ce qui se passait en Angleterre. Il raconta deux ou trois histoires drôles et modestes sur ses visites dans les clubs londoniens et sur les difficultés insurmontables que présentait pour lui la monnaie britannique, au moment des enjeux.

Matlock pensa, en regardant Sammy Sharpe,

que c'était un homme charmant. Ce n'était pas difficile de comprendre pourquoi il était considéré comme un atout de poids à Windsor Shoals, dans le Connecticut. Il ne put s'empêcher de comparer Sharpe à Jason Greenberg. Mais il découvrit une différence essentielle entre les deux hommes. Il l'avait lue dans leurs yeux. Ceux de Greenberg étaient doux, pleins de compassion, même lorsqu'ils reflétaient la colère. Ceux de Sharpe étaient froids, durs, toujours perçants, en conflit avec le reste de son visage détendu.

Il entendit Bartolozzi demander à Holden où il se rendait ensuite. La réponse désinvolte d'Holden lui fournit l'occasion qu'il cherchait. Il avait attendu le moment apportun.

— Je crains de ne pas avoir la liberté de discuter de mon itinéraire.

— Il parle de l'endroit où il va, intervint Rocco Aïello.

Bartolozzi lança à ce dernier un regard méprisant.

— Je me disais que vous devriez passer par Avon. J'y dirige un endroit tout à fait charmant et qui vous plairait.

— J'en suis certain. Peut-être une autre fois.

— Johnny doit m'appeler la semaine prochaine, déclara Matlock. Nous nous reverrons. Il saisit un cendrier et y écrasa sa cigarette. Je dois être à... Carlyle... Oui, c'est bien le nom de ce lieu.

Un ange passa. Sharpe, Aïello et l'un des deux compères échangèrent un regard. Ceci sembla échapper complètement à Bartolozzi.

— La ville universitaire? demanda le petit Italien.

— C'est ça, répondit Matlock. J'irai probablement au Carmount ou au Club ski et voile. Je suppose que vous savez où ils se trouvent.

– Je le suppose aussi, fit Aïello avec un rire plein de sous-entendus.

– Quelles affaires vous amènent à Carlyle?

Un homme qu'il ne connaissait pas, personne n'ayant jugé nécessaire de le présenter, tirait sur son cigare tout en parlant.

– Mes affaires, répliqua Matlock d'un ton plaisant.

– Je m'interrogeais simplement. Ne vous offensez pas.

– Il n'y a pas de mal... Hé, il est près de quatre heures et demie! Vous avez un sens de l'hospitalité trop développé, mes amis!

Matlock fit reculer sa chaise, prêt à se lever.

L'homme au cigare avait une autre question à lui poser.

– Votre ami vous accompagne-t-il à Carlyle?

Holden leva négligemment la main.

– Désolé. Je ne vous donne pas ma prochaine étape. Je ne suis qu'un simple visiteur sur vos rivages accueillants, et je suis plein de projets touristiques... Il faut vraiment que nous prenions congé.

Les deux hommes quittèrent la table. Sharpe abandonna son fauteuil. Avant que les autres aient eu le temps de bouger, Sharpe prit la parole.

– Je raccompagne nos hôtes à leur voiture, et je leur indiquerai la route à suivre. Vous autres, attendez ici, nous réglerons nos comptes. Je vous dois de l'argent, Rocco. Frank m'en doit. Je vais sans doute rentrer dans mes frais.

L'homme au cigare, qui s'appelait donc Frank, se mit à rire. Aïello eut l'air momentanément perplexe, puis comprit soudain le sens des propos de Sharpe. Ceux qui étaient autour de la table devaient y rester.

Matlock n'était pas certain d'avoir bien tiré son épingle du jeu.

Il aurait aimé continuer à parler de Carlyle, jusqu'à ce que quelqu'un lui propose de donner les coups de fil indispensables pour l'introduire à Carmount et au Club ski et voile. Le refus d'Holden d'en dire plus sur la suite de son voyage y avait mis trop vite un point final, et Matlock craignait que cela ne signifie, pour leurs interlocuteurs, qu'Holden et lui étaient des gens trop importants pour qu'une introduction fût nécessaire. De plus, Matlock se rendit compte que, au fur et à mesure qu'il progressait, il tablait de plus en plus sur une assurance que lui avait donnée Loring : aucun des invités de la conférence de Carlyle ne parlerait des délégués. Le pouvoir de l'Omerta était tel que le silence resterait inviolé. Et pourtant Sharpe venait d'ordonner aux autres de rester autour de cette table.

Il eut le sentiment qu'il était peut-être allé trop loin avec trop peu d'expérience. Sans doute était-il temps de contacter Greenberg, bien qu'il eût souhaité attendre d'avoir des renseignements plus concrets avant de le faire. S'il appelait Greenberg maintenant, l'agent pourrait le placer de force – quelle était l'expression consacrée? – « hors stratégie ». Il n'était pas prêt à affronter ce problème-là.

Sharpe les escorta jusqu'à un parking quasi désert. Les clients ne passaient pas la nuit à l'auberge de la vallée de Windsor.

– Nous n'encourageons pas les aménagements hôteliers, lui expliqua Sharpe. Nous avons surtout une réputation de bon restaurant.

– Je comprends, fit Matlock.

– Messieurs, dit Sharpe d'une voix hésitante, puis-je faire une requête que vous jugerez sans doute peu courtoise? Serait-il possible, monsieur Matlock, de vous dire deux mots, en tête à tête?

– Oh, ne vous inquiétez pas! répondit Holden en

237

s'éloignant. Je comprends parfaitement. Je vais faire un tour.

– Il est charmant, votre ami anglais, déclara Sharpe.

– Délicieux. Qu'y a-t-il, Sammy?

– Quelques compléments d'information, comme on dit au prétoire.

– Lesquels?

– Je suis un homme prudent, mais également curieux. Je dirige une organisation qui marche bien, comme vous avez pu le constater.

– Je vois.

– Je me développe de façon satisfaisante.

– Je comprends.

– Je ne fais pas de faux pas. J'ai une excellente formation juridique et je suis fier de ne pas commettre d'erreurs.

– Où voulez-vous en venir?

– Je me demande, et je dois être honnête avec vous, cela est aussi venu à l'esprit de mon partenaire Frank et de Rocco Aïello, si l'on ne vous a pas envoyé ici en observateur.

– Pourquoi pensez-vous une chose pareille?

– Pourquoi?... Un joueur tel que vous sortant d'on ne sait où. Vous avez des amis puissants à San Juan. Vous connaissez nos activités comme votre poche. Vous avez un associé très riche, très sympathique, qui vient de Londres. Tout cela s'additionne... Mais ce qui est le plus important, et je pense que vous le savez, vous avez parlé d'une affaire à Carlyle. Soyons francs. Cela fait beaucoup, n'est-ce pas?

– Ah?

– Je ne suis pas téméraire. Je vous l'ai dit, je suis quelqu'un de prudent. Je connais les règles du jeu, et je ne pose pas les questions que je suis censé ne pas poser, je ne parle pas de ce que je n'ai pas l'honneur de connaître... Pourtant, je veux que les grands patrons soient conscients qu'ils ont quelques lieutenants intelligents, et même ambitieux dans leur organisation. Tout le monde vous le dira. Je ne triche pas. Je ne dissimule pas.

– Etes-vous en train de me demander de faire un bon rapport ?

– C'est à peu près ça. J'ai une certaine valeur. Je suis un avocat respecté. Mon partenaire était un courtier d'assurances florissant. Nous sommes des gens réglo.

– Et Aïello ? Il m'a semblé que vous étiez très ami avec lui.

– Rocco est un type bien. Il n'a peut-être pas inventé la poudre, mais il est solide. C'est aussi quelqu'un de gentil. Mais je ne crois pas qu'il ait notre trempe.

– Et Bartolozzi ?

– Je n'ai rien à dire de Bartolozzi. Vous devrez vous faire vous-même une opinion.

– En ne disant rien, vous en dites long, n'est-ce pas ?

– A mon avis, il parle trop. C'est probablement dû à sa personnalité. Il ne me plaît pas. Il ne déplaît pas à Rocco, en revanche.

Matlock observa le méthodique Sharpe dans la lumière du petit matin, sur le parking, et commença à comprendre ce qui s'était produit. C'était logique. Il l'avait lui-même prévu, mais à présent que les choses se concrétisaient, il se sentait étrangement objectif. Il se regardait lui-même, surveillait les réactions des pantins.

Il était venu en étranger dans l'univers de Nemrod. Peut-être suspect. Certainement sournois.

Et cependant, ce soupçon, cette sournoiserie, il ne fallait pas les mépriser, mais leur rendre honneur.

L'homme que l'on respectait et que l'on honorait pour son caractère retors parce qu'il était

envoyé de plus haut. Il était l'émissaire des échelons supérieurs. Il était craint.

Comment Greenberg avait-il appelé cela? « Le
monde de l'ombre. » Des armées invisibles disposant leurs troupes dans l'obscurité, toujours en
alerte au cas où des patrouilles s'égareraient, où
apparaîtraient les éclaireurs de l'ennemi.

Le fil sur lequel il devait avancer était d'une
solidité précaire. Mais il s'y était engagé.

– Vous êtes un homme bien, Sharpe. Très malin
aussi... Que savez-vous de Carlyle?

– Rien! Absolument rien.

– Là, vous mentez, et ceci, en revanche, n'est
pas très intelligent.

– C'est vrai. Je ne sais pas du tout. Des rumeurs
que j'ai entendues. Connaître et avoir entendu dire
sont deux bases fort différentes pour asseoir un
témoignage.

Sharpe leva la main droite, l'index bien séparé
du majeur.

– Quelles rumeurs? Allez-y franchement, pour
votre propre bien.

– Juste des rumeurs. L'assemblée générale d'un
clan, peut-être. La rencontre d'individus très haut
placés. Un compromis à trouver entre certaines
personnes.

– Nemrod?

Sammy Sharpe ferma les yeux trois secondes,
pendant lesquelles il lui répondit :

– Vous parlez un langage que je ne veux pas
entendre.

– Alors vous ne l'avez pas entendu, n'est-ce
pas?

– C'est rayé de mes dossiers, je vous l'assure.

– D'accord. Vous vous débrouillez bien. Et
quand vous retournerez à l'intérieur, je ne crois
pas que ce soit une bonne idée de rapporter ces
bruits dont vous avez eu connaissance. Ce serait

vous comporter en lieutenant stupide, n'est-ce pas ?

— Non seulement stupide, mais fou.

— Alors pourquoi leur avez-vous dit de rester ? Il se fait tard.

— C'est vrai. Je voulais savoir ce que chacun pensait de vous et de votre ami anglais. Je peux vous l'avouer à présent, puisque vous avez mentionné ce nom, il n'y aura aucune discussion. Comme je vous l'ai dit, je comprends les règles du jeu.

— Bon. Je vous fais confiance. Vous avez des possibilités. Vous feriez mieux de retourner... Oh, une dernière chose. Je voudrais... nous voudrions que vous appeliez Stockton à Carmount et Cantor au Club ski et voile. Prévenez-les simplement que je suis un ami personnel et que je passerai chez eux. Rien de plus. Que personne ne soit sur ses gardes. C'est important, Sammy. Rien de plus.

— Avec plaisir. Et vous n'oublierez pas de présenter mes respects aux autres ?

— J'y veillerai. Vous êtes un homme correct.

— Je fais de mon mieux. C'est tout ce qu'on peut faire...

A ce moment précis, le calme de l'aube fut troublé par cinq puissantes détonations. On entendit un bruit de verre éclaté. Des gens qui couraient en hurlant, des meubles que l'on balançait par la porte de l'auberge. Matlock se jeta à terre.

— John ! John !

— Ici ! Près de la voiture ! Ça va !

— Oui. Reste là !

Sharpe avait couru dans l'obscurité jusqu'au pied du bâtiment. Il s'accroupit près d'un angle, plaqué contre la brique. Matlock apercevait à peine sa silhouette, mais il en voyait assez pour se rendre compte que Sharpe sortait un revolver de sa veste.

Une nouvelle série de coups de feu partit du fond de la maison, suivis par des cris de terreur. Un groom passa par une porte de côté et rampa sur les mains et sur les genoux jusqu'à la limite du parking. Il hurlait de manière hystérique dans une langue que Matlock ne comprit pas.

Quelques secondes plus tard, un second employé de l'auberge, en veste blanche, sortit en courant, traînant un troisième personnage derrière lui, qui était visiblement blessé. Du sang coulait de son épaule. Son bras droit pendait, immobile.

Un dernier coup de feu jaillit d'on ne sait où, et le serveur qui avait crié s'effondra. Celui qui était touché tomba brutalement en avant, le visage dans le gravier. A l'intérieur, des hommes vociféraient.

— Allons-nous-en! Sortez! Rejoignez la voiture!

Il s'attendait à être le témoin d'une bousculade allant de la porte latérale au parking, mais personne ne vint. A l'autre bout de la propriété, il entendit la pétarade d'un moteur et, quelques instants plus tard, à une centaine de mètres, une limousine noire quitta l'allée nord et fonça vers la route principale. Le véhicule passa sous un réverbère, et Matlock put l'observer.

C'était la même voiture qui était sortie de l'ombre peu après le meurtre de Ralph Loring.

Le calme revint. Les teintes grises de l'aube commençaient à s'éclaircir.

— Jim, Jim, viens ici! Je crois qu'ils sont partis.

C'était Holden. Il avait quitté son refuge et s'avançait en se baissant vers le garçon à la veste blanche.

— J'arrive! dit Matlock en se redressant.

— Ce type est mort. Une balle entre les épaules... Celui-là respire encore. Mieux vaut appeler une ambulance.

Holden s'était approché du groom inconscient avec son bras ensanglanté, immobile.

242

– Je n'entends plus rien. Où est Sharpe?

– Il est rentré. Par cette porte. Il avait une arme.

Les deux hommes se dirigèrent prudemment vers l'entrée de l'auberge qui se trouvait sur le côté. Matlock ouvrit lentement la porte et précéda Holden dans le hall. Les meubles étaient renversés, les chaises et les tables retournées. Du sang luisait sur le parquet.

– Sharpe? Où êtes-vous?

Matlock éleva la voix, avec une certaine retenue. Il fallut plusieurs secondes avant qu'il n'obtienne une réponse. La voix de Sharpe était à peine audible.

– Ici. Dans la salle à manger.

Matlock et Holden passèrent sous une voûte encadrée de chênes. Aucun des deux n'était préparé à un spectacle pareil.

C'était l'horreur à l'état pur, des corps littéralement couverts de sang. Ce qui restait de Rocco Aïello était retombé sur le tapis rougi, son visage était déchiqueté. Le partenaire de Sharpe, celui qui ne leur avait pas été présenté et qui se prénommait Frank, était à genoux, le haut du corps tordu vers l'arrière et appuyé contre une chaise, les yeux grands ouverts dans la mort. Le sang giclait encore de son cou. Jacopo Bartolozzi était sur le sol, son corps obèse au pied d'une table. Sa chemise déchirée de haut en bas laissait voir sa bedaine, la chair criblée de traces de balles. Bartolozzi avait essayé de fendre le tissu et de l'éloigner de sa cage thoracique défoncée. Un morceau d'étoffe lui était resté dans la main. Le quatrième homme était étendu derrière Bartolozzi, la tête reposant sur le pied droit de celui-ci, bras et jambes déployés comme écartelés, le dos verni par une épaisse couche de sang. Les intestins en partie découverts.

– Oh, mon Dieu! murmura Matlock qui avait du mal à croire ce qu'il voyait.

John Holden était sur le point de perdre connaissance. Sharpe, épuisé, parla doucement, rapidement.

– Vous feriez mieux de partir. Vous et votre ami anglais, vous feriez mieux de partir vite.

– Il faudra que vous appeliez la police, dit Matlock, dérouté.

– Il y a un homme dehors, un jeune garçon. Il est encore en vie, fit Holden en bégayant.

Sharpe regarda les deux hommes, le revolver à ses côtés, une lueur de suspicion dans les yeux.

– Les lignes téléphoniques ont certainement été coupées. Les maisons les plus proches sont des fermes, au moins à un kilomètre d'ici. Vous feriez mieux de vous en aller.

– Tu crois? demanda Holden en interrogeant Matlock du regard.

Sharpe répliqua.

– Ecoutez, l'Anglais, personnellement je me fiche de ce que vous faites. J'ai assez de problèmes à résoudre... Pour votre salut, sortez. Moins de complications, moins de risques. N'ai-je pas raison?

– Si, si, vous avez raison, l'approuva Matlock.

– Au cas où vous seriez cueillis, vous êtes partis d'ici il y a une demi-heure. Vous étiez des amis de Bartolozzi. C'est tout ce que je sais.

– D'accord.

Sharpe se détourna pour ne plus voir les cadavres. Matlock pensa un instant que l'avocat de Windsor Shoals allait pleurer. Il poussa un profond soupir et poursuivit :

– Un esprit juridique bien entraîné, monsieur Matlock. Je suis précieux. Dites-le-leur.

– Je le ferai.

– Dites-leur aussi que j'ai besoin de protection, que je mérite une protection. Dites ça aussi.

– Bien sûr.

– Maintenant, partez !

Soudain Sharpe jeta son revolver sur le sol, dans un geste de dégoût. Puis il hurla tandis que des larmes lui coulaient des yeux.

– Partez ! Pour l'amour du Ciel, partez !

XXII

MATLOCK et Holden se séparèrent d'un commun accord. Le professeur d'anglais déposa le mathématicien à son domicile avant de prendre la route de Fairfield. Il voulait s'inscrire sur le registre d'un motel situé sur la grand-route assez loin de Windsor Shoals. Il se sentirait moins paniqué, tout en restant assez près de Hartford pour retourner chez Blackstone avant deux heures de l'après-midi.

Lui aussi était exténué et trop effrayé pour réfléchir. Il trouva un hôtel de troisième catégorie, à l'ouest de Statford, et étonna l'employé du matin parce qu'il était seul.

En remplissant le registre, il marmonna des propos désagréables à l'encontre d'une épouse soupçonneuse qui habitait Westport. En lui glissant un billet de dix dollars, il réussit à le convaincre d'inscrire qu'il était arrivé à deux heures du matin. Il s'effondra sur son lit à sept heures et demanda un numéro de téléphone pour midi et demi. S'il dormait cinq heures, pensait-il, les choses deviendraient nécessairement plus claires.

Matlock dormit cinq heures et vingt minutes, mais au réveil rien n'avait changé. Son horizon s'était fort peu éclairci. Le massacre de Windsor Shoals lui apparaissait plus extraordinaire que jamais. Etait-il possible qu'on ait cherché à le tuer ?

Ou biens les tueurs attendaient-ils dehors qu'il se retire pour exécuter les autres?

Erreur ou avertissement?

A une heure quinze, il était sur la rocade de Merritt. A une heure trente, il passait au péage de Berlin avant de s'engager sur les routes secondaires en direction de Hartford. A deux heures cinq, il pénétrait dans le bureau de Blackstone.

— Ecoutez, dit Michael Blackstone en s'inclinant au-dessus de sa table de travail, les yeux fixés sur Matlock. Nous posons le moins de questions possible, mais ne pensez pas une seconde que nous signions des chèques en blanc à nos clients.

— J'ai l'impression que vous aimeriez que les rôles soient inversés.

— Reprenez votre argent et allez ailleurs. Nous n'en mourrons pas!

— Du calme! Je vous ai engagé pour protéger une fille, c'est tout! C'est pour ça que je vous paie trois cents dollars par jour! Le reste est marginal, et je vous paie également pour cela.

— Il n'y aura pas de supplément. Je ne comprends pas de quoi vous parlez. Brusquement Blackstone fléchit les coudes, se pencha en avant et murmura d'une voix rauque : Bon Dieu, Matlock! Deux hommes! Deux hommes de cette fichue liste ont été tués la nuit dernière! Si vous êtes un maniaque dangereux, je ne veux rien avoir de commun avec vous! Ce n'est pas le genre de la maison! Je me fiche de savoir qui est votre père et de combien d'argent vous disposez!

— C'est moi qui ne comprends plus de quoi vous parlez. A part ce que j'ai lu dans la presse. J'étais dans un motel de Fairfield hier soir. J'y ai été inscrit à deux heures du matin. D'après les journaux, ces meurtres ont eu lieu vers cinq heures.

Blackstone s'éloigna de son bureau et se

redressa. Il contempla Matlock d'un air soupçonneux.

– Vous pouvez le prouver?

– Vous voulez le nom du motel? Donnez-moi le bottin. Je vais vous le chercher.

– Non! Non... Je ne veux rien savoir. Vous étiez à Fairfield?

– Donnez-moi le bottin.

– D'accord. C'est bon, oublions tout ça. Je suis persuadé que vous mentez, mais vous êtes couvert. Comme vous le dites si bien, vous nous avez engagés pour surveiller la fille.

– Du changement depuis dimanche après-midi? Tout va bien?

– Oui... Oui.

Blackstone parut préoccupé.

– J'ai votre Tel-électronic. Il est opérationnel. Cela vous coûtera vingt dollars de plus par jour.

– Je vois. Le prix fort.

– Nous n'avons jamais prétendu être bon marché.

– Vous auriez du mal.

– Nous ne le faisons pas. Blackstone resta debout et appuya sur une des touches de l'interphone posé sur son bureau. Veuillez apporter le Tel-électronic de M. Matlock, s'il vous plaît.

Quelques secondes plus tard, une séduisante jeune femme entra dans la pièce en portant un appareil métallique pas plus grand qu'un paquet de cigarettes. Elle le déposa sur la table de Blackstone, et y joignit une fiche. Elle sortit aussi rapidement qu'elle était entrée.

– Voilà, dit Blackstone. Votre code est : Décodeur Trois-Zéro. Ce qui signifie : zone de Carlyle, équipe de trois hommes. Le numéro de téléphone que vous appellerez est le 555-68-68. Nous conservons toujours la liste des numéros qui sont faciles à obtenir. Le Tel-électronic produit des petits bips sonores comme signal. Vous pouvez l'éteindre en poussant ce bouton-ci. Quand le signal est émis, appelez le numéro. Un répondeur-enregisteur placé sur ce téléphone vous transmettra les messages de l'équipe. Ce sera souvent pour vous demander d'appeler un autre poste pour avoir un contact direct. Vous comprenez? C'est vraiment très simple.

– Je comprends, répondit Matlock en prenant la petite boîte de métal. Ce qui m'étonne, c'est que vos hommes ne contactent pas directement ce bureau, puis que vous me préveniez. Mis à part toute question de profit, ne serait-ce pas plus pratique?

– Non. Trop de marge d'erreur. Nous avons beaucoup de clients. Nous voulons qu'ils soient eux-mêmes en liaison avec les hommes qu'ils paient.

– Je vois.

– Et puis, nous respectons l'intimité. Nous ne pensons pas qu'il faille transmettre les informations par personne interposée. A ce propos, vous pouvez joindre l'équipe par le même procédé. Chacun possède un appareil. Téléphonez simplement au numéro et enregistrez un message pour eux.

– Parfait à tout point de vue.

– Professionnel.

Blackstone, pour la première fois depuis que Matlock avait pénétré dans son bureau, s'assit dans son fauteuil, se calant bien au fond.

– Maintenant, je vais vous dire une chose, et si vous considérez cela comme une menace, vous en avez le droit. Si vous voulez renoncer à nos services, je m'inclinerai également... Nous savons que vous êtes recherché par des agents du ministère de la Justice. Toutefois, aucune charge n'est retenue contre vous, aucun mandat d'arrêt lancé. Vous avez certains droits que les agents fédéraux violent par excès de zèle. C'est une des raisons pour lesquelles nous sommes en affaires. Mais encore une fois, nous tenons à ce que vous sachiez que si votre situation se modifiait, s'il y avait la moindre charge retenue contre vous, le moindre mandat d'amener, nous cesserions immédiatement nos activités, et nous n'hésiterions pas à coopérer avec les autorités en leur donnant des renseignements sur vos déplacements. Les informations dont nous disposons seront livrées d'abord à vos avocats, mais pas votre localisation. Compris?

– Oui. Ça me paraît honnête.

– Nous sommes plus qu'honnêtes. C'est pourquoi je vais vous demander de nous verser dix jours d'avance. Ce qui ne sera pas utilisé vous sera remboursé... Au cas où la situation changerait, où les agents fédéraux vous poursuivraient en justice, vous recevriez, une seule fois, le message suivant sur le répondeur téléphonique. Juste ces mots.

Blackstone laissa planer un silence lourd de signification.

– Lesquels?

– Décodeur Trois-Zéro est annulé.

Quand il se retrouva dans Bond Street, Matlock eut une impression qui ne le quitterait pas tant que son voyage, ou plutôt sa course, ne serait pas achevé. Il le savait. Il était persuadé que les gens le regardaient. Il commençait à s'imaginer que des inconnus l'observaient. Il se retourna involontairement, essayant de découvrir des yeux fouineurs, cachés. Il n'y avait pourtant personne.

Personne qu'il puisse repérer.

Il devait sortir le papier corse de chez lui. Et après les révélations de Blackstone, il était inutile qu'il aille lui-même le chercher. Son appartement était sous surveillance des deux camps, les chasseurs et la proie.

Il utiliserait l'équipe de Blackstone, l'un de ses membres mettrait à l'épreuve la garantie d'une information privilégiée que lui avait promise Blackstone. Il les joindrait, le joindrait, tout de suite après avoir donné un premier coup de téléphone. Un coup de fil qui lui indiquerait s'il était ou non nécessaire de récupérer l'invitation sur papier argenté. Il appellerait Samuel Sharpe, avocat, Windsor Shoals, Connecticut.

Matlock décida de montrer à Sharpe un aspect momentané de sa personnalité d'emprunt. Sharpe lui-même avait quelque peu perdu son sang-froid. Matlock considéra que le moment était venu de lui prouver que même des hommes tels que lui, des hommes qui avaient des amis influents à San Juan et à Londres, étaient capables de sentiments dépassant l'instinct de conservation.

Il entra dans le hall de l'hôtel Americana et demanda son numéro. Ce fut la secrétaire de Sharpe qui répondit.

– Etes-vous dans un bureau où Mr. Sharpe puisse vous rappeler ?

– Non. Je suis dans une cabine téléphonique. Je suis également très pressé.

Il y eut un silence, précédé par le clic d'une touche enclenchée. Il n'attendit pas plus de dix secondes.

– Pouvez-vous me donner le numéro de l'endroit d'où vous appelez, monsieur Matlock ? Mr. Sharpe vous contactera dans cinq minutes.

Matlock donna le numéro à la fille et raccrocha.

Tandis qu'il s'asseyait sur la chaise en plastique, sa mémoire le ramena vers une autre cabine téléphonique et un autre siège en plastique. Une limousine noire passait en trombe devant un homme mort, écroulé dans cette cabine, sur ce siège, avec une balle dans la tête.

La sonnerie retentit. Matlock décrocha le combiné.

– Matlock ?

– Sharpe ?

– Ce n'est pas prudent de m'appeler au bureau. Vous ne devriez pas vous permettre ce genre de fantaisie. Il a fallu que je descende dans le hall pour trouver un téléphone payant.

– Je ne pensais pas qu'il y eût le moindre risque à me servir de la ligne d'un avocat respecté. Je suis désolé.

Il y eut un silence. Sharpe ne s'attendait pas à des excuses.

– Je suis un homme prudent, je vous l'ai dit. Qu'y a-t-il ?

– Je voulais savoir comment vous alliez. Comment cela s'était passé. C'était terrible, l'autre nuit.

– Je n'ai pas eu le temps de réagir. Il y a tant de choses à faire. Police, dispositions à prendre pour les funérailles, journalistes.

– Que dites-vous ? Comment allez-vous procéder ?

– Il y a eu méprise. En un mot, je suis une victime innocente mais lui, il est mort... Frank va me manquer. C'était un type très bien. Je fermerai le premier étage, bien entendu. La police d'Etat a été achetée. Par vous, je suppose. Ce sera ce que la presse en dira. Une bande de voyous italiens a ouvert le feu dans un charmant restaurant campagnard.

– Vous ne perdez pas votre sang-froid.

– Je vous l'ai dit, répondit tristement Sharpe. Je suis quelqu'un de prudent. Je suis prêt à parer à toute éventualité.

– Qui a fait ça ?

Sharpe resta muet. Il ne prononça pas un mot.

– Je vous le répète. A qui pensez-vous ?

– J'espère que vous le découvrirez avant moi... Bartolozzi avait des ennemis... Ce n'était pas quelqu'un de sympathique. Rocco également, je suppose... Mais pourquoi Frank ? Dites-le-moi.

– Je n'en sais rien. Je n'ai contacté personne.

– Essayez de le découvrir. Je vous en prie. Ce n'était pas correct.

– J'essaierai. Je vous le promets..., Sammy, n'oubliez pas de téléphoner à Stockton et à Cantor.

– Je n'oublierai pas. Je les ai notés sur mon agenda pour cet après-midi. Je vous l'ai dit, je suis un homme méthodique.

– Merci. Toutes mes condoléances pour Frank.

Matlock avait l'air compatissant.

– Il était précieux.

– J'en suis certain... Je vous contacterai, Sammy. Je tiendrai ma promesse. Vous m'avez fait très bonne impression. Je...

Le bruit des pièces dans la fente de l'appareil de Windsor Shoals interrompit Matlock. Le temps s'était écoulé et il n'y avait pas lieu de prolonger cette conversation. Il avait ce dont il avait besoin. Le papier corse lui serait nécessaire. L'horreur du massacre au petit matin n'avait pas fait oublier à Sharpe les coups de fil qu'il s'était engagé à donner. Pourquoi en était-il ainsi ? C'était un miracle aux yeux de Matlock. Mais c'était comme ça. Cet homme prudent n'avait pas paniqué. Il était de glace.

La cabine téléphonique était mal aérée, étroite, inconfortable, emplie de fumée. Il ouvrit la porte et traversa le hall de l'hôtel d'un pas rapide, en direction de la sortie.

Il tourna au coin d'Asylum Street et chercha un restaurant convenable. Dans lequel il pourrait déjeuner en attendant que Décodeur Trois-Zéro le rappelle. Blackstone lui avait dit laisser un numéro. Quoi de mieux qu'un restaurant ?

Il aperçut une enseigne : La Maison du Homard. Le genre d'endroit fréquenté par les cadres supérieurs.

On l'installa dans un angle, c'était plus qu'une table. Il était près de trois heures. La foule présente à l'heure du déjeuner avait en partie disparu. Il s'assit et commanda un bourbon et des glaçons, demanda à la serveuse où se trouvait le téléphone le plus proche. Il allait se diriger vers la cabine pour appeler le 555-68-68 quand il entendit la sonnerie assourdie, dure, terrifiante du Tel-électronic à l'intérieur de sa veste. Cela le paralysa. C'était comme si une partie de lui-même, un organe hystérique sans doute, s'était emballée et tentait de signaler sa douleur. Sa main se mit à trembler quand il sortit le petit appareil de métal. Il trouva le bouton pour l'éteindre et appuya aussi fort qu'il le put. Il regarda autour de lui en se demandant si le bruit avait attiré l'attention sur lui.

Ce n'était pas le cas. Nul ne s'était retourné. Nul n'avait entendu.

Il se leva et se dirigea vers le téléphone, d'un pas rapide. Il ne pensait plus qu'à Pat. Il était arrivé quelque chose, quelque chose d'assez grave pour que Décodeur Trois-Zéro déclenche l'insidieuse, la terrible sonnerie qui avait réveillé sa frayeur.

Matlock ferma la porte et composa le 555-68-68.

« Rapport de Décodeur Trois-Zéro. » – La voix avait la neutralité de tout enregistrement. – « Veuillez appeler le 555-19-51. Ne vous inquiétez pas, monsieur. Il n'y a aucune urgence. Nous resterons à ce numéro pendant une heure. Je répète, 555-19-51. Terminé. »

Matlock se rendit compte que Décodeur Trois-Zéro s'était donné la peine d'apaiser immédiatement ses craintes, peut-être parce que c'était sa première expérience du Tel-électronic. Il eut l'impression que, même si la ville de Carlyle avait disparu dans le nuage d'une explosion thermonucléaire, Décodeur Trois-Zéro aurait choisi les mots qui dédramatiseraient la situation. Il y avait sans doute une autre raison. On a l'esprit plus clair lorsque l'on n'a pas peur. Quelle qu'en soit l'explication, Matlock savait que la méthode était bonne. Il était plus calme, à présent. Il prit trois ou quatre pièces au fond de sa poche, en se disant qu'il lui faudrait convertir quelques billets en menue monnaie. Les cabines téléphoniques étaient devenues un élément important de son existence.

– 555-19-51?

– Oui, répondit la voix qu'il avait entendue sur le répondeur. Monsieur Matlock?

– Oui. Comment va Miss Ballantyne?

– Très bien, monsieur. Vous avez un excellent médecin. Elle a pu s'asseoir ce matin. L'œdème a quasiment disparu. Le docteur est très satisfait… Elle vous a réclamé plusieurs fois.

– Que lui avez-vous dit?

– La vérité. Que nous avons été engagés pour qu'on ne l'ennuie plus.

– Je veux dire à mon sujet.

– Nous l'avons simplement informée que vous deviez vous absenter quelques jours. Vous devriez l'appeler. Elle a la permission de répondre au téléphone depuis cet après-midi. Nous filtrerons, bien entendu.

– Bien entendu. Est-ce pour cela que vous m'avez contacté?

– En partie. L'autre raison, c'est Greenberg. Jason Greenberg. Il ne cesse de vous appeler. Il insiste pour que vous essayiez de le joindre.

– Qu'a-t-il dit ? Qui lui a parlé ?

– Moi. A propos, mon nom est Cliff.

– Bien, Cliff. Que désirait-il ?

– Que je vous demande de le contacter dès que je pourrai vous joindre. C'est impératif, urgent. J'ai un numéro. C'est à Wheeling, en Virginie.

– Donnez-le-moi.

Matlock sortit son stylo à bille et le nota sur la tablette en bois qui se trouvait près de l'appareil.

– Monsieur Matlock ?

– Quoi ?

– Greenberg m'a également demandé de vous dire que « les cités n'étaient pas en train de mourir, qu'elles étaient mortes ». Ce sont les termes qu'il a employés : « les cités sont mortes ».

XXIII

Cliff accepta sans discuter de récupérer l'invitation corse dans son appartement. On déciderait plus tard d'un rendez-vous. Au cas où le papier aurait disparu, Décodeur Trois-Zéro le préviendrait immédiatement.

Matlock se contenta d'un verre. Il grignota un semblant de déjeuner et quitta La Maison du Homard à trois heures et demie. Il était temps de rassembler ses forces, de se réapprovisionner en munitions. Il avait garé la Cadillac dans un parking au sud des bureaux de Blackstone, dans Bond Street. C'était une zone de stationnement municipale, avec des parcmètres. Matlock se souvint qu'il n'était pas revenu pour y remettre des pièces depuis sa visite chez Blackstone. Or la durée autorisée n'était que d'une heure. Il était resté presque deux heures. Il se demanda ce que faisaient les entreprises de location en ce qui concernait les irrégularités commises par leurs clients de passage. Il pénétra dans le parking et pensa un instant s'être trompé de côté. Puis il se rendit compte qu'il n'en était rien. La Cadillac se trouvait plus loin, dans la quatrième rangée. Il avança de biais, entre les autres véhicules, en direction du sien, puis il s'arrêta.

Entre les rangées, il aperçut les rayures bleues et

blanches d'une voiture de police de Hartford. Elle était garée juste derrière sa Cadillac. Un policier essayait d'ouvrir la poignée, tandis que son collègue parlait dans un radio-téléphone.

Ils avaient trouvé la voiture. Cela l'effraya, mais ne le surprit pas.

Il recula prudemment, prêt à courir si on le repérait. Il réfléchit en un quart de seconde aux problèmes que créait cette nouvelle complication. Le premier et le plus immédiat était de trouver une autre automobile. D'autre part, ils savaient qu'il circulait dans les environs de Hartford. Cela excluait tout autre moyen de transport. Les gares, les terminus des lignes de bus, même les clubs hippiques seraient alertés. Il lui faudrait donc se procurer un autre véhicule.

Et pourtant il se demanda si... Blackstone lui avait clairement dit qu'il n'y avait aucune charge retenue contre lui, aucun mandat d'arrêt. S'il y en avait eu un depuis, il aurait reçu un message du 555-68-68. Il aurait entendu : Décodeur Trois-Zéro est annulé.

Or il n'avait rien entendu de tel. Il envisagea un instant de retourner vers la voiture de patrouille et de régler la contravention, pour avoir dépassé le délai de stationnement pour lequel il avait payé.

Il y renonça. Ces policiers-là n'étaient pas des contractuelles. Il se souvint d'un autre parking au bout d'une ruelle, derrière un A & P, l'un de ces petits supermarchés de quartier. Et d'un autre agent de police, en civil, qui le suivait. Il y avait une étrange ressemblance entre les deux événements, même si ce n'était pas évident.

Matlock remonta Bond Street en s'éloignant du parking municipal. Il tourna dans la première rue qu'il rencontra et s'aperçut qu'il avançait au pas de course. Il ralentit aussitôt le rythme. Il n'y a rien de plus voyant dans une rue bondée qu'un homme qui court, sauf peut-être une femme dans la même situation. Il modela son allure sur celle des passants qui faisaient leurs emplettes, s'efforçant de se noyer dans le flot humain. Il s'arrêtait de temps à autre pour contempler, l'œil vide, une quelconque vitrine, sans voir grand-chose de ce qu'elle contenait. Ce fut alors qu'il commença à réfléchir à ce qui lui arrivait. Les instincts primitifs de l'animal traqué s'étaient soudain réveillés dans son cerveau. L'antenne protectrice de la bête qui flaire le piège se dressait, se fondant dans son environnement, et, tel un caméléon, son corps tentait de faire de même.

Ce n'était pourtant pas lui qu'on traquait ! Il était le chasseur ! Le chasseur !

– Bonjour, Jim ! Comment allez-vous ? Que faites-vous en ville ?

Le choc fut tel que Matlock en perdit l'équilibre. Il trébucha, tomba sur le trottoir, et l'homme qui lui avait adressé la parole se pencha pour l'aider à se relever.

– Oh ! bonjour, Jeff ! Mon Dieu, vous m'avez fait sursauter. Merci.

Matlock se redressa et brossa ses vêtements d'un revers de la main. Il regarda autour de lui en se demandant qui, à part Jeff Kramer, était en train de l'observer.

– Un déjeuner qui a traîné en longueur, mon vieux ! fit Kramer en riant.

C'était un ancien élève de Carlyle, diplômé en psychologie, qui avait été assez brillant pour entrer dans une grosse entreprise de relations publiques.

– Mon Dieu, non ! Je rêvassais. Vieux remue-méninges de professeur.

A cet instant, Matlock observa Jeff Kramer. Celui-ci n'appartenait pas seulement à une société comme il faut, il avait aussi une femme comme il faut et deux rejetons on ne peut plus comme il faut fréquentant des collèges privés non moins comme il faut. Matlock se crut obligé de réaffirmer ce qu'il avait déclaré précédemment.

— En fait, je n'ai pris qu'un bourbon, que je n'ai même pas terminé.

— Pourquoi ne pas réparer cela? dit Kramer en désignant la Taverne de la Tête de Sanglier de l'autre côté de la rue. Cela fait des mois que je ne vous ai vu. J'ai lu dans *Le Régional* qu'on vous avait cambriolé.

— Et comment! Le cambriolage, ce n'était pas grand-chose, mais l'état dans lequel ils ont laissé l'appartement...! Et la voiture! Matlock se dirigeait vers la Tête de Sanglier en compagnie de Jeff Kramer. C'est pour cela que je suis en ville. J'ai donné la Triumph dans un garage. C'est mon problème actuellement.

Le traqué n'a pas seulement des antennes pour le prévenir de l'approche de ses ennemis, il a aussi la capacité étrange, bien que temporaire, de tourner un désavantage en avantage. Passif convertible en actif.

Matlock avala son bourbon à l'eau plate tandis que Kramer avait descendu la moitié de son whisky-soda en quelques gorgées.

— L'idée de prendre le bus jusqu'à Scarsdale avec deux changements, l'un à New Haven, l'autre à Bridgeport, me déprime.

— Louez une voiture, enfin!

— J'ai essayé deux maisons. La première ne peut pas m'en prêter avant ce soir, la seconde pas avant demain. Une histoire de contrat, je suppose.

— Eh bien, attendez ce soir!

— Impossible. Affaire de famille. Mon père a convoqué ses conseillers financiers. Pour le dîner... Et si vous pensez que j'irai à Scarsdale dans mon propre véhicule, vous vous mettez le doigt dans l'œil!

Matlock rit et commanda une autre tournée. Il sortit un billet de cinquante dollars de sa poche, qu'il posa sur le comptoir. Il fallait que cet argent attire l'attention de Jeff Kramer. Sa femme lui coûtait si cher!

– Ah! Je suis le dauphin. On ne peut pas oublier ça, n'est-ce pas?

– Sacré veinard, c'est une chose que je n'oublierai pas. Sacré veinard.

– Hé! J'ai une idée. Avez-vous votre voiture ici?

– Attendez une minute, mon vieux...

– Non, écoutez. Matlock prit quelques billets. Mon père remboursera... Louez-moi votre automobile. Quatre ou cinq jours... Voilà. Je vous donne deux, trois cents dollars.

– Vous êtes dingue!

– Pas du tout. Il veut que je sois présent. Il paiera.

Matlock savait que le cerveau de Kramer était en pleine ébullition. Il estimait le prix de location d'une voiture pour une semaine. Soixante-dix-neuf cents le kilomètre, avec un kilométrage d'environ trente ou quarante par jour. Cela ferait cent cinq, cent dix dollars à tout casser pour la semaine.

Kramer avait cette femme et ces deux gosses qui lui coûtaient une fortune.

– Ça me déplairait de vous faire payer une telle somme.

– Pas à moi! Mon Dieu, non! A lui!

– Bon...

– Voilà. Faites-moi une facture. Je la lui présenterai en arrivant. Matlock prit une serviette en papier et la retourna sur la face imprimée. Il sortit son stylo à bille et écrivit : Contrat simple... Je soussigné, James B. Matlock, accepte de payer à Jeffrey Kramer la somme de trois cents... peu importe, c'est son argent... quatre cents dollars pour la location de sa... quelle est la marque?

– Une Ford break. Blanche. De l'année dernière.

Le regard de Kramer passait de la serviette à la liasse de billets que Matlock avait négligemment posée contre son coude, sur le comptoir.

– Ford break, pour une période de... Disons une semaine, d'accord?

– Parfait.

Kramer but le reste d'un second whisky.

– Une semaine, signé James B. Matlock! Voilà, l'ami. Signez aussi. Et prenez les quatre cents dollars. Avec les compliments de Jonathan Munro. Où est la voiture?

Les instincts de l'animal traqué sont infaillibles, pensa Matlock tandis que Kramer empochait l'argent et essuyait un menton où perlaient quelques gouttes de sueur. Il sortit de sa poche les deux clés du véhicule et le ticket de parking. Matlock s'y attendait. Kramer désirait s'en aller. Avec ses quatre cents dollars.

Matlock dit qu'il appellerait Kramer dans moins d'une semaine et qu'il lui rendrait l'automobile. Kramer insista pour payer les consommations, puis il quitta au plus vite la Taverne de la Tête de Sanglier. Matlock, seul, termina son verre et pensa à ce qu'il allait faire dans l'immédiat.

L'animal traqué et le chasseur ne faisaient plus qu'un.

XXIV

A TOUTE allure, il suivit la route 72 en direction de Mont Holly, dans le break blanc de Kramer. Il savait que dans moins d'une heure il trouverait une autre cabine publique et y introduirait une autre pièce de monnaie pour donner un autre coup de fil.

Cette fois, il contacterait un certain Howard Stockton, propriétaire du Country Club de Carmount. Il regarda sa montre. Il était presque huit heures et demie. Samuel Sharpe, l'avocat, avait certainement appelé Stockton quelques heures auparavant.

Il se demanda comment Stockton avait réagi et s'interrogea sur son personnage.

Les phares du break éclairèrent le reflet de la pancarte sur l'asphalte.

MONT HOLLY INCORPORATED 1896

Et juste en dessous, un second reflet.

ROTARY DE MONT HOLLY
RESTAURANT HARPER
MARDI MIDI
2 KM

Pourquoi pas? pensa Matlock. Il n'avait rien à

perdre. Et probablement quelque chose à gagner, du moins à apprendre.

Le chasseur.

La façade de stuc blanc et les néons roses fluorescents que l'on apercevait étaient très explicites, quant à la cuisine d'Harper. Matlock se gara près d'une camionnette, sortit et ferma sa porte à clé. La valise et les vêtements qu'il venait tout juste d'acquérir se trouvaient sur la banquette arrière. Il avait dépensé des centaines de dollars à Hartford. Il ne prendrait aucun risque.

Il traversa la cour de gravier, grande et banale, et pénétra dans le bar du restaurant Harper.

– Je me rends à Carmount, dit Matlock en payant avec un billet de vingt dollars. Pourriez-vous m'indiquer où cela se trouve?

– A environ quatre kilomètres, à l'ouest. Prenez l'embranchement sur la droite en descendant. Vous n'avez rien de plus petit que ces vingt dollars? Je n'ai que deux billets de cinq et deux d'un dollar. Et j'en ai besoin.

– Donnez-moi les deux de cinq, et nous jouerons le reste à pile ou face. Face, vous le gardez. Pile, vous m'en redonnez un autre, vous gardez quand même la différence.

Matlock sortit une pièce de sa poche et la jeta sur le bar en formica, avant de poser la main dessus. Il souleva sa paume et la ramassa sans la montrer au barman.

– Ce n'est pas votre jour de chance. Vous me devez un verre. Et les dix dollars sont à vous.

Trois autres clients, trois hommes, qui buvaient de la bière à la pression, écoutaient leur conversation. C'était très bien ainsi, pensait Matlock tout en cherchant des yeux le téléphone.

– Les toilettes sont au fond, dans le coin, lui dit l'un d'entre eux, d'allure paysanne, qui portait une veste de toile grossière et une casquette de base-ball.

– Merci. Y a-t-il un téléphone quelque part?

– A côté des toilettes.

– Encore merci.

Matlock prit une feuille de papier sur laquelle il avait écrit : Howard Stockton, C.C. Carmount, numéro de téléphone : 203-421-11-00. Il fit signe au barman qui se précipita vers lui.

– Je suis censé appeler ce type, déclara Matlock, très calme. Je me demande si je ne me suis pas trompé de nom. Je ne sais pas si c'est Stackton ou Stockton. Le connaissez-vous?

Le barman jeta un coup d'œil. Et Matlock vit aussitôt qu'il avait reconnu ce dont il s'agissait.

– Bien sûr. C'est ça, Stockton. M. Stockton. C'est le vice-président du Rotary. Le trimestre dernier, il était président. N'est-ce pas, messieurs?

Le barman venait de s'adresser aux autres clients.

– Absolument.

– C'est ça. Stockton.

– Un type sympa.

L'homme à la veste de toile grossière et à la casquette de base-ball jugea nécessaire de développer.

– Il dirige le Country Club. C'est un endroit très agréable. Vraiment très agréable.

– Le Country Club? demanda Matlock avec une pointe d'ironie.

– C'est ça. Piscine, parcours de golf, dîners dansants le week-end. Très agréable.

C'était le barman qui donnait des explications, à présent.

– Je vous avouerai qu'il est très bien considéré. Ce Stockton, je veux dire.

Matlock prit son verre et regarda au fond du bar.

– Le téléphone est là-bas?

– Mais oui, monsieur. Dans le coin derrière.

Matlock chercha de la monnaie dans sa poche et se dirigea vers l'étroit couloir où se trouvaient le téléphone et les toilettes. Dès qu'il eut tourné à l'angle, il s'arrêta net et se plaqua contre le mur. Il écouta la conversation qu'il avait volontairement déclenchée.

– Très dépensier, hein?

C'était le barman qui parlait.

– Ils le sont tous. Est-ce que je vous l'ai raconté? Mon gosse a tiré un caddy ici, il y a deux ou trois semaines. Le type a fait un birdie et lui a donné un pourboire de cinquante dollars. Mon Dieu! Cinquante dollars!

– Ma vieille affirme que toutes ces femmes un peu bizarres sont des putes. De vraies putains. Elle travaille dans certains endroits, ma mère... De véritables catins...

– J'aimerais bien en avoir quelques-unes entre les pattes. Je suis prêt à parier que la plupart d'entre elles ne portent pas de soutien-gorge.

– De vraies putes...

– Tout le monde s'en fout. Ce Stockton est bien. Il est correct. A mon avis. Vous savez ce qu'il a fait? Les King. Vous le connaissez, Artie King, celui qui a eu une crise cardiaque, celui qui est tombé raide mort en tondant la pelouse là-haut. Non seulement le vieux Stockton a donné beaucoup de fric à sa famille, mais il leur a aussi ouvert un compte au supermarché du coin. Sans déconner. Il est correct.

– De vraies putains. Elles couchent pour de l'argent...

– Stockton verse beaucoup pour l'agrandissement de l'école primaire, ne l'oubliez pas. Vous

266

avez sacrément raison, il est correct. J'ai deux gosses dans cette école!

– Ce n'est pas tout. Vous savez quoi? Il distribue un joli paquet pour le pique-nique du jour de la Commémoration.

– Des putes plus vraies que nature…

Matlock avança de biais, toujours contre le mur, vers la cabine téléphonique. Il ferma la porte lentement, en faisant le moins de bruit possible. Les hommes du bar parlaient de plus en plus fort, ne tarissant pas d'éloges sur Howard Stockton, le propriétaire du Country Club de Carmount. Il ne craignait donc pas d'être entendu.

Il devenait étrangement de plus en plus inquiet à son sujet. Si l'animal traqué possède certains instincts qui le protègent, le chasseur en est également pourvu, agressif par nécessité. Il venait de comprendre l'utilité de suivre une piste, de se composer un tissu d'habitudes cohérentes. Cela signifiait que le chasseur disposait d'outils abstraits en plus de ses armes. Des outils qui pouvaient former la base du piège, le trou dans lequel la bête pourchassée tomberait.

Il en fit intérieurement le recensement.

Howard Stockton : ancien président, actuel vice-président du Rotary de Mont Holly; un homme charitable, compatissant; un homme qui prenait soin de la famille d'un employé décédé nommé Artie King, qui finançait l'agrandissement de l'école primaire; le propriétaire d'un luxueux Country Club dans lequel les clients distribuaient des pourboires de cinquante dollars aux porteurs de caddies et où l'on mettait des filles à la disposition des membres d'un certain standing. Un bon Américain aussi, qui permettait à la ville de Mont Holly d'organiser des piques-niques pour le jour de la Commémoration des soldats morts au champ d'honneur.

C'était un excellent point de départ. Assez pour ébranler Howard Stockton si, comme l'avait si bien dit Sammy Sharpe, « on en arrivait là ». Howard Stockton n'était plus la silhouette floue qu'il était encore un quart d'heure auparavant. Matlock ne connaissait toujours pas son visage, mais certains aspects, d'autres facteurs avaient été mis en lumière. Howard Stockton était devenu quelqu'un à Mont Holly, Connecticut.

Matlock inséra une pièce de dix cents et composa le numéro du Country Club de Carmount.

– Quelle joie pour nous, monsieur Matlock! s'exclama Howard Stockton en accueillant Matlock sur les marches de marbre du Country Club de Carmount. Le chasseur va s'occuper de votre voiture. Hé! jeune homme! Ne t'endors pas!

Le gardien du garage, un Noir, sourit en entendant l'ordre du maître. Stockton lança un demi-dollar en l'air et le garçon l'attrapa en découvrant ses dents.

– Merci, m'sieur.

– Traitez-les bien, ils vous traiteront bien. N'est-ce pas, mon garçon? Est-ce que je traite bien?

– Vraiment bien, monsieur Howard.

Matlock pensa un instant qu'il était au beau milieu d'un odieux spot de publicité télévisée, quand il se rendit compte qu'Howard Stockton était bien réel. Jusqu'à ses cheveux blond cendré qui couronnaient un visage hâlé par le soleil, orné d'une moustache blanche et de deux yeux d'un bleu vif entourés de pattes d'oie comme en ont les bons vivants.

– Bienvenue à Carmount, monsieur Matlock. Ce n'est pas Richmond, mais ce n'est pas non plus le marécage d'Okeferokee.

– Merci. Je m'appelle Jim.

– Jim? Ce nom me plaît. Il sonne bien. Mes

amis m'appellent Howard. Appelez-moi donc Howard.

Le Country Club de Carmount, du moins ce qu'il pouvait en voir, rappela à Matlock ces images de l'architecture d'avant-guerre. Pourquoi pas? Cela correspondait assez bien à son propriétaire. Il y avait des palmiers en pots et des chandeliers élancés un peu partout. Le papier peint à fond clair décrivait des scènes rococo où évoluaient des personnages pomponnés, à perruques poudrées. Howard Stockton était le prosélyte d'un mode de vie qui avait disparu en 1865, ce qu'il se refusait à admettre. Même le personnel, en grande majorité noir, portait livrée, de vraies livrées avec knickers et bas blancs. Une musique douce provenait de la grande salle à manger, à l'extrémité de laquelle un orchestre à cordes comprenant à peu près huit instruments jouait des airs depuis longtemps passés de mode. Il y avait un escalier à spirale au centre du hall principal, qui aurait fait honneur à Jefferson Davis ou à David O. Selznick. Des femmes séduisantes allaient et venaient, accompagnées d'hommes qui l'étaient beaucoup moins.

Cela produisait un curieux effet, pensa Matlock, en avançant aux côtés de son hôte vers ce que celui-ci appelait modestement sa bibliothèque privée.

L'homme du Sud referma l'épais battant et se dirigea à grands pas vers un bar en acajou bien fourni. Il versa un verre à Matlock sans s'inquiéter de ses désirs.

– Sam Sharpe dit que vous préférez le bourbon, mélange amer. Vous êtes un homme de goût, je vous l'assure. C'est ce que je bois.

Il apporta deux verres à Matlock.

– Choisissez. De nos jours, l'absence de préjugés des Virginiens doit désorienter les gens du Nord.

– Merci, dit Matlock en se servant avant de

prendre place dans le fauteuil que lui désignait Stockton.

– Le Virginien, poursuivit Stockton, a également l'habitude qui n'a rien de sudiste d'aller droit au fait. Je ne sais même pas s'il était sage de votre part de venir ici. Je serai honnête. C'est la raison pour laquelle je vous ai conduit directement dans cette pièce.

– Je ne comprends pas. Vous auriez pu me le dire au téléphone. Pourquoi ce jeu?

– Vous pourrez peut-être répondre mieux que moi. Sammy dit que vous êtes un homme très important. Vous êtes ce qu'ils appellent... un international. Ce qui me plaît tout à fait. J'aime les jeunes gens brillants qui gravissent l'échelle du succès. Très considéré, c'est un fait... Mais je paie mes dettes. Je paie tous les mois au centime près. J'ai la meilleure opération combinée au nord d'Atlanta. Je ne tiens pas à avoir des ennuis.

– Je ne vous en ferai pas. Je suis un homme d'affaires fatigué qui fait sa tournée. C'est tout.

– Qu'est-il arrivé à Sharpe? Les journaux ne parlent que de ça! Je ne veux rien de ce genre.

Matlock regarda l'homme du Sud. Sous sa peau bronzée, une vilaine couperose expliquait pourquoi Stockton recherchait un hâle permanent. Celui-ci cachait une multitude de petits défauts.

– Je ne crois pas que vous compreniez. Matlock mesurait ses paroles tout en portant son verre à ses lèvres. Je ne souhaitais pas me rendre ici. Ce sont des raisons personnelles qui m'ont amené un peu plus tôt dans la région. Alors je fais du tourisme. Mais uniquement cela. Je regarde autour de moi... en attendant ma convocation.

– Quelle convocation?

– Un rendez-vous à Carlyle, dans le Connecticut.

Stockton plissa les yeux et tira sur sa moustache parfaitement dessinée.

– Vous devez vous rendre à Carlyle?

– Oui. C'est confidentiel, mais il est inutile de vous le dire, n'est-ce pas?

– Vous ne m'avez rien dit.

Stockton ne quittait pas Matlock des yeux, et Matlock savait qu'il cherchait la fausse note, le mot déplacé, le regard hésitant qui viendrait contredire les propos qu'il tenait.

– Bien... A propos, n'êtes-vous pas également convoqué à Carlyle? Dans une dizaine de jours?

Stockton avala son bourbon, fit claquer ses lèvres et posa délicatement son verre sur une table basse, comme s'il s'agissait d'un précieux objet d'art.

– Je ne suis qu'un vieux fou de Sudiste qui essaie de gagner de l'argent. La belle vie et l'argent. C'est tout. Je n'ai jamais entendu parler de convocation à Carlyle.

– Désolé d'avoir mis cela sur le tapis. C'est... une grave erreur de ma part. Pour notre tranquillité commune, j'espère que vous n'en parlerez pas. Ni de moi.

– C'est bien la dernière chose qui me viendrait à l'esprit. En ce qui me concerne, vous êtes un ami de Sammy qui cherche quelques distractions... et une certaine hospitalité.

Soudain Stockton se pencha en avant sur son fauteuil, les coudes sur les genoux, les mains jointes. Il ressemblait à un prêtre confessant les péchés d'un de ses paroissiens.

– Que diable s'est-il passé à Windsor Shoals? De quoi s'agissait-il?

– Pour autant que je puisse en juger, c'était une vendetta locale. Bartolozzi avait des ennemis. On m'a dit qu'il parlait beaucoup trop. Aïello aussi, je suppose. Ils étaient hâbleurs... Frank se trouvait là par hasard, je pense.

– Satanés Italiens! Ils fichent tout en l'air! A ce niveau, bien entendu. Vous voyez ce que je veux dire?

De nouveau. L'interrogation en suspens, mais version méridionale. Ce n'était plus vraiment une question. C'était une affirmation.

– Je comprends, répondit Matlock d'un ton las.

– Je crains d'avoir de mauvaises nouvelles pour vous, Jim. Je ferme les salles de jeu quelques jours. J'ai une peur bleue après ce qui s'est passé à Windsor Shoals.

– Ce n'est pas une nouvelle si mauvaise que ça. Etant donné la période vaches maigres que je traverse.

– Je suis au courant. Sammy m'en a parlé. Mais nous avons d'autres distractions. Carmount ne manque pas à ses devoirs d'hospitalité, je vous le promets.

Les deux hommes terminèrent leurs verres et Stockton, soulagé, escorta son hôte jusqu'à l'élégante salle à manger de Carmount. La cuisine était extraordinaire, servie d'une manière qui n'aurait pas fait honte à la plus riche ni à la plus raffinée des plantations du Sud avant la guerre de Sécession.

Malgré son côté agréable, reposant même, le dîner fut d'une totale inutilité pour Matlock. Howard Stockton ne parlait de son opération que dans les termes les plus vagues et en lui rappelant constamment qu'il se pliait aux volontés des yankees de grande classe. Son discours était épicé d'anachronismes descriptifs. Il était lui-même une contradiction ambulante. Au milieu du repas, il pria Matlock de l'excuser. Il devait aller saluer un membre important du club.

Ce fut pour Matlock la première occasion d'observer la clientèle de Stockton, ces fameux « yankees de grande classe ».

Le terme pouvait convenir, pensa Matlock, si les mots *classe* et *argent* étaient interchangeables, ce qu'il ne se résignait pas à admettre. La présence de l'argent était envahissante, à chaque table. Il y avait, signe qui ne trompait pas, une prolifération de bronzages en ce début mai dans le Connecticut. C'étaient des gens qui prenaient l'avion pour un oui, pour un non, vers des îles brûlées de soleil. Il y avait aussi ces rires de gorge artificiels, qui se répondaient d'un bout à l'autre de la salle, et les reflets scintillants des bijoux. Et puis l'apparence vestimentaire, les costumes élégants mais sans tapage, les vestes de soie naturelle, les cravates de chez Dior. Et les bouteilles de champagne qui trônaient majestueusement dans des seaux d'argent massif sur des trépieds de merisier.

Mais Matlock se dit qu'il y avait quand même une note discordante. Quelque chose manquait ou était déplacé et, pendant quelques minutes, il ne parvint pas à l'identifier. Enfin il découvrit ce dont il s'agissait.

Les peaux bronzées, les rires, les bracelets, les vestes, les cravates de chez Dior, l'argent, l'élégance, tout cela était principalement masculin.

Les femmes, les filles, produisaient l'impression contraire. Non qu'il y en eût quelques-unes parfaitement assorties avec leurs partenaires, mais dans l'ensemble ce n'était pas le cas. Elles étaient pourtant jeunes. Et hors du commun.

Il ne fut pas certain, au premier coup d'œil, d'être capable de cerner cette originalité. Puis elle lui parut évidente. La plupart de ces filles – et il s'agissait vraiment de filles jeunes – avaient une allure qu'il connaissait bien. Cela correspondait à l'une de ses thèses favorites dans le passé. Elles avaient le « look » du campus. Ce n'était ni celui des employées de bureau ni celui des secrétaires. Une expression un peu plus intense dans le regard, une attitude plus insouciante dans la conversation. L'aspect de femmes qui n'étaient pas engluées dans la routine, qui n'étaient attachées ni à des dossiers ni à des machines à écrire. C'était une réalité parfaitement définissable. Matlock côtoyait tout cela depuis dix ans. Il ne pouvait pas se tromper.

Il se rendit compte alors qu'en plus de cette contradiction on décelait dans le paysage une autre incongruité, mineure cette fois. La façon dont elles étaient habillées. Inhabituelle chez les étudiantes. Les vêtements étaient trop bien coupés, trop bien conçus, si toutefois le terme était adéquat. Bref, en cette époque de mode unisexe, trop féminins.

Elles étaient déguisées !

Soudain une seule phrase, prononcée d'un ton hystérique, à quelques tables de là, confirma son premier jugement.

– Honnêtement, je suis sincère, c'est vraiment super !

Cette voix ! Mon Dieu, il connaissait cette voix !

Il se demanda si elle l'avait fait exprès pour qu'il l'entende.

Il dissimula son visage derrière sa main et se tourna lentement vers celle qui gloussait ainsi. La fille riait en buvant du champagne tandis que son compagnon – un homme beaucoup plus âgé qu'elle – contemplait avec satisfaction la poitrine avantageuse de sa partenaire.

C'était Virginia Beeson. L'éternelle étudiante, l'hystérique du « super-rose », la femme d'Archie Beeson, le professeur d'histoire de l'université de Carlyle.

L'homme qui menait sa carrière universitaire tambour battant.

274

Matlock glissa un pourboire au Noir qui monta sa valise par l'escalier qui menait à la grande chambre décorée que Stockton lui avait proposée. Le sol était couvert d'une épaisse moquette bordeaux. Le lit était à baldaquin, les murs blancs à moulures. Sur la commode, il aperçut un seau à glace, deux bouteilles de Jack Daniels et plusieurs verres. Il ouvrit la valise, sortit son matériel de toilette et le posa sur la table de chevet. Il ôta son costume, une veste légère et deux pantalons, et les rangea dans la penderie. Puis il revint vers son bagage, le souleva et le déposa sur les deux bras en bois du fauteuil.

On frappa quelques coups discrets à la porte. Il pensa d'abord qu'il s'agissait d'Homard Stockton. Il avait tort.

Une fille, vêtue d'une robe fourreau rouge vif, provocante, se tenait dans l'embrasure de la porte et souriait. Elle avait une vingtaine d'années et était extrêmement séduisante.

Et son sourire était faux.

– Oui ?

– Avec les compliments de Mr. Stockton.

Après avoir prononcé ces mots, elle pénétra dans la chambre de Matlock.

Celui-ci ferma la porte et contempla la visiteuse, plus surpris que désorienté.

– C'est très délicat de sa part, n'est-ce pas ?

– Je suis contente que cela vous plaise. Il y a du whisky, de la glace et des verres sur votre commode. J'aimerais quelque chose de fort. A moins que vous ne soyez pressé.

Matlock s'avança lentement vers le meuble.

– Je ne suis nullement pressé. Que désirez-vous ?

– Ça m'est égal. Ce qu'il y a, mais avec des glaçons, s'il vous plaît.

– Je vois. Matlock remplit un verre et le lui apporta. Vous ne vous asseyez pas?

– Sur le lit?

Le seul fauteuil disponible se trouvait à l'autre bout de la pièce, près d'une porte-fenêtre.

– Je suis désolé. Il déplaça sa valise pour qu'elle puisse s'asseoir. Howard Stockton, pensa-t-il, avait bon goût. Cette fille était adorable. Comment vous appelez-vous?

– Jeannie.

Elle avala plus de la moitié de son whisky en quelques gorgées. Jeannie n'avait peut-être pas encore de préférences marquées en matière d'alcool, mais elle savait boire. Quand son verre quitta ses lèvres, Matlock remarqua qu'elle portait une bague au majeur de la main droite.

Il connaissait très bien cet anneau. On le vendait dans une boutique du campus, à quelques rues de l'appartement de John Holden, à Webster, dans le Connecticut. C'était la bague de l'université Madison.

– Que diriez-vous si je vous avouais que ça ne m'intéresse pas? demanda Matlock en s'appuyant contre l'une des colonnes de l'anachronique lit à baldaquin.

– Je serais surprise. Vous n'avez pas l'air d'une tante.

– Je ne le suis pas.

La fille leva les yeux vers Matlock. Son pâle regard bleu était chaleureux, professionnellement chaleureux, profond sans l'être vraiment. Elle avait de jeunes lèvres, pleines, tendues.

– Vous avez peut-être besoin d'un peu d'encouragement.

– Vous savez faire ça.

– Je suis experte.

Elle avait déclaré cela avec une arrogance tranquille.

Elle était si jeune, pensa Matlock, et pourtant il y avait quelque chose de vieux en elle. Et de la haine. Une haine camouflée, mais le maquillage était insuffisant. Elle était en représentation, le costume, les yeux, la bouche. Elle détestait sans doute son rôle, mais elle l'avait accepté.

Professionnellement.

– Et si je voulais juste bavarder ?

– La conversation, c'est autre chose. Il n'y a pas de règles pour cela. Nous avons les mêmes droits dans ce domaine, nous sommes *ex aequo*, monsieur sans-nom.

– Vous avez la parole facile. Cela devrait-il me révéler quelque chose ?

– Je ne vois pas pourquoi.

– *Ex aequo*, ce n'est pas exactement le vocabulaire de la putain que vous jouez de huit à trois heures du matin !

– Cet endroit, si jamais cela vous avait échappé, n'est pas non plus l'Avenida de las Putas.

– Tennessee Williams ?

– Qui sait ?

– Je crois que vous le savez.

– Bon. D'accord. Nous pouvons parler de Proust au lit. Je veux dire, c'est bien ça que vous désirez, n'est-ce pas ?

– Je vais peut-être me contenter de la discussion.

La fille, soudain alarmée, murmura d'une voix rauque :

– Vous êtes flic ?

– Je suis tout sauf flic, répondit Matlock en riant. On peut même dire que quelques-uns des flics les plus haut placés du coin aimeraient bien me mettre la main dessus. Bien que je ne sois ni un criminel... ni un dingue, d'ailleurs.

– Cela ne m'intéresse pas. Puis-je avoir un autre verre ?

– Bien sûr.

Matlock alla le lui chercher. Aucun des deux ne prononça un mot avant qu'il ne revienne.

– Cela vous ennuie que je reste un peu ici ? Le temps qu'il vous aurait fallu pour me sauter.

– Vous ne voulez pas perdre votre commission.

– C'est cinquante dollars.

– Vous devez probablement en utiliser une partie pour graisser la patte de la directrice du dortoir. L'université Madison est un peu vieux jeu. Dans certains bâtiments, il y a encore des contrôles, les jours de semaine. Vous allez être en retard.

Le choc qu'elle venait de subir se refléta sur son visage.

– Vous êtes un flic ! Un sale flic !

Elle voulut se lever de son fauteuil, mais Matlock se planta aussitôt devant elle et la saisit par les épaules. Il la força à se rasseoir.

– Je ne suis pas un flic. Je vous l'ai déjà dit. Et ça ne vous intéresse pas, vous vous souvenez ? Moi, ça m'intéresse. Enormément. Et vous allez me raconter ce que je veux savoir.

La fille fit une seconde tentative pour s'échapper, et Matlock lui agrippa le bras. Elle se débattit. Il la poussa violemment en arrière.

– Est-ce que vous vous faites toujours sauter avec votre bague ? Ou bien est-ce pour montrer à celui qui vous baise que vous avez de la classe ?

– Oh, mon Dieu !

Elle cacha son anneau et se tordit le doigt, comme si la pression était susceptible de faire disparaître le bijou.

– Maintenant, écoutez-moi ! Vous répondez à mes questions, ou je descends à Webster demain matin, et je leur demande de venir ici. Que préférez-vous ?

– Je vous en supplie !

Les yeux de la fille s'embuèrent de larmes. Sa main tremblait, elle haletait.

– Comment êtes-vous venue ici?

– Non! Non...

– Comment?

– J'ai été recrutée...

– Par qui?

– Une autre... D'autres. Nous nous recrutons mutuellement.

– Combien y en a-t-il?

– Pas beaucoup. Pas trop... C'est discret. Il faut que nous soyons discrètes... Laissez-moi m'en aller, s'il vous plaît. Je veux m'en aller.

– Oh, non. Pas encore. Je veux savoir combien et pourquoi.

– Je vous l'ai dit. Seulement quelques-unes, à peu près sept ou huit filles.

– Il doit y en avoir trente en bas!

– Je ne les connais pas. Elles viennent d'ailleurs. Nous ne demandons pas leurs noms aux autres.

– Mais vous savez d'où elles viennent, n'est-ce pas?

– Certaines... oui.

– D'autres écoles?

– Oui...

– Pourquoi, Jeannie? Pour l'amour du Ciel, pourquoi?

– Qu'est-ce que vous croyez? L'argent!

Elle portait une robe à manches longues. Il saisit son bras droit et fit remonter l'étoffe jusqu'au coude. Elle se débattit pour le faire reculer, mais il était plus fort qu'elle.

Il n'y avait aucune marque. Aucun signe.

Elle lui lança un coup de pied. Il la gifla, assez fort pour que, sous le choc, elle se tienne momentanément tranquille. Il lui prit le bras gauche, retroussa la manche.

Ils étaient là. Atténués, pas récents. Mais là.

Les petits points rouges laissés par une aiguille.

– Je n'en prends plus, maintenant! Je n'y ai pas touché depuis des mois!

– Mais vous avez besoin d'argent! Vous avez besoin de cinquante ou de cent dollars chaque fois que vous venez ici!... Qu'est-ce que vous prenez, maintenant? Des cachets jaunes? Des rouges? De l'acide? Des amphés? Bon Dieu, qu'est-ce que vous avalez? L'herbe, ce n'est pas si cher.

La fille sanglotait. Les larmes coulaient le long de ses joues. Elle se couvrit le visage et dit – murmura – à travers ses pleurs :

– Il y a tant de problèmes! Tant de... problèmes! Laissez-moi, je vous en prie!

Matlock s'agenouilla et prit sa tête dans ses bras, contre sa poitrine.

– Quels problèmes? Dites-le-moi, s'il vous plaît. Quels ennuis?

– Ils vous forcent à le faire... il faut... Il y en a tant qui ont besoin d'être secourus. Ils n'aideront pas n'importe qui si l'on refuse. Quel que soit votre nom, laissez-moi partir. Ne dites rien. Laissez-moi partir! Je vous en supplie!

– Je vais le faire, mais il y a encore une chose que vous pouvez éclaircir pour moi. Après je vous laisserai filer, et je n'en parlerai pas... Etes-vous ici parce qu'on vous a menacée? A-t-on menacé les autres gosses?

La fille hocha la tête, haletante, le souffle lourd, régulier.

Matlock poursuivit :

– Menacées de quoi? De vous dénoncer? De dévoiler vos habitudes? Ça n'en vaut pas la peine, pas aujourd'hui...

– Oh, vous n'y êtes pas! La fille parlait toujours à travers ses larmes. Ils peuvent vous détruire. A jamais. Détruire votre famille, vos études, sans doute votre avenir. Peut-être... quelque prison pourrie. Quelque part! Habitude... Ils vous poussent, vous approvisionnent... Un garçon que vous connaissez a des ennuis, ils peuvent l'en sortir... Une fille en est à son troisième mois, elle a besoin d'un médecin... Ils savent où en trouver un. Discrètement.

– Vous n'avez pas besoin d'eux! Qu'avez-vous fait? Il y a des agences, des conseillères!

– Mon Dieu, monsieur! Que connaissez-vous...? Les tribunaux de la drogue, les médecins, les juges! Ils dirigent tout ça! On ne peut rien contre. Rien que je puisse faire. Alors, laissez-moi tranquille, tranquille! On risque de faire du mal à trop de gens!

– Et vous allez continuer à faire ce qu'on vous dira! Petits salauds gâtés, apeurés, qui n'arrêtez pas de geindre! Peur de vous laver les mains, ou la bouche, ou les bras! Il tira le coude gauche de la fille et donna un coup sec, brutal.

Celle-ci leva les yeux vers lui, partagée entre la crainte et le mépris.

– C'est vrai, fit-elle d'une voix étrangement calme. Je ne crois pas que vous compreniez. Vous ignorez tout ça... Nous sommes différents de vous. Mes amis, c'est tout ce que j'ai. C'est tout ce que nous avons. Nous nous entraidons... Ça ne m'intéresse pas de jouer les héroïnes. La seule chose qui ait de l'intérêt pour moi, ce sont mes amis. Je n'ai pas de petit drapeau autocollant sur mon pare-brise et je n'aime pas John Wayne. Je pense que c'est un connard. Comme vous. Tous des connards!

Matlock lâcha son bras.

– Combien de temps pensez-vous tenir?

– Oh! je fais partie de celles qui ont de la chance. Dans un mois, j'aurai fini ce mémoire pour lequel mes parents ont payé, et j'en serai sortie. Ils essaient rarement de reprendre contact avec vous ensuite. Ils menacent de le faire, mais c'est exceptionnel... Ils veulent que l'on vive avec cette épée de Damoclès au-dessus de la tête.

Il comprit ce que signifiait son témoignage, et il se détourna.

— Je suis désolé. Tout à fait désolé.

— Ce n'est pas la peine. J'ai de la veine. Deux semaines après avoir obtenu ce morceau de papier auquel mes parents tiennent tant, je serai dans l'avion. Je quitte ce foutu pays. Et je ne reviendrai jamais !

XXV

COMME il s'y attendait, il avait été incapable de trouver le sommeil. Il avait renvoyé la fille en lui donnant de l'argent, car il n'avait rien d'autre à lui offrir, ni espoir ni conseil. Elle avait rejeté d'ailleurs ce qu'il lui avait conseillé, car cela impliquait trop de danger ou de douleur pour ces enfants engagés dans une indescriptible chaîne d'entraide. Il ne pouvait rien exiger. Il n'y avait aucun coup, aucune menace qui fût susceptible d'équilibrer le fardeau qui était le leur. Après tout, c'était leur propre combat. Ils ne voulaient aucune aide extérieure.

Il se souvint de l'exhortation du Bagdhivi :

Regarde les enfants; observe-les bien. Ils deviennent grands et forts, et chassent le tigre avec plus de ruse que toi et des muscles plus vigoureux que les tiens. Ils protégeront mieux les troupeaux que toi. Tu es vieux et infirme. Regarde les enfants. Méfie-toi des enfants.

Les enfants chassaient-ils mieux le tigre? Et même si c'était vrai, les troupeaux seraient-ils mieux protégés? Et qui était le tigre?

Etait-ce ce « foutu pays »?

Fallait-il en arriver là?

Toutes ces questions lui agitaient l'esprit. Combien de Jeannie y avait-il? Quelle était l'étendue du recrutement de Nemrod?

Il devait le découvrir.

La fille avait reconnu que Carmount n'était qu'un port d'escale. Il y en avait d'autres, mais elle ne les connaissait pas. Ses amies avaient été envoyées à New Haven, Boston, ou au nord, dans les environs de Hanovre.

Yale. Harvard. Dartmouth.

L'aspect le plus effrayant de tout cela, c'était que Nemrod pèserait sur leur avenir. Qu'avait-elle dit?

– Il est rare qu'ils reprennent contact... Ils menacent de le faire... On vit avec cette épée de Damoclès...

Si c'était le cas, le Bagdhivi avait tort. Les enfants étaient beaucoup moins rusés, leurs muscles plus faibles. Il n'y avait aucune raison de se méfier d'eux. Ils faisaient pitié.

A moins que les enfants ne soient divisés, guidés par d'autres, des enfants plus forts.

Matlock décida de descendre à New Haven. Peut-être y trouverait-il certaines réponses. Il avait de nombreux amis à l'université de Yale. Ce serait une excursion imprévue, mais de même nature que le voyage lui-même. Une étape dans son odyssée vers Nemrod.

Des sons courts, suraigus vinrent abréger la réflexion de Matlock. Il se raidit, glacé, les yeux alertés par le choc, le corps tendu sur le lit. Il lui fallut plusieurs secondes pour concentrer son attention sur l'origine de ce bruit paniquant. C'était le Tel-électronic, toujours dans la poche de sa veste. Mais où avait-il mis sa veste? Elle n'était pas près du lit.

Il fit pivoter la lampe de chevet et regarda autour de lui. Les bips incessants faisaient battre son pouls à tout rompre, perler la sueur sur son front. Puis il aperçut son manteau. Il l'avait posé sur une chaise, devant la porte-fenêtre, au centre de la chambre. Il jeta un coup d'œil à sa montre : quatre heures trente-cinq du matin. Il courut vers la veste, sortit le terrible instrument et l'éteignit.

La panique avait repris l'animal traqué. Il décrocha le téléphone posé sur la table de nuit. C'était une ligne directe. Pas de standard.

La tonalité ressemblait à n'importe quelle tonalité en dehors des zones principales de service public. Un peu brouillée, mais régulière. Et s'il y avait une bande enregistreuse ? Il serait incapable de la déceler. Il composa le 555-68-68 et attendit que la transmission se fasse.

– Décodeur Trois-Zéro au rapport, fit la voix anonyme. Désolé de vous déranger. Il n'y a aucun changement concernant le sujet, tout est satisfaisant. Toutefois, votre ami de Wheeling, en Virginie, insiste énormément. Il vous a téléphoné à quatre heures quinze et dit qu'il était impératif que vous le contactiez immédiatement. Nous sommes inquiets. Terminé.

Matlock raccrocha l'appareil et se vida l'esprit, jusqu'à ce qu'il ait trouvé et allumé une cigarette. Il avait besoin de ce précieux instant pour ralentir le battement de son pouls.

Il détestait cette machine ! Il détestait l'effet que ces bips terrifiants produisaient sur lui.

Il avala la fumée à grandes bouffées et comprit qu'il n'avait pas le choix. Il devait sortir du Country Club de Carmount et dénicher une cabine téléphonique. Greenberg n'aurait pas appelé à quatre heures du matin s'il n'y avait pas d'urgence. Il ne pouvait pas prendre le risque de le contacter sur la ligne du club.

Matlock jeta ses vêtements dans la valise et s'habilla en hâte.

Il se dit qu'il y avait certainement un gardien de

nuit ou un préposé au parking endormi dans une guérite, et que ce dernier lui rendrait sa voiture, celle de Kramer. Sinon il réveillerait quelqu'un, même si ce devait être Stockton en personne. Stockton avait toujours peur d'avoir des ennuis, comme à Windsor Shoals. Il n'essaierait pas de le retenir. Le pourvoyeur de chair jeune et fraîche accepterait n'importe quelle explication. La fleur du Sud brûlée par le soleil, exilée dans la vallée du Connecticut. La puanteur de Nemrod.

Matlock ferma doucement la porte et traversa le couloir silencieux en direction de l'escalier. Les appliques murales étaient allumées, leur lumière tamisée imitait les reflets des chandelles. Même au plus profond de la nuit, Howard Stockton ne pouvait oublier son héritage. L'intérieur du Country Club de Carmount ressemblait plus que jamais au grand hall endormi d'une demeure de planteur.

Il s'avança vers l'entrée et, quand il eut atteint le paillasson, il sut qu'il ne pourrait aller plus loin. Du moins pour le moment.

Howard Stockton, vêtu d'une ample robe de chambre de velours, très XIXᵉ siècle, sortit par une porte de verre, proche de l'entrée. A ses côtés se tenait un homme grand, de type méditerranéen, dont les yeux noirs comme le jais indiquaient une appartenance à la Main noire depuis des générations. Le compagnon de Stockton était un tueur.

– Quoi, monsieur Matlock! Vous nous quittez?

Il prit le parti de se montrer agressif.

– Puisque vous avez mis ce fichu téléphone sur écoute, je suppose que vous avez deviné que cela me pose des problèmes! Ce sont mes affaires, pas les vôtres! Si vous voulez savoir, cette intrusion me déplaît, souverainement!

La ruse se révéla efficace. Stockton fut ébranlé par l'hostilité de Matlock.

– Il n'y a aucune raison de vous fâcher... Je suis un homme d'affaires comme vous. Toute violation de votre intimité est pour votre protection. Bon sang! C'est la vérité, mon vieux!

– J'accepte votre explication à la noix. Mes clés sont-elles dans la voiture?

– Eh bien, pas dans votre voiture. C'est mon ami Mario qui les a. C'est un Italien d'une classe exceptionnelle, j'aime autant vous le dire.

– J'aperçois les armoiries familiales sur sa poche. Puis-je avoir mes clés?

Mario regarda Stockton, ne sachant plus sur quel pied danser. Juste une minute! fit Stockton. Attends un peu, Mario. Ne soyons pas impulsifs... Je suis un homme raisonnable. Quelqu'un de très raisonnable, de rationnel. Je ne suis qu'un pauvre...

– ... Virginien qui essaie de gagner de l'argent! l'interrompit Matlock. D'accord! A présent, écartez-vous de mon chemin, et donnez-moi mes clés!

– Mon Dieu, que vous êtes tous méchants! Réellement méchants! Mettez-vous à ma place...! Un code complètement dingo... Décodeur Trois-Zéro... et un appel urgent de Wheeling, en Virginie en plus! Et au lieu d'utiliser mon téléphone qui marche parfaitement, il vous faut de l'air, loin d'ici. Voyons, Jim, qu'auriez-vous fait?

Matlock répondit d'une voix glaciale et précise :

– J'essaierais de comprendre à qui j'ai affaire... Nous avons fait un certain nombre d'enquêtes, Howard. Mes supérieurs sont inquiets à votre sujet.

– Que voulez-vous dire?

La question semblait liée, comme s'il n'y avait pas de séparation entre les mots.

– Ils pensent... Nous pensons que vous avez trop

attiré l'attention sur vous. Président et vice-président d'un Rotary Club! Le généreux donateur qui permet de construire de nouveaux bâtiments scolaires. Le soutien des veuves et des orphelins, avec comptes ouverts dans les supermarchés! Des pique-niques pour le jour de la Commémoration! Et puis on engage des gens du cru pour répandre des rumeurs sur les filles! La moitié du temps, elles se promènent à moitié nues? Vous croyez que les citoyens du coin ne jasent pas? Mon Dieu, Howard!

– Qui diable êtes-vous?

– Rien qu'un homme d'affaires fatigué et bien ennuyé de voir un autre homme d'affaires faire le con. Pour qui donc roulez-vous? Le père Noël? Vous rendez- vous compte à quel point ce costume est voyant?

– Ça alors! C'est vous qui me l'avez envoyé! Je suis à la tête de l'opération la mieux combinée du nord d'Atlanta. Je ne sais pas qui vous a renseigné, mais je peux vous le dire : que ce Mont Holly de malheur aille au diable! Ces trucs où vous allez mettre votre nez, ce sont de bonnes actions! Vraiment bonnes! Vous déformez tout! Ce n'est pas bien!

Stockton sortit un mouchoir, épongea son visage rougi et humide de sueur. L'homme du Sud était si perturbé que ses phrases se chevauchaient, que sa voix devenait stridente. Matlock réfléchit vite, mais prudemment. Il était peut-être temps de cueillir Stockton. Il fallait qu'il sorte sa propre invitation. Il allait attaquer la dernière étape de son voyage chez Nemrod.

– Calmez-vous, Stockton. Décontractez-vous. Il n'est pas impossible que vous ayez raison... Je n'ai pas le temps d'y penser pour l'instant. Nous sommes en crise. Tous. Ce coup de téléphone était grave. Matlock s'interrompit, lançant un regard dur à un Stockton nerveux, puis il posa sa valise sur le dallage de marbre. Howard, poursuivit-il, je vais vous confier quelque chose, et j'espère que vous vous montrerez à la hauteur. Si vous réussissez votre coup, personne ne s'occupera plus de votre opération, jamais.

– De quoi s'agit-il?

– Dites-lui d'aller prendre l'air. A l'autre bout du hall, si cela peut vous tranquilliser.

– Tu as entendu. Va fumer un cigare.

Mario regarda les deux hommes, hostile et troublé, tout en se dirigeant vers l'escalier.

– Qu'attendez-vous de moi? Je vous l'ai dit. Je ne veux pas d'ennuis, déclara Stockton.

– Nous allons tous avoir des ennuis, à moins que je ne contacte quelques délégués. C'était pour cela que Wheeling m'appelait.

– Que voulez-vous dire... délégués?

– La réunion de Carlyle. La conférence des nôtres et de l'organisation de Nemrod.

– Ce n'est pas mon affaire! Stockton avait littéralement craché ces mots. Je ne sais absolument rien de tout ça.

– J'en suis certain. Vous ne deviez pas être au courant. Mais à présent, cela nous concerne tous... Ici et là, certaines règles ont été violées. C'est l'époque qui veut ça. Nemrod est allé trop loin, c'est tout ce que je peux vous révéler.

– C'est à moi que vous dites ça? Je vis avec ces faiseurs de morale! Je parlemente avec eux et, quand je me plains, vous savez ce qu'on nous dit? Ils répètent à l'envi : C'est comme ça, mon vieux Howie, nous sommes tous dans les affaires! Alors, qu'est-ce que vous venez me chanter? Pourquoi faudrait-il que je traite avec eux?

– Peut-être ne pourrez-vous plus le faire longtemps. C'est pourquoi il faut que je contacte les autres. Les délégués.

– Je n'assiste pas à ces réunions-là. Je ne connais personne.

– Bien entendu. Encore une fois, c'est tout à fait normal. Il s'agit d'une conférence capitale et ultra-confidentielle. Si secrète que nous nous sommes peut-être fait entuber : nous ne savons pas qui se trouve dans les parages. De quelle organisation, de quelle famille? Mais j'ai des ordres. Il faut que nous parvenions à en joindre un ou deux.

– Je ne peux pas vous aider.

Matlock jeta un regard impitoyable à l'homme du Sud.

– Je pense que si. Ecoutez-moi. Demain matin, prenez votre téléphone et passez le mot. Prudemment! Nous ne voulons pas de panique. Ne dites à personne que vous êtes au courant et ne prononcez pas mon nom! Expliquez simplement que vous avez rencontré quelqu'un qui a l'invitation corse, le papier argenté. Il faut qu'il entre en contact avec un autre détenteur de la même convocation. Nous commencerons par un seul délégué si c'est nécessaire. Avez-vous compris?

– Oui, mais je n'aime pas ça! Ça ne me regarde pas!

– Vous préférez fermer boutique? Souhaitez-vous perdre votre magnifique relique et passer dix ou vingt ans devant la fenêtre d'une cellule? J'imagine que les funérailles sont très touchantes en prison.

– D'accord! D'accord... Je vais appeler mon correspondant. Je dirai que je ne sais rien, que je me contente de transmettre un message.

– Ça ira. Si vous établissez le contact, dites-lui que je serai au Club ski et voile ce soir ou demain. Qu'il apporte le papier. Je ne parlerai qu'au porteur d'une invitation.

– Pas de papier...

– Maintenant, donnez-moi mes clés.

Stockton rappela Mario. Matlock récupéra ses clés.

Il prit la direction du sud, sur la route 72 qui partait de Mont Holly. Il ne se souvenait pas avec précision de l'endroit, mais il savait qu'il était passé devant plusieurs cabines publiques en se rendant à Hartford. C'était curieux. Il commençait à repérer ces cabines, son seul lien avec quelque chose de solide. Tout le reste était précaire, étranger, terrifiant, une sorte de quitte ou double. Il téléphonerait à Greenberg comme le lui avait demandé Décodeur Trois-Zéro mais, avant cela, il contacterait l'un des hommes de Blackstone.

Il fallait lui fixer immédiatement un rendez-vous. Il avait besoin du papier corse. Il avait prononcé le mot. Il devait garder la maîtrise du jeu, condition *sine qua non* pour apprendre quoi que ce soit. Si le message de Stockton était transmis, et si quelqu'un entrait en contact avec ce dernier, il tuerait ou serait tué avant de briser la loi du silence, la loi de l'Omerta, à moins que Matlock ne présente sa propre invitation.

A quoi tout cela menait-il? Etait-il un amateur comme Kressel et Greenberg le pensaient? Il n'en savait rien. Il tenta d'approfondir les choses, de voir chaque action sous tous les angles, d'utiliser les ressorts de son imagination cultivée, entraînée. Mais était-ce suffisant? Ou bien son sens de l'engagement, ses sentiments violents de vengeance et de dégoût étaient-ils en train de le transformer en don Quichotte?

S'il en était ainsi, il vivrait cette situation. Il ferait tout son possible pour l'accepter. Il avait de bonnes raisons pour cela, un frère du nom de David, une fille du nom de Pat, un homme âgé et bon du nom de Lucas, un type charmant du nom de Loring, une étudiante terrifiée et perdue de

Madison du nom de Jeannie. Quel spectacle écœurant!

Un camion de lait avançait pesamment. Le chauffeur chantait et fit un signe de la main à Matlock. Quelques minutes plus tard, un énorme dix tonnes des Van Lines passa devant lui à vive allure. Peu après ce fut un transporteur de marchandises. Il était presque cinq heures et demie, et le jour se levait. La journée serait grise, des nuages de pluie obscurcissaient le ciel.

Le téléphone sonna.

– Bonjour!

– Vous avez un problème, monsieur? Avez-vous réussi à joindre votre ami en Virginie? Il a dit qu'il ne plaisantait plus.

– Je l'appellerai dans quelques minutes. Etes-vous Cliff?

Matlock savait que ce n'était pas lui. La voix était différente.

– Non, monsieur. Je m'appelle Jim, comme vous.

– Parfait, Jim. Dites-moi, Jim, votre collègue a-t-il fait ce que je lui avais demandé? Est-il allé chercher ce papier?

– Oui, monsieur. Si c'est le papier argenté avec un texte en italien. Je crois que c'est de l'italien.

– C'est ça.

Matlock lui donna rendez-vous deux heures plus tard. Ils décidèrent que Cliff le retrouverait dans un restaurant de Scofield Avenue, ouvert la nuit, près des faubourgs de Hartford-ouest. Décodeur Trois-Zéro insista pour que l'échange ait lieu rapidement, sur le parking. Matlock décrivit la voiture qu'il conduisait et raccrocha le téléphone.

Ensuite il appela Jason Greenberg à Wheeling. Greenberg était furieux.

– Ringard! Vous ne vous contentez pas de trahir votre parole, il vous faut constituer votre propre

292

armée ! Qu'imaginez-vous que ces clowns puissent faire de plus que le gouvernement des Etats-Unis ?

– Ces clows me coûtent trois cents dollars par jour, Jason. Ils ont intérêt à les mériter.

– Vous vous êtes enfui ! Pourquoi avez-vous fait ça ? Vous m'aviez donné votre parole. Vous aviez promis de travailler avec notre agent.

– Votre agent m'a posé un ultimatum que je ne pouvais pas accepter ! Et si c'était une de vos idées, je vous répondrais la même chose qu'à Houston.

– Qu'est-ce que cela veut dire ? Quel ultimatum ?

– Vous le savez parfaitement ! N'essayez pas de jouer au plus fin avec moi. Et écoutez-moi... Matlock reprit sa respiration avant de plonger dans le mensonge, en lui conférant toute l'autorité dont il était capable. Il y a un avocat de Hartford qui a une lettre très explicite, signée de moi. A peu près les mêmes termes que dans celle que je vous ai envoyée. Mais les renseignements sont quelque peu différents : c'est très net. Elle décrit en détail l'histoire de mon recrutement, comment vous, espèce de salaud, m'avez entubé pour que je marche dans votre combine et comment vous m'avez laissé choir. Comment vous m'avez forcé à signer un texte mensonger... Si vous tentez quoi que ce soit, il lâchera le morceau et je connais bon nombre de manipulateurs qui seront bien embarrassés au ministère de la Justice. C'est vous qui m'avez donné cette idée, Jason. C'était une excellente idée. Cela pourrait même décider quelques militants à semer la pagaille sur le campus de Carlyle. Et même, avec un peu de chance, déclencher une série d'émeutes dans tout le pays. La scène universitaire est prête à sortir de sa torpeur. N'est-ce pas ce que Sealfont avait dit ? Mais, cette fois, ce ne sera ni la guerre ni la drogue. On trouvera de meilleurs termes : infiltration étatique, Etat policier... méthodes gestapistes. Vous y êtes-vous préparés ?

– Pour l'amour du Ciel, fermez-la! Cela ne vous fera aucun bien. Vous n'êtes pas important à ce point... Et puis de quoi diable parlez-vous? C'est moi qui ai fait le briefing! Je n'ai posé aucune condition sauf une : que vous nous teniez au courant de vos faits et gestes.

– Des conneries! Il ne fallait pas que je quitte le campus, ni que je parle aux membres du corps enseignant ou de la direction. Mon domaine devait se restreindre aux investigations parmi les étudiants. Je pensais que ceux-ci devaient être les premiers à être disculpés! A part ces quelques restrictions mineures, j'étais libre comme l'air! Allons! Vous avez vu Pat! Vous savez ce qu'ils lui ont fait. Ce qu'ils ont commis, cela s'appelle un viol, Greenberg! Vous vous attendiez à ce que je remercie Houston de se montrer si compréhensif?

– Croyez-moi, dit Greenberg d'une voix blanche de colère retenue. On a ajouté ces conditions après mon briefing. Ils auraient dû m'en avertir, c'est vrai. Mais ils l'ont fait pour vous protéger. Vous êtes capable de saisir ça, n'est-ce pas?

– Ça ne faisait pas partie de notre marché!

– Non. Et ils auraient dû me prévenir...

– Je me demande qui ils tiennent réellement à protéger. Eux ou moi.

– Bonne question. Ils auraient pu me le dire. Ils n'ont pas la possibilité de déléguer les responsabilités, cela réduit notre autorité. Ce n'est pas logique.

– Ce n'est pas moral. Laissez-moi vous dire une chose. Ma petite odyssée m'a de plus en plus rapproché de cette sublime question de moralité.

– J'en suis heureux pour vous, mais je crains que votre odyssée ne touche à sa fin.

– Essayez donc!

– Ils vont le faire. Peu importe votre déclaration déposée chez un avocat. Je leur ai dit que je voulais d'abord tenter ma chance... Si vous ne vous mettez pas sous leur protection dans les quarante-huit heures qui suivent, ils lanceront un mandat d'arrêt.

– Pour quels motifs?

– Vous constituez un danger. Vous êtes mentalement déséquilibré. Vous êtes un dingue. Ils produiront votre dossier militaire – deux jugements en cour martiale, du trou, instabilité constante en situation de combat. Vous vous droguez. Vous vous soûlez aussi. Ils ont des témoins. Vous êtes raciste. Ils ont pris le rapport de Lumumba Hall chez Kressel. Et maintenant, d'après ce que j'ai compris, bien que je n'aie pas de données précises, vous fréquentez des criminels notoires. Ils ont des photos prises à Avon... Rendez-vous, Jim. Ils briseront votre vie.

XXVI

QUARANTE-HUIT heures! Pourquoi quarante-huit heures? Pourquoi pas vingt-quatre, douze, immédiatement? Cela n'avait pas de sens. Puis il comprit et, seul dans la cabine, il se mit à rire. Il riait comme un fou dans une cabine publique à cinq heures et demie du matin sur une route nationale déserte, près de Mont Holly, dans le Connecticut.

Ces gens, avec leur sens pratique, lui donnaient juste le temps de mener son entreprise à terme, si toutefois il en était capable. S'il ne parvenait à rien et s'il arrivait quoi que ce soit, ils n'en seraient pas responsables. Il était inscrit dans son dossier qu'on le considérait comme un déséquilibré, un drogué, avec des tendances racistes, qui frayait avec des criminels connus et que, de plus, on l'avait prévenu. En raison des difficultés spécifiques que l'on rencontre avec des fous de ce genre, on lui avait accordé un délai, dans l'espoir de diminuer les risques encourus. Mon Dieu! Les manipulateurs!

Il atteignit le restaurant de Hartford-ouest à six heures quarante-cinq et prit un copieux petit déjeuner, se disant que la nourriture remplacerait le sommeil et lui donnerait l'énergie dont il avait besoin. Il regardait sans cesse sa montre, en sachant qu'il devrait être sur le parking à sept heures et demie.

Il se demanda à quoi ressemblait l'homme qui incarnait Décodeur Trois-Zéro.

Il était immense et Matlock ne s'était jamais considéré comme quelqu'un de petit. Cliff, Décodeur Trois-Zéro, rappela à Matlock les vieux portraits de Primo Carnera. Sauf le visage. Il était mince et intelligent, avec un large sourire.

– Ne sortez pas, monsieur Matlock. Il pénétra à l'intérieur de la voiture et serra la main de Matlock. Voilà le papier. Je l'ai mis dans une enveloppe. A ce propos, nous avons fait rire miss Ballantyne, hier soir. Elle se sent mieux. L'électro-encéphalogramme est régulier, le métabolisme retrouve son équilibre et la dilatation de la pupille diminue. J'ai pensé que vous aimeriez le savoir.

– J'imagine que ce doit être bon signe.

– Tout à fait. Nous sommes devenus amis avec le médecin. Il est à la hauteur.

– Comment réagit l'hôpital à votre mission de protection ?

– Monsieur Blackstone a résolu ces problèmes à l'avance. Nous avons une chambre de chaque côté du sujet.

– Pour lesquelles, j'en suis certain, on me fera payer.

– Vous connaissez Mr. Blackstone.

– Je commence. Il voyage en première classe.

– Ses clients aussi. Je ferais mieux d'y retourner. Enchanté.

L'homme de Blackstone s'éloigna à grands pas et monta dans une incroyable automobile, vieille de plusieurs années.

Le moment était venu pour Matlock de se rendre à New Haven.

Il n'avait aucun plan précis, aucun individu particulier en tête. Il ne dirigeait plus les opérations. Il se laissait guider. Les informations qu'il détenait étaient, au mieux, nébuleuses, en tout cas vagues et beaucoup trop incomplètes pour mener à des conclusions définitives. Pourtant il avait peut-être de quoi établir un contact. Mais celui, quel qu'il soit, qui le ferait ou serait à même de le faire devrait avoir une vue d'ensemble de l'université. Quelqu'un qui, comme Sam Kressel, connaîtrait les tensions du campus.

Yale était cinq fois plus grand que Carlyle, infiniment plus diffus, un quartier entier de la ville de New Haven, sans être réellement isolé de ce qui l'entourait comme l'était Carlyle. Il y avait un point stratégique, le Bureau des élèves. Mais il n'y connaissait personne. Et s'il débarquait en racontant une histoire invraisemblable de filles formant une chaîne de prostitution qui, d'après ce qu'il avait pu constater, avait infiltré les Etats du Connecticut, du Massachusetts et du New Hampshire, cela ferait du bruit. Si on le prenait au sérieux. Et cela, il n'en était pas certain. Il risquait alors de faire chou blanc.

Il existait quand même une possibilité. Un pauvre adjoint du Bureau des élèves qui avait l'avantage de superviser un domaine lui donnant une vue spécifique mais néanmoins générale du campus : la section des admissions. Peter Daniels travaillait au bureau des admissions de Yale. Daniels et lui avaient partagé le même pupitre en année préparatoire. Il le connaissait assez bien pour lui exposer les faits tels qu'il les entendait. Daniels n'était pas de ceux qui refuseraient de le croire ou qui paniqueraient. Toutefois, il se contenterait de lui relater l'histoire de la fille.

Il se gara dans Chapel Street, près du Carrefour de York. D'un côté du croisement se trouvait une arche menant à la cour carrée du collège Silliman, de l'autre une grande étendue de pelouse sillonnée de sentiers cimentés conduisant au bâtiment de l'administration. Le bureau de Daniels était au second étage. Matlock sortit de la voiture, la ferma à clé et se dirigea vers le vieil immeuble de brique au-dessus duquel flottaient le drapeau américain et la bannière de Yale.

– C'est invraisemblable! Nous sommes bientôt dans l'ère du Verseau. On ne paie plus pour faire l'amour. C'est le libre-échange.

– Je suis sûr de ce que j'ai vu. Je sais ce que cette fille m'a dit. Elle ne mentait pas.

– Je te le répète. Tu ne peux pas en être sûr.

– C'est lié à trop de choses que j'ai également constatées.

– Puis-je poser une question stupide? Pourquoi ne vas-tu pas trouver la police?

– Réponse évidente. Les facultés ont eu assez de problèmes comme ça. Quels que soient les faits, ils n'en demeurent pas moins isolés. J'ai besoin de renseignements supplémentaires. Je ne veux pas être taxé de mythomanie, ni donner des noms inconsidérément, ni semer la panique. Ça suffit comme ça.

– D'accord. Je veux bien te croire, mais je ne peux pas t'aider.

– Donne-moi quelques noms. Des étudiants ou des professeurs. Des gens d'ici... dont tu es certain qu'ils ont des ennuis, de graves ennuis. Près du centre. Tu connais ces gens-là. Je le sais. Nous le savons... Je te jure qu'ils n'apprendront jamais qui me les a indiqués.

Daniels se leva et alluma sa pipe.

– Tu es beaucoup trop imprécis. Quel genre d'ennuis? Universitaires, politiques... stupéfiants, alcool? Tu couvres un vaste terrain.

– Attends une minute.

Les mots de Daniels firent resurgir un détail. Matlock se souvint d'une pièce faiblement éclairée, embrumée de fumée, dans un immeuble apparemment désert de Hartford. Le Club de chasse de Rocco Aïello. Et un jeune homme en veste de serveur qui apportait une note à signer pour Aïello. L'ancien combattant du Viêt-nam et de Da Nang. Le type de Yale qui établissait des contacts se constituait un petit pécule... spécialiste en gestion.

– Je sais qui je veux rencontrer.

– Quel est son nom?

– Je ne le connais pas... Mais c'est un ancien combattant, Indochine, environ vingt-deux, vingt-trois ans. Il est grand, châtain clair... spécialisé en gestion.

– Une description qui pourrait convenir à cinq cents étudiants. A part les premières années de médecine, le droit et les futurs ingénieurs, tout est regroupé sous le label sciences humaines et politiques. Il faudra consulter chaque dossier.

– Et les photos d'inscription?

– Ce n'est plus permis, tu le sais.

Matlock regarda par la fenêtre, les sourcils froncés, pensif. Puis il se tourna vers Daniels.

– Pete, nous sommes en mai...

– Ah oui? Même si nous étions en novembre, tout devrait quand même se faire dans les règles.

– La remise des diplômes est dans un mois... Les photos des élèves de dernière année. Les portraits de l'année.

Daniels comprit instantanément. Il retira sa pipe de sa bouche et s'avança vers la porte.

– Viens avec moi.

Il s'appelait Alan Pace. Il était en dernière année, et la gestion n'était pas sa matière principale. Il se spécialisait en sciences politiques. Il habitait en dehors du campus, dans Church Street, près du faubourg de Hamden. D'après son dossier, Alan Pace était un excellent élève, des félicitations dans toutes les matières et un titre de membre associé de l'école Maxwell de sciences politiques à Syracuse en vue. Il avait passé vingt-huit mois sous les drapeaux, quatre de plus que ce qui était exigé. Comme pour la plupart des anciens combattants, ses activités autres qu'universitaires étaient des plus réduites.

Quand Pace était sur le front, il était sous-officier d'intendance. Il s'était porté volontaire pour effectuer quatre mois supplémentaires dans le corps de Saïgon, fait souligné sur sa feuille de réinscription. Alan Pace avait donné quatre mois de sa vie pour son pays, plus que ce qui était nécessaire. Alan Pace était, de toute évidence, un homme honorable dans cette époque cynique.

C'est un gagneur, pensa Matlock.

Le trajet qui le mena de Church Street à Hamden permit à Matlock de clarifier la situation. De sérier les problèmes, de s'occuper d'une chose à la fois. Il ne pouvait laisser son imagination donner à des faits isolés plus de signification qu'ils n'en avaient en réalité. Il n'avait pas le droit de les additionner afin d'obtenir une somme supérieure à l'ensemble des parties.

Il était tout à fait possible que cet Alan Pace joue en solo. Sans attaches, sans entraves.

Mais ce n'était pas logique.

L'immeuble de Pace était un bâtiment de brique rouge comme les autres, d'un genre parfaitement banal dans les faubourgs urbains. Autrefois, il y avait quarante ou cinquante ans de cela, c'était l'orgueilleux symbole d'une classe moyenne en pleine ascension, qui sortait des quartiers de béton pour gagner la campagne, mais n'était pas assez hardie pour abandonner complètement la cité. Ce n'était pas vraiment dégradé, plutôt mal entretenu. C'était le dernier endroit où aurait dû vivre un étudiant. D'emblée, ceci frappa Matlock.

Pourtant il habitait là. Peter Daniels le lui avait confirmé.

Alan Pace ne voulut pas ouvrir le loquet de sa porte. Matlock insista sur deux points qui incitèrent Pace à changer d'avis. Le premier, c'était qu'il n'appartenait pas à la police. Le second, ce fut le nom de Rocco Aïello.

– Que voulez-vous? J'ai beaucoup de travail. Je n'ai pas le temps de bavarder. J'ai des examens demain.

– Puis-je m'asseoir?

– Pour quoi faire? Je vous l'ai dit. Je suis occupé.

L'étudiant, grand, cheveux châtains, retourna vers son bureau envahi de livres et de papiers. L'appartement était bien rangé, à l'exception de la table de travail, et très spacieux. Il y avait des portes et de petits couloirs menant vers d'autres portes. C'était le genre d'appartement généralement partagé à trois ou quatre étudiants. Or Alan Pace n'avait pas de compagnon.

– Je m'assiérai quand même. Vous devez bien ça à Rocco.

– Qu'est-ce que ça veut dire?

– Simplement que Rocco était mon ami. J'étais avec lui l'autre soir quand vous lui avez apporté une note à signer. Vous vous souvenez? Et il était bon pour vous... Il est mort.

– Je sais. Je l'ai lu quelque part. Je suis désolé. Mais je ne lui dois rien du tout.

– Mais vous vous fournissiez chez lui.

– Je ne comprends pas de quoi vous parlez.

– Allons, Pace. Vous n'avez pas de temps à perdre, et moi non plus. Vous n'avez rien à voir avec la mort d'Aïello, et j'en suis conscient. Mais il me faut des renseignements, et vous allez me les donner.

– Vous vous trompez. Je ne vous connais pas. Je ne sais rien.

– Moi, je vous connais. J'ai des informations vous concernant. Aïello et moi, nous pensions faire des affaires ensemble. Cela ne vous regarde pas, je m'en rends compte, mais nous avons échangé... des informations. Je viens vous trouver parce que, pour être franc, Rocco est parti, et il y a certains trous que j'aimerais combler. Je vous demande un service et je suis prêt à le payer.

– Je vous l'ai dit, je ne suis pas votre homme. Je connaissais à peine Aïello. Je gagnais quelques dollars comme serveur. Bien sûr, il y a des rumeurs, mais c'est tout. Je ne sais pas ce que vous désirez, mais vous feriez mieux d'aller voir quelqu'un d'autre.

Pace était malin, pensa Matlock. Il ne s'engageait pas, mais il ne plaidait pas non plus l'innocence totale. Il disait peut-être la vérité. Il y avait un moyen de le savoir.

– J'insiste... Quinze mois au Viêt-nam. Saïgon, Da Nang. Des excursions à Hong-Kong, au Japon. Sous-officier d'intendance, le boulot le plus terne, le plus exaspérant pour un jeune possédant des capacités qui lui valent les honneurs d'une université difficile.

– L'intendance, c'était un bon poste, ni combat ni surmenage. Tout le monde faisait des balades touristiques. Voyez les feuilles de route des permissionnaires.

– Alors, poursuivit Matlock sans se préoccuper de l'interruption de Pace, le soldat dévoué retourne à la vie civile. Après une prolongation de séjour de quatre mois à Saïgon – je suis surpris que vous n'ayez pas été pris à ce moment-là –, il revient avec assez d'argent à placer à son nom, qui ne provient certainement pas de sa solde. C'est l'un des plus gros pourvoyeurs de New Haven. Voulez-vous que je continue ?

Pace, debout près du bureau, avait le souffle coupé. Il regarda Matlock, blanc comme un linge. Quand il parla, sa voix était celle d'un homme qui avait peur.

– Vous ne pouvez rien prouver. Je n'ai rien fait. Mon dossier militaire, mon dossier universitaire sont tous deux bons. Très bons, même.

– Les meilleurs qui soient. Pas une faille. Des dossiers dont on peut être fier. Je suis sincère. Et je ne voudrais rien faire qui vienne tout gâcher. Et là aussi, je suis sérieux.

– Vous n'en auriez pas la possibilité. Je n'ai rien à me reprocher !

– C'est faux. Vous y êtes jusqu'au cou. Aïello a été très clair. Il l'a couché sur le papier.

– Vous mentez !

– Vous êtes stupide. Vous croyez qu'Aïello aurait fait affaire avec quelqu'un dont il n'aurait pas contrôlé les activités ? Pensez-vous qu'il aurait pu se le permettre ? Il tenait des dossiers très complets, Pace, et je les ai. Je vous l'ai dit. Nous allions nous associer. On ne s'associe pas sans abattre quelques cartes, vous devriez le savoir.

Pace murmura :

– Ces dossiers n'existent pas. Ils n'ont jamais existé. Des villes, petites ou grandes, des codes. Pas de noms. Jamais de noms.

– Alors pourquoi suis-je ici ?

– Vous m'avez vu à Hartford ? Vous cherchez une filière.

– Vous savez comment les choses se passent. Ne soyez pas idiot.

Les sous-entendus de Matlock étaient plus que n'en pouvait supporter l'étudiant, anéanti sous le choc.

– Pourquoi êtes-vous venu me voir ? Je ne suis

pas important à ce point. Vous dites que vous savez tout de moi. Vous devriez savoir ça aussi.

– Je vous l'ai dit. J'ai besoin de renseignements. Je n'ai pas envie d'aller trouver les grands prêtres, ni quiconque détenant une réelle autorité. Je veux être en position de force. C'est pourquoi je suis prêt à payer et à faire disparaître tout ce que j'ai sur vous.

La perspective de se dégager de l'emprise de cet inconnu était visiblement la seule préoccupation de Pace. Il répondit aussitôt :

– Et si je suis incapable d'apporter une réponse à vos questions, vous penserez que je mens ?

– Il peut vous arriver pire. Vous n'avez qu'à essayer.

– Allez-y !

– J'ai rencontré une fille... d'une faculté voisine. Je l'ai rencontrée dans des circonstances que l'on peut décrire comme de la prostitution professionnelle dans tous les sens du terme. Rendez-vous, tarifs fixés, aucune connaissance des clients, les compétences habituelles... Que connaissez-vous de tout cela ?

Pace fit quelques pas en direction de Matlock.

– Que voulez-vous dire ? Je suis au courant de l'existence de telles pratiques. Qu'y a-t-il d'autre que je devrais vous révéler ?

– Jusqu'où cela s'étend-il ?

– Partout. Ce n'est pas nouveau.

– Ça l'est pour moi.

– Vous ne connaissez pas le terrain. Promenez-vous dans certaines villes universitaires.

Matlock avala sa salive. Etait-il si loin du compte ?

– Et si je vous disais que je connais beaucoup de... villes universitaires ?

– Je vous répondrais que vous évoluez dans des

cercles restreints. Mais je ne participe pas à ce commerce. Quoi d'autre ?

– Développons un peu ce sujet... Pourquoi ?

– Pourquoi quoi ?

– Pourquoi ces filles le font-elles ?

– Le fric, mon vieux. Pourquoi fait-on quoi que ce soit ?

– Vous êtes trop intelligent pour croire ça... Est-ce organisé ?

– Je l'imagine. Je vous l'ai dit. Je ne fais pas partie du réseau.

– Attention ! J'ai des papiers vous concernant...

– D'accord. Oui, c'est organisé. Tout est organisé. Si ça doit marcher.

– Où se trouvent précisément les terrains d'opération ?

– Je vous l'ai dit. Partout.

– A l'intérieur des facultés ?

– Non, pas à l'intérieur. Dans les environs. Généralement à quelques kilomètres, si les campus sont situés à la campagne. De vieilles maisons, loin des faubourgs. Dans les villes, il y a les hôtels du centre, les clubs privés, les immeubles d'habitation. Mais pas ici.

– Sommes-nous en train de parler... de Columbia, de Harvard, de Radcliffe, Smith, Holyoke ? Et de quelques endroits dans le Sud ?

– On oublie toujours Princeton, répliqua Pace avec un sourire désabusé. Et certaines propriétés, anciennes et superbes, sur des routes isolées... Oui, nous parlons de tout cela.

– Je ne l'aurais jamais cru... Matlock parlait autant pour lui-même que pour Pace. Mais pourquoi ? Ne me répétez pas cet argument éculé, le fric...

– Le fric, c'est la liberté, mon vieux ! Et pour ces gosses aussi, c'est la liberté. Ce ne sont pas des névropathes. Ils ne se trimbalent pas en béret et veste de combat. Très peu d'entre eux, nous avons retenu la leçon. Prends l'argent, mon pote, et tu plairas aux gens bien... Et que vous l'ayez remarqué ou non, l'argent honnête ne se trouve pas aussi facilement qu'autrefois. La plupart de ces jeunes en ont besoin.

– La fille dont j'ai parlé. Je suis persuadé qu'elle y a été forcée.

– Mon Dieu! On ne force personne. Ce ne sont que des conneries!

– Pourtant c'est vrai. Elle a fait plusieurs allusions... Le verrouillage est un moyen comme un autre... Tribunaux, médecins, même le travail...

– Je n'en sais rien.

– Et ensuite on reprend contact, peut-être quelques années après. Le bon vieux chantage. Exactement comme je le fais en ce moment.

– Alors elle avait des ennuis avant. Cette fille, je veux dire. Si ça la débecte, elle n'est pas obligée de faire le voyage. A moins qu'elle n'ait quelqu'un sur le dos et qu'elle ne puisse pas payer ses dettes.

– Qui est Nemrod?

Matlock posa la question calmement, comme si de rien n'était. Mais le jeune homme se détourna et s'éloigna.

– Je n'en sais rien. Je n'ai aucune information à ce sujet.

Matlock quitta son fauteuil et resta debout, immobile.

– Je répéterai une fois ma question et, si je n'obtiens aucune réponse, je sortirai et vous serez cuit. Un avenir très prometteur se verra brutalement brisé... si toutefois vous avez un avenir... Qui est Nemrod?

Le garçon fit volte-face, et Matlock aperçut de nouveau la peur. La peur qu'il avait vue sur le visage de Lucas Herron, dans les yeux de Lucas Herron.

– Je vous en supplie, mon Dieu, je ne peux pas vous répondre.

– Vous ne pouvez pas ou vous ne voulez pas?

– Je ne peux pas. Je ne sais pas!

– Je crois que si. Mais je vous avais prévenu que je ne vous le demanderais qu'une fois. Voilà.

Matlock se dirigea vers la porte de l'appartement sans même regarder l'étudiant.

– Non! Merde... Je ne suis pas au courant... Comment pourrais-je l'être? Personne ne le peut.

Pace courut vers Matlock.

– Ne peut quoi?

– Quoi que vous ayez dit... Ecoutez-moi! Je ne sais pas qui ils sont! Je n'ai pas...

– Ils?

Pace parut troublé.

– Oui... J'imagine. Je ne les connais pas. Je n'ai aucun contact. D'autres en ont, pas moi. Ils ne se sont pas préoccupés de moi.

– Mais vous êtes concient de leur existence?

C'était une affirmation.

– Conscient... Oui, j'en suis conscient. Mais qui? Je vous le jure, non.

Matlock se retourna pour lui faire face.

– Nous allons trouver un compromis. Pour l'instant, dites-moi ce que vous savez réellement.

C'est ce que fit le jeune homme paniqué. Et quand les mots vinrent, la peur envahit James Matlock.

Nemrod était le maître invisible qui tirait les ficelles. Sans visage, sans forme, une autorité pourtant tangible et terrifiante. Ce n'était ni « il » ni « ils ». D'après Alan Pace, c'était une force. Une abstraction complexe qui étendait des tentacules insaisissables dans toutes les grandes facultés du Nord-Est, dans chaque commune faisant partie du paysage universitaire, dans toutes les pyramides financières qui constituent les fondements des structures compliquées de l'éducation supérieure de la Nouvelle-Angleterre. « Et dans quelques points du Sud », si la rumeur était fondée.

Les stupéfiants n'étaient qu'un aspect des choses, le faux nez des légions criminelles, la raison immédiate de la conférence de mai, du message corse.

Au-delà de la drogue et de ses bénéfices, le sceau de Nemrod était imprimé dans de nombreuses administrations universitaires. Pace était convaincu que les programmes étaient définis, le personnel engagé ou renvoyé, les politiques des diplômes et des bourses influencées, que tout dépendait des instructions de Nemrod.

Matlock se souvint de Carlyle. L'assistant du doyen chargé des admissions, à Carlyle, un correspondant de Nemrod, d'après Loring. D'Archer Beeson qui avait si vite gravi les différents échelons du département d'histoire. De l'entraîneur de football. D'une dizaine d'autres membres du corps enseignant ou des services administratifs qui faisaient partie de la liste Loring.

Combien y en avait-il en tout ? La pénétration était-elle profonde ? Pour quelles raisons ?

Les réseaux de prostitution n'étaient que des activités secondaires. Des enfants-putains s'entre-recrutaient. On fournissait des adresses. On fixait un tarif. La chair fraîche, capable et séduisante, trouvait le chemin de Nemrod et signait le pacte. Et dans le pacte de Nemrod, il y avait la « liberté », il y avait le « fric ».

On ne faisait de mal à personne. C'était un crime sans victime.

– Pas de crime, la liberté, mon vieux. Aucune épée de Damoclès. Pas de chantage à la bourse pour des toxicos aux abois.

Alan Pace approuvait tout à fait le côté insaisissable, pratique de Nemrod. C'était même plus que de l'approbation.

– Vous pensez que c'est différent vu de l'extérieur, hein? Vous vous trompez, monsieur. Ce n'est qu'une Amérique miniature, organisée, informatisée, avec une structure hiérarchique très pesante. Complètement structurée sur le modèle américain. C'est la politique de la maison, mon cher, c'est la General Motors, ITT et la Compagnie du téléphone. Seulement il y a eu quelqu'un d'assez malin pour ensemencer les champs vachement fertiles de l'université. Et ça pousse vite. N'essayez pas de lutter. Faites-en partie.

– C'est votre intention? demanda Matlock.

– C'est comme ça, mon vieux. C'est le credo. D'après ce que je crois savoir, maintenant vous êtes dans le coup. Vous êtes même sans doute un recruteur. Vous êtes partout. Je vous attendais.

– Et si je ne l'étais pas?

– Alors vous êtes tombé sur la tête!

XXVII

Si l'on avait observé le break blanc et son chauffeur, qui se dirigeaient vers le centre de New Haven, on aurait certainement pensé qu'il s'agissait d'une belle voiture, parfaite pour une banlieue riche, et que l'homme au volant était assorti à son véhicule.

Un tel observateur n'aurait pas su que le conducteur prêtait à peine attention à la circulation, car il était obnubilé par les révélations qui lui avaient été faites, l'heure précédente. Cet homme épuisé n'avait pas dormi depuis quarante-huit heures, il avait le sentiment de s'accrocher à une mince corde surplombant un gouffre sans fond, et s'attendait à ce que ce fil le rattachant à la vie se rompît à tout instant, pour le plonger dans une brume éternelle.

Matlock fit de son mieux pour chasser de son esprit toute pensée qui parviendrait encore à s'y former. Les années, surtout les mois pendant lesquels il s'était battu pour respecter les horaires qu'il s'imposait, lui avaient appris que son cerveau était inutilisable lorsque l'accablaient simultanément un trop grand épuisement et un trop grand danger.

Et le plus important, c'était que ce cerveau fonctionnait.

Il nageait dans des eaux inexplorées. Des mers où il rencontrait de petites îles peuplées de gens grotesques. Des Julian Dunois, des Lucas Herron, des Bartolozzi, des Aïello, des Sharpe, des Stockton et des Pace. Empoisonnés et empoisonneurs.

Nemrod.

Des eaux inexplorées?

Non, elles ne l'étaient pas, pensa Matlock.

Elles étaient même très fréquentées. Et les voyageurs qui s'y aventuraient étaient les cyniques de la planète.

Il se dirigea vers l'hôtel Sheraton où il prit une chambre.

Il s'assit au bord du lit et demanda le numéro de téléphone d'Howard Stockton à Carmount. Stockton était sorti.

D'un ton brusque, impérieux, il avertit le standard de Carmount : que Stockton le rappelle – il regarda sa montre, il était deux heures moins dix – dans quatre heures. A six heures. Il donna le numéro du Sheraton, et raccrocha.

Il avait besoin d'au moins quatre heures de sommeil. Il ne savait pas quand il pourrait de nouveau dormir.

Il décrocha une nouvelle fois le récepteur pour qu'on le réveille à cinq heures quarante-cinq.

En s'affalant contre l'oreiller, il leva le bras à hauteur de ses yeux. A travers le tissu de sa chemise, il sentit la rudesse de sa barbe. Il faudrait aller chez le coiffeur. Il avait oublié sa valise dans le break blanc. Il était trop fatigué, trop soucieux pour s'en préoccuper et l'emporter dans sa chambre.

Trois sonneries courtes, perçantes, vinrent lui rappeler que le Sheraton avait obéi à ses instructions. Il était exactement six heures moins le quart. Quinze minutes plus tard, le téléphone retentit à nouveau, plus longuement, plus naturellement. Il était six heures précises, et Howard Stockton était à l'autre bout de la ligne.

– En deux mots, Matlock, vous avez un contact. Mais il ne veut pas vous rencontrer à l'intérieur du Club ski et voile. Rendez-vous à la piste d'East Gorge. On l'utilise au printemps et en été pour que les touristes puissent admirer le point de vue – et prenez le remonte-pente jusqu'au sommet. Soyez-y à huit heures ce soir. Il y enverra un homme. C'est tout ce que j'ai à vous dire. Tout ça ne me regarde pas.

Stockton raccrocha violemment l'appareil et l'écho vint cogner contre le tympan de Matlock.

Mais il avait réussi! Réussi! Il était parvenu à contacter Nemrod! A établir un lien avec la conférence!

Il s'engagea dans l'allée obscure qui menait aux remontées mécaniques. Avec dix dollars, le préposé du parking du Club ski et voile comprit fort bien son problème : le bel homme au break avait un rendez- vous galant. On n'attendait le mari que plus tard. Après tout, c'était la vie. Le gardien du parking avait été très coopératif.

Quand il atteignit la piste d'East Gorge, la pluie, que l'on avait redoutée toute la journée, se mit à tomber. Dans le Connecticut, les giboulées de mars étaient plutôt des orages de mai. Matlock regretta de ne pas avoir acheté d'imperméable.

Il contempla le remonte-pente, l'ombre de la double ligne de câbles sous un déluge de plus en plus dense, brillante comme les filins d'un bateau dans le brouillard d'un port. Il y avait une minuscule lumière, presque invisible, dans la cabane qui abritait la machinerie énorme et compliquée qui en permettait le fonctionnement. Matlock s'approcha de la porte et frappa. Un homme petit, apparemment nerveux, lui lança un regard interrogateur.

– C'est vous qui montez là-haut?

– Je pense que oui.

– Comment vous appelez-vous?

– Matlock.

– Ça va. Vous savez attraper la perche?

– J'ai fait du ski. Bras tendus, les fesses sur la barre, les pieds sur le tube.

– Vous n'avez pas besoin de mon aide. Je le mets en marche. Attrapez-le!

– Parfait.

– Vous allez vous mouiller.

– Je sais.

Matlock se plaça à la droite de l'entrée quand la machinerie se mit en route. Les lignes grincèrent lentement, puis effectuèrent des mouvements hésitants avant qu'apparaisse la première perche. Il se hissa sur le tire-fesses, posa ses pieds sur le rail et pressa la barre contre sa poitrine. Il sentit le balancement du support métallique quand il quitta le sol.

Il partait vers le sommet de l'East Gorge, il s'en allait vers Nemrod. Pendant l'ascension, à trois mètres au-dessus de la pente, la pluie devint enivrante. Elle ne le gênait plus. Il arrivait à la fin de son voyage, de sa course folle. Celui qu'il rencontrerait tout en haut serait certainement désorienté. Il comptait sur cela. C'était ainsi qu'il avait imaginé cette entrevue. Si tout ce que lui avaient dit Loring qu'on avait assassiné et Greenberg qui était encore bien vivant était vrai, il ne pouvait pas en être autrement. Le grand secret de la conférence. Les délégués ne se connaissent pas entre eux. Le serment de l'« Omerta », la ferme volonté du groupe d'utiliser des codes et des contrecodes pour protéger ses membres. Tout cela était exact. Il l'avait constaté durant les opérations. Et lorsque l'on interrompt brutalement une logistique aussi complexe, cela provoque inévitablement le soupçon, la crainte et la plus extrême confusion. C'était sur cette confusion que Matlock comptait.

Lucas Herron l'avait accusé de se laisser influencer par des complots et des intrigues. Il ne s'était nullement laissé influencer, il les avait compris. C'était cette compréhension des événements qui l'avait conduit à deux pas de Nemrod.

La pluie tombait, plus drue, fouettée par le vent, plus forte au fur et à mesure qu'il se rapprochait du sommet. La perche oscillait chaque fois que la ligne montait d'un cran. La minuscule lumière de la cabane abritant la machinerie était à présent à peine visible dans l'obscurité, sous l'averse. Il en déduisit qu'il était à mi-hauteur.

Il y eut une secousse. La machinerie s'arrêta. Matlock agrippa la barre et regarda au-dessus de lui, à travers les gouttes, pour voir ce qui avait bloqué la roue ou la traverse. Il n'y avait rien.

Il se retourna maladroitement sur l'étroit tube métallique et dirigea son regard, plissant les yeux, vers la vallée et la cabine. Il n'y avait plus de lumière, pas la moindre lueur. Il leva la main à son front, chassant la pluie comme il le pouvait. Il s'était certainement trompé, les trombes d'eau gênaient la visibilité, le poteau était peut-être dans son champ de vision. Il se pencha à droite, puis à gauche. Il n'y avait plus rien en bas de la colline.

Sans doute les plombs avaient-ils sauté. Si c'était le cas, ils auraient également provoqué l'extinction de l'ampoule. Ou bien un court-circuit. Il pleuvait et les remonte-pentes fonctionnaient rarement par ce temps peu propice.

Il regarda l'abîme. Il se trouvait à quelque cinq mètres du sol. S'il se suspendait à la barre, il ne serait plus qu'à trois mètres. La difficulté n'était pas insurmontable. Il gravirait le reste de la piste à pied. Mais il devait vite se décider. Il lui faudrait sans doute une vingtaine de minutes pour atteindre le sommet. Il n'en était pas certain. Il ne pouvait pas prendre le risque que son contact panique et choisisse de partir avant de l'avoir vu.

– Restez où vous êtes! Ne détachez pas la ceinture!

La voix venait de l'ombre, à travers la pluie et les rafales. Cet ordre implacable paralysa Matlock, autant sous l'effet de la surprise que de la peur.

L'homme se tenait au-dessous de lui, à droite des lignes. Il portait un imperméable et une casquette. Il était impossible de voir son visage et même de déterminer sa taille.

– Qui êtes-vous? Que voulez-vous?

– Je suis celui que vous vouliez rencontrer. Je veux voir le papier qui est dans votre poche. Jetez-le!

– Je vous le montrerai quand je verrai le vôtre. C'est ce qui était convenu! C'est le marché que nous avions conclu.

– Vous ne comprenez pas, Matlock. Lancez ce papier. C'est tout.

– De quoi diable parlez-vous?

L'éclair d'un puissant flash l'aveugla. Il tendit la main vers le rail de sécurité.

– Ne touchez pas à ça! Ôtez votre main ou vous êtes un homme mort!

L'intense rayon se déplaça de son visage vers sa poitrine et, pendant quelques secondes, Matlock eut des milliers de points lumineux devant les yeux. Quand il se fut accoutumé à la situation, il s'aperçut que l'homme tenait un gros pistolet automatique dans la main droite. Le rayon aveuglant revint vers son visage, après avoir balayé l'espace en dessous de lui.

– Ne me menacez pas, espèce de minus! hurla Matlock, se rappelant l'effet que sa colère avait produit sur Stockton, à quatre heures du matin. Eloignez cette saleté d'arme, et aidez-moi à descendre! Nous n'avons pas beaucoup de temps devant nous, et je n'aime pas qu'on me joue des tours!

La même cause n'engendra pas le même effet. L'homme se mit à rire, un rire écœurant. Un rire terriblement sincère. L'homme qui était au sol s'amusait.

– Vous êtes très drôle. Vous êtes même marrant comme ça, les fesses en l'air. Savez-vous à quoi vous ressemblez? Vous ressemblez à ces singes agités qui servent de cibles sur les stands de tir! Vous voyez ce que je veux dire? Maintenant, arrêtez vos conneries et jetez ce papier!

De nouveau, il éclata de rire, et soudain tout sembla clair à Matlock.

Il n'avait établi aucun contact. Il n'avait coincé personne. Son plan bien préparé, ses actions réfléchies, tout cela n'avait servi de rien. Il n'était pas plus près de Nemrod qu'avant d'avoir eu connaissance de son existence.

Il avait été piégé.

Il fallait quand même tenter le coup. C'était la seule chance qui lui restait.

– Vous êtes en train de commettre l'erreur de votre vie!

– Pour l'amour du Ciel, bouclez-la! Donnez-moi le papier! Ça fait une semaine que nous cherchons ce putain de truc! J'ai reçu des ordres pour le récupérer tout de suite!

– Je ne peux pas vous le donner.

– Je vais vous faire sauter la cervelle.

– J'ai dit que je ne pouvais pas! je n'ai pas dit que je ne voulais pas!

– N'essayez pas de me blouser! Vous l'avez sur vous! Vous ne seriez pas venu ici sans lui!

– Il est dans une pochette attachée au bas de mon dos.

– Sortez-la!

– Je vous le répète, je ne peux pas! Je suis assis sur une planchette de dix centimètres de large et je suis à six mètres du sol.

Ses paroles se perdirent à moitié sous la pluie battante. L'homme au-dessous de lui était impatient, de plus en plus agacé.

– Je vous ordonne de le sortir!

– Il faudra que je me laisse tomber. Je n'arrive pas à saisir la sangle! hurla Matlock pour être sûr qu'on l'entendait. Je ne peux pas faire n'importe quoi! Je n'ai pas d'arme!

L'homme qui portait le gros automatique recula de quelques mètres. Il pointa sa torche et son pistolet sur Matlock.

– OK, descendez! Un faux mouvement, et je vous fais éclater la tête!

Matlock se dessangla. Il avait l'impression d'être un petit garçon en haut d'une grande roue, se demandant ce qui se passerait si celle-ci s'arrêtait définitivement et que la barre de sécurité lâchât.

Il s'agrippa à la barre d'appui des pieds et laissa son corps se balancer. Il oscillait dans le vide, la pluie le trempait, le rayon lumineux l'aveuglait. Il fallait réfléchir, imaginer une stratégie dans l'instant. Sa vie valait beaucoup moins que celle des gens de Windsor Shoals pour des hommes tels que celui qui l'attendait en bas.

– Baissez la torche! Je ne vois rien!

– Merde! Laissez-vous tomber!

Il se laissa choir.

Dès qu'il eut touché la terre ferme, il poussa un hurlement de douleur et se frotta la jambe.

– Aaahhh! Ma cheville, mon pied! Je me suis cassé cette fichue cheville!

Il se tordit sur le sol humide.

– Fermez-la! Donnez-moi ce papier! Tout de suite!

– Mon Dieu! Que me demandez-vous? Ma cheville est retournée! Elle est cassée!

– Merde! Filez-moi ce papier!

Matlock resta étendu à terre, prostré, sa tête se balançant de droite et de gauche, le cou tendu pour supporter la douleur. Il parla en haletant.

– La lanière est là. Détachez-la.

Il remonta sa chemise, découvrant une partie de la courroie de toile.

– Dénouez-la vous-même! Dépêchez-vous!

Mais l'homme se rapprocha. Il hésitait. De plus en plus près. Le rayon lumineux était juste au-dessus de Matlock à présent. Puis il se dirigea vers son torse, et Matlock aperçut le canon noir de l'automatique.

C'était la seconde, l'instant qu'il attendait.

Il lança brutalement la main en direction de l'arme, et jeta tout son poids dans les jambes de l'homme à l'imperméable. Il saisit le canon de l'automatique et le pointa vers le bas. Deux coups partirent, l'impact des détonations aurait pu faire éclater sa main. Le bruit en fut étouffé par l'humidité de la terre et la violence de la pluie.

L'homme se trouvait au-dessous de lui, il se tordait sur le côté, projetait son bras libre et ses jambes contre Matlock, plus lourd que lui. Matlock se rua sur le bras immobilisé et planta ses dents dans le poignet de la main qui tenait l'arme. Il mordit dans la chair jusqu'à ce que le sang jaillisse, se mêlant à la pluie glacée.

L'inconnu lâcha l'arme en hurlant. Matlock saisit le pistolet, le lui arracha violemment et en cogna le visage de son ennemi à coups répétés. La torche était tombée dans l'herbe haute, le rayon dirigé vers le feuillage dégoulinant.

Matlock se pencha vers la face ensanglantée, à demi consciente, de celui qui avait représenté une menace. Celui-ci était à bout de souffle et avait dans la bouche le goût âcre de son sang. Il cracha cinq ou six fois de toutes ses forces.

– D'accord! Il attrapa l'homme par le col et lui releva la tête d'un mouvement brusque. Maintenant, vous allez me dire ce qui s'est passé! C'était un piège, n'est-ce pas?

– Le papier! Il me faut le papier!

– Toute la semaine dernière n'a été qu'un gigantesque piège!

– Oui... oui. Le papier.

– Ce papier est très important, n'est-ce pas?

– Ils vous tueront... Ils vous tueront pour l'avoir! Vous n'avez aucune chance, monsieur... aucune chance...

– Qui sont-ils?

– Je ne sais pas... sais pas!

– Qui est Nemrod?

– Je ne sais pas... Omerta!... Omerta!

L'homme ouvrit grands les yeux et, dans la faible clarté de la torche, Matlock vit qu'il était arrivé quelque chose à sa victime. Une seule idée, un concept avait anéanti son esprit torturé. Ce spectacle était pénible. Cela ressemblait trop à l'image de Lucas Herron paniqué, d'Alan Pace terrorisé.

– Allons, je vais vous faire descendre la pente...

Il n'alla pas plus loin. Des profondeurs de son affolement, l'homme au visage couvert de sang s'écroula en avant, dans un dernier effort pour atteindre l'automatique dans la main droite de Matlock. Celui-ci recula brusquement. Il tira instinctivement. Du sang et des lambeaux de chair s'éparpillèrent. L'homme avait le cou à moitié arraché.

320

Matlock se releva lentement. La fumée qui s'échappait de l'arme flotta au-dessus du cadavre, la pluie la repoussa vers le sol.

Il tendit le bras dans l'herbe pour attraper la torche et, en se penchant, se mit à vomir.

XXVIII

Dɪx minutes plus tard, il observait le parking au-dessous de lui, appuyé au tronc d'un gigantesque érable, à une cinquantaine de mètres du sentier. Les feuilles naissantes le protégeaient un peu du déluge, mais ses vêtements étaient sales, couverts de boue et de sang. Il aperçut le break blanc près de l'entrée, à côté du portail du Club ski et voile.

Il n'y avait plus beaucoup d'activité à ce moment-là. Aucun véhicule n'y pénétrait, et les propriétaires de ceux qui se trouvaient à l'intérieur attendraient la fin de l'averse avant de s'aventurer sur les routes. Le gardien du parking, celui auquel il avait donné dix dollars, était en grande conversation avec un portier en uniforme, sous l'auvent du restaurant. Matlock aurait aimé courir jusqu'à la voiture, et s'éloigner aussi vite que possible, mais il savait que sa tenue alerterait les deux hommes, qu'ils se demanderaient ce qui s'était passé sur la piste d'East Gorge. Il ne lui restait plus qu'à attendre, attendre que quelqu'un vienne détourner leur attention ou qu'ils pénètrent tous deux dans le bâtiment.

Cette attente lui fut pénible. De plus, elle ne faisait qu'accroître sa peur. Il n'y avait personne qu'il pût voir ou entendre près de la cabine, mais cela ne signifiait pas qu'elle était déserte. L'agent de Nemrod, mort à présent, avait probablement un partenaire quelque part, qui attendait, comme Matlock. Si l'on trouvait le cadavre, on l'arrêterait, on le tuerait. Si ce n'était par vengeance, ce serait du moins pour obtenir le papier corse.

Il n'avait plus le choix. Il avait dépassé ses forces, ses capacités. Il s'était laissé manipuler par Nemrod autant que par les hommes du ministère de la Justice. Il appellerait Jason Greenberg, et ferait ce que celui-ci lui conseillerait.

En un sens, il était heureux que son rôle soit terminé ou qu'il le soit bientôt. Il se sentait encore engagé, mais il ne pouvait rien faire de plus. Il avait échoué.

En bas, la porte d'entrée du restaurant s'ouvrit et une serveuse fit signe au portier en uniforme. Le gardien et lui gravirent les marches pour rejoindre la fille.

Matlock courut jusqu'à l'allée de gravier, et fonça en passant devant le grillage qui bordait l'extrémité du parking. Puis il se faufila entre les véhicules sans quitter des yeux la porte du restaurant. La serveuse avait donné un thermos de café au portier. Ils étaient tous trois en train de fumer une cigarette, ils riaient.

Matlock fit le tour et s'accroupit devant le break, rampa jusqu'à la portière et s'aperçut avec soulagement que les clés étaient restées sur le démarreur. Il respira profondément, ouvrit le plus doucement possible et sauta à l'intérieur. Il ne claqua pas la portière, mais la ferma vite, en silence, pour éteindre la lumière sans attirer l'attention. Les deux hommes et la serveuse bavardaient toujours, riaient toujours, insouciants.

Il s'installa sur le siège, mit le contact, enclencha le levier de vitesse en position de marche arrière et recula, moteur ronflant, devant le portail. Il fonça entre les bornes de pierre et s'engagea sur la longue route qui menait à l'autoroute.

Derrière lui, sous l'auvent, sur l'escalier qui menait à la porte d'entrée, les trois employés furent d'abord cloués sur place d'étonnement.

Après le premier instant de surprise, ils se regardèrent, l'air interrogateur car, du fond du parking, ils entendirent le ronflement d'un second moteur, plus puissant. Des phares aveuglants sortirent de la nuit, déformés par les trombes d'eau, et une longue limousine noire jaillit de l'ombre.

Les roues crissèrent quand le véhicule menaçant slaloma entre les bornes de pierre. L'énorme voiture, à pleins gaz, poursuivit le break.

Il y avait peu de circulation sur l'autoroute, mais Matlock eut néanmoins l'impression qu'il aurait dû prendre des routes secondaires pour rejoindre Carlyle. Il décida de se rendre directement chez Kressel, malgré la forte propension de ce dernier à l'hystérie. Ensemble ils appelleraient Greenberg. Il venait brutalement, horriblement, de tuer un autre être humain, et que ce fût justifié ou non, il était toujours sous le choc. Il craignit que cela ne le poursuivre jusqu'à la fin de son existence. Il n'était pas certain que Kressel serait l'homme de la situation.

Mais il n'y avait personne d'autre. A moins de retourner dans son appartement et d'y rester jusqu'à ce qu'un agent fédéral vienne le cueillir. Mais au lieu de l'agent attendu, il pourrait se retrouver nez à nez avec un émissaire de Nemrod.

La route fit un S. Il se souvint que celui-ci précédait une longue ligne droite traversant des champs et qu'il pourrait y rattraper le temps perdu. L'autoroute était plus rectiligne à présent, mais il était possible de gagner de précieuses secondes sur les petites routes, dans la mesure où la circulation était quasi inexistante. A la fin du second demi-cercle, il se rendit compte qu'il serrait tellement le volant que ses avant-bras lui faisaient mal. Les défenses musculaires de son corps réapparaissaient, lui permettant de maîtriser le tremblement de ses membres, de contrôler la direction de sa voiture avec une force inconsciente.

La ligne droite était en vue. La pluie avait diminué d'intensité. Il appuya à fond sur l'accélérateur, et sentit le break faire un bond en avant, à la limite de ses capacités.

Il regarda deux fois, trois fois dans son rétroviseur, à l'affût des voitures de police. Il aperçut deux phares qui se rapprochaient. Il baissa les yeux vers le compteur. Celui-ci marquait cent soixante kilomètres à l'heure, et pourtant les deux phares lui semblèrent de plus en plus proches.

Les instincts de l'animal traqué se ranimèrent en lui. Il savait que l'automobile qui le poursuivait n'appartenait pas à la police. Il n'y avait ni sirène déchirant le calme humide de la nuit, ni gyrophare annonçant l'arrivée des autorités.

Il lança la jambe droite en avant, appuya sur le champignon, dépassa les limites du moteur. Le compteur atteignit les cent quatre-vingt-dix kilomètres à l'heure. Le break ne pouvait aller plus vite.

Les phares étaient juste derrière lui. La limousine se trouvait à quelques mètres, puis quelques centimètres de son pare-chocs arrière. Soudain deux rayons lumineux éclairèrent la partie gauche du macadam, et le véhicule arriva à hauteur du break.

C'était la limousine noire qu'il avait remarquée après le meurtre de Loring! La même immense automobile qui avait quitté l'allée en trombe, quelques minutes après le massacre de Windsor Shoals! Matlock fit un effort pour conduire avec le maximum de concentration possible, tout en observant le chauffeur de la voiture qui l'acculait contre le bas-côté droit de la route. Le break vibrait du fait de la vitesse. Il lui était de plus en plus difficile de maîtriser la direction.

Puis il aperçut le canon d'un pistolet braqué sur lui derrière la vitre. Il vit le regard désespéré des yeux qui le fixaient derrière le bras tendu et qui essayaient de trouver une certaine stabilité pour tirer dans l'axe.

Il entendit des coups de feu et sentit les éclats de verre brisé sur son visage. Il écrasa la pédale de frein et tourna le volant à droite, franchissant le bord de la chaussée, passant dangereusement au travers d'une clôture de fil de fer barbelé avant d'atterrir dans un champ de cailloux. Le break s'enfonça, traçant un sillon sur à peu près deux cents mètres, puis vint heurter un amas de pierres, la délimitation d'une propriété. Les phares éclatèrent et s'éteignirent. Il fut projeté contre le tableau de bord. Seuls ses bras levés empêchèrent sa tête de heurter le pare-brise.

Mais il était conscient, et les instincts de l'animal traqué ne le quitteraient plus.

Il entendit une portière de voiture s'ouvrir et se fermer. Il sut que le tueur était sur le terrain, sur les traces de sa proie. A la recherche du papier corse. Il sentit un filet de sang couler de son front, l'éraflure d'une balle ou d'un éclat de verre – il n'en était pas certain –, mais cela le rassura. Il avait besoin de cela, de la vue du sang. Il resta ainsi, aplati contre le volant, immobile, silencieux.

Et sous sa veste, il tenait l'affreux automatique qu'il avait pris dans l'imperméable du mort, sur la piste d'East Gorge. Il le braquait sur la porte, sous son bras gauche.

Il entendit un bruit étouffé de pas sur le sol mou,

à l'extérieur du break. Il sentait – littéralement, comme un aveugle peut sentir – le visage qui l'observait à travers le pare-brise éclaté. Il perçut le bruit métallique du bouton de la portière quand on le poussa et le craquement de la charnière lorsqu'elle s'ouvrit.

Une main lui saisit l'épaule. Matlock fit feu.

La détonation fut assourdissante. Le cri de l'homme blessé déchira l'obscurité humide. Matlock bondit de son siège et jeta tout son poids contre le tueur qui avait agrippé son bras gauche sous l'effet de la douleur. Sauvagement, à l'aveuglette, Matlock fouetta la face de son agresseur avec son arme, jusqu'à ce que celui-ci s'effondre à terre. Le revolver de l'homme avait disparu. Ses mains étaient vides. Matlock posa le pied sur sa gorge et appuya.

– Je cesserai lorsque vous me ferez signe que vous voulez parler, fils de pute! Sinon je continuerai.

L'homme bredouilla, les yeux exorbités. Il leva une main droite suppliante.

Matlock souleva sa semelle et s'agenouilla près de lui. C'était un individu baraqué, les cheveux noirs et les traits massifs d'une brute.

– Qui vous a envoyé? Comment connaissiez-vous cette voiture?

L'homme redressa légèrement la tête, comme s'il allait répondre. Mais il plongea aussitôt la main droite dans sa ceinture, sortit un couteau et roula brusquement sur la gauche en envoyant son genou de gorille dans le bas-ventre de Matlock. Le couteau déchira la chemise de Matlock, et il sut, en sentant la pointe d'acier s'enfoncer dans sa chair, que jamais il ne serait si près de la mort.

Il écrasa le canon du lourd automatique contre la tempe de l'homme. Ce fut suffisant. Son visage recula soudain. Une auréole rouge s'agrandit à la lisière de ses cheveux. Matlock se leva et posa le pied sur la main qui tenait le couteau.

Les yeux du tueur s'entrouvrirent.

Durant les cinq minutes qui suivirent, Matlock fit ce dont il ne se serait jamais cru capable. Il tortura un homme. Il tortura son agresseur avec son propre couteau, incisant la peau autour des yeux, sous les yeux, coupant les lèvres avec cette pointe d'acier qui avait transpercé sa chair. Et quand la victime se mit à hurler, Matlock lui frappa la bouche avec le canon de l'automatique et brisa ses dents.

Ce ne fut pas long.

– Le papier !

– Quoi d'autre ?

Le tueur se tordait de douleur, gémissait, crachait le sang, mais ne parlerait pas. Matlock poursuivit son interrogatoire. Calmement, avec une conviction, une sincérité totales.

– Vous allez me répondre ou je vous plongerai cette lame dans les yeux. Plus rien ne m'importe, croyez-moi.

– Le vieil homme ! Une voix gutturale se fit entendre, provenant du fond de sa gorge. Il a dit qu'il l'avait écrit... Personne ne le sait... Vous lui avez parlé...

– Quel vieil... Matlock s'interrompit, car une pensée terrifiante lui était venue à l'esprit. Lucas Herron ? Est-ce à lui que vous faites allusion ?

– Il a dit qu'il avait écrit quelque chose. Ils pensent que vous êtes au courant. Il a peut-être menti... Pour l'amour du Ciel, il est possible qu'il ait menti...

Le tueur s'évanouit.

Matlock se releva lentement, les mains tremblantes, le corps frissonnant. Il leva les yeux vers la route, vers l'énorme limousine noire qui attendait dans le silence d'une pluie moins dense. Ce serait son dernier pari, son ultime tentative.

Quelque chose lui brûlait le cerveau, quelque chose d'insaisissable et de palpable à la fois. Il devait faire confiance à cette intuition, comme il avait obéi à ses instincts de chasseur et de proie.

Le vieil homme !

La réponse se trouvait quelque part dans la maison de Lucas Herron.

XXIX

Il gara la limousine à quelque deux cents mètres du repaire de Herron et longea le bord de la route jusqu'à la maison, prêt à plonger dans les bois environnants si un véhicule s'approchait.

Personne ne vint.

Il arriva devant une habitation, puis une autre, passa en courant, surveillant les fenêtres éclairées, craignant d'être observé.

Il atteignit la limite de la propriété de Herron et s'accroupit. Lentement, prudemment, silencieusement, il se fraya un chemin jusqu'à l'entrée. Le bâtiment était plongé dans l'obscurité. Il n'y avait ni voiture ni visiteurs, nul signe de vie, la mort seule.

Il remonta l'allée de gravier et aperçut une espèce de document officiel, à peine visible dans la nuit, punaisé sur la porte. C'était un scellé posé sur ordre du shérif.

Encore un crime, pensa Matlock.

Il fit le tour et lorsqu'il se retrouva devant la porte du patio, il revit avec une extrême précision Herron traverser en courant sa pelouse si merveilleusement entretenue avant de s'enfoncer prestement dans le mur vert et menaçant, et de disparaître.

330

Il y avait un second scellé. Celui-ci était collé sur une vitre.

Matlock sortit l'automatique de sa ceinture et, en faisant le moins de bruit possible, brisa le petit carreau à gauche du papier officiel. Il ouvrit la porte et entra.

La première chose qui le frappa, ce fut l'obscurité. Lumière et obscurité étaient des notions relatives, comme il l'avait compris au cours de la semaine précédente. La nuit avait une clarté à laquelle les yeux pouvaient s'accoutumer. Le jour était souvent trompeur, empli d'ombres et de taches de brume. Mais à l'intérieur de la maison de Herron, c'était le noir total. Il craqua une allumette et comprit pourquoi.

Les fenêtres de la minuscule cuisine étaient cachées par des stores. Il ne s'agissait pas de stores ordinaires, ils étaient faits sur mesure. L'étoffe, assez épaisse, était attachée aux montants par des tringles fixées aux bords par de grands moraillons en aluminium. Il s'approcha de la fenêtre derrière l'évier et craqua une autre allumette. Non seulement le store était plus épais, mais les tringles et le système de verrouillage étaient conçus de façon que celui-ci fût parfaitement tendu. Il était probablement impossible d'apercevoir la moindre lumière de l'extérieur, impensable que celle-ci traverse le tissu.

Le désir, ou le besoin, d'intimité de Herron était extraordinaire. Et si toutes les fenêtres de toutes les pièces étaient scellées, cela lui faciliterait la tâche.

En craquant encore une allumette, il pénétra dans la salle de séjour. Ce qu'il vit dans la lumière vacillante le cloua sur place, le souffle coupé.

La pièce était sens dessus dessous. Les livres gisaient sur le sol, éparpillés, les meubles étaient renversés et brisés. Certains pans de mur étaient enfoncés. Cela ressemblait à son appartement le soir du dîner chez les Beeson. La salle de séjour de Herron avait été fouillée soigneusement, désespérément.

Il retourna dans la cuisine pour voir si le souci que lui avaient causé l'obscurité et les stores lui avait joué des tours. Effectivement. Tous les tiroirs étaient ouverts, les placards bouleversés. Puis il aperçut deux lampes de poche, au fond d'une armoire à balais. La première ne marcha pas, la seconde s'alluma.

Il revint à grandes enjambées dans la pièce principale et tenta de s'orienter, vérifiant chaque fenêtre à l'aide du rayon lumineux. Elles étaient toutes recouvertes, tous les stores accrochés au rebord.

De l'autre côté de l'étroit vestibule, devant un escalier non moins étroit, se trouvait une porte ouverte. Elle menait au bureau de Herron où régnait un capharnaüm plus grand encore. Deux secrétaires étaient retournés, le dos défoncé. La grande table de travail recouverte de cuir avait été écartée du mur, chaque surface plane enfoncée. Des pans de mur, comme dans la salle de séjour, étaient saccagés. Matlock supposa que ces endroits sonnaient creux lorsqu'on les sondait.

Au premier étage, les deux petites chambres et la salle de bains semblaient tout aussi démantelées, disséquées.

Il redescendit l'escalier. Même les contremarches avaient été détachées pour que l'on puisse chercher dessous.

La maison de Lucas Herron avait été fouillée par des professionnels. Que pourrait-il y trouver de plus qu'eux? Il revint à pas lents dans la salle de séjour et s'assit sur ce qui restait d'un fauteuil. Il eut l'impression désolante que son dernier effort serait aussi vain que les précédents. Il alluma une cigarette et essaya de clarifier ses idées.

Quels qu'ils soient, ceux qui avaient visité les lieux n'avaient pas trouvé ce qu'ils y cherchaient. Ou bien avaient-ils réussi? Il était impossible de l'affirmer. Mais le tueur, dans le champ, avait crié que le vieil homme « avait écrit quelque chose ». Comme si ce fait était presque aussi important que le précieux document corse. Pourtant le mourant avait ajouté : ... peut-être mentait-il, il est possible qu'il ait menti. Menti? Pourquoi un homme terrorisé, à la dernière extrémité, se serait-il ainsi exprimé?

L'affirmation devait se fonder sur le fait qu'un esprit vacillant au bord de la folie ne pouvait accepter le pire. Et ceci pour ne pas perdre le peu de raison restant. Non, ils n'avaient pas trouvé ce qu'ils étaient venus chercher. Et puisque leurs efforts tous azimuts n'avaient rien donné, cet objet n'existait pas.

Mais lui, Matlock, savait que cela existait.

Herron avait sans doute des accointances avec le monde de Nemrod, mais il n'en faisait pas partie. Leurs rapports n'étaient pas faciles, plutôt dramatiques. Quelque part, il avait laissé un témoignage, un acte d'accusation. C'était un homme trop bien pour ne pas l'avoir fait. Il y avait une grande pudeur en Lucas Herron. Quelque part... à un endroit ou à un autre.

Mais où?

Il se leva de son fauteuil et fit les cent pas dans l'obscurité de la pièce, projetant la torche çà et là, plus par nervosité que dans l'intention d'éclairer quoi que ce fût.

Il se remémora, une à une, chacune des expressions utilisées par Lucas ce soir-là, quatre jours auparavant. Il était de nouveau un chasseur, suivant les traces, prenant le vent pour trouver la piste. Il était près du but. Tout près du but!

Herron avait compris ce que Matlock voulait à la minute même où celui-ci avait franchi le seuil de sa porte d'entrée.

Ce court moment de flottement, de reconnaissance, ses yeux l'avaient trahi. Matlock ne s'y était pas trompé. Il l'avait dit au vieil homme qui avait ri et l'avait accusé d'être obsédé par les complots et conjurations de toutes sortes.

Mais il y avait autre chose. Avant de parler complots et conjurations... quelque chose à l'intérieur. Dans cette pièce. Avant que Herron lui propose d'aller s'asseoir dehors... En fait, il n'avait rien proposé du tout, il avait ordonné de le faire.

Et avant de lui intimer l'ordre de retourner vers le patio, il était entré sans bruit et avait fait sursauter Matlock. Il avait ouvert la porte battante. Il portait deux verres pleins, et Matlock ne l'avait pas entendu. Matlock ralluma la torche et dirigea le rayon vers le bas de la porte de la cuisine. Il n'y avait aucun tapis, rien qui pût atténuer le bruit des pas. Le sol était recouvert d'un parquet de bois dur. Il traversa la pièce vers le battant, passa de l'autre côté et referma. Puis il poussa doucement ce battant comme l'avait fait Lucas Herron, un verre dans chaque main. Les charnières grincèrent comme toutes les charnières un peu anciennes. Il laissa le panneau revenir avant d'appuyer lentement, centimètre par centimètre.

Elle ne fit plus aucun bruit.

Lucas Herron avait préparé les cocktails, puis il s'était glissé silencieusement dans la salle de séjour pour ne pas alerter Matlock. Il pouvait ainsi l'observer sans que Matlock s'en aperçût. Puis il avait déclaré, sur un ton autoritaire, qu'ils sortiraient.

Matlock tenta en fouillant sa mémoire de se

rappeler avec précision ce que Herron avait dit à ce moment précis.

– ... Nous allons nous installer dans le patio. Il fait trop beau pour rester à l'intérieur. Allons-y!

Puis, sans attendre de réponse, pas même un timide acquiescement, Herron avait franchi le seuil de la cuisine d'un pas pressé. Aucune politesse de façade, aucune courtoisie, comme on aurait pu en attendre de Lucas.

Il avait donné un ordre, sur le ton ferme d'un officier et d'un gentleman.

Par la volonté du Parlement.

C'était cela! Matlock projeta le rayon lumineux sur la table de travail.

La photo! La photo de l'officier de Marines, carte en main, automatique Thompson, dans quelque coin de jungle, sur une insignifiante petite île du Pacifique Sud.

– Je garde cette photo pour me rappeler qu'il a existé des époques moins épouvantables.

Au moment précis où Lucas Herron était apparu, Matlock regardait cette photo de près. Le vieil homme avait été perturbé, assez pour qu'il l'oblige à quitter immédiatement la pièce. D'une manière abrupte, brutale, qui ne lui ressemblait pas.

Matlock s'avança vers le bureau. Le cliché recouvert d'une feuille de cellophane était toujours à la même place, à droite, sur le mur, juste au-dessus de la table. D'autres cadres, en verre eux, avaient été brisés. Celui-ci était intact. Minuscule, il n'attirait pas l'attention.

Il saisit le bord cartonné et retira la photo accrochée par une simple punaise. Il l'observa soigneusement, la retourna, en vérifia les contours peu épais.

La puissante lueur de la torche révéla des traces de grattage, à l'un des coins supérieurs. Traces d'ongles? Peut-être. Il dirigea le rayon sur la surface du bureau. Il y repéra des crayons non taillés, des bouts de papier et une paire de ciseaux dont il s'empara pour insérer la pointe d'une lame entre les fines feuilles de carton jusqu'à ce qu'il puisse extraire la photo de son cadre.

Ce fut ainsi qu'il trouva.

Au dos se trouvait un schéma dessiné avec un stylo à plume à large pointe. Cela formait un rectangle, aux lignes inférieure et supérieure remplies de points. Au-dessus il aperçut deux traits avec des flèches, l'une pointée vers le haut, l'autre dirigée vers la droite. Après chaque extrémité de la flèche était inscrit le numéro 30. Deux fois 30.

Trente.

Sur les côtés, au bord des lignes, des arbres comme en dessinent les enfants.

Au sommet, au-delà des chiffres, il y avait un autre croquis simplifié. Des demi-cercles bombés reliés les uns aux autres par une ligne sinueuse. Un nuage. Dessous, encore des arbres.

Il s'agissait d'un plan, et ce qu'il représentait n'était que trop évident. C'était le jardin de Herron. Les lignes sur trois côtés figuraient le mur de verdure menaçant de Lucas Herron.

Les chiffres, les 30, étaient des mesures, mais ils avaient sans doute une autre signification. C'étaient des symboles contemporains.

Comme Lucas Herron, président depuis des décennies du département des langues romanes, avait une passion insatiable pour les mots et leurs usages exceptionnels. Quoi de plus approprié que le symbole « 30 », pour indiquer une fin?

Tout étudiant journaliste de première année l'aurait confirmé, le nombre trente au bas d'une page signifiait que l'article était terminé. Fini.

Il n'y avait plus rien à ajouter.

Matlock retourna la photo dans sa main gauche, l'autre tenait toujours la torche. Il pénétra dans la forêt au centre, légèrement à gauche, comme l'indiquait le schéma. Le chiffre 30 pouvait représenter des pieds, des mètres, des yards, des pas, certainement pas des centimètres.

Il délimita trente espaces de trente centimètres. Un mètre tout droit. Un mètre à droite.

Rien.

Rien que la végétation dense, humide, et les ronces qui lui enserraient les chevilles. Il revint vers l'orée du mur vert, et décida de combiner mètres et pas. Il constata que les pas, dans une telle jungle, pouvaient varier considérablement.

De l'endroit où il se trouvait, il compta trente pas et poursuivit son avancée jusqu'à ce qu'il considéra comme le point d'arpentage. Puis il recula vers les branches courbées. L'endroit d'où il était parti, avant d'avancer latéralement, lentement.

Toujours rien. Un vieil érable mort s'élevait à l'un des endroits situés à trente pas du cercle de départ. Cela n'avait rien d'anormal. Il retourna vers les branchages et se dirigea vers le second repère.

Trente mètres tout droit. A quelques dizaines de centimètres près. Puis de nouveau trente mètres de marche à travers le feuillage détrempé jusqu'à la marque suivante. Encore trente mètres. En tout, soixante mètres. Presque les deux tiers d'un terrain de football.

Son allure était ralentie à présent, la végétation devenait plus touffue. Du moins lui sembla-t-il. Matlock regretta de ne pas avoir de petite hache ou quelque outil pour écarter les branches qui lui barraient le passage. Il ne savait plus où il en était.

Comme il s'était perdu dans ses calculs, il devait garder en mémoire la marge d'erreur tout en avançant. Etaient-ce vingt et un ou vingt-trois grands pas? Cela faisait-il une quelconque différence? Un écart d'un ou deux mètres avait-il une réelle importance?

Il atteignit l'endroit. A vingt-huit ou trente pas. Assez près pour voir ce qu'il y avait à voir. Il dirigea la torche vers le sol et balaya lentement le terrain.

Rien. Que le scintillement des gouttes d'eau sur des milliers de brins d'herbe et le brun profond de la terre détrempée. Il continua de promener le rayon lumineux en progressant centimètre par centimètre, fouillant des yeux, se demandant à chaque seconde s'il n'avait pas oublié une parcelle qui se serait fondue dans son environnement.

Le risque d'échouer devenait de plus en plus grand. Il pouvait revenir sur ses pas et recommencer, pensa-t-il. Les « 30 » faisaient peut-être référence à d'autres unités de mesure. Des yards ou des multiples d'un nombre dissimulé quelque part sur le schéma. Les points? Ne devrait-il pas compter les points en haut et en bas du rectangle? Pourquoi y en avait-il?

Il avait parcouru une distance de soixante mètres et plus dans chaque direction.

Sans résultat.

Il songea de nouveau à ces minuscules taches rondes et sortit la photographie de sa poche. En cherchant une position pour se redresser et s'étirer car il était douloureusement engourdi par l'accroupissement, son pied heurta une surface dure, résistante. Il pensa d'abord qu'il s'agissait d'une grosse branche, ou bien d'une pierre.

Puis il comprit que ce n'était ni l'une ni l'autre.

Il ne voyait rien. S'il y avait quelque chose à

découvrir, le secret reposait sous une touffe de broussailles emmêlées. Mais il sentit les contours de l'objet du bout du pied. C'était plat, ciselé avec précision. Cela ne faisait pas partie de la forêt.

Il tendit la lampe au-dessus des herbes et constata que ce n'étaient pas des mauvaises herbes. Il aperçut une fleur à demi ouverte, avec de minuscules boutons. Une fleur qui n'avait besoin ni d'espace ni de lumière solaire.

Une fleur tropicale. Déplacée, achetée, replantée.

Il l'écarta et se pencha. Dessous il y avait une planchette de bois couverte d'une épaisse couche de vernis, large d'une soixantaine de centimètres et longue de quarante-cinq. Elle était enfoncée de cinq centimètres dans le sol. La surface en avait été si souvent poncée et vernie que les laques protectrices brillaient d'un puissant éclat, là où le rayon de la torche se reflétait, comme sur du verre.

Matlock plongea les doigts dans la terre et souleva la planche. Dessous se trouvait une plaque de métal érodée, peut-être de bronze.

Pour le Commandant Lucas N. Herron, USMCR.
De la part des sous-officiers
et des hommes de la Compagnie Bravo,
quatorzième bataillon d'offensive,
Première Division de Marines.
Iles Salomon – Pacifique- Sud
Mai 1943

En apercevant cela à la lueur de la lampe, Matlock eut l'impression d'être devant une tombe.

Il dégagea la boue alentour et creusa une petite tranchée autour du métal.

En s'appuyant sur les mains et sur les genoux, lentement, maladroitement, il souleva la plaque et la posa avec soin sur le côté.

Il avait trouvé.

Enfoui dans le sol se trouvait un récipient métallique du genre de ceux que l'on utilise pour les archives de bibliothèque, pour les manuscrits précieux. A l'abri de l'air, de l'érosion, vide, le réceptacle de siècles d'histoire.

Un cercueil, pensa Matlock.

Il le saisit et introduisit ses doigts froids, humides, sous le levier du fermoir enroulé. Il fallait une force considérable pour le tirer, mais il parvint tout de même à le débloquer. Il y eut un bruit d'air qui ressemblait à celui que l'on entend en ouvrant un emballage de café. Les bords de caoutchouc s'entrouvrirent. Matlock aperçut un paquet couvert de plastique, qui avait la forme d'un carnet.

Il savait qu'il avait découvert la pièce à conviction.

XXX

C'ÉTAIT un épais carnet de plus de trois cents pages manuscrites, à l'encre. Le contenu se présentait sous la forme d'un journal, mais la longueur des paragraphes variait énormément. Il n'y avait aucune cohérence dans les dates. Le plus souvent, les jours se suivaient. Certains passages étaient séparés par des semaines entières, parfois des mois. L'écriture changeait elle aussi. Il y avait des lignes d'un graphisme ferme, lucide, suivies d'une écriture erratique, incohérente. Dans les dernières parties, la main avait dû trembler, les mots étaient souvent illisibles.

Le journal de Lucas Herron était un cri d'angoisse, un sanglot de douleur. La confession d'un homme désespéré.

En s'asseyant sur le sol froid et humide, galvanisé par ce message, Matlock comprit ce qui avait justifié la disposition des lieux, le menaçant mur de verdure, les stores des fenêtres, l'isolation totale.

Herron se droguait depuis un quart de siècle. Sans narcotiques, sa souffrance eût été intolérable. Et on ne pouvait rien pour lui, sinon le confiner dans la salle d'un hôpital pour anciens combattants pour lui rappeler la vie anormale qu'il avait menée.

C'était le rejet de cette mort vivante qui avait plongé Lucas Herron dans une pire mort.

Le commandant Lucas Nathaniel Herron, USMCR, affecté aux troupes d'assaut amphibies, aux bataillons d'offensive, aux fusiliers marins, dans le Pacifique, avait dirigé de nombreuses compagnies du quatorzième bataillon de la première division des fusiliers marins, au cours d'attaques dans diverses îles détenues par les Japonais, dans les archipels des Salomon et des Carolines.

Et le commandant Lucas Herron avait quitté la petite île de Peleliu, appartenant aux Carolines, sur un brancard, après avoir ramené deux compagnies jusqu'à la plage sous le feu nourri des tireurs de la jungle. Personne ne pensait qu'il pourrait survivre.

Le commandant Lucas Herron avait reçu une balle japonaise qui s'était plantée à la base du cou et logée dans une région vitale du système nerveux. Il n'aurait pas dû en réchapper. Les médecins, à Brisbane puis à San Diego, enfin à Bethesda, considérèrent que des opérations successives étaient inenvisageables. Le patient ne s'en remettrait pas. Il serait réduit à un état végétatif s'il se produisait la moindre complication. Personne ne voulait en prendre la responsabilité.

On lui administra des remèdes de cheval pour le soulager. Et il resta dans cet hôpital du Maryland pendant plus de deux ans.

Les étapes de sa cicatrisation, de sa guérison partielle, furent lentes et pénibles. Il y eut d'abord les minerves et les cachets. Puis les appareils orthopédiques, les carcans de métal qui l'aidaient à marcher et toujours les cachets. Enfin les béquilles s'ajoutèrent aux broches et aux cachets. Lucas Herron revint à la vie, mais il ne pouvait se passer des cachets. Et dans les moments de torture, une piqûre de morphine le soir.

Ils étaient des centaines, peut-être des milliers comme lui, mais très peu avaient les qualités requises par ceux qui vinrent le chercher. Un authentique héros de la guerre du Pacifique, un savant brillant, un homme au-dessus de tout soupçon.

Il était parfait. On pouvait donc l'utiliser parfaitement.

D'une part, il lui était impossible de vivre et d'endurer ses souffrances sans le soulagement que lui procuraient les stupéfiants, les cachets et les piqûres de plus en plus fréquents. D'autre part, si son degré de dépendance avait été connu des médecins, ils l'auraient renvoyé à l'hôpital.

On lui fit prendre conscience graduellement, subtilement, de cette alternative. Graduellement : ses pourvoyeurs avaient besoin de certaines faveurs de temps à autre, un contact à Boston, des hommes à payer à New York. Subtilement car lorsque Lucas Herron mettait en question son engagement, on lui répondait que c'était tout à fait inoffensif. Inoffensif mais nécessaire.

Les années passèrent. Et il devint extrêmement précieux pour ces gens dont il avait tant besoin. Le contact de Boston, les hommes que l'on devait payer à New York devinrent de plus en plus nombreux, de plus en plus nécessaires. Puis on envoya Lucas Herron sur le terrain. Vacances de Noël, de Pâques, d'été : Canada, Mexique, France... la Méditerranée.

Il tint le rôle de courrier.

Son corps et son esprit torturés ne cessaient de penser à l'hôpital avec horreur.

On l'avait très intelligemment manipulé. Jamais il n'avait été confronté aux conséquences de son travail, jamais il n'avait été particulièrement conscient de la croissance du réseau de destruction qu'il contribuait à bâtir. Quand enfin il apprit la vérité, il était trop tard. Le réseau existait.

Nemrod était puissant.

22 avril 1951 : Pendant les vacances de Pâques, ils me renvoient au Mexique. Je m'arrêterai à l'université de Mexico comme d'habitude et, au retour, à Baylor. Ironie du sort : ici, l'intendant m'a fait appeler pour me dire que Carlyle serait ravi de me défrayer en partie de mes frais de « recherche ». J'ai refusé en arguant que ma pension d'invalidité suffisait. J'aurais peut-être dû accepter...

13 juin 1956 : Trois semaines à Lisbonne. Un plan d'action, m'a-t-on dit, pour un petit bateau. Arrive aux Açores par Cuba (quelle pagaille!)pour revenir à Panama. Escales pour moi à la Sorbonne, à l'université de Tolède et à celle de Madrid. Je suis devenu colporteur universitaire! Leurs méthodes ne me plaisent pas – à qui plairaient-elles? – mais je ne suis pas non plus responsable de lois archaïques. On pourrait empêcher tant de choses. Ils ont besoin d'aide! J'en ai contacté des tas par téléphone. Ils m'ont fait connaître des gens comme moi qui ne peuvent affronter le lendemain sans le secours de... Je me fais quand même du souci... Mais qu'y puis-je? D'autres le feraient si ce n'était moi...

24 février 1957 : Je suis inquiet mais calme et raisonnable (j'espère!) quant à mes préoccupations. On m'a dit que lorsque l'on m'envoyait pour prendre contact, j'étais le messager de « Nemrod ». C'est un nom de code, un artifice sans signification, disent-ils, et qui sera respecté. C'est stupide, autant que les renseignements que nous recevions au QG de MacArthur, dans le Pacifique Sud. Ils avaient tous les codes, mais pas de faits précis... La douleur empire, les toubibs me l'avaient prédit. Mais...

honorable représentant de « Nemrod »... que je suis...

10 mars 1957 : Ils sont en colère contre moi! Ils m'ont refusé ma dose pendant deux jours. J'ai pensé me tuer! Je suis parti en voiture vers l'hôpital de Virginie, à Hartford, mais ils m'ont arrêté sur l'autoroute. Ils circulaient dans une voiture de la police de Carlyle. J'aurais dû savoir que la police marchait avec eux ici! C'est la compromission ou l'hôpital... Ils avaient raison!... Je suis au Canada avec mission de ramener un homme venant d'Afrique du Sud... Je dois le faire! On m'appelle constamment au téléphone. Ce soir, un type du vingt-septième régiment, blessé à Naka, en provenance d'East Grange dans le New Jersey, m'a affirmé que lui et six autres personnes dépendaient de moi! Il y en a tant qui sont comme nous! Pourquoi? Pourquoi nous méprise-t-on? Nous avons besoin d'aide et tout ce que l'on nous propose, ce sont les hôpitaux!

19 août 1960 : Je leur ai fait comprendre ma position. Ils vont trop loin!... Nemrod n'est pas seulement un code, c'est aussi un homme! La géographie ne change pas, la tête si! Ils n'aident plus mes semblables – si peut-être – mais leur action nous dépasse largement! Ils s'étendent, attirent d'autres gens pour des sommes fabuleuses!

20 août 1960 : À présent, ils me menacent. Ils prétendent qu'ils ne m'en donneront plus quand mes réserves seront épuisées... Ça m'est égal! J'en ai pour une semaine, avec de la chance, une semaine et demie... Si seulement je préférais l'alcool, ou si ça ne me rendait pas malade..

28 août 1960 : Je tremblais comme une feuille, mais je me suis rendu au commissariat de police de Carlyle. Je n'avais pas réfléchi. J'ai demandé à parler au plus haut responsable, et ils m'ont répondu qu'il était plus de cinq heures et qu'il était rentré chez lui. Alors je leur ai dit que j'avais des renseignements concernant la drogue et, dix minutes plus tard, le commissaire se pointait... A ce moment-là, je ne pouvais plus dissimuler ni même me contrôler. J'urinais dans mon pantalon. Le commissaire me fit entrer dans une petite pièce, ouvrit une mallette et me fit une piqûre. Il appartenait à Nemrod!

7 octobre 1965 : Le Nemrod actuel est mécontent de moi. Je me suis toujours bien entendu avec les précédents, les deux que j'ai rencontrés. Celui-ci est plus strict, plus inquiet de mes activités. Je refuse de m'en prendre aux étudiants, ce qu'il accepte, mais il prétend que mes cours sont sans intérêt, que je n'ai plus de charisme. Peu lui importe que je ne raccole pas – il n'y tient pas – mais il m'a demandé d'être plus classique dans mon aspect extérieur... C'est étrange. Il s'appelle Matthew Orton, et c'est un insignifiant adjoint du gouverneur de Hartford. Mais il est Nemrod, et j'obéirai...

14 novembre 1967 : Ma douleur dorsale devient intolérable. Les médecins m'ont dit qu'elle se désintégrerait – c'est le terme qu'ils ont employé –, mais pas ainsi! Au bout de quarante minutes de cours, je suis obligé de m'excuser! Je le fais toujours. Cela en vaut-il la peine?... Il le faut, sinon je suis incapable de continuer... Suis-je trop égoïste ou trop lâche pour me suicider? Ce soir, j'ai rendez-vous avec Nemrod. Dans une semaine, c'est Thanksgiving – je me demande où l'on va m'envoyer...

27 janvier 1970 : Il faut en terminer, à présent. Comme le dit si joliment C. Fry « La rose séraphique, resplendissante dans son parterre » doit se retourner et montrer ses piquants. On ne peut plus rien pour moi, et Nemrod a contaminé trop de gens, trop profondément. Je vais me suicider, le plus doucement possible. J'ai tellement souffert...

28 janvier 1970 : J'ai essayé de me supprimer ! Je ne peux pas ! J'ai apporté le pistolet, puis le couteau, mais je n'y arriverai pas. Suis-je à ce point influencé, contaminé, que je sois incapable d'accomplir ce qui me délivrerait ?... Nemrod me tuera. Je le sais, et il le sait mieux encore.

29 janvier 1970 : Nemrod. Maintenant, c'est Arthur Latona ! Incroyable ! L'Arthur Latona qui a bâti les programmes de logements pour revenus modérés de Mont Holly ! De toute façon, il m'a donné un ordre inacceptable. Je le lui ai dit. Je suis trop précieux pour être remercié, et je le lui ai également dit... Il veut que je transporte une grosse somme d'argent à Toros Daglari en Turquie ! Pourquoi, oh pourquoi, ma vie ne s'achève-t-elle pas là ?

18 avril 1971 : C'est un monde merveilleusement étrange. Pour survivre, exister et respirer, on fait des choses que l'on finit par trouver haïssables... L'ensemble est terrifiant... Les prétextes et les justifications sont pires... Et puis il se passe quelque chose qui suspend – ou du moins reporte – la nécessité d'un jugement... La douleur est descendue du cou et de la colonne vertébrale vers les côtés. Je savais qu'il me faudrait autre chose. Encore plus... Je suis allé voir le médecin de Nemrod, comme d'habitude. J'ai perdu du poids, mes réflexes sont lamentables. Il est inquiet et j'entre demain dans la clinique privée de Southbury. Pour un examen approfondi... Je suis certain qu'ils feront de leur mieux pour moi. Ils ont d'autres voyages à me faire faire, des voyages très importants, a dit Nemrod. Je serai parti tout l'été... Si ce n'était pas moi, ce serait quelqu'un d'autre. Cette douleur est épouvantable.

22 mai 1971 : Le vieux soldat fatigué est rentré

chez lui. Mon repaire est mon salut! On m'a retiré un rein. Les médecins ne se prononcent pas encore sur le second. Mais je sais à quoi m'en tenir. Je suis en train de mourir... Mon Dieu, j'accueille la mort avec joie! Il n'y aura plus ni voyages ni menaces. Nemrod ne peut pas faire plus... Ils me maintiennent en vie. Aussi longtemps qu'ils le pourront. Il le faut à présent!.. J'ai laissé entendre au médecin que j'avais constitué un dossier année par année. Il m'a fixé des yeux sans rien dire. Je n'ai jamais vu un homme aussi effrayé...

23 mai 1971 : Latona – Nemrod – est passé ce matin. Avant qu'il ait le temps d'ouvrir la bouche, je lui ai dit que je savais que j'étais perdu. Que plus rien ne m'importait. La décision de mettre fin à mon existence avait été prise, pas par moi. J'ai même ajouté que j'y étais préparé, que j'étais soulagé. Que j'avais essayé de le faire moi-même, sans succès. Il m'a posé des questions sur ce que j'avais révélé au médecin. Il était incapable de prononcer les mots! Sa peur envahissait la pièce comme une lourde brume... Je lui ai répondu calmement, avec une grande autorité, je pense. Je lui ai dit que je lui remettrais tout dossier éventuel, si l'on me rendait la vie plus facile les derniers jours, les derniers mois. Il était furieux, mais il ne pouvait pas s'y opposer. Que peut-on faire en face d'un vieil homme qui souffre et qui sait qu'il va mourir? Quels arguments reste-t-il?

14 août 1971 : Nemrod est mort! Latona est mort d'un infarctus. Avant moi, quelle ironie!... Les affaires suivent leur petit bonhomme de chemin. On continue à m'apporter ce dont j'ai besoin chaque semaine et, chaque semaine, le messager terrorisé me pose des questions. Où sont les dossiers? Où sont-ils? Leurs propos frôlent la menace, mais je leur rappelle que Nemrod a la parole d'un vieil homme mourant. Pourquoi changerais-je d'avis?... Ils se retranchent derrière leur peur... On va bientôt choisir un nouveau Nemrod... j'ai prévenu que je ne voulais pas le connaître – et c'est vrai!

20 septembre 1971 : Une nouvelle année commence à Carlyle. Ma dernière année. Je sais que – quelles que soient mes responsabilités – la mort de Nemrod m'a redonné du courage. Suis-je le seul à le savoir? Dieu sait que je ne peux pas réparer grand-chose, mais je peux essayer!... Je suis en train d'en contacter, d'en trouver quelques-uns qui sont mal en point, et je leur proposerai au moins mon aide. Ce ne seront sans doute que des paroles ou des conseils, mais il me semble réconfortant qu'ils apprennent que je suis passé par là. C'est toujours un choc pour ceux à qui j'en parle! Vous vous rendez compte! Le « grand et vieil oiseau »! La douleur et l'engourdissement sont intolérables. Je ne serai peut-être pas capable d'attendre...

18 février 1972 : Le médecin m'a dit qu'il me prescrirait des « médicaments », plus puissants, mais m'a prévenu de me méfier des surdoses. Lui aussi parlait du nouveau Nemrod. Il était même inquiet... Il m'a laissé entendre que cet homme était fou. Je lui ai répété que je ne voulais rien savoir. Que j'étais hors du circuit.

26 février 1972 : Je ne parviens pas à le croire! Nemrod est un monstre! Il est complètement dingue! Il a exigé que tous ceux qui avaient travaillé ici pendant plus de trois ans soient éliminés, envoyés hors du pays et, au cas où ils refuseraient, liquidés! Le médecin part la semaine prochaine. Femme, famille, cabinet... La veuve de Latona a été assassinée dans un « accident de voiture »! L'un des messagers, Polizzi, a été descendu à New Haven. Un autre, Capabbo, est mort d'une overdose qui, d'après la rumeur publique, lui aurait été administrée!

5 avril 1972 : De Nemrod à moi : livrez tous vos dossiers ou nous arrêtons toute livraison. Ma maison sera surveillée jour et nuit. On me suivra partout où j'irai. On ne m'autorisera à me faire soigner nulle part. Les effets combinés du cancer et du manque dépasseront tout ce que je peux imaginer. Ce que Nemrod ne sait pas, c'est qu'avant de partir, le médecin m'a laissé une réserve de plusieurs mois. Il ne croyait pas que j'en avais encore pour longtemps... Pour la première fois de cette existence terrible, horrible, je suis en position de force. Ma vie est plus solide que jamais à cause de ma mort.

10 avril 1972 : Nemrod est au bord de l'hystérie à cause de moi. Il m'a menacé de tout révéler, ce qui n'a aucun sens. Je le lui ai fait savoir par mes intermédiaires. Il a répondu qu'il détruirait tout le campus de Carlyle mais, ce faisant, il se détruirait lui-même. On parle d'une conférence. Une importante réunion d'hommes puissants... A présent ma maison est surveillée, comme Nemrod l'avait annoncé, jour et nuit. Par la police de Carlyle, bien entendu. L'armée privée de Nemrod !

22 avril 1972 : Nemrod a gagné ! C'est épouvantable, mais il a gagné. Il m'a envoyé deux coupures de journaux. Chacun racontait la mort d'un étudiant par overdose. La première était une fille de Cambridge, le second, un garçon de Trinity. Il dit qu'il complétera la liste chaque semaine tant que je n'aurai pas remis les dossiers... On exécute des otages ! Il faut que cela s'arrête ! Mais comment ? Qu'y puis-je !... J'ai un plan, mais je ne sais pas s'il est réalisable. Je vais tenter de fabriquer des dossiers. Les laisser intacts. Ce sera difficile. Mes mains tremblent parfois. Parviendrai-je à mener cette tâche jusqu'au bout ? Il le faut. J'ai dit que je les remettrais progressivement. Pour ma propre protection. Je me demande s'il sera d'accord.

24 avril 1972 : Nemrod est le mal incarné, mais c'est un réaliste. Il sait qu'il n'a pas le choix. Nous sommes tous deux engagés dans une course contre le temps, contre ma mort. Impasse! J'alterne entre une machine à écrire et différents stylos à plume. J'utilise divers types de papier. Les meurtres sont suspendus, mais on m'a prévenu qu'ils reprendraient si je manquais à une livraison! Les otages de Nemrod sont entre mes mains! Il n'y a que moi qui puisse empêcher leur exécution!

27 avril 1972 : Il se produit quelque chose d'étrange. Le jeune Beeson a téléphoné à notre contact du Bureau des admissions. Jim Matlock était chez lui, et Beeson nourrit quelques soupçons. Il a posé des questions, fait l'idiot avec la femme de Beeson... Matlock n'est sur aucune liste! Il ne fait pas partie de Nemrod, ni d'un côté ni de l'autre. Il n'a jamais rien acheté ni vendu... Les voitures de la police de Carlyle sont en permanence devant ma porte. L'armée de Nemrod est alertée. Que se passe-t-il?

27 avril 1972 – soir : Les messagers sont venus – deux d'entre eux – et ce qu'ils m'ont laissé entendre est si incroyable que je ne peux pas l'écrire ici... Je n'ai jamais demandé l'identité de Nemrod, je n'ai jamais voulu la connaître. Mais il y a un vent de panique, il se passe quelque chose que Nemrod ne contrôle plus. Et les messagers m'ont révélé qui est Nemrod... Ils mentent! Je ne peux pas, je ne veux pas le croire! Si c'est vrai, nous sommes tous en enfer!

Matlock regarda désespérément le dernier paragraphe. L'écriture était à peine lisible. La plupart des mots étaient reliés les uns aux autres, comme si celui qui écrivait ne pouvait plus arrêter la course de son stylo.

28 avril : Matlock est venu. Il est au courant. D'autres le sont aussi! Il dit que des agents du gouvernement s'en occupent... C'est terminé! Mais ce qu'ils ne peuvent pas comprendre, c'est ce qui va se produire – un bain de sang, des assassinats – des exécutions! Nemrod ne peut pas faire moins! Il y aura tant de souffrance. Il y aura une tuerie générale provoquée par un professeur innocent, spécialiste de la période élisabéthaine... Un messager m'a appelé. Nemrod lui-même va sortir de l'ombre. Il s'agit d'une confrontation. Maintenant je vais connaître la vérité, qui il est réellement... Si c'est celui dont on m'a parlé, il faudra que je trouve le moyen de laisser sortir ce dossier. C'est tout ce qui me reste! C'est à mon tour de menacer... C'est fini à présent. Ma douleur cessera bientôt, elle aussi... j'ai tant souffert... Je ferai un dernier paragraphe quand je serai certain...

Matlock referma le carnet. Qu'avait dit la fille qui s'appelait Jeannie? Ils contrôlent les tribunaux, la police, les médecins. Et Alan Pace. Il avait ajouté les administrations des grandes universités de tout le Nord-Est. Les politiques universitaires, les emplois, le développement, les programmes, les sources d'un gigantesque financement. Ils dirigent tout.

Mais Matlock détenait la pièce à conviction.

C'était suffisant. Suffisant pour arrêter Nemrod, quel qu'il soit. Suffisant pour faire cesser le bain de sang, les exécutions.

A présent, il devait contacter Jason Greenberg. Seul.

XXXI

En portant le paquet entouré de matière plastique, il marchait en direction de Carlyle, prenant les petites routes sur lesquelles il n'y avait quasiment aucune circulation la nuit. Il savait qu'il serait trop dangereux de prendre une voiture. L'homme qu'il avait laissé dans le champ avait certainement retrouvé ses esprits, assez pour contacter quelqu'un, pour contacter Nemrod. On donnerait l'alarme et on le chercherait. Les armées invisibles devaient le poursuivre, à présent. Sa seule chance était de joindre Greenberg. Jason Greenberg lui dirait quoi faire.

Il y avait du sang sur sa chemise, de la boue séchée sur son pantalon et sur sa veste. Il avait l'allure des parias du Bill's Bar, à côté des dépôts ferroviaires. Il était presque deux heures et demie du matin, mais les endroits comme celui-ci restaient ouverts toute la nuit. Les règles puritaines n'étaient que de convenance, non des lois. Il atteignit la rocade du collège et descendit la colline jusqu'aux docks.

Il brossa ses vêtements mouillés le mieux qu'il put et cacha sa chemise tachée de sang sous sa veste. Il pénétra dans le bar crasseux. Des couches de fumée provenant de mauvais tabac étaient suspendues au-dessus des clients mal rasés. Un jukebox débitait une musique slave, des hommes hurlaient, on trichait aux dés. Matlock savait qu'il se fondrait dans le décor. Il y trouverait quelques précieux instants de repos.

Il s'assit au fond de la salle.

– Qu'est-ce que vous est arrivé?

C'était le barman, le barman soupçonneux avec qui il était devenu ami quelques jours auparavant. Des années... des siècles auparavant.

– Surpris par la tempête. Je suis tombé deux fois. Saleté de whisky... Avez-vous quelque chose à manger?

– Des sandwiches au fromage. La viande, je n'oserais pas vous la donner. Le pain non plus n'est pas très frais.

– Ça m'est égal. Apportez-moi deux ou trois sandwiches. Et un verre de bière. Ça ne vous ennuie pas?

– Pas du tout, monsieur... Vous êtes sûr que vous voulez manger ici? Je veux dire, ce n'est pas un endroit pour vous, vous voyez ce que je veux dire?

Encore une fois. Toujours la même phrase, répétée, hors de propos, l'interrogation en suspens. *Vous voyez ce que je veux dire...?* Ce n'était pas une question. Même dans les moments où il pouvait souffler, elle revenait.

– Je vois ce que vous voulez dire, mais je suis bien décidé.

– C'est votre estomac.

Le barman retourna à son poste.

Matlock trouva les coordonnées de Greenberg et se dirigea vers le téléphone payant accroché au mur et dont se dégageait une odeur fétide. Il introduisit une pièce et composa le numéro.

– Je suis désolée, lui dit l'opératrice. La ligne est coupée. Avez-vous un autre numéro où joindre l'abonné?

– Essayez encore! Je suis certain que vous vous trompez.

Elle recommença, mais elle ne se trompait pas. Le contrôleur de Wheeling, en Virginie, informa l'opératrice de Carlyle, dans le Connecticut, que tout appel pour Mr. Greenberg devait être détourné sur Washington, D.C. On supposait que tout correspondant éventuel saurait où le joindre à Washington.

– Mais Mr. Greenberg ne se trouvera au numéro de Washington que tôt dans la matinée, ajouta-t-il. Informez-en votre correspondant.

Il réfléchit. Pouvait-il faire confiance à Washington, au ministère de la Justice, au Bureau des Narcotiques? Etant donné les circonstances et pour aller plus vite, Washington n'alerterait-il pas quelqu'un dans le voisinage de Hartford afin de le retrouver? Et Greenberg avait été clair. Il ne faisait plus confiance au bureau ni aux agents de Hartford.

Il comprenait mieux à présent l'inquiétude de Greenberg. Il n'avait qu'à penser à la police de Carlyle, cette armée privée de Nemrod.

Non, il n'appellerait pas Washington. Il contacterait Sealfont. Son dernier espoir était le président de l'université. Il composa le numéro de Sealfont.

– James! Mon Dieu, James! Vous allez bien? Où diable étiez-vous passé?

– Dans des endroits dont je ne connaissais pas l'existence. Dont je n'aurais jamais soupçonné l'existence!

– Mais ça va? C'est la seule chose qui compte! Ça va, n'est-ce pas?

– Oui, monsieur. Et j'ai tout. En totalité. Herron avait tout mis noir sur blanc. C'est un dossier qui couvre vingt-trois années.

– Alors, il en faisait partie?

– Tout à fait!

– Pauvre homme, malade... Je ne comprends pas. Toutefois, ce n'est plus important. Cela concerne les autorités. Où êtes-vous? Je vais envoyer une voiture... Non, je viendrai moi-même. Nous nous sommes fait tellement de souci. Je suis toujours resté en contact avec des hommes du ministère de la Justice.

– Restez où vous êtes, répondit rapidement Matlock. Je vous rejoindrai par mes propres moyens. Tout le monde connaît votre voiture. Ce sera moins dangereux comme ça. Je sais qu'ils me cherchent. Je demanderai à quelqu'un d'ici de m'appeler un taxi. Je voulais juste m'assurer que vous étiez chez vous.

– Comme vous voudrez. Je dois vous dire que je suis soulagé. Je vais téléphoner à Kressel. Quoi que vous ayez à dire, il doit l'entendre. C'est ainsi que nous devons procéder.

– Je suis d'accord, monsieur. A bientôt.

Il retourna vers la banquette où il s'était installé et commença à manger les sandwiches peu appétissants qu'on lui avait apportés. Il avait bu la moitié de sa bière quand, de l'intérieur de sa veste trempée, lui parvinrent des petits bips suraigus du Tel-électronic de Blackstone. Il sortit l'appareil et appuya sur le bouton. Ne pensant plus qu'à appeler le 555-68-68, il bondit de son siège et revint à grands pas vers le téléphone. La main tremblante, il introduisit maladroitement une pièce de monnaie et composa le numéro.

Les mots enregistrés lui firent l'effet d'un coup de fouet sur le visage.

– Décodeur Trois-Zéro est annulé.

Puis le silence. Comme Blackstone l'avait promis, il n'y eut que cette phrase, prononcée une seule fois. Personne à qui parler, aucun appel possible. Rien.

Ce n'était pas vrai! On ne pouvait pas tout interrompre ainsi! Si Blackstone annulait, il avait le droit de savoir pourquoi. Il avait le droit de savoir si Pat était en sécurité!

Il lui fallut plusieurs minutes et quelques menaces avant d'atteindre Blackstone lui-même.

— Je ne suis pas obligé de vous répondre, il avait une voix à la fois endormie et belliqueuse. J'ai été très clair sur ce point...! Mais ça m'est égal, car si je peux localiser votre appel, je leur dirai où vous trouver dès que vous aurez raccroché!

— Ne me menacez pas! Je vous ai donné trop d'argent pour que vous vous permettiez ça... Pourquoi avez-vous annulé? J'ai le droit de savoir.

— Parce que vous puez! Vous puez l'ordure!

— Ça ne suffit pas! Ça ne veut rien dire!

— Je vais vous donner les véritables raisons. Il y a un mandat d'arrêt lancé contre vous. Signé par le juge et...

— Pourquoi? Garde à vue? Détention préventive?

— Pour meurtre, Matlock! Pour complot visant à la distribution de stupéfiants! Pour avoir aidé et servi des trafiquants de drogue notoires...! Vous êtes passé à l'ennemi! Comme je vous l'ai dit, vous puez! Et je hais les affaires dans lesquelles vous trempez!

Matlock était sidéré. Meurtre? Complot! De quoi Blackstone parlait-il donc?

— Je ne sais ce qu'on vous a raconté, mais ce n'est pas vrai. Rien de tout cela n'est exact! J'ai risqué ma vie, vous m'entendez? Pour rapporter ce que j'ai...

— Vous êtes un beau parleur, l'interrompit Blackstone. Mais vous êtes imprudent! Vous êtes également un macabre salopard! Il y a un type dans un champ, à l'extérieur de Carlyle, la gorge tranchée. Il n'a pas fallu dix minutes aux gars du gouvernement pour remonter de la Ford break à son propriétaire !

– Je n'ai pas tué cet homme ! Je jure sur la Bible que je ne l'ai pas tué !

– Non, bien sûr que non ! Et vous n'avez même pas vu celui dont vous avez fait voler la tête en éclats à East Gorge, n'est-ce pas ? Mais il y a un gardien de parking et quelques autres qui vous ont aperçu sur les lieux !... J'oubliais. Vous êtes aussi stupide. Vous avez laissé le procès-verbal de stationnement illicite sous un essuie-glace.

– Attendez une minute ! Tout cela est dingue ! C'est l'homme d'East Gorge qui m'avait donné rendez-vous là ! Il a essayé de me liquider !

– Dites ça à votre avocat. Ce sont les types de la Justice qui nous ont révélé tout ça ! Je l'ai exigé. J'ai une excellente réputation... et je vous dirai une chose : quand vous vous vendez, vous vous vendez cher ! Plus de soixante mille dollars sur un compte chèque. Je vous le répète, vous puez, Matlock.

Ce dernier était si sidéré qu'il ne pouvait élever la voix. Quand il parla, il était à bout de souffle, à peine audible.

– Ecoutez-moi. Il faut que vous m'écoutiez. Pour tout ce que vous racontez... il y a des explications. Sauf pour l'homme dans le champ. Là, je ne comprends pas. Mais peu importe que vous me croyiez ou non. Cela n'a pas d'importance. J'ai dans la main la justification dont j'aurai besoin... Ce qui est capital, c'est que vous surveilliez cette fille ! N'annulez pas ! Surveillez-la !

– Apparemment, vous n'avez rien compris. C'est annulé ! Décodeur Trois-Zéro est annulé !

– Et la fille ?

– Nous ne sommes pas des irresponsables, fit Blackstone avec amertume. Elle est en sécurité. Elle est sous la protection de la police de Carlyle.

Il y avait une grande agitation dans le bar. Le barman fermait boutique, et les clients rouspétaient. On criait des obscénités d'un bout à l'autre de la salle, au-dessus des tables d'acajou crasseuses, maculées de bière, tandis que des individus plus ou moins ivres titubaient lentement vers la porte d'entrée.

Paralysé, Matlock se tenait près du téléphone qui dégageait toujours une odeur insoutenable. Le bruit atteignit son apogée, mais il n'entendait rien. Les silhouettes devant ses yeux étaient on ne peut plus floues. Il avait mal au ventre. Il tira sur son pantalon et garda entre ses mains et sa ceinture le paquet entouré de matière plastique contenant le carnet de Lucas Herron. Il se dit qu'il allait être malade comme devant le cadavre de la piste d'East Gorge.

Ce n'était pourtant pas le moment. Pat était entre les griffes de l'armée privée de Nemrod. Il fallait agir tout de suite. Et quand il agirait, il ferait le grand saut. Il ne pourrait plus revenir en arrière.

L'horrible vérité, c'était qu'il ne savait par où commencer.

– Que se passe-t-il, monsieur ? Les sandwiches ?

– Comment ?

– Vous avez l'air d'être sur le point de vomir.

– Oh !... Non.

Matlock s'aperçut enfin que presque tout le monde avait quitté les lieux.

Le carnet ! Le carnet lui servirait de rançon. Il n'aurait pas de décision dramatique à prendre... Pas pour ces hommes désincarnés ! Pas pour ces manipulateurs ! Nemrod aurait le journal ! L'acte d'accusation !

Et alors ? Nemrod l'épargnerait-il ? Les épargnerait-il ?... Qu'avait écrit Lucas Herron ?

« Le nouveau Nemrod est un monstre... impitoyable. Il ordonne des exécutions... »

Nemrod avait assassiné pour des raisons moindres que les révélations contenues dans le journal de Lucas Herron.

– Ecoutez, monsieur, je suis désolé mais il faut que je ferme.

– Pouvez-vous m'appeler un taxi, s'il vous plaît ?

– Un taxi ? Il est plus de trois heures... Même s'il y en avait un, il ne viendrait pas ici à trois heures du matin.

– Avez-vous une voiture ?

– Attendez une minute, monsieur. Je dois nettoyer avant de me tirer. Il y a eu du monde, ce soir. Les comptes vont me prendre une vingtaine de minutes.

Matlock sortit quelques billets. Le plus petit était de cent dollars.

– Il me faut une voiture, tout de suite. Combien voulez-vous ? Je vous la rapporterai dans une heure. Peut-être avant.

Le barman regarda l'argent de Matlock.

– C'est une vieille caisse. Vous risquez d'avoir des problèmes.

– Je sais conduire n'importe quoi ! Voilà ! Voilà cent dollars ! Si je la bousille, vous aurez toute cette liasse. Prenez-les, pour l'amour du Ciel !

– D'accord, d'accord, monsieur.

Le barman plongea la main sous son tablier, et sortit ses clés.

– La clé de contact est carrée. La tire est garée derrière. Une Chevrolet soixante-deux. Passez par la porte qui donne sur la cour.

– Merci.

Matlock se dirigea vers la porte que lui avait indiquée le barman.

– Hé, monsieur !

– Quoi?

– Comment vous appelez-vous déjà? Quelque chose en « rock »? J'ai oublié. Je veux dire, je vous donne ma voiture, et je ne connais même pas votre nom!

Matlock réfléchit l'espace d'une seconde.

– Rod. Nemrod. Mon nom est Nemrod.

– Ce n'est pas un nom, monsieur. L'homme baraqué s'avança vers Matlock. C'est une mouche pour attraper les truites. Comment vous appelez-vous? Vous avez ma bagnole, il faut que je le sache.

Matlock tenait toujours l'argent dans sa main. Il compta trois autres billets de cent et les jeta sur le sol. Cela lui sembla correct. Il avait donné quatre cents dollars à Kramer pour son break. Il y avait une certaine symétrie, ou du moins une invraisemblable logique.

– Ça fait quatre cents dollars. Jamais vous ne tirerez quatre cents dollars d'une Chevrolet soixante-deux. Je la rapporterai.

Il courut vers la porte. Les derniers mots qu'il entendit furent ceux du gérant du Bill's Bar, reconnaissant et troublé à la fois.

– Nemrod. Sacré farceur!

La voiture était un vieux clou, comme l'avait si bien décrite son propriétaire. Mais elle fonctionnait, et c'était là l'essentiel. Sealfont l'aiderait à analyser les données du problème, les choix. Deux avis valent mieux qu'un. Il avait peur d'assumer toute la responsabilité. Il n'en était pas capable. Et Sealfont connaîtrait des gens haut placés qu'il saurait où contacter. Sam Kressel, celui qui servait d'agent de liaison, écouterait, objecterait, serait terrifié quant à son propre domaine. Peu importait. Il serait démis de ses fonctions. La sécurité de Pat était capitale. Sealfont y veillerait.

Peut-être était-il temps de menacer, comme Herron avait fini par le faire. Pat était entre les mains de Nemrod. Il avait la pièce à conviction laissée par Lucas Herron. La vie d'un être humain contre la protection de centaines, peut-être de milliers de gens. Même Nemrod se retrouverait dans l'obligation de négocier. C'était imparable. Ils risquaient leur perte.

En se rapprochant du dépôt de la gare de triage, il se rendit compte que ce genre de raisonnement, en soi, faisait de lui un manipulateur. Pat avait été réduite à un facteur X, le journal de Herron au facteur Y. On formulerait l'équation, et les observateurs mathématiques décideraient sur la base des données présentées. C'était la logique glaciale de la survie. On mettait de côté, on méprisait consciemment l'aspect émotionnel des événements.

Effrayant !

Il tourna à droite à hauteur de la gare et remonta la rocade du collège. La demeure de Sealfont était au bout. Il conduisait aussi vite que le permettait la Chevrolet soixante-deux, c'est-à-dire qu'il ne dépassait pas les cinquante kilomètres à l'heure dans la côte. Les rues étaient désertes, vidées par la tempête. Les façades des magasins, les maisons et le campus étaient sombres et silencieux.

Il se souvint que Kressel habitait à quelques mètres de la rocade, dans High Street. Le détour ne lui prendrait que trente secondes. Cela en valait la peine, pensa-t-il. Si Kressel n'était pas encore parti chez Sealfont, il viendrait le chercher. Ils pourraient bavarder en chemin. Matlock avait besoin de parler. Il avait de plus en plus de mal à supporter son isolement.

Il tourna à gauche, au coin de High Street. Kressel avait une grande maison coloniale grise, en retrait par rapport à la rue et séparée d'elle par une vaste pelouse bordée de rhododendrons. Il y avait de la lumière au rez-de-chaussée. Heureusement Kressel était chez lui. Il aperçut deux voitures dans l'allée latérale. Matlock ralentit.

Son regard fut attiré par un vague reflet au fond de l'allée. La lampe de la cuisine de Kressel était allumée. Elle éclairait le capot d'un troisième véhicule, et les Kressel n'en possédaient que deux.

Il regarda à nouveau la voiture devant la maison. Elle appartenait à la police de Carlyle. La police de Carlyle était chez Kressel !

Ou bien l'armée privée de Nemrod était-elle chez Nemrod ?

Il tourna brusquement à gauche, évitant de peu la voiture de patrouille, et redescendit la rue jusqu'au croisement suivant. Il prit la première à droite, et appuya sur l'accélérateur, le pied au plancher. Il était troublé, effrayé, désorienté. Si Sealfont avait appelé Kressel – ce qu'il avait fait, de toute évidence – et qu'il travaillât pour Nemrod ou fût Nemrod, il y aurait d'autres véhicules de police, d'autres soldats de l'armée privée pour l'attendre.

Il pensa de nouveau au commissariat de Carlyle. Un siècle s'était écoulé, contracté en un peu plus d'une semaine, depuis l'assassinat de Loring. Kressel l'avait alors gêné. Et même avant cela, avec Loring puis Greenberg, son hostilité envers les agents fédéraux avait dépassé les limites de la raison.

Mon Dieu ! C'était clair à présent. Son instinct ne l'avait pas trompé. L'instinct du chasseur comme celui de l'animal traqué ne l'avaient pas induit en erreur. On l'avait trop bien surveillé, anticipé chacun de ses mouvements. Kressel l'agent de liaison était en fait Kressel le chasseur, le tueur suprême.

Les apparences étaient toujours trompeuses, pas les intuitions. Faire confiance à ses sens.

Il devait trouver le moyen de parvenir jusqu'à Sealfont. Avertir Sealfont que le Judas était Kressel. Qu'à présent, ils devaient tous deux se protéger, établir quelque base d'où ils pourraient frapper à leur tour.

Sinon la fille qu'il aimait serait sacrifiée.

Il n'y avait plus une seconde à perdre. Sealfont avait certainement dit à Kressel que lui, Matlock, avait le journal de Lucas Herron, et c'était tout ce que Kressel désirait savoir. Tout ce que Nemrod désirait savoir.

Nemrod devait reprendre possession du papier corse et du carnet. L'endroit où ils étaient cachés n'était dorénavant plus un mystère. On préviendrait l'armée privée que l'heure du triomphe ou du désastre était venue. La demeure de Sealfont était le piège dans lequel il était prévu de le faire tomber.

Matlock prit la direction de l'ouest, à l'intersection suivante. Dans la poche de son pantalon, il y avait ses clés et, parmi elles, celle de l'appartement de Pat. A sa connaissance, personne n'était au courant qu'il en avait un double, et personne ne s'attendait non plus à ce qu'il se réfugie là. Il fallait tenter le coup. Il ne pouvait pas prendre le risque d'aller dans une cabine publique, ni d'être aperçu à la lueur d'un réverbère. Les voitures de patrouille le chercheraient partout.

Il entendit le ronflement d'un moteur derrière lui et sentit son estomac se nouer. Un véhicule le suivait, se rapprochait de lui. Et la Chevrolet soixante-deux n'était pas de taille à lui résister.

La pression qu'il exerçait sur la pédale lui faisait mal à la jambe. Ses mains se crispèrent sur le volant quand il s'engagea brusquement dans une rue perpendiculaire, les muscles des bras tendus et douloureux. Un autre virage. Il donna un coup de volant à gauche, s'écartant du trottoir pour revenir au milieu de la chaussée. La voiture le suivait à une allure régulière, jamais à plus de trente mètres, les phares éblouissant le rétroviseur de Matlock.

Son poursuivant ne cherchait pas à réduire l'écart entre eux! Pas encore. Pas à ce moment précis. Il pourrait l'avoir fait cent ou deux cents mètres avant. Il attendait. Attendait quelque chose. Mais quoi?

Il y avait tant de détails qu'il ne comprenait pas! Tant de choses qu'il avait mal calculées, mal interprétées. Il s'était laissé manœuvrer à chaque étape cruciale. Il était ce qu'ils pensaient de lui : un amateur! Il avait dépassé ses propres capacités depuis le début. Et à présent, à la fin, son dernier assaut se terminait en embuscade. Ils le tueraient, se saisiraient du papier corse et du journal accusateur. Ils liquideraient la fille qu'il aimait, l'innocente dont il avait si brutalement sacrifié la vie. Sealfont serait achevé. Il en savait trop à présent! Dieu seul pouvait affirmer combien d'autres encore seraient détruits.

Ainsi soit-il.

Si cela devait se passer ainsi, si tout espoir était perdu, qu'au moins il finisse en beauté, par un geste. Il prit l'automatique dans sa ceinture.

Ils traversaient – le poursuivant et le poursuivi – les rues des faubourgs du campus, où se trouvaient principalement les bâtiments des départements scientifiques et un certain nombre de grands parkings. Il n'y avait pour ainsi dire aucune habitation.

Il dirigea la Chevrolet le plus à droite possible, le bras en diagonale contre la poitrine, le canon du pistolet sortant par la fenêtre de la voiture, braqué sur l'automobile derrière lui.

Il tira deux fois. Le véhicule accéléra. Il sentit des heurts brutaux, répétés, métal contre métal, tandis qu'on cognait à la gauche du châssis arrière de la Chevrolet. Il appuya de nouveau sur la détente de l'automatique. Au lieu de la détonation attendue, il ne perçut que le déclic de la détente : le chargeur était vide.

Même son ultime geste serait vain.

Son poursuivant le heurta une nouvelle fois. Il perdit le contrôle. Le volant tourna sur lui-même, lui déchirant le bras, et la Chevrolet quitta la route. Frénétiquement, il saisit la poignée de la portière. Désespérément il tenta de stabiliser la voiture, prêt à sauter à la moindre alerte.

Il ne pensait plus. Tous ses instincts de survie étaient sur le qui-vive. Le temps fut suspendu quelques secondes, car la voiture qui était derrière lui avait pris une direction parallèle. Ce fut alors qu'il reconnut un visage.

Il avait des bandages et de la gaze autour des yeux, sous ses lunettes, mais insuffisants pour dissimuler la face du révolutionnaire noir, Julian Dunois.

Ce fut la dernière chose dont il se souvint avant que la Chevrolet fasse une embardée sur la droite et dérape.

Le noir total.

XXXII

Ce fut la douleur qui le fit revenir à lui. Elle lui traversait le côté gauche. Il laissa rouler sa tête et constata qu'elle reposait sur un oreiller.

La pièce était faiblement éclairée. Le peu de lumière d'une lampe posée sur une table. Il déplaça sa tête et essaya de se lever en appuyant sur son épaule droite. Il enfonça le coude dans le matelas, le bras gauche immobile suivant la courbe de son corps, tel un poids mort.

Il cessa brusquement.

Puis l'homme vint se placer dans sa ligne de mire. Il était noir, et ses yeux sombres regardaient Matlock sous le parfait demi-cercle de sa coupe afro. C'était Adam Williams, le boutefeu de la Gauche noire à l'université de Carlyle.

Quand Williams ouvrit la bouche, il parla doucement et, à moins que Matlock n'ait mal compris, il y avait toujours la même compassion dans la voix du Noir.

– Je vais dire à frère Julian que vous êtes réveillé. Il viendra vous voir. Williams quitta son fauteuil et se dirigea vers la porte. Vous vous êtes démoli l'épaule gauche. N'essayez pas de sortir du lit. Il n'y a pas de fenêtre ici. Le hall est gardé. Décontractez-vous. Vous avez besoin de repos.

– Je n'ai pas le temps de me reposer, espèce d'imbécile!

Matlock tenta de se redresser un peu plus, mais il souffrait trop. Il ne s'y était pas encore accoutumé.

– Vous n'avez pas le choix.

Williams ouvrit la porte et sortit rapidement avant de la refermer.

Matlock retomba sur l'oreiller... Frère Julian... Il se souvenait à présent. Le visage entouré de bandages de Julian Dunois qui l'observait par la vitre de la voiture qui fonçait, à quelques centimètres de lui, du moins lui avait-il semblé. Et il avait retenu les paroles de Dunois, celles qu'il avait dites à son chauffeur. Il avait crié dans son dialecte caraïbe.

– Frappe-le, mon vieux! Frappe encore! Fais-le sortir de la route, mon vieux!

Et puis tout s'était assombri et l'obscurité s'était emplie de bruits de violence, de métal froissé, et il avait senti son corps se tordre, se retourner, tournoyer dans un vide noir.

Mon Dieu! Combien de temps cela avait-il duré? Il essaya de soulever sa main droite pour retirer le bracelet extensible de son poignet, mais il avait disparu. Sa montre n'était plus là.

Il lutta pour se lever et réussit à s'asseoir au bord du lit, les jambes touchant le sol. Il appuya ses pieds contre le parquet, heureux d'être parvenu à obtenir une position verticale... Il lui fallait rassembler les pièces du puzzle, retisser la trame des événements pour savoir où il allait.

Il se rendait chez Pat. Pour trouver un téléphone à l'abri des regards indiscrets, afin de joindre Adrian Sealfont. Pour le prévenir que Kressel était l'ennemi, que Kressel était Nemrod. Et il avait décidé que le journal de Herron serait la rançon de Pat. Puis la poursuite avait commencé, mais ce n'était pas une poursuite. La voiture derrière lui, sous les ordres de Julian Dunois, avait joué une atroce partie pour le terroriser. Comme un chat sauvage, décidé à tuer, jouerait avant avec une souris blessée. Enfin il avait attaqué, acier contre acier, et il l'avait plongé dans l'obscurité.

Matlock savait qu'il devait s'évader. Mais par où et pour aller vers qui?

La porte de la pièce sans fenêtre s'ouvrit. Dunois entra, suivi de Williams.

– Bonjour, fit l'avocat. Je vois que vous avez réussi à vous asseoir. C'est de bon augure pour un corps fortement mis à contribution.

– Quelle heure est-il? Où suis-je?

– Il est presque quatre heures et demie. Vous êtes dans une chambre de Lumumba Hall. Vous voyez, je ne vous cache rien... Maintenant à vous de me rendre la pareille. Vous ne devez rien me cacher.

– Ecoutez-moi. Matlock posa sa voix. Je ne me bats pas contre vous, ni contre aucun d'entre vous! J'ai...

– Oh, je ne suis pas d'accord. Dunois sourit. C'est uniquement parce que j'ai eu énormément de chance que vous ne m'avez pas rendu aveugle. Vous avez essayé de m'écraser mes verres de lunettes dans les yeux. Vous imaginez à quel point je serais handicapé par mon travail si je perdais la vue.

– Merde! Vous m'aviez fait avaler de l'acide!

– C'est vous qui m'aviez provoqué! Vous vous étiez montré hostile envers nos frères! Une hostilité qui n'avait aucune raison d'être...! Mais nous tournons en rond. Cela ne nous mènera nulle part... Nous apprécions réellement ce que vous nous avez apporté. Cela dépasse nos ambitions les plus optimistes.

– Vous avez le carnet...

– Et le document corse. L'invitation italienne

dont nous connaissions l'existence. Le carnet, ce n'était qu'une rumeur. Une rumeur que l'on considérait comme une fiction jusqu'à ce soir... ce matin. Il y a de quoi être fier. Vous avez réussi là où de plus expérimentés que vous ont échoué. Vous avez trouvé le trésor, le véritable trésor.

– Il faut que je le récupère!

– Il y a peu de chance! dit Williams, appuyé contre le mur, en l'observant.

– Si je ne le récupère pas, une fille va mourir! Faites ce que vous voulez de moi, mais laissez-moi l'utiliser pour la faire revenir. Je vous en supplie!

– Vous êtes très affecté, n'est-ce pas, je vois des larmes dans vos yeux...

– Oh, mon Dieu, vous êtes un homme civilisé! Vous ne pouvez pas faire ça...! Ecoutez! Tirez-en tous les renseignements que vous voudrez! Ensuite rendez-le-moi et laissez-moi partir!... je vous jure que je reviendrai. Donnez-moi une chance. Rien qu'une chance!

Dunois s'avança lentement vers le fauteuil qui se trouvait près du mur, celui dans lequel Williams était assis quand Matlock s'était réveillé. Il le rapprocha du lit, et s'y assit en croisant élégamment les jambes.

– Vous vous sentez impuissant, n'est-ce pas? Peut-être... même désespéré.

– J'ai été mis à rude épreuve.

– J'en suis certain. Et vous en appelez à ma raison... d'homme civilisé. Vous vous rendez compte qu'il est en mon pouvoir de vous aider, et que je vous suis donc supérieur. Vous ne m'auriez pas supplié, s'il n'en était pas ainsi.

– Mon Dieu! Arrêtez vos salades!

– Vous savez ce qu'il en est. Vous êtes désarmé, sans espoir. Vous vous demandez si votre supplication est tombée dans l'oreille d'un sourd... Avez-vous vraiment pensé une seconde que je me souciais de la vie de Miss Ballantyne? Croyez-vous honnêtement qu'elle représente une priorité pour moi? Pas plus que celle de nos enfants, de ceux que nous aimons ne représente quoi que ce soit pour vous!

Matlock était conscient qu'il devait répondre quelque chose à Dunois. Le Noir ne lui ferait aucune proposition s'il esquivait ses questions. C'était un autre jeu, et il devait y participer, même brièvement.

– Je ne mérite pas cela, et vous le savez. Je hais les gens qui ne feront rien pour eux. Vous me connaissez, vous l'avez assez répété. Alors vous devez savoir ça.

– Ah, mais je n'en sais rien! C'est vous qui avez choisi de travailler pour l'homme supérieur! L'homme de Washington! Depuis des décennies, depuis deux siècles, mon peuple en a appelé à l'homme supérieur de Washington! « Aidez-nous », crient-ils. « Ne nous laissez pas sans espoir! » hurlent-ils. Mais personne ne les écoute. Et maintenant vous pensez que je vais vous écouter?

– Oui, parce que je ne suis pas votre ennemi. Je ne suis sans doute pas tout ce que vous attendiez de moi, mais je ne suis pas votre ennemi. Si vous me transformez, moi et les gens comme moi, en objets de votre haine, c'en est fini de vous. Vous êtes moins nombreux, n'oubliez pas cela, Dunois. Nous ne prenons pas d'assaut les barricades chaque fois que vous criez à l'infamie, mais nous vous entendons. Nous désirons vous aider.

Dunois regarda froidement Matlock.

– Utilisez-moi comme appât, comme otage. Tuez-moi si c'est nécessaire. Mais tirez cette fille de là.

– Nous ne pouvons pas le faire – vous tuer, vous prendre en otage – sans votre consentement. C'est courageux, mais ce n'est pas une preuve.

Matlock ne quitta pas Dunois des yeux, l'empêchant de détourner le regard. Il parla calmement.

– Je ferai une déclaration. Ecrite, verbale, enregistrée sur une bande. Librement, sans que vous utilisiez la force ni aucun moyen de coercition. Je vous révélerai tout. Comment on s'est servi de moi. Ce que j'ai fait. Vous aurez les hommes de Washington et de Nemrod.

Dunois croisa les bras et répondit à Matlock d'une voix tout aussi tranquille :

– Vous vous rendez compte que vous mettriez un terme à votre vie professionnelle. Cette vie que vous aimez tant. Aucune administration universitaire digne de ce nom ne vous proposera de poste. On ne vous fera plus jamais confiance. Aucune faction. Vous deviendrez un paria.

– Vous avez demandé une preuve. C'est tout ce que j'ai à vous offrir.

Dunois resta immobile dans son fauteuil. Williams, accroupi au pied du mur, s'était redressé. Il y eut un long silence. Enfin Dunois sourit. Ses yeux, entourés de gaze, étaient emplis de compassion.

– Vous êtes un homme bien. Inadapté sans doute, mais persévérant. Vous aurez l'aide dont vous avez besoin. Nous ne vous priverons pas d'espoir. Vous êtes d'accord, Adam ?

– Accordé.

Dunois quitta son fauteuil et s'approcha de Matlock.

– Vous connaissez le vieux cliché selon lequel la politique produit de curieux ménages. A l'inverse, les objectifs concrets conduisent souvent à d'étranges alliances politiques. L'histoire le montre... Nous voulons la peau de Nemrod autant que vous. Comme les mafieux avec qui il essaie de faire la paix. Ce sont eux et leurs bandes qui sont des vautours pour nos gosses. Il faut faire un exemple.

Un exemple qui instillera la terreur en d'autres Nemrod, d'autres mafieux... Vous aurez notre aide, mais à une condition.

– Que voulez-vous dire?

– Vous nous laisserez disposer de Nemrod et des autres. Nous n'avons aucune confiance en vos juges ni en vos jurés. Vos tribunaux sont corrompus. Votre légalité n'est rien de plus que de la manipulation financière... On jette les camés en prison. Les gangsters riches font appel... Non, c'est nous qui devrons en disposer.

– Je m'en fiche. Vous pourrez faire ce que vous voulez.

– Votre indifférence ne nous suffit pas. Nous exigeons plus que cela. Nous désirons votre garantie.

– Comment puis-je vous donner une garantie?

– Par votre silence. En ne divulguant pas notre présence. Nous prendrons le papier corse et nous trouverons le moyen de participer à cette conférence. Nous extrairons ce qui nous sera nécessaire du journal – d'ailleurs, nous sommes en train de le faire... – mais votre discrétion est un élément capital. Nous vous aiderons à présent au maximum, bien entendu. Cela dit, vous ne devrez jamais mentionner notre engagement dans ce combat. Sans vous préoccuper de ce qui arrivera, vous n'avez pas le droit, directement ou indirectement, de faire allusion à notre participation. Si vous le faisiez, nous vous supprimerions, vous et la fille. Est-ce compris?

– Oui.

– Alors nous sommes d'accord.

– Oui.

– Merci, fit Dunois en souriant.

XXXIII

Tandis que Julian Dunois lui exposait les termes de l'alternative et commençait à formuler sa stratégie, Matlock vit de plus en plus clairement pourquoi les Noirs étaient partis à sa recherche avec autant d'acharnement, et pourquoi Dunois acceptait de l'aider. Lui, Matlock, possédait l'information de base dont il avait besoin. Qui étaient ses contacts? A la fois à l'intérieur et l'extérieur de l'université. Qui étaient et où se trouvaient les agents du gouvernement? Comment se transmettaient les renseignements?

En d'autres termes, qui Julian Dunois devait-il éviter dans sa marche vers Nemrod?

– Je dois reconnaître que vous étiez incroyablement peu préparé à ces événements, déclara Dunois. Très négligent.

– Je m'en suis aperçu. Mais je pense que je ne suis pas le seul à blâmer.

– C'est le moins qu'on puisse dire!

Dunois rit, Williams aussi. Les trois hommes restèrent dans la pièce sans fenêtre. On apporta une table de bridge et quelques blocs-notes jaunes. Dunois écrivit le moindre détail fourni par Matlock. Il vérifia l'orthographe des noms, l'exactitude des adresses, un travail de professionnel. Matlock connut une fois de plus ce sentiment d'amateurisme qu'il avait ressenti devant Greenberg.

Dunois agrafa un certain nombre de feuilles ensemble et entama un second bloc.

– Que faites-vous ? demanda Matlock.

– Je vais en faire des photocopies en bas. Les renseignements seront envoyés à mon bureau de New York... Tout comme la copie de chaque page du journal de Herron.

– Vous ne plaisantez pas, n'est-ce pas ?

– En un mot, non.

– C'est tout ce que j'ai à vous proposer. Maintenant, que faisons-nous ? Qu'est-ce que je vais faire ? J'ai peur, inutile de vous le dire. Je ne veux même pas songer à ce qui pourrait arriver à Pat.

– Rien ne se produira. Croyez-moi. Pour le moment, Miss Ballantyne n'est pas plus en danger que si elle se trouvait dans les bras de sa mère. Ou dans les vôtres. C'est elle l'appât, pas vous. On ne touchera pas à l'appât. Car c'est vous qui possédez ce qu'ils cherchent. Ils ne peuvent pas s'en tirer sans cela.

– Alors proposons-leur quelque chose. Le plus tôt sera le mieux.

– Ne vous inquiétez pas. Ce sera fait. Mais nous devons décider soigneusement – en tenant compte des subtilités – de la manière dont nous allons procéder. Jusqu'ici, nous avons deux possibilités, nous sommes d'accord là-dessus. La première, c'est Kressel lui-même. La confrontation directe. La seconde, c'est d'utiliser la police pour transmettre votre message à Nemrod.

– Pourquoi faire ça ? Utiliser la police ?

– Je passe en revue les possibilités... Pourquoi la police ? Je n'en suis pas encore certain. Si ce n'est que le journal de Herron révèle clairement que Nemrod a déjà été remplacé par le passé. Ce

375

Nemrod-là est le cinquième depuis la création du poste, exact ?

— Oui. Le troisième était un dénommé Orton qui travaillait pour le gouverneur adjoint. Le quatrième, Angelo Latona, un entrepreneur du bâtiment. Le cinquième, Kressel, de toute évidence. Où voulez-vous en venir ?

— Cette fonction, l'interrompit Williams, n'est pas éternelle. Nemrod n'est pas l'ultime décideur.

— Exactement. Par conséquent, il pourrait être à l'avantage de Matlock de faire savoir à qui de droit qu'il a une arme en sa possession. Ce Kressel – Nemrod – doit agir avec précaution. Pour le bien de tous.

— Cela ne signifie-t-il pas qu'un plus grand nombre de personnes seront à nos trousses ?

— C'est possible. A l'inverse, cela peut aussi inciter une légion de criminels impliqués à vous protéger. Jusqu'à ce que la menace que vous représentez soit éliminée. Personne n'agira sans réfléchir tant que ce danger ne sera pas écarté. Et nul ne souhaite que Nemrod se comporte imprudemment.

Matlock alluma une cigarette en écoutant avec la plus grande attention.

— Ce que vous allez tenter, c'est de séparer Nemrod de sa propre organisation.

Dunois fit claquer ses doigts, en un bruit de castagnettes. Il poursuivit en souriant :

— Vous êtes un bon élève, rapide. C'est votre première leçon de rébellion. L'un des objectifs principaux de l'infiltration. Divisez. Divisez !

La porte s'ouvrit. Un Noir entra, visiblement agité. Sans dire un mot, il tendit une note à Dunois. Ce dernier la lut et ferma les yeux quelques instants. C'était sa manière de montrer son désarroi. Il remercia calmement le messager et le congédia poliment. Il regarda Matlock, mais tendit le papier à Williams.

– Notre stratagème a peut-être des précédents historiques, mais je crains que, pour nous, ce ne soient des paroles vides de sens. Kressel et sa femme sont morts. Le professeur Sealfont a été entraîné de force hors de chez lui, sous bonne garde. On l'a emmené dans une voiture de la police de Carlyle.

– Quoi? Kressel! Je n'en crois rien! Ce n'est pas vrai!

– J'ai bien peur que si. Nos agents nous informent que deux corps ont été emportés il y a un peu plus d'un quart d'heure. Cela s'appelle meurtre et suicide. Naturellement. Cela cadre parfaitement.

– Oh, mon Dieu! C'est ma faute! C'est moi qui ai déclenché ça. Je les ai forcés à le faire! Sealfont! Où l'ont-ils conduit?

– Nous ne le savons pas. Les frères qui font le guet n'ont pas osé suivre la voiture de patrouille.

Matlock était incapable de parler. Une peur paralysante s'était de nouveau emparée de lui. Il chancela sur le lit, s'écroula, le regard dans le vide. Il était submergé par un sentiment de futilité, d'incapacité, de défaite. Il avait causé trop de mal, trop de morts.

– C'est une complication grave, dit Dunois, le coude posé sur la table de bridge. Nemrod nous a enlevé les seuls contacts dont vous disposiez. Ce faisant, il a répondu à une question capitale, il nous a empêchés de commettre une grossière erreur. Je parle de Kressel, bien entendu. Néanmoins, si l'on regarde les choses sous un angle différent, Nemrod a réduit notre marge d'action. Vous n'avez pas le choix, à présent. Il faut passer par l'armée privée, par la police de Carlyle.

Matlock leva les yeux vers Dunois, le regard vague.

– C'est tout ce dont vous êtes capable. Rester assis tranquillement et décider froidement de ce que vous allez faire ensuite ? Kressel est mort. Sa femme aussi. Adrian Sealfont a probablement déjà été assassiné. C'étaient mes amis !

– Je vous présente mes condoléances, mais soyons francs. Je ne regrette pas la disparition de ces trois individus. Adrian Sealfont est la seule vraie perte. Nous aurions pu travailler avec lui. Il était brillant, mais ça ne me brise pas le cœur. Nous avons perdu des milliers de gens dans les bas quartiers tous les mois. Je les pleure plus volontiers... Pour en revenir au problème qui nous occupe, vous n'avez vraiment plus le choix. Il faut opérer votre contact par l'intermédiaire de la police.

– Là, vous vous trompez. Matlock se sentit soudain plus fort. J'ai le choix... Greenberg a quitté la Virginie tôt ce matin. Il doit être à Washington à l'heure qu'il est. J'ai un numéro de téléphone à New York qui me permet d'entrer en contact avec lui. Je vais appeler Greenberg.

Il en avait assez fait, assez causé d'angoisse. Il ne pouvait plus risquer la vie de Pat. Plus maintenant. Il n'en était pas capable.

Dunois s'appuya contre le dossier de son fauteuil, en levant les bras de la table de bridge. Il regarda Matlock.

– J'ai dit tout à l'heure que vous étiez un élève capable. Je reviens sur cette observation. Vous êtes vif, mais superficiel, de toute évidence... Vous n'appellerez pas Greenberg. Il ne faisait pas partie de notre accord, et vous ne violerez pas cet accord. Vous allez poursuivre sur les bases dont nous sommes convenus, ou vous vous exposerez aux châtiments dont je vous ai menacé.

– Ça suffit! N'essayez pas de m'intimider! J'en ai marre des menaces!

Matlock se leva. Dunois sortit une arme de sa veste. Matlock vit que c'était l'automatique noir qu'il avait arraché au mort sur la piste d'East Gorge. Dunois aussi se dressa.

– Le rapport du médecin légiste fera sans aucun doute remonter votre décès à l'aube.

– Pour l'amour du Ciel! Cette fille est entre les mains de tueurs!

– Vous aussi, répondit calmement Dunois. Vous ne le voyez pas? Nos motifs sont différents, mais ne vous y trompez pas. Nous sommes des tueurs, c'est nécessaire.

– Vous n'iriez pas si loin!

– Oh si! Nous l'avons déjà fait. Et nous sommes même allés beaucoup plus loin. Nous déposerions votre cadavre insignifiant devant le poste de police avec un mot épinglé sur votre poitrine sanglante. Nous exigerions la mort de la fille avant toute négociation. Ils ne feraient certainement pas l'ombre d'une difficulté, car aucun de nous ne pourrait prendre le risque de sa survie. Une fois qu'elle sera morte, les géants se battront entre eux.

– Vous êtes un monstre.

– Je suis ce que je dois être.

Il y eut quelques instants de silence. Matlock ferma les yeux, sa voix n'était plus qu'un murmure.

– Que dois-je faire?

– Voilà qui est mieux!

Dunois s'assit en levant les yeux vers Adam Williams quelque peu nerveux. Un court instant, Matlock sentit la sympathie de l'extrémiste du campus. Lui aussi était terrorisé, incertain. Comme Matlock, il n'était pas préparé à affronter le monde de Julian Dunois ou de Nemrod. Le Haïtien parut lire dans les pensées de Matlock.

– Vous devez avoir confiance en vous. Souvenez-vous que vous avez réussi plus de choses que quiconque. Avec beaucoup moins de ressources. Et vous avez un courage extraordinaire.

– Je ne me considère pas comme très courageux.

– Comme la plupart des hommes braves. N'est-ce pas remarquable ? Venez, asseyez-vous. Matlock obtempéra. Vous savez, nous ne sommes pas si différents, vous et moi. En d'autres temps, nous aurions même pu être alliés. Sauf que, comme l'ont constaté bon nombre de mes frères, je cherche des saints.

– Il n'y en a pas, dit Matlock.

– Peut-être pas. Et pourtant... Nous en discuterons une autre fois. Pour l'instant, nous devons trouver un plan. Nemrod vous attendra. Nous n'avons pas le droit de le décevoir. Cependant, il faut que nous nous protégions sur tous les flancs.

Il se rapprocha de la table, un petit sourire aux lèvres, les yeux brillants.

La stratégie du révolutionnaire noir se composait d'une série complexe d'actions conçues pour protéger Matlock et la fille. Matlock, à contrecœur, fut obligé de le reconnaître.

– Ma motivation est double, lui expliqua Dunois. La seconde partie est la plus importante pour moi. Nemrod n'apparaîtra pas en personne, à moins qu'il ne puisse faire autrement, et je veux Nemrod. Je ne me contenterai pas d'un remplaçant, d'une façade.

Son plan reposait sur le carnet de Herron et surtout sur les derniers paragraphes.

L'identité de Nemrod.

– Herron a déclaré explicitement qu'il n'écrirait pas le nom cité par les messagers. Non qu'il ne l'ait pas pu. De toute évidence il pensait ne pas avoir le droit d'impliquer cet homme si le renseignement n'était pas exact. Il aurait détesté accuser quelqu'un sur la simple foi d'une insinuation. Comme vous, Matlock. Vous avez refusé de donner Herron sur la base d'un coup de téléphone hystérique. Il savait qu'il pouvait mourir à tout moment. Son corps avait subi tout ce qu'il était capable d'endurer... Il devait être réaliste.

Dunois, à présent, dessinait des formes géométriques sans signification sur une page vierge de papier jaune.

– Et puis on l'a assassiné, dit Matlock. En maquillant cela en suicide.

– Oui. Son journal confirme au moins ça. Une fois que Herron connaissait l'identité de Nemrod, il aurait remué ciel et terre pour la noter dans son carnet. Notre ennemi ne peut pas savoir qu'il ne l'a pas fait. Nous tenons notre épée de Damoclès.

La première ligne de protection de Matlock consistait à laisser entendre au chef de la police de Carlyle que lui, Matlock, connaissait l'identité de Nemrod. Il ne voulait traiter qu'avec Nemrod. De deux maux, il fallait choisir le moindre. Il était traqué. Il y avait contre lui un mandat d'arrêt, et la police de Carlyle était certainement au courant. Il était convenable qu'on le relâche pour des chefs d'accusation moindres, mais pas pour meurtre. Car il avait tué. Il y avait des preuves écrasantes, et il n'avait aucun alibi convaincant. Il ne connaissait pas les hommes qu'il avait tués. Il n'y avait aucun témoin pour confirmer qu'il l'avait fait en état de légitime défense. Chaque meurtre était idiot au point d'éliminer le tueur de la société. Au mieux, il pouvait espérer quelques années de prison.

Et pourtant, il allait poser des conditions, en vue d'une transaction avec Nemrod. Le journal de Lucas Herron contre sa vie, et celle de la jeune femme. Ce journal valait certainement une somme d'argent suffisante pour qu'ils puissent tous deux repartir de zéro, quelque part.

Nemrod pouvait le faire. Nemrod devait le faire.

– Le secret de cette... appelons ça première phase... c'est la conviction dont vous ferez preuve. Dunois pesait ses mots. Souvenez-vous que vous êtes paniqué. Vous avez supprimé, tué des êtres humains. Vous n'êtes pas quelqu'un de violent, mais vous avez été contraint de commettre ces crimes effroyables.

– C'est la vérité. Plus que vous ne le pensez.

– Bien. Faites passer ce sentiment. La seule chose que désire un homme paniqué, c'est fuir la cause de sa panique. Nemrod doit en être convaincu. Cela garantira votre sécurité immédiate.

Puis Matlock donnerait un second coup de téléphone pour que Nemrod confirme qu'il acceptait une rencontre. Le lieu, à ce stade, pourrait être choisi par Nemrod. Matlock rappellerait pour le connaître. Mais le rendez-vous devait avoir lieu avant dix heures du matin.

– A partir de maintenant, vous le fugitif, la liberté en vue, vous avez soudain des doutes, dit Dunois. L'hystérie vous gagne, vous avez besoin d'une garantie.

– Laquelle?

– Troisième partie : une troisième partie mythique...

Matlock devait informer son contact au quartier général de la police de Carlyle qu'il avait rédigé une confession complète sur l'opération Nemrod, le journal de Herron, les identités, tout. Cette confession serait cachetée et envoyée à un ami. Celui-ci la transmettrait au ministère de la Justice à dix heures du matin, à moins qu'il ne reçoive des instructions contraires.

– Voilà! La phase deux dépend à nouveau de votre persuasion, mais un autre genre de persuasion. Observez un animal en cage, à qui ses geôliers ouvrent soudain la porte. Il est prudent, méfiant. Il s'approche de la liberté avec précaution. Notre fugitif aussi. Les autres s'attendront à ce type de comportement. Vous vous êtes montré très débrouillard la semaine dernière. Logiquement, vous devriez être mort, mais vous vous en êtes tiré. Continuez à être rusé.

– Je comprends.

Julian Dunois avait imaginé la troisième phase pour garantir, autant que faire se pouvait, le retour de Pat et la sécurité de Matlock. Elle serait déclenchée par un troisième et dernier coup de téléphone à l'intermédiaire de Nemrod, dont le but serait de confirmer le lieu de la rencontre et l'heure précise.

Quand il serait informé de ces deux points, Matlock accepterait sans hésitation.

D'abord.

Quelques instants plus tard, sans autre raison apparente que la panique et la méfiance, il rejetterait la proposition de Nemrod. Pas en ce qui concernerait l'heure, mais l'endroit.

Il tergiverserait, bafouillerait, aurait un comportement aussi irrationnel que possible. Puis, brusquement, il fixerait en hâte un second lieu de son choix. Comme si cela lui venait à l'esprit sans qu'il y ait réfléchi auparavant. Il reparlerait alors de sa déclaration inexistante qu'un ami imaginaire enverrait à Washington à dix heures du matin. Enfin il raccrocherait sans plus rien écouter.

– Le plus important dans cette phase trois, c'est que votre panique soit évidente. Nemrod doit croire que vous avez des réactions primitives. L'acte lui-même est sur le point de se produire. Vous l'invectivez, vous faites marche arrière, vous inventez des obstacles pour éviter son repaire, si toutefois il en existe un. Dans votre hystérie, vous êtes aussi dangereux pour lui qu'un cobra blessé l'est pour le tigre. La rationalité n'existe plus, il n'y a plus que la survie. A présent, il doit venir lui-même à votre rencontre, amener la fille. Il arrivera, bien entendu, avec sa garde personnelle. Ses intentions n'auront pas changé. Il prendra le journal, discutera peut-être d'un plan élaboré pour trouver un compromis et, quand il apprendra que votre confession écrite n'était qu'un leurre, qu'il n'y a aucun ami pour la poster, il voudra vous tuer tous les deux... Mais cela en restera au stade des intentions. Car nous l'attendrons.

– Comment ? Comment l'attendrez-vous ?

– Avec ma propre garde... Maintenant, vous et moi, nous allons nous rendre à ce second lieu de rendez-vous. Choisi dans l'excitation la plus totale. Ce doit être dans une zone que vous connaissez bien et où vous allez souvent. Pas trop loin, car ils pensent que vous n'avez pas d'automobile à votre disposition. Bien isolé, car vous êtes poursuivi par la police. Accessible pourtant, car vous devez vous déplacer vite, et par les petites routes.

– Vous êtes en train de décrire le repaire de Herron. La maison de Herron.

– Peut-être, mais nous ne pouvons pas l'utiliser. Ce n'est pas cohérent, d'un point de vue psychologique. Ce serait une faille dans votre comportement de fugitif. Ce repaire est à l'origine de votre peur. Vous n'y retourneriez pas... Ailleurs.

Williams prit la parole. Il était toujours incertain, hésitait à rejoindre le monde de Dunois.

– Je pense que sans doute...

– Qu'y a-t-il, frère Williams ? Que pensez-vous ?

– Le professeur Matlock dîne souvent dans un restaurant qui s'appelle le Chat du Cheshire.

Matlock leva brusquement les yeux vers l'extrémiste noir.

– Vous aussi, vous m'avez suivi?

– Plus d'une fois. Nous n'entrons pas dans ce
genre d'endroit. Nous nous ferions remarquer.

– Continuez, frère, le coupa Dunois.

– Le Chat du Cheshire est à environ six kilomètres de Carlyle. C'est en retrait par rapport à la
route principale, qui est l'itinéraire normal pour s'y
rendre, à un kilomètre à peu près, mais on peut
également prendre des routes secondaires. Derrière le restaurant et sur les côtés, il y a des patios
et un jardin où l'on dîne l'été. Au-delà, se trouve la
forêt.

– Y a-t-il quelqu'un dans le voisinage?

– Un simple gardien de nuit, je crois. Ça n'ouvre
pas avant une heure. Je ne pense pas que les
équipes de nettoyage ni les aides-cuistots y arrivent
avant neuf heures et demie ou dix heures.

– Parfait. Dunois regarda sa montre. Il est maintenant cinq heures cinq. Disons qu'il nous faudra
quinze minutes entre les phases une, deux et trois,
et vingt minutes supplémentaires pour les trajets,
ce qui fait approximativement six heures quinze.
Disons six heures trente en tenant compte des
retards éventuels. Nous fixerons le rendez-vous à
sept heures. Derrière le Chat du Cheshire. Prenez
le carnet, frère. J'alerterai les hommes.

Williams quitta son fauteuil et se dirigea vers la
porte. Il se retourna et s'adressa à Dunois:

– Vous ne changerez pas d'avis? Vous ne me
laisserez pas venir avec vous?

Dunois ne se donna même pas la peine de lever
les yeux. Il répondit d'un ton abrupt:

– Ne m'ennuyez pas. Il faut que je réfléchisse à
des tas de choses.

Williams sortit aussitôt.

Matlock observa Dunois. Il gribouillait toujours

sur le bloc jaune mais, à présent, il appuyait fortement sur le crayon, creusant de profonds sillons dans le papier. Matlock vit surgir le diagramme. C'était un ensemble de lignes en dents de scie, toutes convergentes.

Des éclairs.

– Ecoutez-moi, dit-il. Il n'est pas trop tard. Appelez les autorités. Je vous en supplie, pour l'amour du Ciel, vous ne pouvez pas risquer la vie de ces gosses.

Derrière ses lunettes, entourés de ses pansements de gaze, les yeux de Dunois foudroyèrent Matlock. Il répondit d'un air méprisant :

– Avez-vous pensé une minute que je permettrais à ces enfants d'entrer dans des eaux dont je ne suis même pas sûr de sortir vivant. Nous ne sommes pas comme tous vos chefs d'état-major réunis, Matlock. Nous avons un plus grand respect, un plus grand amour de notre jeunesse.

Matlock se rappela les protestations d'Adam Williams sur le seuil de la porte.

– C'était ce que Williams voulait dire ? Quand il a parlé de vous accompagner...

– Venez avec moi.

Dunois fit sortir Matlock de la petite pièce sans fenêtre. Ils prirent le couloir qui menait à l'escalier. Quelques étudiants s'y promenaient. Le reste de Lumumba Hall dormait. Ils descendirent deux étages jusqu'à une porte dont Matlock se souvenait comme de celle conduisant aux caves, à la vieille salle capitulaire, haute de plafond, dans laquelle il avait assisté au terrifiant spectacle du rite tribal africain. Ils franchirent les marches et, comme Matlock s'y attendait, se dirigèrent vers le fond de la cave, vers l'épaisse porte de chêne de la salle capitulaire. Dunois n'avait pas prononcé un mot depuis qu'il avait demandé à Matlock de le suivre.

Dans la pièce se trouvaient huit Noirs qui mesuraient tous plus d'un mètre quatre-vingts. Ils étaient habillés de la même façon : tenues de combat kaki, des chemises ouvertes et des bottines de cuir noir et souple avec de grosses semelles de crêpe. Certains étaient assis, jouaient aux cartes. D'autres lisaient, d'autres encore bavardaient entre eux. Matlock remarqua que quelques-uns avaient retroussé leurs manches. Les bras qu'il aperçut étaient puissamment musclés, les veines gonflées sous la peau. Ils hochèrent la tête quand Dunois et son hôte arrivèrent. Deux ou trois d'entre eux adressèrent un sourire intelligent à Matlock, comme pour le mettre à l'aise. Dunois parla calmement.

– La garde impériale.

– Mon Dieu!

– Le corps d'élite. Chaque homme s'entraîne pendant une période de trois ans. Il n'existe pas d'arme dont ils ne sachent se servir ou qu'ils ne puissent remettre en état, de véhicule qu'ils ne soient à même de réparer... ou de philosophie dont ils ne soient capables de discuter. Chacun est familiarisé avec les formes de combat les plus brutales, guerre classique, combat rapproché, guérilla. Chacun s'engage jusqu'à la mort.

– La brigade de la terreur, c'est ça? Ce n'est pas nouveau, vous savez.

– Il n'y en a pas qui corresponde à cette description. N'oubliez pas que j'ai grandi avec des chiens de ce genre à mes trousses. Les tontons macoutes de Duvalier étaient des hyènes. J'ai observé leurs méthodes. Ces hommes ne sont pas de tels animaux.

– Je ne pensais pas à Duvalier.

– D'autre part, j'ai une dette envers Papa Doc. Le concept des tontons macoutes m'a intéressé. Mais je me suis rendu compte qu'il fallait envisager une sérieuse restructuration. Des unités comme celle-ci surgissent aux quatre coins du pays.

– Elles ont déjà surgi jadis, déclara Matlock. On parlait aussi d'élite. On parlait également d'unités. C'étaient les SS.

Dunois regarda Matlock, et Matlock vit, dans ses yeux, qu'il l'avait blessé.

– Un tel parallèle m'est pénible. Il n'est pas justifié. Nous faisons notre devoir. Ce qui est juste.

– *Ein Volk, Ein Reich, Ein Führer*, dit calmement Matlock.

XXXIV

Tout se passa très vite. Deux des hommes de la garde de Dunois furent affectés à la protection de Matlock, les autres furent destinés au rendez-vous avec Nemrod. Ils devaient se préparer à rencontrer une autre troupe d'élite, les quelques membres triés sur le volet de l'armée privée de Nemrod qui, sans aucun doute, l'accompagneraient. Deux immenses Noirs firent traverser à toute allure le campus à Matlock après que des éclaireurs eurent constaté que le champ était libre. On le conduisit vers une cabine téléphonique, au pied du dortoir des élèves de première année, d'où il put appeler.

Il constata que sa peur, sa peur profonde, l'aidait à donner l'impression que Dunois voulait faire passer. Il ne lui était pas difficile de montrer sa panique, son besoin de sécurité car il se sentait réellement terrorisé. Devant son débit hystérique au téléphone, il ne savait plus très bien distinguer la réalité du jeu. La liberté était devenue son plus cher désir. Il désirait que Pat vive, qu'elle soit libre et avec lui. Si Nemrod pouvait le satisfaire, pourquoi ne pas traiter avec lui en toute bonne foi?

Il traversait un cauchemar. Un instant, il faillit hurler la vérité et se jeter dans les griffes de l'ennemi.

La vue du tonton macoute personnel de Dunois le fit revenir à la raison, et il termina son premier coup de fil sans flancher. Le « chef » de la police de Carlyle transmettrait l'information, recevrait une réponse et attendrait que Matlock le contacte une nouvelle fois.

Les éclaireurs prévinrent ses gardes que le second téléphone n'était pas disponible. Il était situé au coin d'une rue, et ils avaient repéré une voiture en patrouille dans le quartier. Dunois savait que l'on pouvait localiser les cabines publiques, bien que cela prît plus de temps. C'était pourquoi il alternait les lieux d'où provenaient ses appels, le dernier devant avoir lieu sur l'autoroute. Matlock fut conduit en hâte dans un autre endroit. C'était derrière le bâtiment du Syndicat des étudiants.

Le second appel lui parut plus aisé, sans qu'il sût très bien si c'était ou non un avantage. Matlock insista sur la déclaration imaginaire qui serait postée à dix heures le lendemain matin. Cela produisit un effet immédiat, dont il fut satisfait. L'« inspecteur » était terrifié, il ne se donnait plus la peine de le dissimuler. L'armée privée de Nemrod commencerait-elle à douter ? Les troupes se voyaient peut-être déjà l'estomac criblé de balles de l'ennemi. Les généraux devraient se montrer plus alertes, plus conscients du danger.

On le fit courir jusqu'à la voiture qui l'attendait. C'était une vieille Buick, ternie, bosselée, banale. L'intérieur, cependant, ne correspondait pas à l'extérieur. Il était équipé comme celui d'un char d'assaut. Sous le tableau de bord se trouvait une grosse radio. Les vitres avaient au moins un centimètre et demi d'épaisseur et Matlock constata qu'elles étaient blindées. Accrochés sur les côtés, on apercevait des fusils à longue portée et à canon court, et tout autour de la carrosserie on avait aménagé des orifices bordés de caoutchouc dans lesquels il était possible de glisser le canon des armes. Le bruit du moteur impressionna immédiatement Matlock. C'était l'engin le plus puissant qu'il eût jamais entendu.

Ils suivaient une première automobile à vitesse modérée. Matlock s'aperçut qu'un troisième véhicule fermait la marche. Dunois ne plaisantait pas quand il avait déclaré que ses troupes se garderaient sur tous les flancs. C'était un vrai professionnel.

Matlock tressaillit en songeant au métier qu'il faisait.

C'était dramatique. C'était aussi *Ein Volk, Ein Reich, Ein Führer*.

Tout comme Nemrod et ce qu'il représentait.

Il se rappela certains propos :

– ... Je quitte ce sale pays, monsieur...

En était-on arrivé là ?

Et :

– ... Vous pensez que c'est tellement différent ?... C'est une Amérique miniature !... C'est la politique de la maison, mon vieux !

Le pays était malade. Y avait-il un remède ?

– Nous y sommes. Phase trois.

Le révolutionnaire noir qui avait pris la direction des opérations lui donna une légère tape sur le bras, en souriant de façon rassurante. Matlock sortit de la voiture. Ils étaient au bord de l'autoroute, au sud de Carlyle. L'automobile qui les précédait avait ralenti une centaine de mètres devant eux, et s'était garée sur le bas-côté, tous feux éteints. Celle qui les suivait avait fait de même.

Devant lui, sur une plate-forme en béton, se trouvaient deux cabines téléphoniques à montants d'aluminium. Le second Noir s'avança vers celle de droite, poussa la porte, ce qui déclencha un faible éclairage, puis il fit glisser le globe de verre en arrière sous la lampe, découvrant l'ampoule. Il la dévissa rapidement pour que la cabine soit de nouveau plongée dans l'obscurité. Matlock fut impressionné par la manière dont le géant noir avait éliminé la lumière. Il aurait été plus facile, plus rapide, de faire voler la vitre en éclats.

L'objectif du troisième et dernier coup de téléphone, d'après les instructions de Dunois, était de refuser le lieu de rendez-vous proposé par Nemrod. Le rejeter d'une manière qui ne lui laisserait pas d'autre possibilité que d'accepter la proposition que lui ferait un Matlock paniqué : le Chat du Cheshire.

La voix à l'autre bout de la ligne, celle de la police de Carlyle, était méfiante, précise.

— Notre ami commun comprend vos inquiétudes, Matlock. Il ferait la même chose à votre place. Il vous retrouvera avec la fille à l'entrée du stade, à gauche des gradins du fond. C'est un petit stade, pas très loin de la salle de gym et des dortoirs. Il y a des gardiens de nuit. On ne vous fera aucun mal...

— D'accord, d'accord, c'est bon. Matlock faisait de son mieux pour paraître agité, préparant le terrain de son ultime refus. Il y a des gens autour. Si l'un de vous tente quoi que ce soit, je hurlerai à la mort. Je vous le promets.

— Bien sûr. Mais vous n'aurez pas à le faire. Personne ne veut de mal à quiconque. C'est une simple transaction. C'est ce que notre ami m'a dit. Il vous admire...

— Comment serai-je certain qu'il amènera Pat ? Il faut que j'en sois sûr !

— La transaction, Matlock. La voix devenait obséquieuse, avec un brin de désespoir. Le « cobra » de Dunois était imprévisible. Tout est là. Notre ami tient à récupérer ce que vous avez trouvé, Matlock, rappelez-vous.

– Je m'en souviens...

Matlock réfléchit un quart de seconde. Il comprit qu'il devait rester hystérique. Mais il fallait aussi changer le lieu du rendez-vous. Le changer sans paraître suspect. Si Nemrod soupçonnait quoi que ce soit, Dunois avait condamné Pat à mort.

– Et rappelez à votre ami qu'il y a une déclaration dans une enveloppe adressée à des gens de Washington !

– Il le sait, pour l'amour du Ciel ! Je veux dire... Il est préoccupé, vous voyez ce que je veux dire ! Bon, on se retrouve au stade, d'accord ? Dans une heure, d'accord ?

Le moment était venu. Cela pourrait bien ne plus se reproduire.

– Non ! Attendez une minute... Je n'irai pas sur ce campus ! Les types de Washington surveillent toute la zone ! Ils sont partout ! Ils m'élimineront !

– Non...

– Comment diable le savez-vous ?

– Il n'y a personne. Je vous en prie, c'est parfait comme ça. Calmez-vous, s'il vous plaît.

– Vous avez beau jeu de dire ça. Non, je vais vous indiquer où...

Il parlait vite, en hachant ses phrases, comme s'il essayait désespérément de réfléchir en même temps. Il mentionna d'abord la maison de Herron et, avant que la voix ait pu accepter ou refuser, il se contredit lui-même. Puis il parla des dépôts avant de trouver, dans la seconde qui suivit, des raisons irrationnelles pour ne pas s'y rendre.

– Allons, ne vous énervez pas, fit la voix. Il s'agit d'une simple transaction.

– Ce restaurant ! En dehors de la ville. Le Chat du Cheshire ! Derrière la maison, il y a un jardin...

Son interlocuteur avait le plus grand mal à contrôler la situation, et Matlock savait qu'il tendait parfaitement son guet-apens. Il fit une dernière allusion au journal et à sa déclaration en forme d'acte d'accusation avant de raccrocher brutalement l'appareil.

Il resta debout dans la cabine, épuisé. La sueur coulait sur son visage. L'air matinal était pourtant frais.

– Vous avez rondement mené ça, dit le Noir qui dirigeait les opérations. Votre adversaire avait choisi un endroit à l'intérieur de l'université, je suppose. Très intelligent de sa part. Vous avez été parfait, monsieur.

Matlock regarda le Noir en uniforme, satisfait des compliments qu'il lui avait adressés et très surpris de sa propre prestation.

– Je ne sais pas si je le referais.

– Bien sûr que si, répondit le Noir en ramenant Matlock à la voiture. Une extrême tension transforme la mémoire en banque de données, un peu comme un ordinateur. Testant, rejetant, acceptant, le tout simultanément. Sauf en cas de panique naturellement. Il y aurait d'intéressantes études à faire sur les différents seuils.

– Vraiment? demanda Matlock en atteignant la portière.

Le Noir l'aida à monter. La voiture démarra et fonça sur l'autoroute, flanquée des deux autres véhicules.

– Nous prendrons un itinéraire en diagonale pour rejoindre le restaurant, en utilisant les routes secondaires, en pleine campagne, dit le chauffeur. Nous nous en rapprocherons par le sud-ouest, et nous vous déposerons à une centaine de mètres du sentier emprunté par les employés pour se rendre à l'arrière du bâtiment. Nous vous le montrerons. Dirigez-vous immédiatement vers la partie du jardin où se trouvent la grande tonnelle et les dalles disposées autour d'un bassin à poissons rouges. Vous la connaissez ?

– Oui. Mais je me demande comment vous, vous la connaissez.

L'homme au volant sourit.

– Je ne suis pas un extra-lucide. Quand vous étiez dans la cabine téléphonique, j'étais en liaison radio avec nos hommes. Tout est prêt maintenant. Nous sommes au point. Souvenez-vous, la tonnelle blanche et le bassin des poissons rouges... et voilà ! Prenez le carnet et l'enveloppe.

Le conducteur se pencha vers une pochette qui se trouvait contre sa portière, et sortit le paquet entouré de matière plastique. L'enveloppe était entourée d'un épais élastique.

– Nous y serons dans moins de dix minutes, dit celui qui commandait en changeant de position, pour être plus à l'aise.

Matlock le regarda. Accroché à la jambe par une lanière, conçue spécialement pour cette tenue de combat ajustée, il aperçut un fourreau de cuir. Il ne l'avait pas remarqué auparavant, et il savait pourquoi. Le couteau au manche d'os qu'il contenait venait d'y être glissé. L'étui cachait une lame d'au moins vingt-cinq centimètres de long.

Le corps d'élite de Dunois était fin prêt.

XXXV

Il attendit, debout à côté de la grande tonnelle
blanche. Le soleil s'était levé à l'horizon, la forêt
derrière lui était encore embrumée, faiblement
éclairée par la lumière du petit matin. Devant lui,
les arbres couverts de feuilles tendres traçaient les
limites des allées pavées qui convergeaient vers ce
paisible coin dallé. Il y avait quelques bancs de
marbre disposés en cercle, rendus brillants par la
rosée de l'aube. Au centre du vaste patio, les bulles
de l'alimentation en eau du bassin des poissons
rouges faisaient un bruit régulier, ininterrompu.
Les oiseaux émettaient d'innombrables signaux,
saluant le soleil, se mettant en quête de leur
nourriture du jour.

Matlock se rappela le repaire de Herron, le mur
vert et menaçant qui isolait le vieil homme du
monde extérieur. Il existait des similitudes, pensa-
t-il. Il était peut-être logique que cette affaire se
terminât dans un tel endroit.

Il alluma une cigarette, l'éteignit après deux
bouffées. Il prit le carnet entre ses doigts, le serra
contre sa poitrine, comme s'il s'agissait d'un bou-
clier impénétrable, tournant la tête en direction de
chaque bruissement, la vie semblant suspendue au
moindre mouvement.

Il se demanda où se trouvaient les hommes de

Dunois. Où la garde impériale s'était-elle cachée? Le surveillaient-ils en se moquant en silence de la nervosité de ses gestes, de sa peur manifeste? Ou bien étaient-ils dispersés à la manière des guérilleros? Accroupis au sol ou sur les branches basses des arbres, prêts à bondir, prêts à tuer?

Et qui tueraient-ils? A combien se monteraient les forces de Nemrod? De quelles armes disposeraient-elles? Nemrod se déplacerait-il? Nemrod lui ramènerait-il la fille qu'il aimait saine et sauve? Et si c'était le cas, si, enfin, il revoyait Pat, seraient-ils tous deux pris dans le massacre qui s'ensuivrait certainement?

Qui était Nemrod?

Sa respiration s'arrêta. Les muscles de ses bras et de ses jambes se tordirent dans un spasme et se raidirent de frayeur. Il ferma les yeux pour écouter ou pour prier, il ne le saurait jamais, bien que ses croyances excluent l'existence de Dieu. Il tendit l'oreille, paupières closes, jusqu'à ce qu'il soit certain.

D'abord une, puis deux voitures quittèrent la route principale et s'engagèrent sur la voie qui menait à l'entrée du Chat du Cheshire. Les deux véhicules roulaient extrêmement vite. Les pneus crissèrent quand ils firent le tour du rond-point devant le parking du restaurant.

Puis le calme revint. Même les oiseaux se taisaient. Aucun son ne rompait le silence.

Matlock recula sous la tonnelle, se plaquant contre le treillage. Il était aux aguets.

Le silence. Pourtant non, ce n'était pas le silence! Un bruissement si léger qu'il aurait pu passer inaperçu, comme le froissement d'une feuille.

C'était un bruit de frottement. Un frottement hésitant, incertain, qui provenait de l'une des allées qu'il avait devant lui, de l'un des sentiers cachés sous les arbres, un de ces chemins de briquettes qui menaient au coin pavé.

Ce fut d'abord à peine audible. Négligeable. Puis cela devint plus clair, moins saccadé, moins incertain.

Enfin il entendit un gémissement faible et angoissé. Qui traversa son cerveau.

– Jamie... Jamie? S'il te plaît, Jamie...

Une simple supplication, son nom, prononcé dans un sanglot. Il ressentit une rage comme il n'en avait jamais connue au cours de son existence. Il jeta le paquet entouré de plastique, les yeux aveuglés par les larmes et la colère. Il sortit de la cage protectrice que constituait la tonnelle blanche et hurla si fort que sa voix fit peur aux oiseaux. Ils s'envolèrent des arbres en poussant des cris stridents, et quittèrent leur refuge silencieux.

– Pat! Pat! Où es-tu? Pat, mon Dieu, où? Où?

Les sanglots, mi-soulagement, mi-souffrance, furent plus nets.

– Ici... Ici, Jamie! Je ne vois pas!

Il repéra d'où venait la voix et courut au milieu de l'allée de briquettes. A mi-chemin, contre le tronc d'un arbre, écroulée sur le sol, il l'aperçut. Elle était à genoux, sa tête bandée contre terre. Elle était tombée. Des filets de sang apparaissaient sur son cou. Les sutures s'étaient rouvertes.

Il se précipita vers elle et lui souleva doucement la tête.

Sous les bandages, sur son front, il y avait des bandes adhésives de sept centimètres de large, brutalement collées sur ses paupières, tendues au maximum vers les tempes, aussi solides et inamovibles qu'une plaque d'acier qui lui recouvrirait la face. S'il essayait de les retirer, ce serait une torture infernale.

Il la serra contre lui et répéta son nom, à l'infini.

– Tout ira bien maintenant... Tout ira bien.

Il la souleva lentement, rapprochant son visage du sien. Il lui redisait sans cesse les mots de réconfort qui lui venaient au milieu de sa fureur.

Soudain, sans prévenir, sans prévenir le moins du monde, Pat, aveuglée, se mit à hurler en crispant son corps meurtri, ses traits lacérés.

– Remets-le-leur, pour l'amour du Ciel! Quoi que ce soit, donne-le-leur!

Il retourna en trébuchant vers le cercle de dallage.

– Je vais le faire, ma chérie...

– Je t'en prie, Jamie! Ne les laisse plus me toucher! Plus jamais!

– Non, ma chérie. Plus jamais, plus jamais...

Il la posa délicatement sur le sol, sur la terre meuble au-delà de dalles.

– Retire les adhésifs! Je t'en prie, retire les adhésifs!

– Je ne peux pas, pas maintenant, chérie. Ça te ferait trop mal. Dans quelques...

– Je m'en fiche! Je ne peux plus les supporter!

Que devait-il faire! Qu'était-il censé faire? Mon Dieu, mon Dieu, horrible Dieu! Dites-le-moi! Dites-le-moi!

Il regarda au-delà de la tonnelle. Le carnet entouré de plastique reposait à terre, là où il l'avait jeté.

Il n'avait plus le choix, à présent.

Peu lui importait.

– Nemrod!... Nemrod! Viens à moi, Nemrod! Amène ta sale armée! Viens le prendre, Nemrod! Il est ici!

Dans le silence qui suivit, il entendit des pas.

Précis, assurés, solennels.

Au centre de l'allée, Nemrod apparut.

Adrian Sealfont se tenait au bord du cercle dallé.

– Je suis désolé, James.

Matlock reposa la tête de la jeune femme sur le sol. Son cerveau était incapable de fonctionner. Le choc était si total qu'aucun mot ne lui vint, il ne parvenait pas à accepter la terrible, l'incroyable réalité qu'il avait devant lui. Il se redressa avec lenteur.

– Donnez-le-moi, James. Vous avez ce dont nous étions convenus. Nous prendrons soin de vous.

– Non... Non. Non, je ne vous croirai pas! Ce n'est pas vrai. Ce ne peut pas être ainsi...

– Je crains que si.

Sealfont fit claquer les doigts de sa main droite. C'était un signal.

– Non... Non! Non! Non!

Matlock s'entendit crier. Pat, elle aussi, hurla. Il se tourna vers Sealfont.

– Ils m'ont dit que vous aviez été enlevé! Je pensais que vous étiez mort! Je me reprochais votre mort!

– Je n'ai pas été enlevé, mais escorté. Donnez-moi le journal. Sealfont, ennuyé, claqua à nouveau dans ses doigts. Et le papier corse. Je suis certain que vous avez les deux sur vous.

On entendit un bruit de toux étouffé, un grincement, une exclamation interrompue. Sealfont jeta un rapide coup d'œil derrière lui et s'adressa d'un ton cassant à ses forces invisibles.

– Sortez de là!

– Pourquoi?

– Parce qu'il le fallait. Je le devais. Il n'y a pas d'autre possibilité.

– Pas d'autre possibilité?

– Pas d'autre possibilité? Matlock ne parvenait toujours pas à croire ce qu'il entendait. De quoi parlez-vous? Pas d'autre possibilité que quoi?

– L'effondrement! Nous étions au bord de la faillite! Nous avions puisé dans nos dernières réserves. Il ne restait plus personne à qui faire appel. La corruption morale était totale : les requêtes de l'enseignement supérieur n'étaient plus considérées que comme un fléau, sans espoir de profit pour le pays. Il n'y avait pas d'autre solution que d'imposer notre direction... à nos corrupteurs. C'est ce que nous avons fait, et nous avons survécu !

En cet instant où il était désorienté, désespéré, Matlock rassembla les pièces du puzzle. Les gonds mystérieux de l'étrange coffre-fort se mirent en mouvement, et la lourde porte d'acier s'ouvrit... l'extraordinaire dotation de Carlyle... Mais cela dépassait le cadre de Carlyle. Sealfont venait de le dire. Les réclamations permanentes étaient devenues une véritable plaie ! C'était subtil, mais c'était là !

Partout !

On continuerait à collecter des fonds sur tous les campus, mais on n'entendait plus d'appels au secours. On ne brandissait plus la menace de la faillite, thème favori de la centaine de campagnes qui avaient précédé, dans de nombreuses universités.

On pouvait donc en déduire – si toutefois quelqu'un se donnait la peine de le faire – que la banqueroute avait été évitée. On était revenu à une situation normale. Mais non ! La norme était devenue monstrueuse.

– Oh, mon Dieu ! murmura Matlock, terrifié, consterné.

– Il ne nous a pas aidés, je puis vous l'assurer, répliqua Sealfont. Nous ne faisons rien que de très humain. Regardez-nous, à présent. Indépendants ! Notre puissance ne cesse de croître. Dans cinq ans, toutes les grandes universités du Nord-Est feront partie d'une fédération autonome financièrement !

– Vous êtes malades... Vous êtes un cancer !

– Nous survivons! Le choix n'a jamais été vraiment difficile. On n'arrêtera plus le cours des choses. Et nous, moins que quiconque. Nous avons simplement pris la décision, il y a dix ans, de changer les principaux acteurs.

– Mais vous, plus que tout autre...

– Oui. C'était une excellente idée de me choisir, n'est-ce pas? Sealfont se tourna encore une fois en direction du restaurant, vers la colline endormie, sillonnée d'allées de vieilles briques. Il se mit à vociférer.

– Je vous ai dit de venir ici! Vous n'avez aucune raison de vous inquiéter. Notre ami se moque de connaître votre identité. Il s'en ira bientôt... n'est-ce pas, James?

– Vous êtes fou. Vous êtes...

– Pas le moins du monde! Il n'y a pas plus raisonnable que moi. Ni plus pragmatique... L'histoire se répète, vous devriez le savoir. L'étoffe est déchirée, la société est divisée en deux camps qui s'affrontent violemment. Méfiez-vous de l'eau qui dort. Sous la surface... le sang coule abondamment...

– C'est vous qui la faites saigner! hurla Matlock.

Il ne restait plus rien. Il avait sauté le pas.

– Au contraire! Pauvre con pompeux et moralisateur! Les yeux de Sealfont le fixaient, reflétant leur fureur froide. Son ton était cinglant. Qui vous donne le droit d'affirmer cela? Où étiez-vous quand des hommes comme moi – dans chaque établissement – ont fait face à la perspective de fermer leurs portes? Vous étiez en sécurité. Nous vous avons protégés... Et personne n'a répondu à notre appel. Nos besoins n'intéressaient pas...

– Vous n'avez pas essayé! Pas assez...

– Menteur! Imbécile! Sealfont écumait. Il avait l'air d'un possédé, pensa Matlock, ou d'un tourmenté. Que nous restait-il? Les dotations! En baisse! Il existe d'autres avantages fiscaux plus rentables!... Les fondations? Des tyrans à l'esprit étroit, des allocations ridicules!... L'Etat? Aveugle! Imbécile! Il a d'autres priorités! Ou alors il faut renvoyer l'ascenseur aux élections! Nous n'avions pas de fonds. Nous ne pouvions pas acheter les élus! Pour nous, le système s'était écroulé! C'était fini!... Et personne ne le savait mieux que moi... Des années passées à mendier, à plaider, les paumes tendues devant des ignorants et leurs pompeux comités... C'était sans espoir. Nous étions en train de périr. On ne nous entendait toujours pas. Et toujours... toujours derrière les excuses et les retards, on faisait perfidement allusion, en termes voilés, à notre fragilité congénitale. Après tout... nous n'étions que des professeurs, pas des entrepreneurs...

La voix de Sealfont se fit soudain plus basse. Et dure. Et très convaincante quand il en arriva à la conclusion.

– Maintenant, jeune homme, nous sommes des entrepreneurs. Le système est condamné, et c'est très bien ainsi. Les dirigeants n'apprendront jamais rien. Regardez les enfants. Ils ont vu, ils ont compris... et nous les avons embrigadés. Notre alliance n'est pas une coïncidence.

Matlock ne pouvait détacher son regard de Sealfont. Sealfont avait dit : « Regardez les enfants... Regardez et observez. Regardez et méfiez-vous. Les dirigeants n'apprennent jamais... » Oh, mon Dieu, était-ce ainsi? Les choses se passaient-elles réellement comme ça? Les Nemrod et les Dunois. Les « fédérations », les « corps d'élite ». Tout cela recommençait-il?

– A présent, James, où est la lettre dont vous avez parlé? Qui l'a?

– Quelle lettre? Comment?

– La lettre qui doit être postée ce matin. Nous allons arrêter cela, n'est-ce pas?

Matlock tentait désespérément de retrouver sa lucidité.

– Qui a la lettre?

– La lettre? – Matlock savait en les prononçant qu'il n'avait pas trouvé les mots justes, mais il ne pouvait s'empêcher de parler ainsi. Il était incapable de réfléchir.

– La lettre!... Il n'y a pas de lettre, n'est-ce pas? Il n'existe aucun « acte d'accusation » tapé à la machine et devant être envoyé à dix heures du matin! Vous avez menti!

– Je mentais... mentais.

Il était au bout du rouleau. Plus rien d'autre ne comptait.

Sealfont eut un petit rire. Ce n'était pas le rire que connaissait Matlock. Il avait une cruauté latente que Matlock n'avait jamais remarquée.

– Vous vous croyez malin? Mais finalement, vous n'êtes pas en position de force. Je le soupçonnais depuis le début. Vous étiez l'homme idéal pour le gouvernement, car vous n'étiez pas vraiment engagé. Ils appellent cela l'adaptabilité. Je savais que ce n'était que de la souplesse et de l'insouciance. Vous parlez, mais c'est tout ce dont vous êtes capable. Ça n'a pas de sens... Vous êtes très représentatif, vous savez. Sealfont poursuivait son discours, tourné vers les allées. D'accord, vous tous! Le professeur Matlock ne sera pas en état de révéler quelque nom que ce soit. Sortez de vos clapiers, espèces de lapins!

– Aaah...

Un cri guttural, court, vint ponctuer le silence. Sealfont fit volte-face.

Puis on entendit un halètement, le bruit parfaitement reconnaissable d'un être qui rend le dernier soupir.

Un autre encore, mêlé à un début de cri.

– Qui est-ce? Qui est là-haut?

Sealfont se précipita dans le sentier d'où était parti ce dernier cri.

Un bruit terrifiant, qui s'arrêta net et qui venait d'un autre coin du refuge, le cloua sur place.

Il revint en courant.

La panique commençait à miner son sang-froid.

– Qui est là-haut? Qui êtes-vous, tous? Descendez!

Ce fut de nouveau le calme. Sealfont regarda Matlock.

– Qu'avez-vous fait? Qu'avez-vous fait, insignifiant individu? Qui avez-vous amené avec vous? Qui est là-haut? Répondez-moi!

S'il avait été capable de se taire, Matlock n'aurait eu nul besoin de donner une réponse. Sur une allée, au bout du jardin, apparut Julian Dunois.

Sealfont écarquilla des yeux déjà exorbités.

– Qui êtes-vous? Où sont mes hommes?

– Je m'appelle Jacques Devereaux, Daumier, Julian Dunois, choisissez vous-même. Vous n'étiez pas de taille à vous battre contre nous. Vous étiez dix, nous huit. Pas de taille. Vos hommes sont morts et ce qu'on fait de leurs corps ne vous regarde pas.

– Qui êtes-vous?

– Votre ennemi.

Sealfont ouvrit brutalement son manteau de la main gauche, et plongea la main droite à l'intérieur. Dunois le mit en garde d'une voix forte. Matlock se jeta sur celui qu'il révérait depuis une dizaine d'années. Il sauta sur lui avec une seule intention, un objectif final, même si cela devait mettre un terme à sa propre existence.

Tuer.

Le visage d'Adrian était tout proche. Ses traits

qui ressemblaient à ceux de Lincoln étaient distordus par la peur, la panique. Matlock abattit son poing droit, telle la griffe d'un animal terrorisé. Il creusa dans la chair et sentit le sang jaillir de cette bouche déformée.

Il entendit une détonation et ressentit une douleur aiguë, électrique, dans le bras gauche. Il ne pouvait pourtant plus s'arrêter.

– Poussez-vous, Matlock! Pour l'amour du Ciel, écartez-vous!

On l'éloigna. Tiré par les bras musclés d'un grand Noir. On le jeta sur le sol, et on l'y maintint de force. Pendant ce temps, des cris lui parvenaient, de terribles cris de souffrance, et son nom sans cesse répété.

– Jamie... Jamie... Jamie...

Il se releva d'un bond, rassemblant l'énergie que la violence faisait renaître en lui. Les bras noirs furent pris par surprise. Il lança ses jambes dans les côtes, dans la colonne vertébrale qu'il avait au-dessus de lui.

Durant quelques secondes il fut libre.

Il se jeta en avant sur le sol dur, en cognant ses membres contre la pierre. Quoi qu'il lui fût arrivé, quelle que fût la nature de la douleur qui le crucifiait et qui, à présent, se propageait dans tout le côté gauche de son corps, il devait rejoindre Pat qui était à terre. Celle qui avait traversé l'horreur pour lui.

– Pat!

Il avait de plus en plus de mal à supporter la souffrance. Il tomba, une fois de plus, mais il parvint à lui saisir le poignet. Ils se tinrent par la main, chacun essayant désespérément de réconforter l'autre, tous deux conscients qu'ils pouvaient mourir à cet instant.

Soudain la main de Matlock retomba inerte.

Il n'y eut plus pour lui que l'obscurité.

Il ouvrit les yeux et aperçut un Noir baraqué devant lui. On l'avait mis en position assise, appuyé contre un banc de marbre. On lui avait ôté sa chemise. Son épaule gauche le faisait souffrir.

– La blessure est beaucoup plus douloureuse que grave, j'en suis certain, dit le Noir. La partie gauche de votre corps a été contusionnée dans la voiture, et la balle est entrée sous le cartilage de l'épaule. Les deux facteurs réunis, la douleur doit être terrible.

– Nous vous avons fait une anesthésie locale. Ça devrait vous aider. Celui qui venait de parler était Julian Dunois. Il se tenait à sa droite. Nous avons conduit Miss Ballantyne chez un médecin. Il retirera les bandes adhésives. C'est un ami noir et très humain, mais pas assez calé pour soigner une blessure par balle. Nous avons contacté par radio notre médecin de Torrington. Il devrait être là dans une vingtaine de minutes.

– Pourquoi ne l'avez-vous pas attendu pour Pat?

– Franchement, il faut que nous bavardions un peu. Peu de temps, mais tranquillement. Secundo, pour son propre bien, il était nécessaire de lui ôter ces adhésifs le plus vite possible.

– Où est Sealfont?

– Il a disparu. C'est tout ce que vous savez, tout ce que vous saurez jamais. Il est important que vous le compreniez. Parce que, voyez-vous, si nous y sommes contraints, nous mettrons notre menace vous concernant, vous et Miss Ballantyne, à exécution. Nous ne le souhaitons pas... Vous et moi ne sommes pas des ennemis...

– Vous vous trompez. Nous le sommes.

– En dernière analyse, c'est possible. Cela semble inévitable. Pour l'instant, toutefois, nous nous sommes rendu service à un moment crucial. Nous le reconnaissons. Nous imaginons que vous aussi.

– Oui.

– Nous avons peut-être appris quelque chose l'un de l'autre.

Matlock regarda le révolutionnaire noir droit dans les yeux.

– Je ne suis pas dupe. Je ne vois pas ce que vous auriez pu apprendre de moi.

Le révolutionnaire se mit à rire.

– Qu'un individu, par ses actes, son courage si vous préférez, s'élève au-dessus des étiquettes qu'on pouvait lui coller.

– Je ne vous comprends pas.

– Réfléchissez-y. Cela viendra.

– Que va-t-il se passer ? Pour Pat ? Pour moi ? On m'arrêtera dès que je mettrai le nez dehors.

– J'en doute sincèrement. Dans une heure, Greenberg sera en train de lire le document rédigé par mon organisation. Par moi, pour être précis. Je suppose que son contenu sera consigné dans un dossier qui ira se noyer dans les archives. Tous ces derniers événements sont très embarrassants. Moralement, juridiquement et surtout politiquement. Ils ont commis trop d'erreurs graves... Ce matin, nous vous servirons d'intermédiaire. Le moment serait bien choisi pour vous d'utiliser votre fortune légendaire et de faire un long voyage de récupération... Je crois que cette initiative emporterait tous les suffrages. J'en suis même certain.

– Et Sealfont ? Qu'est-il advenu de lui ? Allez-vous le tuer ?

– Nemrod mérite-t-il de mourir ? Ne vous donnez pas la peine de répondre. Nous n'en discuterons pas. Disons qu'il restera en vie tant que certaines questions n'auront pas trouvé de réponse.

– Avez-vous une idée de ce qui va se produire lorsque l'on s'apercevra qu'il a disparu ?

– Il y aura des explosions, de vilaines rumeurs. Sur de nombreux sujets. Quand on détruit les icônes, les croyants sont désarçonnés. Soit. Carlyle devra s'y habituer... Reposez-vous maintenant. Le médecin sera bientôt là.

Dunois se tourna vers un Noir en uniforme qui s'avançait vers lui en parlant à voix basse. L'homme à genoux qui avait pansé sa blessure se releva. Matlock regarda la longue et mince silhouette de Julian Dunois. Il donnait ses instructions, posé, sûr de lui. Une douloureuse gratitude l'envahit. Ce qui était épouvantable, c'était que l'image de Dunois avait brusquement changé.

C'était l'image de la mort.

– Dunois!

– Oui ?

– Faites attention.

ÉPILOGUE

Les eaux bleu-vert de la mer des Caraïbes reflétaient le soleil brûlant de l'après-midi en milliers de points fluctuants, aveuglants. Le sable était chaud et doux au toucher. Cette partie isolée de l'île semblait en paix avec elle-même et un monde qu'elle ne connaissait pas vraiment.

Matlock s'approcha du rivage et laissa les vaguelettes lui lécher les chevilles. Tout comme la plage, l'eau était chaude.

Il avait dans les mains un journal que lui avait envoyé Greenberg. Une coupure de journal, en fait.

MEURTRES À CARLYLE, CONNECTICUT.
23 VICTIMES, NOIRES ET BLANCHES.
LA VILLE EST EN ÉTAT DE CHOC,
CECI SUIT LA DISPARITION DU PRÉSIDENT DE L'UNIVERSITÉ.

Carlyle, le 10 mai : Dans les faubourgs de cette petite ville universitaire, dans une zone de faible densité, de vieilles propriétés, une étrange tuerie de masse a eu lieu hier. 23 hommes ont été tués. Les autorités fédérales supposent que ces meurtres sont le résultat d'une embuscade qui a fait de nombreuses victimes tant parmi les assaillants que parmi les défenseurs.

Suivait une froide liste de noms, de comptes rendus constitués à partir des fichiers de la police.

Julian Dunois était parmi eux.

Le spectre de la mort était donc bien réel. Dunois ne s'en était pas tiré. La violence qu'il avait suscitée devait provoquer celle qui lui coûterait la vie.

Le reste de l'article contenait des hypothèses compliquées quant à la signification et au mobile du massacre de ces étranges personnages. Et l'une des hypothèses tournait autour de la disparition d'Adrian Sealfont.

Il ne s'agissait que de spéculations. Aucune mention n'était faite ni de Nemrod ni de lui-même. Pas un mot quant à l'enquête fédérale qui durait déjà depuis un certain temps. La vérité était loin. Très loin.

Matlock entendit la porte de sa villa s'ouvrir, et il se retourna. Pat se tenait sur la petite véranda, à quelque cinquante mètres en haut de la dune. Elle lui fit un signe de la main et descendit les marches dans sa direction.

Elle portait un short et un chemisier de soie légère. Elle était pieds nus, souriante. On avait retiré les bandages qui lui emprisonnaient jambes et bras, et le soleil des Caraïbes avait donné à sa peau une belle couleur bronzée. Elle s'était confectionné un large bandeau orange pour cacher les cicatrices au- dessus de son front.

Elle ne l'épouserait pas. Elle lui avait dit qu'elle ne voulait pas qu'il se marie par pitié ou pour rembourser une dette, que cela fût réel ou imaginaire. Mais Matlock savait qu'il y aurait un mariage. Ou bien qu'aucun des deux ne se marierait jamais. Julian Dunois en avait décidé ainsi.

– As-tu apporté les cigarettes ? lui demanda-t-il.

– Non. Pas de cigarettes, répondit-elle. J'ai pris les allumettes.

– C'est énigmatique.

– J'ai utilisé ce mot – énigmatique – avec Jason. Tu te souviens?

– Oui. Tu étais furibarde.

– Tu planais complètement... en enfer. Marchons jusqu'à la jetée.

– Pourquoi as-tu apporté des allumettes?

Il lui prit la main, glissant le journal sous son bras.

– Pour embraser un bûcher funéraire. Les archéologues trouvent cela très significatif.

– Quoi?

– Tu as trimbalé ce fichu canard toute la journée. Je veux le brûler.

– Ça ne changera rien à ce qu'il contient.

Pat ne tint aucun compte de sa remarque.

– Pourquoi penses-tu que Jason te l'a envoyé? Je croyais que le but de ce voyage était de passer quelques semaines tranquilles. Pas de journaux, pas de radio, aucun contact sinon avec l'eau chaude et le sable blanc. Il pose les règles et il les viole.

– Il propose les règles tout en sachant qu'elles seront difficiles à suivre.

– Il aurait dû laisser quelqu'un d'autre les violer. Ce n'est pas un aussi bon ami que je le pensais.

– Il l'est peut-être plus encore.

– Sophisme.

Elle lui serra la main. Une grande vague vint caresser leurs pieds nus. Une mouette silencieuse descendit en piqué, au large. Ses ailes battaient à la surface de l'eau, son cou était violemment secoué. L'oiseau s'envola vers le ciel en poussant un cri rauque, sans proie dans le bec.

– Greenberg sait que j'ai une décision très désagréable à prendre.

– Tu l'as prise. Il le sait aussi.

Matlock la regarda. Bien sûr, Greenberg savait. Elle aussi savait, pensa-t-il.

– Cela amènera encore de la souffrance, sans doute plus que nécessaire.

– C'est ce qu'ils te diront. Ils te conseilleront de les laisser faire à leur manière. Calmement, efficacement, avec le moins d'embarras possible. Pour tout le monde.

– C'est probablement mieux. Ils ont vraisemblablement raison.

– Tu n'en crois pas un mot.

– Non.

Ils cheminèrent quelques instants en silence. La jetée était devant eux, à côté des rochers placés là depuis des décennies, des siècles même, pour faire barrière à un courant oublié depuis longtemps. Le dispositif était devenu naturel.

Tout comme Nemrod était devenu un dispositif naturel, un développement logique et prévisible. Indésirable, mais néanmoins attendu. Qu'il faudrait combattre en profondeur.

Amérique miniature... juste sous la surface.

La politique de la maison, mon vieux.

Partout.

Les chasseurs, les bâtisseurs. Les tueurs et leurs proies concluaient des alliances.

Regardez les enfants. Ils comprennent... Nous les avons embrigadés.

Les dirigeants n'apprennent jamais rien.

Le microcosme de l'inévitable ? Rendu tel parce que les besoins sont réels ? Et le sont depuis des années ?

Et pourtant ceux qui détenaient le pouvoir ne s'en rendaient pas compte.

– Jason a dit un jour que la vérité n'est ni bonne ni mauvaise. Elle n'est que la vérité. Voilà pourquoi il m'a envoyé ça.

Matlock s'assit sur un grand rocher plat. Pat était debout près de lui. La marée montait et l'écume des petites vagues éclaboussait alentour. Pat saisit les deux pages du journal.

– Alors ceci est la vérité.

Une affirmation.

– Leur vérité, leur opinion. Apposer des étiquettes évidentes et continuer le jeu. Les bons, les méchants et leurs troupes atteindront le défilé à temps. Juste à temps. Cette fois-ci.

– Quelle est ta vérité ?

– Revenir et raconter l'histoire. Toute l'histoire.

– Ils ne seront pas d'accord. Ils te donneront d'excellentes raisons pour ne pas le faire. Des centaines de raisons.

– Ils ne me convaincront pas.

– Alors ils te combattront. Ils t'ont menacé. Ils n'accepteront aucune ingérence. C'est ce que Jason souhaite que tu comprennes.

– Il veut que j'y réfléchisse.

Pat tendit les feuilles imprimées devant elle et craqua une allumette sur la surface sèche d'un rocher.

Le papier brûla irrégulièrement. Sa combustion était entravée par les fantaisies de la mer des Caraïbes.

Mais il brûla.

– Ça ne fait pas un bûcher funéraire très impressionnant, déclara Matlock.

– Ça ira en attendant notre retour.

Le Livre de Poche

Thrillers

(Extrait du catalogue)

Jack Higgins
L'Aigle s'est envolé
Solo
Le Jour du jugement
Luciano
Exocet
Confessionnal

Mary Higgins Clark
La Nuit du renard
La Clinique du docteur H.
Un cri dans la nuit
La Maison du guet

Patricia Highsmith
La Cellule de verre
*L'Homme qui racontait des
  histoires*

Stephen Hunter
Target

William Irish
Du crépuscule à l'aube
La Toile de l'araignée

William Katz
Fête fatale

Stephen King
Dead Zone

Laird Kœnig
La Petite Fille au bout du chemin

Laird Kœnig -
Peter L. Dixon
Attention, les enfants regardent

D. R. Koontz
La Nuit des cafards

Bernard Lenteric
La Gagne
La Guerre des cerveaux

Robert Ludlum
La Mémoire dans la peau
*Le Cercle bleu des Matarèse,
  t. 1 et 2*
Osterman week-end
La Mosaïque Parsifal
L'Héritage Scarlatti
Le Pacte Holcroft
La Progression Aquitaine

Nancy Markham
L'Argent des autres

Laurence Oriol
Le Tueur est parmi nous

Bill Pronzini
Tout ça n'est qu'un jeu

Bob Randall
Le Fan

Francis Ryck
Le Piège
Le Nuage et la Foudre

Pierre Salinger -
Leonard Gross
Le Scoop

Brooks Stanwood
Jogging

Edward Topol
La Substitution

Edward Topol -
Fridrich Neznansky
*Une disparition de haute
  importance*

Irving Wallace
Une femme de trop

David Wiltse
Le Baiser du serpent

IMPRIMÉ EN FRANCE PAR BRODARD ET TAUPIN
Usine de La Flèche (Sarthe).
LIBRAIRIE GÉNÉRALE FRANÇAISE - 6, rue Pierre-Sarrazin - 75006 Paris.

ISBN : 2 - 253 - 05343 - 0   30/7555/3